中国小说学会 编选
刘声远 主编

20世纪中国文学
争议作品书系

张贤亮

等／著

NANREN DE
YIBAN
SHI NYREN

男人的一半
是女人

二十一世纪出版社
全国百佳出版社

图书在版编目（CIP）数据

男人的一半是女人/张贤亮等著 . -- 南昌：二十一世纪出版社，2013

（20 世纪中国文学争议作品书系）

ISBN 978-7-5391-8487-6

Ⅰ．①男… Ⅱ．①张… Ⅲ．①中篇小说 – 小说集 – 中国 – 现代②短篇
小说 – 小说集 – 中国 – 现代 Ⅳ．① I246.7

中国版本图书馆 CIP 数据核字 (2013) 第 047208 号

男人的一半是女人

张贤亮　等 / 著

策　　划	张　明
丛书主编	张秀枫
责任编辑	张　宇
出版发行	二十一世纪出版社
	（江西省南昌市子安路 75 号　330009）
	www.21cccc.com　cc21@163.net
出 版 人	张秋林
经　　销	新华书店
印　　刷	河北环京美印刷有限公司
版　　次	2019 年 4 月第 1 版第 2 次印刷
开　　本	700mm×1000mm　1/16
印　　张	20
字　　数	347 千
书　　号	ISBN 978-7-5391-8487-6
定　　价	35.00 元

赣版权登字—04—2013—192

如发现印装质量问题，请寄本社图书发行公司调换 0791-86524997

目　录

出版说明

一、"20 世纪中国文学争议作品书系"所审视的是整个 20 世纪中国有争议的文学作品，它打通传统的时间概念，记录了中国文学从近代走向现代、从现代走向当代的惊涛骇浪的百年历程。本辑推出 5 本，全部为中短篇小说。即 20 世纪一二十年代的《莎菲女士的日记》、三四十年代的《上海的狐步舞》、五六十年代的《在悬崖上》、七八十年代的《男人的一半是女人》、八九十年代的《红蝗》。

二、"20 世纪中国文学争议作品书系"选收的作品大多为名家名篇，取舍的标准是其争议性和争议的"含金量"。或为思想观念的交锋，或为写法上的碰撞，或因时代的急风骤雨，或因作家自身的创作个性，林林总总，不一而足。通过这些争议，折射了一个世纪的文坛生态以及政治风貌、精神冲突和文学发展的坎坷与磨难。20 世纪的中国文学是在不断的争议中成长繁荣的。从这个视角而言，没有争议便没有文学。

三、"20 世纪中国文学争议作品书系"选收的作品，为保持原汁原味，对其文字，原则上不做变动。原文篇末注明了作品首次发表时的媒体名称和时间。

四、"20 世纪中国文学争议作品书系"每篇争议作品的后边，均附有青年文学研究工作者撰写的"述评"，介绍作品的时代背景、作家的写作状况、争议双方的代表人物或主要观点、争议的影响以及如何看待这些争议，等等；每本书的书前均由该卷的主编撰有"前言"，梳理并描述这一历史时期争议文学作品的概况、特点，为读者认识这一特定文学时期及其争议作品，提供相应的阅读和智力支持。

前　言

　　新中国成立以后的文学，大体上可以分为三个历史时期，茁壮成长却又多灾多难的"十七年"文学、"落了个白茫茫大地真干净"的"文革"十年文学，以及自1976年10月粉碎"四人帮"之后开始的新时期文学。

　　由于多年来的极"左"政治，中国的文学界向来都是重灾区，作家们动辄得咎，被批判被放逐被关压甚至丢了性命；在"舆论一律"意识形态的禁锢中，文学创作受制于种种条条框框的限制，很难产生具有丰富历史含量和现实冲击力的优秀作品。1979年10月30日在北京召开的全国第四次"文代会"，标志着文艺界的全面"解冻"和新生。新锐作家、"归来的一代"作家、知青作家等纷纷亮相，各擅胜场，反响强烈的作品井喷般涌现。新时期的文学以前所未有的激情和活力，为中国的当代文学描画了色彩斑斓而又风格多样的图画。新时期的文学在20世纪中国文学的发展历史中，是继"五四"之后又一个崭新的历史时期。

　　新时期文学的主要特征是文学观念从单一走向多元，文学思潮从封闭走向开放，文学创作从简单的政治传声筒走向对"人"的回归。令人瞩目的是，这一时期的小说特别是中短篇小说，出现了大量的引发争议的作品。

　　这些争议已不再是简单的政治之争、口号之争或"上纲上线"以势压人的批判，而是逐渐走向了理性的、客观的、说理的、心平气和的分析和探讨。争议虽然是面对具体的文本，但折射出的内容却超越了作品本身而涵盖了许多哲学、观念等层面的问题。这种争议强而有力地推动了创作，使新时期的文学更加繁荣、进步。

　　在20世纪的新时期文学中，80年代是最活跃最激烈的，90年代及其以后则渐趋冷静。这是因为，刚刚从"文革"的黑暗中走出来的作家，满腔的热情和对生活的思考，如同开闸的洪水奔腾飞溅，势不可挡。各种新思维、新观念发生碰撞和交锋，各种新写法、新叙事频繁发生又频繁更替。为了使争议作品更具"含金量"，我们在编选时，将新时期的中短篇小说争议作品，（即中国现代文学争议作品书系·卷四《男人的一半是女人》和卷五《红蝗》）。这样的考虑主要是从争议作品出发的，其实就整个文学形态而言也不无道理。董健、丁帆、王彬彬主编的《中国当代文学史新稿》也有类似的表述："无疑，八十年代的中国文化既是高度政治性的，又是多元形态的。我们大致可以 1985 年为界把它划成两个阶段。1985 年之前，以高度政治化的'思想解放'为主；而 1985 年之后，则逐渐走向泛文化热的文化热。"

1985 年之前的新时期文学及其争议作品，政治的投影还是很浓重的。作家们通过自己的创作不但从理性上而且更多的是从情感上对"文革"进行坚决的否定。正因为此，文学一起步就表现出对现实主义强烈的艺术追求，其中既有对"十七年文学"现实主义的对接，同时又有所发展。作家们真诚地面对生活，向历史的纵深推进，对尖锐的现实不再回避，文学书写的勇气和深度得到了极大的加强。与此同时，作家们的创作逐渐将重心转移到对"人"的关注和探究。此间的文学争议集中在对"文革"及之前极"左"政治笼罩下的生活进行揭露与反思、生活的真实与艺术的真实、爱情与婚姻、人性与人道主义等。

1987 年 8 月 11 日《文汇报》发表了卢新华的短篇小说《伤痕》，这是新时期文学的初啼，反响异常热烈，随之而来不同意见的争鸣也同样热烈。小说描写了"文革"中的中学生王晓华因造反派说她母亲是叛徒，便宣布与母亲决裂同时下乡到辽宁。后来得知母亲叛徒的罪名系"四人帮"所强加，于是悔愧交集。此时，备受身心摧残的母亲已病入膏肓，王晓华为了与母亲见上最后一面，乘火车赶回上海。可是当她赶到时母亲已经溘然长逝。批评的意见集中在人物的真实性和典型性以及细节的真实性上。其实，在"文化大革命"这场人类空前的浩劫中，多少善良而无辜的人无端地遭受到人格的凌辱和践踏、身体的残酷迫害和心灵的痛苦煎熬，甚至死于非命；多少个原本幸福或安静的家庭突降天祸，妻离子散、残缺破碎。这也就是《伤痕》一经发表便引起广大读者强烈共鸣的原因，社会上也掀起了倾诉冤屈和创伤的强烈欲望。作品的典型价值在争议中得到了更多读者的认同。王晓华最终没有见到母亲并得到她的原谅，"伤痕"将永远留在主人公的心里，也将刻在历史的年轮中。小说对亲情、爱情、普通人喜怒哀乐这些长时间被限制和践踏的人间真情实感的书写，以及低沉、忧伤的调子，字里行间弥漫着透彻心扉的伤痛，开创了新时期文学悲剧的先河。至于小说中王晓华为什么 8 年来对母亲的冤案毫无警觉等细节真实，则是仁者见仁、智者见智了。不过，通过争议，通过对如何坚持现实主义的创作原则包括对细节真实的不懈追求等命题的辨析，则无论是对《伤痕》的作者，还是对正在厉兵秣马创作欲高涨的其他作家，也都是有益的。

伤痕文学还处于方兴未艾之时，一些作家已不满足于对"文革"的揭露和控诉，他们的创作注入了更多的理性意识，思考着更为深广的历史和现实，于是继"伤痕文学"出现了"反思文学"新一轮的冲击波。

20世纪80年代初期，对"文化大革命"中的武斗做正面描写的小说中，郑义的《枫》是影响较大的；就深度而言，金河的短篇小说《重逢》却格外引人注目。《重逢》把武斗做为了小说的背景，现实的场景是，"文革"结束不久，在清理"文革"中的"打砸抢首恶分子"时，革命干部朱春信与当年曾在"保"他的武斗中伤人致死的红卫兵叶辉，在公安局的预审室意外地重逢了。小说在往事的闪回与现实的对峙，在人物的对话与反思中，演绎了充满着悲剧意味的故事，刻画了令人深思的艺术形象。

到底谁应该受到审判？是红卫兵叶辉，还是革命干部朱春信？小说争论的焦点集中于此。叶辉是怀着崇高而神圣的信仰参加包括武斗在内的"文化大革命"的，他应该为荒谬的历史负责吗？朱春信在"文革"中是被打倒的对象，叶辉已在接受刑事审判，难道还要他去接受心灵的审判吗？问题是尖锐的，争论是激烈的，反思是深刻的。

"文化大革命"对中国是空前的浩劫，对每一个身临其境的中国人也是罕见的噩梦。林彪、"四人帮"是这场浩劫和噩梦的罪魁祸首。但反思绝不应止步于此，"文化大革命"对于人的心灵、道德、伦理、人性的冲击、撕裂、摧毁和异化等等是前所未有的，如何深入地认识、分析、总结、反映，小说《重逢》及其评论仅仅是个开始，我们的文学还有很远的路要走。

在"十七年"的文学中，作家们的创作视野，经过一波又一波政治运动的冲击，已经逐渐从"五四"以来对"人"的关注转移到了对阶级的关注，到了"文革"中这种关注被强行固化和简单化。在新时期文学最初的几年中，文学终于从对"人"的轻视、虚化甚至异化中解脱出来，作家们开始从人的视角出发、在文化的语境中，呼唤普通人的正常的人情和人性。爱情和婚姻这一曾动辄就受到批判的敏感领域，越来越多地得到了表现，刘心武的《爱情的位置》、张弦的《被爱情遗忘的角落》、张一弓的《张铁匠的罗曼史》等接连问世并受到了读者的普遍好评。其中最有影响的是张洁的短篇小说《爱，是不能忘记的》。

在读者的热烈反响中，著名文学评论家李希凡的批评文章具有相当的代表性。李希凡的批评主要有两点，其一是对小说主题思想的认识，李希凡指出："小说描写了一位女作家和一名老干部之间'凄凉而悲惨'但又'镂骨铭心'的爱情'大悲剧'。造成这场悲剧的原因，仅仅是因为老干部有一个共患难几十年的妻子——一个工人的女儿。他们几十年来'风里来，雨里去'，已经'互为左膀右臂'。……离开充满浓厚的抒情气息的语言外壳，小说的思想本质是极为贫弱和渺小的。"其二是由此而引发的关于婚姻和道德的看法："作者认为，只要没有在形式上伤害妻子，有妇之夫和别人相爱就是无可非议的。这是说不通的。因为性爱就其本性来说是排他的。尽管形式上老干部没有和妻子离异，但是无爱的夫妇生活，对于他的妻子，怎能不是一种深重的伤害和侮辱呢？"

也有文章从另外的角度对小说进行了批评，作品描写了老干部和女作家之间虽然深深地相爱了几十年，却连手都没有拉过，就此，批评者指出"把高尚的爱情看成纯精神的活动，……走进了'柏拉图式爱情'，这就不能不削弱作品的思想性"。

热情肯定这篇小说的文章也很多，论者的思考集中在，如何认识和表现以感情为重心的爱情与以伦理道德为价值考量的婚姻发生矛盾，给人带来的精神压力和心灵困惑。他们在文章中发出了这样的质问："为什么我们的道德、法律、舆论、社会风气等等强加于我们身上和心灵上的精神枷锁是那么多，把我们束缚得那么痛苦？"

老干部和女作家之间两情相悦、心心相印，他们的爱是真实、深刻而美丽的，充满了理想主义的光彩。然而，由于他们受其身份、地位和社会关系特别是没有泯灭的良心的种种制约，他们只能把奔放的心灵和无羁的情感埋在心底，而实实在在地接受坚硬现实的既定安排。理想主义的爱成了现实主义祭坛上的牺牲品。老干部和他的妻子被囚禁在没有爱情的婚姻城堡中，忍受着无法言明的痛苦和煎熬；老干部和女作家有婚姻彼此只能以柏拉图氏的精神恋爱而互相守望，忍受的是另外一种痛苦和煎熬。这里并不存在孰对孰错的问题，因为理想和现实都是按照各自的逻辑发生和发展的，因而都有各自的合理性。人既要追求、尊重理想，又不能脱离现实，有时还要使理想迁就甚至屈从于现实。这就造成了痛苦或者悲剧,这样的痛苦和悲剧是无可回避的,但也是美丽而崇高的。小说《爱,是不能忘记的》及其争议留给我们的思考是丰富而绵长的。

关于人道主义和人的异化的讨论是新时期以来思想、文化战线的大事,持续时间之长、争论的深入和激烈以及产生的影响,都在历史上留下了沉重的一笔。礼平的中篇小说就是在这一文化背景下发表的,作品折射出的思想与人道主义等息息相关,反响和争议自然也就比较热烈。著名哲学家、文论家王元化的批评文章最惹人关注。

王元化首先指出:"《晚霞消失的时候》和其他一些受批评的小说不同,它不属于浅薄、庸俗的那一种,相反,它贯穿了某种哲理,展现了一种似乎是崇高的精神境界,它是值得作深入的分析的。"王元化从四个方面对作品进行批评,侧重于哲学层面的分析。其一是关于"文明和野蛮,道德和历史",其二是关于"阶级性和个性",其三是关于"爱与恨,情与理",最后是关于"人和神"。王元化的文章涉及到了文明进步的曲折性、好事与坏事的关系、道德能不能解释历史、革命的暴力和反革命的暴力、阶级的本质和抽象的人性、人道主义、宽容与仇视、情与理、心灵与头脑、宗教与艺术、爱情与婚姻等等,一系列人生哲学或处世哲学带有根本性质的问题。

《晚霞消失的时候》虽然存在着细节真实和思想大于艺术等不足,但小说弥漫的哲理思辨的光彩却独树一帜,因而受到了读者的普遍喜爱。面对王元化的批评,小说作者礼平写了文章,谈了小说创作的初衷,也回答、反驳了一些批评意见。在改革开放的初期,人们刚刚从封闭和禁锢中醒来,面对这些陌生的形而上的人生命题,有一种久蛰寒冬后初沐春风的感觉,新鲜而刺激。《晚霞消失的时候》及其争论,对于读者关于人生价值的认识产生了启迪和深化的作用。就是到了今天,小说的思辨之美和形象之美、对其争论的启蒙之美和理性之美,仍然散发着独特的魅力。

在1985年前的新时期文学中,就反响的强烈和争议的深度和广度而言,恐怕当首推张贤亮的《男人的一半是女人》了。我们这个民族是讲究礼义和注重含蓄的,一些人将这一文化传统无限放大,于是把性等同于淫秽、淫乱,把性的文学反映视为洪水猛兽,围剿堵截,使其无立锥之地,人们谈性色变。这种深入骨髓的思维,在"十七年"的文学中没有改变,在十年"文革"中更是变本加厉,人人避而远之。张贤亮在新时期伊始就以极大的勇气,对这一壁垒森然的文学禁区进行挑战。小说发表之后，一些持保守观念的批评者自然是看不惯，他们将其定性为"性文学"，较为温和的看法也认为性的描写过于泛滥而缺乏节制。然而，多数论者都指出，作者突破题材禁区，真诚而直率地面对性话语，并将其与丰富的历史内涵和复杂的人性诉求有机地融合，态度是严肃的，探索是有价值的。通过对《男人的一半是女人》涉性的争议，对于不断地冲破各种文学禁区，对于实事求是地看待与性有关的文学作品，具有开创性的意义。令人深思的是，8 年后贾平凹的长篇小说《废都》出版后曾一度遭禁，直到近年来才得以重新面世。可见对这一话语的探索，还远没有结束而将继续下去。

　　1985 年之前的新时期文学，小说创作相当活跃，呈现了万象更新、百花齐放的繁荣局面。由于新旧时代的急剧嬗变更替，各种思潮和观念的不断涌现和碰撞，对作品的看法自然难以"一律"，争议随之出现，使中国的当代文学充满了朝气和活力。争议的过程中，虽然一些观点如简单"阶级论"的延续等，都还存有鲜明的时代印记，但整体的表现却是理性而积极的，促进了文学理论的"拨乱反正"、活跃发展，同时也有力地推动了新时期文学的创作实践。

刘声远

2013 年 5 月

伤　痕

卢新华

　　除夕的夜里，车窗外什么也看不见，只有远的近的，红的白的，五彩缤纷的灯火，在窗外时隐时现。这已经是一九七八年的春天了。

　　晓华将目光从窗前收回，低头看了看表，时针正指着零点一分。她理了理额前的散发，将长长的黑辫顺到耳后，然后揉了揉有些发红的微布着血丝的双眼，转身从挂在窗口的旧挎包里，掏出了一个小方镜。她掉过头来，让面庞罩在车厢里淡白的灯光下，映在方方的小镜里。

　　这是一张方正、白嫩、丰腴的面庞：端正的鼻梁，小巧的嘴唇，各自嵌在自己适中的部位上；下巴颏微微向前突起；淡黑的眉毛下，是一对深潭般的幽静的眸子，那间或的一滚，便泛起道道微波的闪光。

　　她从来没有这样细致地审视过自己青春美丽的容貌。可是，看着看着，她却发现镜子里自己黑黑的眼珠上滚过了点点泪光。她神经质地一下子将小镜抱贴在自己胸口，慌张地环顾身旁，见人们都在这雾气腾腾的车厢里酣睡着，并没有人注意到自己刚才的举动，这才轻轻地舒出一口气，将小镜重新放回挎包中。

　　她有些倦意了，但仍旧睡不着。她伏在窗口的茶几上还不到三分钟，便又抬起头来。

　　在她的对面，是一对回沪探亲的未婚青年男女。一路上，他俩极兴奋地谈着学习和工作，谈着抓纲治国一年来的形势，可现在也疲倦地互相依靠着睡了。车厢的另一侧，一个三十多岁的城市妇女伏几打着盹，在她的身旁甜卧着一个四五岁的小女孩儿。忽然小女孩蹬了几下腿，在梦中喊着："妈妈！" 她的妈妈便一下子惊醒过来，低下头来亲着小女孩的脸问："囡囡，怎么啦？"小女孩没有吱声，舞了舞小手，翻翻身复又睡了。

　　一切重新归为安静。依旧只有列车在"铿嚓铿嚓"地有节奏地响着，摇晃着。

——那响声仿佛是母亲嘴里哼着的催眠曲，而列车则是母亲手下的摇篮，全车的旅客便在这摇篮的晃动中，安然、舒适地蹚入恍惚迷离的梦乡。

她仍旧没有睡意。看着身旁的那对青年，瞧着那个小女孩和她的妈妈，一股孤独、凄凉的感觉又向她压迫过来，特别是小女孩梦中"妈妈"的叫声，仿佛是一把尖利的小刀，又刺痛了她的心。"妈妈"这两个字，对于她已是何等的陌生；而"妈妈"这两个字，却又唤起她对生活多少热切的期望！她想象着妈妈已经花白的头发和满是皱纹的脸，她多么想立刻扑到她的怀里，请求她的宽恕。可是，……她痛苦地摇摇头，晶莹的泪珠又在她略向里凹的眼窝里滚动，然而她终于没有让它流出来，只是深深地呼出一口气，两只胳膊肘支在茶几上，双手捧起腮，托着微微向前突起的下巴，又重新将视线移向窗外。

…………

九年了。——她痛苦地回忆着。

那时，她是强抑着对自己"叛徒妈妈"的愤恨，怀着极度矛盾的心里，没有毕业就报名上山下乡的。她怎么也想象不到，革命多年的妈妈，竟会是一个从敌人的狗洞里爬出来的戴愉式的人物。而戴愉，她看过《青春之歌》，——那是一副多么丑恶的嘴脸啊！

她希望这也许是假的，听爸爸生前说，妈妈曾经在战场上冒着生命危险在炮火下抢救过伤员，怎么可能在敌人的监狱里叛变自首呢？

自从妈妈定为叛徒以后，她开始失去了最要好的同学和朋友；家也搬进了一间暗黑的小屋；同时，因为妈妈，她的红卫兵也被撤了，而且受到了从未有过的歧视和冷遇。所以，她心里更恨她，恨她历史上的软弱和可耻。虽然，她也想到妈妈对她的深情。从她记事的时候起，妈妈和爸爸像爱掌上的明珠一样溺爱着她这个独生女。可是现在，这却像是一条难看的癞疮疤依附在她洁白的脸上，使她蒙受了莫大的耻辱。她必须按照心内心外的声音，批判自己小资产阶级的思想感情，彻底和她划清阶级界限。她需要立刻即离开她，越远越快越好。

在离开上海的火车上，那时她还是一个十六岁的小姑娘，——瓜子型的脸，扎着两根短短的小辫。在所有上山下乡的同学中，她那带着浓烈的童年的稚气的脸蛋，与她那瘦小的杨柳般的身腰装配在一起，显得格外的年幼和脆弱。

她独自坐在车厢的一角，目不转睛地望着窗外。没有一个同学跟她攀谈，她也没有跟一个同学讲话。直到列车钻进山洞时，她才扭头朝上望了一下行李架上自己的两件行李：帆布旅行袋，一捆铺盖卷，——这是她瞒着妈妈一点点收拾的。

直到她和同学们上了火车，妈妈还蒙在鼓里呢。她想象着，妈妈现在大概已经回到了家里，也一定发现了那留在桌上的纸条：

我和你，也和这个家庭彻底决裂了，不用再找我。

晓华
一九六九年六月六日

她想象着，妈妈也许会哭，或许很伤心。她不由又想起了从小妈妈对自己的爱抚。可是，谁叫她当叛徒的！她忽然又感到，不应该可怜她，即使是自己的母亲。

车上渐渐地安静了。这时，她才注意到周围的同学：有的靠着坐椅睡了，有的在看书。她对面的座位上，一个年龄和她相仿的男同学，正拿诧异的目光愣愣地望着她。她有些羞涩地低下头。然而，那男同学却热情地问她："侬几届？""六九届。"她抬起头。"六九届？"那男同学显然有些奇怪："那——您？""我提前毕业了。"她说完这话，明亮的眸子忽闪了一下，仿佛是感谢他对自己关切的询问。而且，瞅这空儿，她也勇敢地审视了一下这个男同学的容貌：中等的个儿，白果型的白皙的脸蛋，清秀的眉毛下，一双天真活泼的眼睛。她问他："您叫什么？"

"苏小林。您呢？""王晓华。"她回答了他的反问，脸上不由又掠过一股羞涩的红晕。

听了他们的谈话，几个看书的同学便也插进来问："王晓华，你怎么提前毕业了？"她愣了片刻，想随便支吾过去，可她从不会撒谎，止不住红着脸将实情告诉了他们。她说完，低下头，一种将遭冷遇的预感便涌上心来。然而，同学们却热情地安慰了她。苏小林更激动地说："王晓华，你做得对。不要紧，到了农村，我们大家都会帮助你的。"她感激地朝他们点点头。

于是，在温暖的集体生活的怀抱里，她渐渐忘记了使她厌恶的家庭，和一起来的上海同学们在辽宁省临近渤海湾的一个农村里扎下了根。

她进步很快，第二年就填写了入团志愿书。可万万没想到，因为妈妈的叛徒问题，公社团委没有批。

她了解到这点后，含着泪水找到团支部书记说："我没有妈妈，我已和我的家庭断绝了一切关系，这你是知道的……"苏小林和其他几个同学也在一旁证实道："去年，她妈妈知道她到这儿来后，衣服、吃食寄了一大包，可她还是原封不动地给退了回去。而且，她妈妈哪一次来信她连看都不看，都是随时收到随时打回的。""但是，"团支部书记显出为难的样子，摊开双手："公社团委接到了上海的外调信，而且，省里一直强调……"　他脸上显出一副苦笑。

她茫然了。

大抵到了第四年的春天，她才勉强地入了团。但她的一颗火热的心至此已经有些灰冷了。

春节又到了。这是她最感痛苦的日子。一起的青年都回家探亲了，宿舍里只剩下她孤独的一人。外面，迎春的二踢脚在响，空气中弥漫着浓烈的火药香，听得见孩子们在欢乐地跳啊，喊，唱，锣鼓也在"冬冬锵锵"地响。

虽然节日里，她可以从一些热情的大伯大娘家里获得一点节日的快乐，但一回到空空无人的宿舍，她便感到有无限的痛苦压迫着她。

她能获得一点安慰的是，这里的贫下中农是那样真诚地关心她，爱护她，为了她的入团问题，曾多次联名写信要求公社团委批准，而且，还有小苏经常来看她。他们在几年的生活和劳动中，建立了越来越深厚的革命情谊。小苏喜欢她那种纯洁、质朴的心地和踏踏实实、埋头苦干的精神，她也把他看作自己最可以信赖的亲人，常常向他倾吐一些内心的苦闷。特别是中秋节那天晚上，她和小苏从海边谈心回来以后，更这样想了。

他们沿着海边走了很久以后，并排在沙滩上坐了下来。在他们面前，月光下，海风正轻盈地推涌着海浪"嚓——嚓"地扑打着沙岸，送来阵阵海腥味。他们沉默了片刻，小苏突然问："晓华，你想不想家？"　她愣了一下，抬起头："不！——你怎么问起这些？"小苏低了头，缓缓地说："晓华，我看你还是写封信回去问问，林彪迫害了许多老干部，说不定你妈妈也在其中呢。""不，不会的。"她两手搓弄着衣角，痛苦地摇摇头："以前，我也曾经这么想过，可是不会的，我听说过，妈妈的问题是张春桥定的案。不，不会的。"她依旧摇着头。小苏不由叹了口气，忿忿地自言自语道："毛主席说过，要有成分论，而又不要唯成分论，重在政治表现，可我们这儿倒好，老子英雄儿好汉，老子反动儿混蛋。"

有些凉意了。小苏不由看了看晓华身上单薄的衣裳，问："你冷吗？""不，你呢？"　她抬起头来，深情地望着他，"我还好。"　他不由低下头，又静静地望着月光下波光粼粼的大海，深沉地说："晓华，你说革命者会是一个丝毫没有感情的人吗？"　她没有回答他的问话，想起自己的一切，止不住心上又是一阵伤痛。小苏扭过头，看到泪珠又涌在她的眼眶里，便安慰她说："晓华，不要难过。"可是，他自己忍不住也擦了擦眼角渗出的泪珠。终于，他让自己心内久已积压着的话儿吞吞吐吐地吐了出来："晓华，你也没有亲人，如果你相信我的话，就，就让我们作朋友吧……""真的？你不——？"她的心怦怦跳个不停，吃惊地瞪大了含着喜悦的双眼怀疑地问："真的。"小苏肯定地点点头，向她伸出了友谊的温暖的手说："晓华，相信我吧！"她激动地望着他，不由冲动地扑倒在他的怀里……

她的脸上重新有了笑容，宿舍里、田间又有了她的清脆的歌声，而且面庞上也有了微红的血色，更显出青春的俏丽。

第二年秋天，因为身体不好和工作的需要，她调到了村里的民办小学任教，而小苏也调到公社工作了。

一个下午，她在公社参加教育工作会议后，来到小苏的宿舍。门虚掩着，屋里却空无一人。她从小苏的铺上收起他换下的衣服，准备给他洗一洗，扭头却看到床头柜上的日记本。她随手拿过来翻着，却看到昨天的日记上这样写道："……今天，我感到头疼。上午，李书记对我说：县委准备调我到宣传部去工作，正在搞我的政审。他说，我跟晓华的关系，县委强调了，说这是个世界观的问题，也是个阶级路线问题，要是还要继续下去的话，调宣传部的事还要再考虑考虑。我真不明白……"

看到这里，她竟像木头一样地呆住了。

她猛然合上本子，旋即离开了那间房子，昏昏沉沉地回到了学校。

当她躺到自己宿舍的铺上时，她再也止不住伤心地哭了。

第二天，起床梳洗时，她觉得太阳穴在隐隐作疼，眼眶也鼓了起来。

吃过早饭，她请了假，到公社找到公社书记，异常平静地对他说："李书记，我和小苏的关系从今往后完全断绝了，请不要因为我影响了小苏的前途。"

这以后，她几乎完全变了一个人，比先前更沉默寡言了，表情也近乎麻木起来。虽然，小苏为了她而没有同意调县里工作，仍旧那样真情地爱着她，但她对他却有意避而不见了。

她现在似乎已经真正理解了她所处的地位和她的身份。虽然她和家庭断绝了联系，但她是始终无法挣脱那个"叛徒妈妈"的家庭给她套上的绳索的。而且，她也清楚了，如果她爱上一个人，那么，这根绳索也会带给那个人的。为了这点，也正是出于对小苏真诚的爱，她觉得自己不应该连累他。虽然她有一种"小叶增生"的胸疼的病，医生多次讲婚后有可能好，但她现在宁愿牺牲这一切。她已经决定：要永远关上自己爱情的心窗，不再对任何人打开。

从此，她只是把自己残存的女性的感情奉献给学校的孩子们。她平时省吃俭用，却拿出自己津贴费很大的一部分为孩子们买学习用具。晚上，还经常到孩子们家中帮助温课。她和孩子们之间建立起来的感情，使她暂时忘记了以往的一切。

又是两年过去了。她的瓜子型的脸盘，随着青春的发育已经变得方正，身体的各个部位也丰满起来。她已是一个标准的青年姑娘了。特别在粉碎"四人帮"以后，她感到自己精神上逐渐松了些，于是嘴角有了笑纹。参加群众自发组织的大游行回来后，她感到自己的心情从来也没有这样激动和兴奋过。然而，当她陷入沉思的时候，脸上仍然挂着一股难言的忧郁。

一天，她正在批改作业本，忽然一个教师递给她一封从江苏寄来的信。谁写的？她纳罕地拆开一看，竟是妈妈写的，她改写了地址。这在以前，她也许会一下把信撕掉，但现在她却止不住读下去——

晓华儿：

你和妈妈已经断绝了八年联系了，妈妈不怪你。在这封信中，妈妈只想告诉你，在党的英明领导下，我的冤案已经昭雪了。我的"叛徒"的罪名是"四人帮"及其余党为了达到他们篡权的目的，强加给我的，现在已经真相大白了。

孩子，感谢党，我又回到了我原来的学校担任领导工作。但遗憾的是，这些年我的身体已经被他们摧残得实在不行了。我现在不仅患有严重的心脏病，而且还有风湿性关节炎。但我还是决心用我最大的努力为党多做工作。

孩子，我们已经八年多没见面了，我很想去看看你，但我的身体已经不允许了，因此，我盼望你能回来一趟，让我看你一眼。孩子，早日回来吧。

祝你近好。

妈妈

一九七七年二月二十日

她读着手中的信，不由呆了。"这是真的？真的吗？"她的心一下子激烈地颤动起来。

晚上，快十点了，她手中还捏着妈妈的来信，她躺在床上看着，想着，恍恍惚惚，她已经回到家中，推开门，见妈妈正趴在写字台上写着什么，见她回来，惊奇地喊了声"晓华"便朝她扑过来。她也百感交集地扎在妈妈的怀里。好久，她挣出头。擦着眼泪问："妈，你在写什么？""没，没写什么。"妈妈脸上忽然一阵惊慌，忙去掩桌上的纸头。于是，她疑惑地一步抢过去。夺在手上看时，上面却分明写着几个大字："关于我的叛徒问题的补充交代。"她两眼盯住她，忿忿地骂了声："可耻！"转身便往外走。"哪里去？""你管不着！"可是，妈妈已经抢先一步披头散发地拦在门口了。"啊！"她惊叫一声，从梦中猛醒，蓦地坐起在铺上，止不住双手按着怦怦乱跳的心。"回不回去呢？"她有些犹豫不决了。

直到除夕前两天，她又收到妈妈单位的一封公函，她才匆忙收拾了一下，买上当天的车票，离开了学校。

现在，她坐在这趟开往上海的列车上，心情又怎能平静呢？她激动，她喜悦，但她也苦痛和难过。

清晨六点多钟，列车冲过春节的晨曦，长嘶一声昂然驶进了上海站。

下车后，晓华帮一个妇女抱着小女孩出站台并送上了公共汽车，这才背着黄挎包，拎着旅行袋，赶乘18路电车回家。

在车上，她望着小时候常走常见的马路和楼房，心跳得异常地快，重踏故土时那种难以形容的特殊的喜悦布满了她的全身。今天是春节，妈妈在家里干什么呢？妈妈是不爱睡懒觉的，她一定已经起了床。当她突然地出现在门口时，也许妈妈正背着门吃早饭呢。于是，她便轻轻地喊一声"妈！"妈妈一定会吃惊地转过头来，"呀！晓华！"而惊喜的眼泪一定涌在妈妈脸上。

她这样兴奋地想着，下车拐进了954弄。她数着门牌号码，16号，18号，20号。她停住了，顿了一下，走进那记忆犹新的暗褐色的家门，按捺着极度紧张、激动的心情，伸出食指和中指，在门上"的的"轻敲了两下，没有回音。"妈妈还没起床？"她于是又让手指在门上加重了一点力量。仍旧没有回音。她有些急了，用拳头"彭彭"地叩了起来。可屋里还是死一般沉寂。

"你找谁啊？阿姨！"忽然一个小女孩站在她的身后，手里捧着蛋糕，边吃边瞪着大眼问她。"哦，小妹妹，这屋里的人呢？""搬走了。大前天才搬的。"小女孩呷着薄薄的嘴唇说。"搬到哪儿去了？"晓华紧接着问。"嗯……"小女孩眼睛朝上翻了翻，忽然扭身跑进了屋里。片刻，一个约摸三十多岁的妇女走出来。"噢，你找王校长。她搬到816弄1号去了。"那妇女说完，疑惑地问："你是她什么人？"晓华顿了一下，含笑对那妇女说："我找她有点事，谢谢了。"便匆匆走了。

她找到816弄1号，这是一座新盖的公房。1号房间门口，花盆里栽着一株蜡梅花。一看这花，她便知道这是她的家了，因为妈妈是最喜爱蜡梅花的。

黄漆的门也照旧关着。她想起妈妈的身体不好，也许还在休息，便又走近屋门，曲起手指去叩门。还没敲，却听得 2 号门前一个正在刷牙的中年人扭过头来，闪烁着热情的两眼说："找新搬来的王校长吗？屋里没人。昨天她发病住到医院去了。"她吃了一惊，忙问："什么科？什么房间？""还不清楚。"中年人微微摇摇头。她忙说："同志，这只旅行袋先放您屋里一下。"便急火火地往医院赶去。

因为是春节，医院走廊里空荡荡的。她跑到值班室，一看没人。扭头见前面走廊拐弯处走来几个穿白衣服的医生，边走边说着什么。她便迎上去问："医生，王校长在哪个病房？"一个戴眼镜的瘦瘦的医生盯着她看了一下，像想起什么似的，忽然亮着手中的纸条说："哦，正好，你是王校长学校来的，是吧？那好，麻烦你拍个电报告诉王校长的女儿，这是地址，告诉她，她母亲今天早上刚刚去世了，让她……"

"什么？什么？"晓华脱口惊叫了一声，瞪直了眼睛。突然，她拔腿就往前跑，跑了几步却又猛然站住，回过头来用发直的眼神，有些口吃地问："什——什么房间？几——号？"仍旧是那个男医生，诧异地朝她挥挥手："内科 2 号。往前走，向左拐！"

她发疯似的奔到 2 号房间，砰地一下推开门。一屋的人都猛然回过头来。她也不管这是些什么人，便用力拨开人群，挤到病床前，抖着双手揭起了盖在妈妈头上的白巾。

啊！这就是妈妈——已经分别了九年的妈妈！

啊！这就是妈妈——现在永远分别了的妈妈！

她的瘦削、青紫的脸裹在花白的头发里，额上深深的皱纹中隐映着一条条伤疤，而眼睛却还一动不动地安然半睁着，仿佛在等待着什么。

"妈妈！妈妈！妈妈……"她用一阵撕裂肺腑的叫喊，呼唤着那久已没有呼唤的称呼："妈妈！你看看吧，看看吧，我回来了——妈妈……"

她猛烈地摇撼着妈妈的肩膀，可是，再也没有任何回答。

许久。当她哭干了眼泪后，她才痴呆似的站起来，望着这一屋的人们。——他们也都陪着她在流泪。忽然，她在这人群中竟发现了一个十分熟悉的身影——中等的个儿，白果型的、沉着稳重但还带着孩子气的脸和那双显然也哭红了的眼睛。"苏小林！"她差点脱声喊出来。马上，她就听见她那熟悉的嗓音在说："晓华，不要难过……"

第二天晚上，妈妈的遗体送龙华火葬场火化了。回家的路上，晓华带着哭得水蜜桃般的眼睛，和小苏一起来到了小时候常走的外滩。

夜已经深了。黄浦江上阵阵吹来冷丝丝的风，她第一次倚持在他的身上走着，让他那青春的深深的呼吸温暖着自己冰凉的沉重得快要窒息的心。她感激他，当他探亲期间，听到妈妈已经平反，还特意去看她；而且，除夕的夜里，他又冒着严寒赶到医院去护理妈妈。想到妈妈逝世前能看到小苏，而且小苏也代她看到了妈妈，她的心里得到了那么一丝安慰。

他们在路灯下默默无言地走着。忽然，小苏从身边掏出一本日记本，他翻到写着字的最后一页，递给晓华说："晓华，这是妈妈前晚写下的。"她急忙接过来，借着淡白的路灯的光看妈妈的熟悉字迹：

> ……盼到今天，晓华还没有回来。看到小林，我更想她了。虽然孩子的身上没有像我挨过那么多"四人帮"的皮鞭，但我知道，孩子心上的伤痕也许比我还深得多。因此，我更盼望孩子能早点回来。我知道，我已经撑不了几天了，但我还想努力再多撑几天，一定等到孩子回来……

她的眼睛模糊了。她猛然挣开小苏的胳膊，蹬蹬跑到江边。她伏在江岸边的水泥围墙上，痴痴地望着江面上繁星般的灯火，望着灯光下微隐微现的江面……

好久好久，她抬起头来。她的苦痛的面庞忽然变得那样激愤。她默默无言地紧攥着小苏的手，瞪大了燃烧着火样的眸子，然后在心中低低地、缓缓地、一字一句地说道："妈妈，亲爱的妈妈，你放心吧，女儿永远也不会忘记您和我心上的伤痕是谁戳下的。我一定不忘党的恩情，紧跟党中央，为党的事业贡献自己毕生的力量！"

夜，是静静的。黄浦江的水在向东滚滚奔流。忽然，远处传来巨轮上汽笛的大声怒吼。晓华便觉得浑身的热血一下子都在往上沸涌。于是，她猛地一把拉了小苏的胳膊，下了石阶，朝着灯火通明的南京路大步走去……

（原载《文汇报》1978 年 8 月 11 日）

述评

小说《伤痕》发表于 1978 年 8 月 11 日上海《文汇报》，作品甫一问世，即引起广大读者的强烈共鸣，在社会上也引起了巨大反响。小说的情节并不复杂，一个单纯的追求革命的女青年，从造反派那里得知自己的母亲是"叛徒"后，愤然离家出走并与母亲划清界限，断绝母女关系。粉碎"四人帮"后，才知道母亲的遭遇原来是个冤案，在母亲的亲切召唤下，她乘车回沪看望母亲。然而，备受折磨和摧残的母亲已在几个小时之前去世。"四人帮"不但给忠诚于党的老一辈革命者造成了伤害，也在青年一代的心灵上造成了难以磨灭的伤痕。由于《伤痕》的出现，使接下来井喷般涌现的相同或相类的小说被称为"伤痕文学"，开创了中国当代文学创作一个重要的流派。

小说发表后，《文汇报》收到了 900 多封读者的来稿来信，其中绝大多数读者热情地肯定了作品，约有四分之一的读者在肯定作品的同时也指出了不足，发表了商榷的意见，但也有 16 封信稿对小说持否定态度，提出了批评。

质疑和批评主要集中在小说的倾向性、真实性、典型性、格调和"人性论味道"等几个问道上。他们认为："王晓华是受极'左'思潮影响的一位知识青年，作者对她却寄予满腔的同情，连她的'极左'的举动也加以同情甚至鼓吹。""王晓华这个人物给我有几点不真实的感觉，她对'四人帮'没有觉察，成了一个政治上的糊涂虫，这样的糊涂虫值得同情吗？"他们认为"生活中不可能有这样的干部子女"，因而主人公的形象塑造不够典型。"作品没有正确反映革命人民同'四人帮'的斗争，没有反映我们时代的主流和本质，因此它不能给人们以鼓舞的力量，作品充满了低沉、悲哀的情调，给人们留下的印象仅仅是伤感而已。"

"作品过分地渲染了抽象的母女之情，不免有人性论之嫌。作品在爱情关系上，也有爱情至上主义的味道。"

《文汇报》于同年的 9 月 19 日发表了陈荒煤的《〈伤痕〉也触动了文艺创作的伤痕》，文章除充分肯定了小说的成绩和价值外，针对围绕它的批评也阐述了他的看法。关于作品的真实性和典型性，陈文首先直言，"有些描写还不够真实和深刻，例如王晓华在这样长的时间里始终没有怀疑过她母亲是受'四人帮'的迫害，对'四人帮'的罪恶始终也没有觉察，……接到母亲的信还不立刻回家等等……""从艺术上讲，人物性格要有一定的发展，要表现人物在斗争中的成长过程，小说写的这种事件和人物都不够典型化。"紧接着，陈文的笔锋一转，"可是小说毕竟概括地描写了这一个历史的大悲剧的一个侧面，挖掘了一个有深刻社会意义的题材：'四人帮'对大批革命干部的残酷迫害，造成了我们社会上千千万万革命家庭的悲剧。……我们的家，就是大国家中的一个小家。小家与国家的命运是一致的。从每一个革命家庭的悲剧去看，也就更加清楚地看到国家的命运……"关于《伤痕》的格调问题，陈文认为，"回顾这许许多多家庭的悲剧，心情自然是不会轻松的。但当王晓华已经宣告她将永远不会忘记是谁在她心上留下的伤痕，并为党的事业贡献毕生的力量，为什么还要感到压抑呢？难道一定要按照一种公式，结尾加上一条光明的尾巴吗？"陈荒煤要求把争论继续下去，因为它"远远超过对小说本身评价的意义，它涉及到文艺创作的一些带有根本性的问题"。

关于《伤痕》的"人性论"问题，《文汇报》于同年的9月26日发表了丘峰、冯从岳的《以情感人》，文章详细地分析了小说主人公王晓华对母亲深厚的爱和悔，对"四人帮"刻骨的仇和恨，论述了革命者也是人，也有喜怒哀乐，"爱和恨交织在一起，就构成了最强烈、最动人的感情。"文章从而得出结论："《伤痕》中王晓华表现的无产阶级的深沉的感情，跟资产阶级'人性论'是有着天渊之别的。"

《伤痕》和以它为代表的"伤痕文学"，从艺术审美上来看，刚刚从噩梦中醒来的人们，要把心中郁积多年的情感倾吐出来，难免情绪过于浓烈，表达过于急切，因而还显得不够成熟。然而，这些作品真实地记录了一个时代的血和泪，控诉了"四人帮"的倒行逆施和给国家、民族、人民带来的深重伤害；这些作品所描写的人物命运和充满悲怆格调的叙事，给当代文坛带来悲剧意识，形成了中国当代文学史第一次悲剧高潮，这是它在中国当代文学史上的意义所在。

重 逢

金 河

事情发生在地区公安局的预审室。

当一个审讯完的犯罪分子被带下去之后，预审科李科长把一本新案卷，递给了身边的地委副书记朱春信。

朱春信，五十几岁年纪，身躯魁梧，略有些发胖。头发修理得很整齐，两条眉毛又粗又黑，一双眼睛总带着沉思的神色，连鬓胡子刚刮过的方下颏微微泛青，给人总的感觉是严肃、老练、精力充沛。在地委常委分工中，他负责组织、人事和公检法系统。粉碎"四人帮"以后，在清查打、砸、抢分子的时候，他亲自来到地区公安局，想抓几个典型案例，开一次全地区的有线广播公判大会，公开审判一批打、砸、抢首恶分子，推动一下这场清查运动。但是，抓这样的案例，并且做到实事求是、证据确凿、经得住时间的考验是十分费力的。对第一个犯罪分子的预审就很不理想：检举材料、起诉材料同被告本人的交代，差距还是很大的。朱春信粗黑的眉毛紧皱了一下，趁第二个犯罪分子没进来之前，活动了一下微胖的身躯，伸了一个不大容易看得出来的懒腰，斜靠在椅子上，浏览着李科长递过来的第二本案卷。只见案卷开头的提要上写着："叶辉，男，二十八岁，家庭出身工人，本人成份学生，捕前系我地区直属发电厂锅炉工。叶犯在文化大革命中追随林彪、'四人帮'，大搞打、砸、抢，尤其严重的是在一九六七年九月的一次武斗中，亲手将一名工人打伤致残，用长矛将学生石志红刺死，实属打、砸、抢首恶分子……"

朱春信看着案卷，粗黑的眉毛突然跳动一下，若有所思地抬起头来，但又马上轻轻地摇摇头，继续看下去了。

李科长指着案卷笑着问朱春信："朱书记，您听说过这个人吗？"

"没有。"朱春信摇摇头，"我是七〇年才到这个地区来的，六七年我还在北宁市。"

"叶辉是北宁市的下乡知识青年，一九七二年在咱地区招工到发电厂。"李科长又说。

"啊……"朱春信严肃的脸上顿时浮现出一种惊讶和不安的表情，但是当他意识到这一点以后，便立刻镇静下来，轻松地笑了一下说："我那时正被揪斗，武斗的事是后来听说的，没听说过叶辉这个人。——双方都有伤亡，很惨啊！"朱春信痛心地摇摇头，然后又抬起他的方下颏问，"叶辉当时是干什么的？"

"一个中学红卫兵组织的小头头。"

"中学红卫兵……小头头？"朱春信眼睛一动，像是自言自语，又像是对李科长的发问。

"是啊。"李科长肯定地回答。

"嗯……这样有血债的打、砸、抢分子是应该严肃处理的。"朱春信凛然地说完，又想起一个问题，"他还有别的名字吗？"

"好像没有……"李科长还要说什么，预审室的门开了，一个二十八九岁的青年工人被带进来，他向朱春信小声说，"喏，来了！"

被告穿了一身旧工作服，带有斑斑油污的上衣，两个肘部都打了补钉，脚上的翻毛皮鞋使人很难看清它的颜色。这个青年人不修边幅，但他并不拖沓。茂密粗硬的头发盖住了他的半个前额，棱角分明的嘴微微张开，露出整齐、洁白的牙齿，这是一个漂亮的小伙子。在坐上被告的小方凳之前，他用那双黑白分明的眼睛，向他面前的审讯人员扫了一下，并且讥诮地笑了，显得镇定、从容。可是，当罪犯的眼光跟朱春信的眼光相遇的时候，却使朱春信的心为之一震——这个眼神，这种笑容，他好像在什么地方见过。

"是……他嘛？"朱春信的心中迅速闪过一个神秘的猜想。

"你叫什么名字？"李科长开始审问了。

"叶辉。"罪犯回答。

"用过别的名字吗？"

"没有。"

李科长向朱春信点了点头，这证实了他刚才对朱春信的回答。朱春信根本没有理会李科长的示意。他拧起粗黑的眉毛，死死地盯着被告的脸，接着他又破例离开座位，背起双手，在罪犯身边踱了几步，然后又回到座位上来，朱春信先是做了个考虑问题的样子，但是他的眼光总是在犯人的额角上搜索着，显然是在审视着犯人的什么外形特征。

"有必要向你交代一下党的政策……"李科长照例说着预审罪犯时的常用话，"那就讲讲你犯罪的经过吧。"

审讯在严肃的气氛中进行着，可是朱春信却一言未发，眼睛一直盯着案卷上的一行大字："打、砸、抢犯叶辉。"

"是他，的确是他——叶卫革！"朱春信在心里叫着，"我希望不是他，可是，我看见了他额上的那块伤疤！可是，他为什么不承认自己用过'叶卫革'的名字呢？"

"讲主要犯罪事实，不要避重就轻，坦白从宽、抗拒从严……"

审讯的声音在朱春信耳边越来越微弱了，一段本来不愿回忆的往事，却清晰地展现在他的眼前——那是一九六七年九月——严峻、混乱、痛苦的秋天。

北宁市的群众组织早已分化成势不两立的两大派，一派名叫"东方红"总部，一派是"红联"总部。在《人民日报》"站出来亮相"的号召声中，被冲垮了的北宁市委主要领导干部包括朱春信在内，都认真地考虑应该支持哪一派。也有的领导干部不想去"亮相"，但考虑到种种利害，朱春信觉得还是亮一下好。根据观点、力量、社会影响和固有联系等多方面的条件来衡量，朱春信声明站在力量较强的"东方红"总部一边，认定"东方红"是"革命造反派组织"，承认另一派是"群众组织"。"亮相"的结果，朱春信成了"东方红"派的"革命领导干部"，也自然地成了"红联"派眼中的"三反分子"，招来更为猛烈的打倒声和更为残酷的揪斗。为了避免这种揪斗，他不得不过着东躲西藏的被追捕的犯人式的生活。在家里不安全，他住过工厂的工人宿舍，农村的生产队房，新光照相馆的暗室，甚至不准任何人冲击的要害部门——供电所的配电室和劳改队的办公室。不管走到哪里，朱春信始终被一种恐惧、烦恼和羞耻的心情袭扰着，他时时为自己的北宁市委副书记的身份同这种躲躲藏藏的诡谲行迹之间的矛盾感到难受。"有什么办法呢？我并不愿这样！"朱春信想，"如果被对立派逮住，那是性命难保的呀！乱透了，乱透了，这是一出什么戏呢！"他暗地里发着牢骚。《人民日报》曾用讽刺的口吻说："哪有革命领导干部怕群众的呢？"朱春信也暗地里骂过这种论调："不怕？这些秀才们，说得倒轻巧，你们来试试看！"

一九六七年九月，朱春信经过辗转迁徙，一天夜里悄悄地住进了一座办分楼，被安排在背街一面二楼的一间办公室里。办公室临时放了两张床铺，没有蚊帐，被褥像是从来没有拆洗过的，白被里呈现暗灰色，摸一下还有点滑腻发凉，散发着一种霉味儿。即使这样，对于整天为自己的安全担忧的朱春信来说，这也是难能可贵的避难所了。好在九月的夜晚虽然薄带微寒，但并不冷。爽人的秋风从窗口吹进来，室内的灯光投射在窗外老杨树摆动着的叶子上，犹如一簇簇银色的光波在晃荡。那些架在高大建筑物上的彼此对立的高音喇叭，不知是因为播音员嗓子哑了，还是因为扩大器的电子管需要休息，现在都没有播送"严正声明"和"最最强烈抗议"，也没播送"语录歌"和"三忠于"歌曲，这就使朱春信的新居显得安适、静谧了。

一直陪伴着朱春信的市委办公室副主任林凤翔拉上窗帘，对朱春信苦笑一下说："我们今天可以睡一个安稳觉了。"

"可能。"朱春信用手指甲来回划着他那多日没刮的方下颏，连鬓胡子发出沙沙的响声，"不过，万一有了麻烦，我们住在二楼，退路……糟糕！"

林凤翔不到四十岁，是市委领导很喜欢的干部。他不仅能给自己的领导在工作中出许多有用的点子，也能为领导的饮食起居做周密的安排。而这一切又都做得不显山、不露水、不出格、不逾矩，彬彬有礼，恰到好处，即使最严格、矜持的领导，也都乐意接受林凤翔的巧妙安排。他和朱春信虽然是下级和上级，但"文化大革命"使他们成了患难知己。朱春信担心的事林凤翔也想到了，但有什么办法呢？不过他还是有办法使领导宽心的："不会有什么麻烦的，至少今天晚上……"

"砰砰砰……"有人敲门了。

林凤翔把没有说完的半句话咽了下去，脸色陡然变了。朱春信眼盯着门口，头脑中以难以想象的高速度，判断着深夜到来的敲门人是天使还是魔鬼。他们住的这个地方，除指挥部的有关头头和几个可靠的工作人员外，别人是不知道的。而指挥部的头头已有言在先，今晚不来了，明天才接他们去开会。那么晚上来的是谁？会不会是"红联"派跟踪追迹呢？碰上这样的情况就糟了。

"砰砰，砰砰……"门还在敲着。

朱春信想找个地方躲一下，可是屋里没处可躲：天棚上没有气眼，床底下藏不住人。他用询问的眼光看了林凤翔一下，"答应不答应？开门不开门？"林凤翔瞪着失神的眼睛没有良策，想到自己可能跟朱书记同归于尽，心里冷得发颤。

"砰，砰砰！"门还在敲，并且加重了分量，敲门的人不耐烦了。

看来不开门是不行的，朱春信无可奈何地向林凤翔使了一个眼色。

"嗳……呵……听见喽！"林凤翔做着一个刚刚醒来的声调答应着走到门边，"谁呀？"他的牙关在发抖。

"快开门吧！"门外一个青年人回答。

"自己人。"又一个青年人说。

"胆小鬼！"这是第三个青年人的声音。

"你们找谁？"林凤翔问。

"就找这屋里的人！"

这样的回答仍然叫林凤翔和朱春信提心吊胆，按照朱春信的眼色，林凤翔说："已经睡下了，有事明天再说吧！"他的身子顶住房门，两个腿肚在发抖。

"你们倒会享福！"门外又送来了讽刺的笑声，"别罗嗦了，要是老保那边的人来了，这么一扇破门顶个屁用！快开门，有急事哩！"

朱春信觉得门外人的分析确有道理，便与林凤翔交换一下眼色，林凤翔估计一个人顶一扇门怕顶不住，最后只得把门打开了。

十几个十八九岁的青年人闯进来，站在地中间。有的手持长木棍，有的扛着长矛，腰间的皮带上都插着一把形状各异的匕首或刀子，个个威风凛凛、杀气腾腾。朱春信惊恐地望着这伙没有派别标志的不速之客，不由自主地从床上挪下来，剧烈跳荡的心已经蹦到了嗓子眼儿。

"您是朱书记吗？"一位手里没拿武器的青年人向前走上一步，用客气、柔和的声音问。

"啊……嗯，我是朱春信，朱春信。"朱春信对自己的胆怯和说话时的谦卑神态感到恼火。

"我们是'东方红'指挥部派来保护您的。"没带武器的青年从容地笑了一下说，"我叫叶卫革。您在这里的安全由我们兵团第三支队负责。"

"保护？啊……"朱春信眼里顿时射出一种感激、兴奋的光辉，粗黑的眉毛不停地跳动着，用手指甲轻轻地划了几下他的大胡子，审视着叫叶卫革的青年人。他茂密粗硬的头发剪得短短的，棱角分明的嘴唇自然地微张着，露出两排整齐、洁白的牙齿，一双灵活的眼睛流露着这个时期青年人特有的豪放、热情、单纯和不需掩饰的狂妄，一身草绿色的典型的红卫兵服装使他愈显得勇武、精干。这时，朱春信的一颗七上八下跳着的心才"嗵"地一下落到了实处。"快坐，请坐！"他指了一下自己和林凤翔的床铺，"就坐在这里嘛，坐嘛！"

红卫兵们坐下之后，朱春信又深情地说："指挥部的革命造反派战友为我们想得真周到哇！叫你们这些小将也辛苦了——我看这里还比较安全嘛！"

"不，有情况。"叶卫革用严肃认真的神气说，"指挥部说，您不断转移住处的情况，'老保儿们'已摸到一点影儿，他们可能挑起事端。"

"啊？"朱春信一惊，粗黑的眉毛紧皱起来，"会这么快？怎么办？你们十几个人……"朱春信本来想说"怎么能对付得了？"可是话到嘴边他改了——"任务太艰巨了！"

叶卫革微笑着，习惯地挺起胸脯、捏紧了拳头："朱书记，您放心，别看我们只有十几个人，有我们第三支队在，就保证您的安全。万一这里情况危急，总部也会来支援的。"他说话时的严肃神情使人想起一名无畏的战士在向自己的首长宣誓，"您站在我们一边，就是站在毛主席革命路线一边。为了保卫毛主席的革命路线，我们革命造反派战士头可断、血可流！"

朱春信望着这个激昂、慷慨的青年，感动得半晌说不出话来。他努力克制着自己的冲动，上前拉起叶卫革的手："谢谢您，小将！我，谢谢您，谢谢！"

叶卫革惊愕地望着朱春信的脸，把手慢慢地抽回来。这位领导干部的举动使他感到意外。他根本不想以自己的言行赢得谁的感激，他只是在表达自己对一个伟大的信仰的真挚和坚定不移，他在尽自己的义务——一种无可比拟的崇高、神圣的义务。

"万一发生什么情况可不要慌，不要靠近窗户，把门顶死——哎，用办公桌就行……"叶卫革又交代了几件注意的事项，临走时又说，"自己人进来时敲门的暗号是：先敲一下，间隔一会，再连敲三下——咚，咚咚咚……"

"咚咚咚……"

敲木器的声响，把沉思中的朱春信拉回到预审室里来。

"为什么要参加武斗？嗯？"李科长用严厉的目光逼着罪犯，同时用手敲着面前的桌子，发出"咚咚"的响声，"《十六条》早就规定'要文斗，不要武斗'，你为什么要武斗？把你的动机说得那么可爱，这完全是狡辩！"

坐在小方凳上的罪犯，平静地微笑了一下，说："我是在讲事实。"

"事实，事实！事实上你想隐瞒一些东西——你为什么不说出你所保护的那个领导干部的名字？"李科长反问道。

听到李科长的讯问，朱春信的心猛地跳了一下，脑袋嗡嗡直叫。他暗暗埋怨李科长不该提出这样的问题，他担心罪犯在迫不得已的情况下说出"朱春信"三个字，把他置于十分尴尬的地位。

"我忘记了。"罪犯回答说。

"不是忘记，我看是扯谎。"李科长说，"任何领导干部都不会赞同和纵容你们武斗！继续说你的犯罪事实吧！"

这时，朱春信才长出了一口气。他万万没有想到，在这样的场合，会跟叶卫革重逢。他的心情或许跟这个被告一样沉重。

审讯又继续进行下去，但朱春信再也坐不下去了。他觉得脊背发凉，脸上冒火，四肢也有些僵硬，便向李科长小声说了一句，走出了预审室，背着手信步在室外的小天井里兜了一圈。一九七七年的九月，秋高气爽，近午的太阳还有点烤人。院里几株老杨树轻轻地摆动着肥绿的叶子，婆娑作声。朱春信站在树荫下，仰望着老杨树，听着树叶的沙沙声，似乎听见老杨树用讥讽的口吻向他谈话："祝贺你和叶卫革的重逢！不过，十年风雨，你们彼此的变化却这样富有戏剧性！"朱春信吃了一惊，但镇静了一下，他苦笑了："有什么办法呢？我并不想让他变成罪犯！"

树叶的沙沙声，他慢慢地听不见了，一阵汽车声却由远而近，进了他的回忆……

那是天快亮的时候，楼外突然传来了汽车的刹车声，接着就是嘈杂的人声和铁器敲打楼门的声音。

"开门！"

"快开门！"

楼外的人七嘴八舌地喊。

"你们是干什么的？"楼里的人问。

"抓小偷。"

"找错地方了，这儿没小偷！"

"有人看见小偷钻到这楼里来了！"

"胡说八道！"

"你说痛快点，到底开不开？"

"甭想，谁知你们是哪个庙挑酸泔水的！"

"砸！"

"咚——哗——！"是玻璃窗被砸碎的声音。

虽然这一切都发生在临街面的楼门口，但是住在二楼背街一面的朱春信和林凤翔都听得清清楚楚。他们被这突然到来的事，惊呆了。声称"抓小偷"的人，显然是冲着他们来的。

"楼上的战友们注意——"叶卫革用低沉而有力的声音喊，"集合，快！'老保们'来了！"接着又听见什么东西被扔在桌子上的声音和叶卫革的骂声，"妈的，电话也被老保掐断了！"

一阵嘈杂的脚步声之后，叶卫革熟练地给他的第三支队成员分派了战斗岗位，只听叶卫革喊："文攻武卫，用鲜血和生命保卫毛主席革命路线的时候到了！决不让'老保们'走进楼门，战友们，上！"

"楼里没有几个鸟，战友们，冲啊！"

"冲进去，揪出三反分子朱春信！"

"冲啊！"

楼外也顿时喊声四起，砖头、石块打在门上、窗户上的"砰砰"声，玻璃破碎的脆响，粗野的叫骂和呐喊混成了一片。

朱春信和林凤翔坐在墙角的床头上，呆呆地互相对视着。朱春信又看了一遍这间办公室，仍然找不到可以躲避的地方。他小心地走到窗前，只见窗外几株老杨树，都在七八米远处，也不是可以逃走的出路。怎么办呢，恐惧、绝望、焦灼一起袭上心头。这时他把一切希望都寄托在叶卫革和十几个小将的勇敢善战上，甚至为青年人的武器是否充足而担心了。

"叶卫革，一楼进来人了！"楼内有人叫。

"从哪儿？"

"窗户。"

"执行第二套方案——撤到二楼，守楼梯！"叶卫革下着命令，显出是个出色的临危不惧的指挥官的姿态。

"张继红被打伤了，叶卫革！"

"快抬到二楼……"

叶卫革下边的话，被涌入楼里的潮水般的人声淹没了。

"冲啊，冲上去呀！"

"把楼里的乌龟王八蛋全逮住！"

随着这一片呐喊，又是一阵激烈的厮打和砖头的暴雨，间或传来受伤人的惨叫和呻吟。

朱春信呆坐在床头，心"咚咚"地跳着，这种场面他已经历过不止一次了，他能设想出这种短兵相接的战斗的激烈程度；可是在他的心底还有一种战斗——两个朱春信的战斗。一个朱春信在说："作为一个老干部，应该叫两派群众停止这一场无谓的流血，但是我有什么法子呢？说不定自己的血也要一块流。"另一个朱春信否定前者："这是两条路线的搏斗，不应有丝毫的手软！"一个说："这是极端的自私！"另一个说："这是革命的坚定性！"一个说："这是耻辱！"另一个说："有什么办法呢？我并不想这样！"……门外走廊上传来了阵阵呻吟声，朱春信觉得自己应该做点什么了。

"老林！"朱春信叫林凤翔。

没有人答应。朱春信环顾全室，没有林凤翔的影子，也许林凤翔溜掉了。

"要不，老林大概是去助阵了！"朱春信这样想着，便轻轻地开了门，先把头探出去左右看了一下。"啊！"他惊得几乎叫出声来。不知什么时候，叶卫革早在走廊里准备了几大筐砖头和一堆石块，还有两捆长短木棒。他陡然哆嗦了一下——突然发现就在离他几米远的走廊上，躺着一个青年人，殷红的血流在平滑的地板上，在晨曦中闪着亮光。由于众寡悬殊的紧张战斗，伤员还没有来得及包扎。他判断，这个人大概就是他刚才听说的张继红。

朱春信快步走过去，解开了青年人的衣扣，检查一下伤势，给青年人包扎伤口。伤口刚刚简单地包扎完，就听见叶卫革急促的叫喊："快，把那个盛砖头的箩筐拖过来！"

朱春信茫然地回过头来。

"愣什么，就叫你！"这指挥官的声音是果断的，又是严厉的。

朱春信这时才知道，叶卫革是在向自己下达着战斗命令，他已经是小将们真正的"战友"了。朱春信不由自主地走向那盛着砖头的大筐，手握住筐沿。可是他的手又像被烙了下一样抽回来，他觉得这些砖头在他眼前飞腾起来，又落回筐里，筐里已经不是砖头，而是无数颗淌着血、鼓着血肿的头……

"能这样吗？"朱春信问着自己，"当权派参与武斗，这不是犯罪行为吗？"

"还愣什么！你想让那帮小子上来吗？"另一个守楼的青年人说着，怒气冲冲地走过来。

朱春信再也顾不了许多了，"有什么办法呢？我并不愿这样。"他这样在心里叨念着，奋力拖起一筐砖头，向楼口送过去。值得庆幸的是他拖到半路，被那个走过来的青年人接过去了，楼下的进攻者不可能发现他的举动。

进攻者的几次冲锋都在叶卫革组织的出色的反击下失败了。虽然他和他的战友中，又有几个人负了轻伤，可以肯定进攻者受伤的人数不知要比防守者多多少倍。战场上出现了僵持局面。进攻者开始向二楼大骂，一面骂"东方红总部的一小撮暴徒"是"保皇狗"，一面骂朱春信"挑动群众斗群众"，"制造武斗流血事件"，并扬言对他要"严惩不贷"。

楼上的守卫者一面向楼下对骂，一面松一口气，整顿自己的阵容。这时，朱春信才发现林凤翔并没有到楼梯口来助阵，谁也不知他跑到哪里去了。朱春信明白了：林凤翔是怕那一派冲上来，把他同朱春信逮在一起做替死鬼，早溜到什么地方躲起来了。但是，当着青年人的面他没有提这件事，只是回到他的临时宿舍，颓然坐在床上的时候，才从牙缝里挤出四个字："虚伪，卑鄙！"林凤翔的开小差，使他感到失望和空虚，但是对青年人的感激和热爱却达到了新的高度。"难得的小将啊！在战争年代，他们会成为忠诚的将士！"他自言自语地赞叹。

猛然，他听到窗外有异样的响动。

他胆战心惊地走过去向窗外一看，"啊——！"他失声大叫着破门而出，"小叶，叶卫革，上来了！"

"什么上来了！"叶卫革迎上来。

"在……在我那间窗外……上来了！"朱春信用不连贯的话叫着，"……长梯子……"

"你不要动，就在走廊里等着。"叶卫革一手握着长矛，一只手抓了两三块砖头，风一样卷进屋里去了……

不一会，叶卫革用手捂着前额从屋里走出来，鲜血从指缝间流淌着。他从容、镇定地向朱春信笑了笑："退下去了，狗日的！"

额角上的血，淌到了他棱角分明的嘴唇，染红了他洁白的牙齿。朱春信"嚓"地一下撕破了自己的白衬衫，把叶卫革头部的创口包扎好……

几十分钟之后，楼下传来了进攻者的惊呼："撤，快撤！'东方红'的大队来了！"

"快，快快！"

接着又是一场卷心菜式的内外夹攻的厮打，不用说，是进攻者吃了大亏。林凤翔是在战斗结束后从厕所里钻出来的……

"朱书记！"一位干警走过来。

朱春信从回忆中清醒过来，发觉自己的身躯不知什么时候倚在老杨树上了。

"朱书记，您身体是不是不大好？"干警说，"李科长问你有什么指示。"

朱春信第二次走进预审室的时候，罪犯已经带出去了。李科长满意地笑着对朱春信说："叶犯的认罪态度比较好，对自己的犯罪事实基本上承认下来了。"李科长指着审讯记录说，"他承认，在那次武斗中，攻楼一方一个名叫石志红的学生用梯子爬上二楼的窗户。在叶犯进屋的时候，石志红站在窗台上向他甩过来一把匕首，伤了他的前额，而他用长矛还击，也刺中了石志红的肩部。石志红仓惶逃走时，从二楼跌下去了。楼外还有人顺着梯子往上爬，他就用砖头往下砸了几下，不知是不是有人受伤。他还说，文攻武卫嘛，'老保'来进攻，我们就有权利武装自卫。"李科长说到这里，又翻了一下案卷说，"调查证明，学生石志红和一名工人，就是在那个窗下致死致残的。"

"唔。"朱春信心不在焉地点点头。

"叶犯和死者石志红并不相识，可以排除报复成份。"李科长又说，"不过叶犯拒不承认他是追随'四人帮'，干扰破坏"文化大革命"，不承认他的犯罪动机。"

"噢……"朱春信烦恼地皱着眉头，找不出一句合适的话来，他既不能为叶辉开脱，也不想去附和李科长的结论，"到点了，我们下次……明天上午再研究吧！"

朱春信走出公安局的大门，沉重地坐进等候他的汽车的柔软的座位，觉得头胀得有笆斗那么大，头脑里一片浑乎乎，像一团乱麻，像一池搅得"嗖嗖"旋转的污水，只有几个奇怪的概念，像霓虹灯似的不时地闪现出来——小将、恩人、罪犯、革命领导干部、法律……他记不清自己怎样下的汽车，怎样走上自己新住宅的楼梯。

"怎么，你病了？"他的老伴问他，"你的脸色煞白，是不是感冒？"

"可能。"他说。

"吃饭吧！"

"不吃，我要躺一下。"

朱春信躺在床上辗转翻腾着，刚才在车上反复出现过的几个概念，还像电弧一样刺眼地在他脑际闪耀着。他品味着十年后他同叶卫革第二次相遇的含义和他应该采取的态度，但结果只能使解不开的疙瘩越拽越紧。

门外传来了敲门声。

"有人找你。"老伴儿来到床头告诉他。

"有事情找主管部门反映，不然下午到机关去谈。"他烦恼地说。

"一个老太婆，她好说歹说一定要见见你。"

"什么事？"

"她没说，她说她是叶辉的妈妈。"

"啊？叶辉……的妈妈？"朱春信惊讶地一骨碌爬起来，"快请她进来！"

进来的是一位瘦弱的老工人，看样子已经到了退休的年纪。和善、朴实的脸上刻满了辛劳、忧虑的皱纹，一双大手不知所措地放在胸前，拘谨地站在地当中，用忧伤和乞求的眼光望着地委副书记。

"我是朱春信。"朱春信避开老女工的眼光,搬过一只椅子,"大嫂,您坐吧!"

"啊,啊,不坐了……"老女工有点受宠若惊,"我是为叶辉的事从北宁市来的,是媳妇给我打的电报。有几句话……我就这么站着说吧,您身体不好……"

"不,不不,没有什么!坐,坐吧。"朱春信和蔼地说。

"叶辉犯了法……"老女工刚说这么一句,眼泪已经沿着脸上的皱纹缓缓地流下来,"把我儿子抓起来判罪,这是没有办法的事。我是个工人,粉碎'四人帮',我们多高兴啊!清查打砸抢,我们也热烈拥护,就是清查到我儿子头上,我说什么好呢,谁叫他犯下了人命案呢!"

"好啊,"朱春信点点头,眼光凝聚在写字台的茶杯上,"这样认识是很对的,大嫂。"他又用了"大嫂"这个亲切称呼。

"可是,我觉得还有些心里话要跟领导说说。"老女工说,"不知对不对,说错了,请领导批评……"

"没关系,不要有顾虑,随便唠吧!"

"我认为我的儿子在本质上……不是坏的。"老女工下决心说出了这句话,胆怯地端详着朱春信的脸,当她发现朱春信的脸木然地抽动了一下,没有训斥她的表情时,才又放心地说下去,"文化大革命开始时,他是高中二年级一个班的团支部书记。一些人起来揪校长,斗老师,把他气得不行,他回家跟我说时还直哭,好像是斗了他。后来我又听说他成了'资产阶级保皇派',大串连时都不准他去北京!他回到家里哭哇……"老女工说到这里,长叹了一口气,"一些同学来安慰他,我也劝他,他什么也不说,就是看报,看那些传单,看完了就像傻了一般,只是一个劲儿把眼珠瞅着顶棚。我真担心他会发疯!过了几天,他失踪了。谁也不知他到哪里去了。我和他爸爸急得要死——我就这么一个儿子哇,我们把附近的水井、树林、河道都找遍了,以为他寻短见了!十来天,他回来了。他那个高兴劲儿就甭说了,他好像换了一个人!他先给我赔不是,说他不该不辞而别,叫家里操心。然后他从兜里掏出一个小包包,抖开一层又一层,最后抖出两枚指头大的毛主席像纪念章,小心地把其中的一枚给我戴在胸前。我叫他也戴一个,他舍不得戴,怕磨坏了,又珍惜地包了起来,揣在怀里。他跟我说,他偷着去北京了,在北京受到了无产阶级司令部的最大最大的教育。他想通了——过去一切的一切都错了,那些都是修正主义的,他受了蒙蔽,当了保皇派。'我真傻!'他说,'工人的儿子怎么能当资产阶级的孝子贤孙呢?'他把自己'三好学生'的奖状都扯了,说那是黑《修养》的东西。以后,他又组织了什么战斗队,从早到晚整天不回家。

我担心他闹出事来，便去阻拦他。他苦苦地求我：'妈妈，工人阶级应该是红卫兵小将的坚强后盾，您应该支持我。您受了半辈子苦，难道愿意看我们的党和国家变修？'反正我说不过他。也怨我糊涂，我当时为啥不拦住他呀！他打死人的事，我是最近才知道的……"老女工抹了一下眼泪，抱歉地说，"您瞧我说这些干啥呀！我没文化……"

"不，说得好……好！"在朱春信苍白的脸上，肌肉不停地抽搐着。他并不是对老女工的絮絮叨叨感到厌烦，恰恰相反，这娓娓叙述像重锤敲着他的心，他似乎感到他也在被告席上接受着审讯。他没犯法，这是对他良心的审讯！

"叶辉的爸爸三年前去世了。叶辉结婚还不到一年，媳妇最近要生孩子了。这几天媳妇一直在哭……"老女工流着泪说，"她叫我想办法，我能有什么办法呢？"

朱春信背过脸去，用手帕迅速地捭了捭眼窝，回过头来说："您的意思是不是请求地委考虑对叶辉从宽处理？"

"从宽还是从严，法官不会听我的。我只是想向领导反映一点情况，听说朱书记分管这方面工作。"老女工想了一下说，"还是在'文化大革命'的时候，记得有一次叶辉跟我说起您，好像你们还一起共过事，您大概还能记起他……"

"叶辉说过我？"朱春信的脑袋"嗡"的一下，额角上立刻冒出微细的汗珠儿，他担心叶辉是否向人说起过一九六七年九月那场武斗的全部情况。"他说过我什么呢？"朱春信问。

"十年了，早忘了！"老女工叹一口气，"好像说过应该豁出命来保您这样的领导干部……"老女工站起身来，歉意地向朱春信点点头，"打搅您休息了，我走了。"

"就在这儿多住一个时候吧？"朱春信问。

老女工摇摇头："不，明天我就回北宁了，这次来，总算跟我这个闯祸的儿子见了最后一面。已经请了五天假，生产挺忙的……"

送走了老女工，朱春信又躺在床上，老女工的言语和神情，使他更加如卧针毡。"我的儿子本质上不是坏的……""我能有什么办法呢？""应该豁出命来保您这样的领导干部……"老女工如泣如诉的话语，总在耳边回响。他索性爬起来，看了一下表，已到了上班时间，便乘车来到地委机关办公室。

一大堆待批示的文件、报告在等待他。他随手拣起一份，看了一个开头便放下了，他的心乱得厉害。同叶辉的第二次相遇，同叶辉妈妈的谈话，把朱春信原来的生活、工作和思想的节奏全打乱了。他好像第一次感到他并不完全是"四人帮"的受害者：在他被推进陷坑里的时候，他还把天真可爱的年轻人拖了进去。除了惭愧、内疚，他还产生了一种恼人的胆怯，就像一个做了坏事的人被游街示众，放回来之后那样，他觉得那些彬彬有礼地跟他打招呼的机关工作人员，也像带着讥讽的微笑；见到两个机关干部在议论什么，他便觉得好像在议论他在"文化大革命"中的行为。他对自己的思维的反常感到恼火，想挥开这些念头，可是这些念头却像讨厌的苍蝇，赶走一只，又飞来一群！他气愤地把文件推到了一边去。

党委秘书走进来。秘书告诉他：下午两点半，财贸战线"双学"先代会闭幕，要他参加，会后还有非正式宴会。下午四点，组织部要研究几项干部的任免，请他参加一下。还有一个外地的什么先进经验报告团，下午要回去了，需要他出面接见一下。还有一个是省的城市交通秩序检查团已经来了，必须由他出面接见。还有……工作大概有十几件。如果在以前，这些事他都可以转动着魁梧的身躯，扬起他的方下颏，严肃、自信、精力充沛地做一个圆满的处理。可是，今天他都推掉了。"左一个会议，右一个什么团，把人拖得精疲力尽，大嚼大轰，排场客套，这种作风真要命！"他跟秘书发着牢骚。他突然产生了一个冲动——去跟叶辉谈一下。

当汽车在地区公安局的门前停下的时候，朱春信又犹豫了："我来干什么呢？"朱春信问着自己，"是来向自己当年勇敢的卫士表示同情和怜悯？不是。是怕叶辉揭破自己不大光彩的事情而来做一些安抚工作吗？也不是。是来向叶辉表示忏悔吗？也不是。"他实在忘记了当时决定来时的充足理由。他这样否定着自己的行动的目的性，但脚步却迈进了大门。上述理由可能都是，也可能都不是，也可能是它们的总和。

他先到局党委，说明他想找几个已经基本定案的"打砸抢"犯罪分子谈一下，了解了解情况。正好局里在开一个什么大会，没有适当的人来陪同。朱春信感到由他来单独谈一下更方便些，只要有一两个公安人员做一下押送工作就够了。他叫人找了一间办公室作为谈话的地方。他先找了一个犯有打砸抢罪的犯人谈了几句，走个过场，然后才叫人去提叶辉。

叶辉进来了，还是上午的装束，还是上午的神情，没有兴奋，没有吃惊，微笑着站在朱春信跟前。

"坐吧，叶辉。"朱春信本来想欠一欠身子，可是他身不由主地站了起来，"谈谈好吗？"

"上午提审过了。"叶辉笑了一下。

"不,我现在是以一个老同志、老相识的身份随便扯一扯……随便。"

"不敢当,我们只相处了一个晚上。第二次相遇的时候……你瞧,在公安局!"叶辉笑起来,"这也不是老同志、老相识闲扯的地方。"

"那次武斗以后,我一直没有见到你,不过你给我留下的印象很深。"

"我受伤后由于治疗不及时,差一点死掉。养了几个月的病,两派联合了,建立了革委会,我下乡了。我确实没想到我们能第二次相遇。"

朱春信觉得没有适当的话来回答青年人,便转了话题:"'文化大革命'中,由于'四人帮'的干扰破坏,不少人,包括我都犯有这样那样的错误。我们都要吸取经验教训,提高思想觉悟。我们还是立足于教育……"

"犯错误的形式不一样,'教育'形式也不同。"叶辉笑着打断朱春信的话,"您犯了错误,可以理直气壮地控诉林彪、'四人帮'对您的迫害;我犯了错误,却必须承认追随林彪、'四人帮'破坏'文化大革命'。"

朱春信无言地站起身来,在地上来回踱了几步。受伤的部位越是怕碰,越是挨碰。他感到叶辉的每一句话都在触动着他的疼处。

"您的意思是不是认为对你的处理太不公道?"朱春信猛地转过头来说,"我愿意……"

"不……"

"你听我说完。"朱春信摆摆手说,"我愿意站出来承担一九六七年九月那场武斗的全部责任,这样也许对你有利一点。"

"承担不承担随您的便,反正我要承担我的罪责。不管给我什么样的处罚,我都乐于接受,因为我确实犯了罪,我从来没有试图掩盖过我的罪行。死者石志红也是个勇敢的年青人,是我毁坏了他。我不需要任何人的同情和怜悯。这种处罚是我长知识的代价——尽管它显得昂贵一些。"

"我知道,你对我是有怨恨的。"

"不。"叶辉健壮的胸脯剧烈地起伏着,看得出他很激动,"我只恨林彪、'四人帮',因为您也是受害者。对您,我有批评,但也有喜欢:您能够承认自己并非一贯正确,您是诚实的,有良心的。有的干部在'文化大革命'中既干了一些不光彩的事,后来也遭受林彪、'四人帮'的残酷迫害,可是他们在平反昭雪,官复原职后,对自己的错误缺点只字不提,只谈受迫害的光荣……"

朱春信感到自己的脸上火辣辣的,心里不知是什么滋味。他忽然想起了一个问题："记得十年前你叫'叶卫革'？"

"不错。"叶辉说。

"上午你为什么不承认叫过别的名字？"

"那个名字跟我罪行的性质，或者说，跟这个案子，并没有什么关系。"叶辉的脸忽然变得阴郁和痛楚了，"但'叶卫革'这个名字，是我在'文化大革命'开始后自愿改的，这是一个幼稚和耻辱的标记，我想永远抛弃它……"

"谈得怎么样？"公安局的两位领导和李科长走进来，跟朱春信打着招呼。

"还可以。"朱春信淡淡地说了一句。他本来想再跟叶辉谈几句他对叶辉家庭生活的关切，看来不便谈了。他看了叶辉一眼，用沉吟的语气说："我们的谈话，就到这里为止吧。"

"请朱书记到会客室休息一下。"李科长用恭敬的语气说完，又严厉地看了叶辉一眼，向门外叫道："把罪犯带下去！"

朱春信猛地哆嗦了一下，脸色煞白，他的心底不断地重复着两个字：罪—犯？

（原载《上海文学》1979 年 8 期）

述评

金河的短篇小说《重逢》发表于1979年第4期的《上海文学》，作品描写了在1967年9月那个"严峻、混乱、痛苦的秋天"，革命干部朱春信按要求"站出来亮相"了。他声明站在实力较强的造反派组织"东方红"一边。于是朱春信被"东方红"封为"革命领导干部"，可是另一派造反派组织"红联"却宣判朱春信为"三反分子"，强烈要求打倒并揪斗他。于是两派发生了"保朱"和"打朱"的武斗。在一次武斗中，保朱的造反小将叶卫革造成对方一个红卫兵死亡。十年之后，"四人帮"已被打倒，社会上开始清查"打、砸、抢分子"，朱春信此时已被提拔为地委负责政法工作的副书记，而那个"豁出命来"保卫朱春信的"恩人"叶卫革（现改名为叶辉），却成了负有血债的"打、砸、抢首恶分子"。朱春信和叶卫革意外的在公安局的预审室里戏剧性地重逢了。作品描写了两位主人公不同的复杂心理和意味深长的对话，同时以不断"闪回"的笔法，回溯了惊心动魄的往事。

小说面世后，反响热烈，弹赞之文，见于上海和全国其他地方媒体。杜哉的《到底应该审判谁？》，在否定《重逢》的文章中是有代表性的一篇。文章主要是就作品的两位主人公来"说事"的。作品写道：叶文革在"保卫"老干部朱春信的一场武斗中，先是被对方的红卫兵石志红用匕首刺伤了前额，而后叶用长矛还击刺中石的肩部，石"仓皇逃走时，从二楼跌下去了。可是，《重逢》的作者却偏偏要朱春信和公安局李科长给叶卫革扣上'有血债的打、砸、抢首恶分子'这样吓人的帽子，带到广大读者面前来受审"。"这是不正确的、不真实的。因为它歪曲了生活的本质，颠倒了是非曲直"。这样描写的后果是"在客观上模糊和歪曲了党的清查'打、砸、抢首恶分子'的政策和实际，从而也模糊以至否定了这一工作的必要性和正义性"。至于对朱春信，小说"对他进行了'良心的审判'，显然是弄错了方向，搞错了对象"。而应该受到历史审判的"四人帮"，在作品的描叙中却是"连搔痒也算不上的"。

宫常撰写的副题为"与杜哉同志商榷"的文章《也评〈重逢〉》，从三个方面肯定了《重逢》，"一是在人物塑造上，它没有把朱春信描写成完人，而是把他放在历史的激流、甚至漩涡里，较为真实地再现了典型环境中的典型性格"。其二，小说没有简单化地让朱春信和叶文革把武斗流血的责任推给对方，"而是各自做自我批评，总结了这场重逢各自的教训。这样处理，是符合人物性格发展的"。"三是在思想深度上，《重逢》提出了一个发人深省的问题"。即，朱春信在官复原职后，没有像有些干部标榜的那样，把自己打扮成永远正确，而是实事求是地开始反思，"这就是作品深刻的社会意义之所在"。

《重逢》的作者金河应约写了《我为什么写〈重逢〉》，重点阐述了写作这篇小说的目的和想法。他说，在有的文艺作品中，把红卫兵写成面目狰狞或是尖嘴猴腮，"这样的描写是不符合历史的本来的面目的"。红卫兵实际上是被人"当棍子打人的"，"这一批人既害过人也是受害最重的"。金河坦言，他对朱春信这样的老干部是同情和赞赏的。领导干部要"正确理解文化大革命中发生的事情，正确对待群众，正确对待自己。这就是我写《重逢》要表达的主题"。

董炳月在《当代中国文学名作鉴赏辞典》一书中对《重逢》的评价，是拉开了一定的时间距离后，从一个全新的视角来认识作品，是客观而中肯的："《重逢》通过这两个人物形象的塑造，不仅肯定了认识生活与历史的科学态度，而且提供了一种具有哲学意识的思维方式——其核心是高度自觉的理性精神。因此它不仅在当时有意义，而且将永远有意义——特别是对于那种具有传统性和民族性、喜欢从一个极端走向另一个极端的思维方式来说。作者在当时举国上下声讨造反派的情况下能这样写，一方面体现了他认识生活的深刻性与超前性，同时也体现了他过人的胆识。"

爱，是不能忘记的

张 洁

我和我们这个共和国同年。卅岁，对于一个共和国来说，那是太年青了。而对一个姑娘来说，却有嫁不出去的危险。

不过，眼下我倒有一个正儿八经的求婚者。看见过希腊伟大的雕塑家米伦所创造的"掷铁饼者"那座雕塑么？乔林的身躯几乎就是那尊雕塑的翻版。即使在冬天，臃肿的棉衣也不能掩盖住他身上那些线条的优美的轮廓。他的面孔黝黑，鼻子、嘴巴的线条都很粗狂。宽阔的前额下，是一双长长的眼睛。光看这张脸和这个身躯，大多数的姑娘都会喜欢他。

可是，倒是我自己拿不准主意要不要嫁给他。因为我闹不清楚我究竟爱他的什么，而他又爱我的什么？

我知道，已经有人在背地里说长道短："凭她那些条件，还想找个什么样的？"

在他们的想象中，我不过是一头劣种的牲畜，却变着法儿想要混个肯出大价钱的冤大头。这引起他们的气恼，好像我真的干了什么伤天害理的、冒犯了众人的事情。

自然，我不能对他们过于苛求。在商品生产还存在的社会里，婚姻，也像许多问题一样，难免不带着商品交换的烙印。

我和乔林相处将近两年了，可直到现在我还摸不透他那缄默的习惯到底是因为不爱讲话，还是因为讲不出来什么？逢到我起意要对他来点智力测验，一定逼着他说出对某事或某物的看法时，他也只能说出托儿所里常用的那种词汇："好！"或"不好！"就这么两挡，再也不能换换别的花样儿了。

当我问起"乔林，你为什么爱我？"的时候，他认真地思索了好一阵子。对他来说，那段时间实在够长了。凭着他那宽阔的额头上难得出现的皱纹，我知道，他那美丽的脑壳里面的组织细胞，一定在进行着紧张的思维活动。我不由地对他生出一种怜悯和一种歉意，好像我用这个问题刁难了他。

然后，他抬起那双儿童般的、清澈的眸子对我说："因为你好！"

我的心被一种深刻的寂寞填满了。"谢谢你，乔林！"

我不由地想：当他成为我的丈夫，我也成为他的妻子的时候，我们能不能把妻子和丈夫的责任和义务承担到底呢？也许能够。因为法律和道义已经紧紧地把我们拴在一起。而如果我们仅仅是遵从着法律和道义来承担彼此的责任和义务，那又是多么悲哀啊！那么，有没有比法律和道义更牢固、更坚实的东西把我们联系在一起呢？

逢到我这样想着的时候，我总是有一种古怪的感觉，好像我不是一个准备出嫁的姑娘，而是一个研究社会学的老学究。

也许我不必想这么许多，我们可以照大多数的家庭那样生活下去：生儿育女，厮守在一起，绝对地保持着法律所规定的忠诚……虽说人类社会已经进入了廿世纪七十年代，可在这点上，倒也不妨像几千年来人们所做过的那样，把婚姻当成一种传宗接代的工具，一种交换、买卖，而婚姻和爱情也可以是分离着的。既然许多人都是这么过来的，为什么我就偏偏不可以照这样过下去呢？

不，我还是下不了决心。我想起小的时候，我总是没缘没故地整夜啼哭，不仅闹得自己睡不安生，也闹得全家睡不安生。我那没有什么文化却相当有见地的老保姆说我"贼风入耳"了。我想这带有预言性的结论大概很有一点科学性，因为直到如今我还依然如故，总好拿些不成问题的问题不但搅扰得自己不得安宁，也搅扰得别人不得安宁。所谓"禀性难移"吧！

我呢，还会想到我的母亲，如果她还活着，她会对我的这些想法，对乔林，对我要不要答应他的求婚说些什么？！

我之所以习惯地想到她，绝不因为她是一个严酷的母亲，即使已经不在人世也依然用她的阴魂主宰着我的命运。不，她甚至不是一个母亲，而是推心置腹的朋友。我想，这多半就是我那么爱她，一想到她已经离我远去便悲从中来的原因吧！

她从不教训我，她只是用她那没有什么女性温柔的低沉的嗓音，柔和地对我谈她一生中的过失或成功，让我从这过失或成功里找到我自己需要的东西。不过，她成功的时候似乎很少，一生里总是伴着许许多多的失败。

在她最后的那些日子里，她总是用那双细细的、灵秀的眼睛长久地跟随着我，仿佛在估量着我有没有独立生活下去的能力，又好像有什么重要的话要叮嘱我，可又拿不准主意该不该对我说。准是我那没心没肺，凡事都不大有所谓的派头让她感到了悬心。她忽然冒出了一句："珊珊，要是你吃不准自己究竟要的是什么，我看你就是独身生活下去，也比糊里糊涂地嫁出去要好得多！"

照别人看来，做为一个母亲对女儿讲这样的话，似乎不近情理。而在我看来，那句话里包含着以往生活里的痛苦经验，真是一句至理名言。我倒不觉得她这样叮咛我是看轻我或是低估了我对生活的认识。她爱我，希望我生活得没有烦恼，是不是？

"妈妈，我不想嫁人！"我这么说，绝不是因为害臊或是忸怩作态。说真的，我真不知道一个姑娘什么时候需要做出害臊或忸怩的姿态，一切在一般人看来应该对孩子隐讳的事情，母亲早已从正面让我认识了它。

"要是遇见合适的，还是应该结婚。我说的是合适的！"

"恐怕没有什么合适的！"

"有还是有，不过难一点——因为世界是这么大，我担心的是你会不会遇上就是了！"她并不关心我嫁得出去还是嫁不出去，她关心的倒是婚姻的实质。

"其实，您一个人过得不是挺好吗？"

"谁说我过得挺好？"

"我这么觉得。"

"我是不得不如此……"她停住了说话，沉思起来。一种淡淡的、忧郁的神情来到了她的脸上。她那忧郁的、满是皱纹的脸，让我想起我早年夹在书页里的那些已经枯萎了的花。

"为什么不得不如此呢？"

"你的为什么太多了。"她在回避我。她心里一定藏着什么不愿意让我知道的心事。我知道，她不告诉我，并不是因为她耻于向我披露，而多半是怕我不能准确地估量那事情的深浅而曲扭了它，也多半是因为人人都有一点珍藏起来的、留给自己的东西。想到这里，我有点不自在。这不自在的感觉迫使我没有礼貌，没有教养地追问下去："是不是您还爱着爸爸？"

"不，我从没有爱过他。"

"他爱您吗？"

"不，他也不爱我！"

"那你们当初为什么结婚呢？"

她停了停，准是想找出更准确的字眼来说明这令人费解和反常的现象。然后显出无限悔恨的样子对我说："人在年青的时候，并不一定了解自己追求的、需要的是什么，甚至别人的起哄也会促成一桩婚姻。等到你再长大一些、更成熟一些的时候，你才会明白你真正需要的是什么。可那时，你已经干了许多悔恨得让你感到锥心的蠢事。你巴不得付出任何代价，只求重新生活一遍才好，那你就会变得比较聪明了。人说'知足者常乐'，我却享受不到这样的快乐。"说着，她自嘲地笑了笑。"我只能是一个痛苦的理想主义者。"

莫非我那"贼风入耳"的毛病是从她那里来的？大约我们的细胞中主管"贼风入耳"这种遗传性状的是一个特别尽职尽责的基因。

"您为什么不再结婚呢？"

她不大情愿地说："我怕自己还是吃不准自己到底要什么。"她明明还是不肯对我说真话。

我不记得我的父亲。他和母亲在我很小的时候便分手了。我只记得母亲曾经很害羞地对我说过他是一个相当漂亮的、公子哥儿似的人物。我明白她准是因为自己也曾追求过那种浅薄而无聊的东西感到害臊。她对我说过："晚上睡不着觉的时候，我常常迫使自己硬着头皮去回忆年青时代所做的那些蠢事、错事！为的是使自己清醒。固然，这是很不愉快的，我常会羞愧地用被单蒙上自己的脸，好像黑暗里也有许多人在盯着我瞧似的。不过这种不愉快的感觉里倒也有一种赎罪似的快乐。"

我真对她不再结婚感到遗憾。她是一个很有趣味的人，如果她和一个她爱着的人结婚，一定会组织起一个十分有趣味的家庭。虽然她生得并不漂亮，可是优雅、淡泊。像一幅淡墨的山水画。文章写得也比较美，和她很熟悉的一位作家喜欢开这样的玩笑："光看你的作品，人家就会爱上你的！"

母亲便会接着说："要是他知道他爱的竟是一个满脸皱纹、满头白发的老太婆，他准会吓跑了。"

到了这种年龄，她绝不会是还不知道自己到底要什么。这分明是一句遁词。我之所以这么说，是因为她有些引起我生出许多疑问的怪毛病。

比如，不论她上哪儿出差，她必得带上那廿七本一套的，一九五〇年到一九五五年出版的契诃夫小说选集中的一本。并且叮咛着我："千万别动我这套书。你要看，就看我给你买的那一套。"这话明明是多余的，我有自己的一套，干嘛要去动她的那套呢？况且这话早已三令五申地不知说过多少遍了。可她还是怕有个万一的时候。她爱那套书爱得简直像得了魔症一般。

我们家有两套契诃夫小说选集。这也许说明对契诃夫的爱好是我们家的家风，但也许更多的是为了招架我和别的喜欢契诃夫的人。逢到有人想要借阅的时候，她便拿了我房间里的那套给人。有一次，她不在家的时候，一位很熟的朋友拿了她那套里的一本。她知道了之后，急得如同火烧了眉毛，立刻拿了我的一本去换了回来。

从我记事的那天起，那套书便放在她的书橱里了。别管我多么钦佩伟大的契诃夫，我也不能明白，那套书就那么百看、千看、万看不厌。廿多年来有什么必要天天非得读它一读？

有时，她写东西写累了，便会端着一杯浓茶，坐在书橱对面，瞧着那套契诃夫小说选集出神。要是这个时候我突然走进了她的房间，她便会显得慌乱不安，不是把茶水泼了自己一身，便是像初恋的女孩子、头一次和情人约会便让人撞见似的羞红了脸。

我便想：她是不是爱上契诃夫？要是契诃夫还活着，没准真会发生这样的事。

当她神志不清，就要离开这个世界的时候，她对我说的最后一句话是："那套书——"她已经没有力气说出"那套契诃夫小说选集"这样一个长句子。不过我明白她指的就是那一套。"……还有，写着，'爱，是不能忘记的'……笔记本，和我、一同火葬。"

她最后叮咛我的这句话，有些，我为她做了。比如那套书。有些，我没有为她做。比如那些题着"爱，是不能忘记的"笔记本子。我舍不得。我常想，要是能够出版，那一定是她写过的那些作品里最动人的一篇。不过它当然是不能出版的。

起先，我以为那不过是她为了写东西而积累的一些素材。因为它既不像小说，也不像札记；既不像书信，也不像日记。只是当我从头到尾把它们读了一遍的时候，渐渐地，那些只言片语与我那支离破碎的回忆交织成了一个形状模糊的东西。经过久久的思索，我终于明白，我手里捧着的，并不是没有生命、没有血肉的文字，而是一颗灼人的、充满了爱情和痛苦的心，我还看见那颗心怎样在这爱情和痛苦里挣扎、熬煎。廿多年啦，那个人占有着她全部的情感，可是她却得不到他。她只有把这些笔记本当做他的替身，在这上面和他倾心交谈。每时，每天，每月，每年。

难怪她从没有对任何一个够意思的求婚者动过心，难怪她对那些说不出来是善意的愿望或是恶意的闲话总是淡然地一笑付之。原来她的心已经填得那么满，任什么别的东西都装不进去了。我想起"曾经沧海难为水，除却巫山不是云"的诗句，想到我们当中有人多半不会这样去爱，而且也没有人会照这个样子爱我的时候，我便感到一种说不出来的怅惘。

我知道了卅年代他在上海做地下工作的时候，一位老工人为了掩护他而被捕牺牲，撇下了无依无靠的妻子和女儿。他，出于道义、责任、阶级情谊和对死者的感念，毫不犹豫地娶了那位姑娘。逢到他看见那些由于"爱情"而结合的夫妇又因为"爱情"而生出无限的烦恼，他便会想："谢天谢地，我虽然不是因为爱情而结婚，可是我们生活得和睦、融洽，就像一个人的左膀右臂。"几十年风里来、雨里去，他们可以说是患难夫妻。

他一定是她那机关里的一位同志。我会不会见过他呢？从到过我家的客人里，我看不出任何迹象，他究竟是谁呢？

大约六二年的春天，我和母亲去听音乐会。剧场离我们家太远。我们没有乘车。

一辆黑色的小轿车悄无声息地停在人行道旁边。从车上走下来一个满头白发、穿着一套黑色毛呢中山装的、上了年纪的男人。那头白发生得堂皇而又气派！他给人一种严谨的、一丝不苟的、脱俗的、明澄得像水晶一样的印象。特别是他的眼睛，十分冷峻地闪着寒光，当他急速地瞥向什么东西的时候，会让人联想起闪电或是舞动着的剑影。要使这样一对冰冷的眼睛充满柔情，那必定得是特别强大的爱情，而且得为了一个确实值得爱的女人才行。

他走过来，对母亲说："您好！钟雨同志，好久不见了。"

"您好！"母亲牵着我的那只手突然变得冰凉，而且轻轻地颤抖着。

他们面对面地站着，脸上带着凄厉的、甚至是严峻的神情，谁也不看着谁。母亲瞧着路旁那些还没有抽出嫩芽的灌木丛。他呢，却看着我："已经长成大姑娘了。真好，太好了，和妈妈长得一样。"

他没有和母亲握手，却和我握了握手。而那手也和母亲的手一样，也是冰冷的，也是轻轻地颤抖着的。我好像变成了一路电流的导体，立刻感到了震动和压抑。我很快地从他的手里抽出我的手，说道："不好，一点也不好！"

他惊讶地问我："为什么不好？"或许我以为他故作惊讶。因为凡是孩子们说了什么直率得可爱的话的时候，大人们都会显出这副神态的。

我看了看妈妈的面孔。是，我真像她。这让我有些失望："因为她不漂亮！"

他笑了起来，幽默地说："真可惜，竟然有个孩子嫌自己的妈妈不漂亮。记得吗？五三年你妈妈刚调到北京，带你来机关报到的那一天？她把你这个小淘气留在了走廊外面，你到处串楼梯，扒门缝，在我房间的门上夹疼了手指头。你哇啦哇啦地哭着，我抱着你去找妈妈？"

"不，我不记得了。"我不大高兴，他竟然提起我穿开裆裤时代的事情。

"啊，还是上了年纪的人不容易忘记。"他突然转身向我的母亲说，"您最近写的那部小说我读过了。我要坦率地说，有一点您写得不准确。您不该在作品里非难那位女主人公……要知道，一个人对另一个人产生感情原没有什么可以非议的地方，她并没有伤害另一个人的生活……其实，那男主人公对她也会有感情的。不过为了另一个人的快乐，他们不得不割舍自己的爱情……"

这时，有一个交通民警走到停放小汽车的地方，大声地训斥着司机车停的不是地方。司机为难地解释着。他停住了说话，回头朝那边望了望，匆匆地说了声："再见！"便大步走到汽车旁边，向那民警说："对不起，这不怪司机，是我……"

我看着这上了年纪的人，也俯首帖耳地听着民警的训斥，觉得很是有趣。当我把顽皮的笑脸转向母亲的时候，我看见她是怎样地窘迫呀！就像小学校里一个一年级的小女孩，凄凄惶惶地站在那严厉的校长面前一样，好像那民警训诉的是她。

汽车开走了，留下了一道轻烟。很快地，就连这道轻烟也随风消散了，好像什么都没有发生过，而我，不知道为什么却没有很快地忘记。

现在回想起来，他准是以他那强大的精神力量引动了母亲的心。那强大的精神力量来自他那成熟而坚定的政治头脑，他在动荡的革命时代的出生入死的经历，他活跃的思维、工作的魄力、文学艺术上的素养……而且——说起来奇怪，他和母亲一样喜欢双簧管。对了，她准是崇拜他。她说过，要是她不崇拜那个人，那爱情准连一天也维持不了。

至于他爱不爱我的母亲，我就猜不透了。要是他不爱她，为什么笔记本里会有这样一段记载呢？

"这礼物太厚重了。不过您怎么知道我喜好契诃夫呢？"

"你说过的！"

"我不记得了。"

"我记得。"

原来那套契诃夫小说选集是他送给母亲的。对于她，那几乎就是爱情的信物。

没准，他这个不相信爱情的人，到了头发都白了的时候才意识到他心里也有那种可以称为爱情的东西存在。这可真够凄惨的。

关于他，能够回到我的记忆里来的就是这么一小点。

她那么迷恋他，却又得不到他的心情有多么苦呀！为了看一眼他乘的那辆小车、以及从汽车的后窗里看一眼他的后脑勺，她怎样煞费苦心地计算过他上下班可能经过那条马路的时间；每当他在台上做报告，她坐在台下，隔着距离、烟雾、昏暗的灯光，窜动的人头，看着他那模糊不清的面孔，她便觉得心里好像有什么东西凝固了，泪水会不由地充满她的眼眶。为了把自己的泪水瞒住别人，她使劲地咽下它们。逢到他咳嗽得讲不下去，她就会揪心地想到为什么没人阻止他吸烟？担心他又会犯了气管炎。她不明白为什么他离她那么近而又那么遥远？

他呢，为了看见她一眼，天天，从小车的小窗里，眼巴巴地瞧着自行车道上流水一样的自行车，闹得眼花缭乱，担心着她那辆自行车的闸灵不灵，会不会出车祸；逢到万一有个不开会的夜晚，他会不乘小车，自己费了许多周折来到我们家的附近，不过是为了从我们家的大院门口走这么一趟；他在百忙中也不会忘记注意着各种报刊，为的是看一看有没有我母亲发表的作品。他不能明白，为什么生活偏偏是这样安排着的？

可是，临到他们难得在机关大院里碰了面，他们又在竭力地躲避着对方，匆匆地点个头便赶紧地走开去。即使这样，也足以使我母亲失魂落魄，失去听觉、视觉和思维的能力，世界立刻会变成一片空白……如果那时她遇见一个叫老王的同志，她一定会叫人家老郭，对人家说些连她自己也听不懂的话。

她一定死死地挣扎过，因为她写道：

——我们曾经相约：让我们互相忘记。可是我欺骗了你，我没有忘记。我想，你也同样没有忘记。我们不过是在互相欺骗着，把我们的苦楚深深地隐藏着。不过我并不是有意要欺骗你，我曾经多么努力地去实行它。有多少次我有意地滞留在远离北京的地方，把希望寄托在时间和空间上，我甚至觉得我似乎忘记了。可是等到我出差回来，火车离北京越来越近的时候，我简直承受不了冲击得使我头晕眼花的心跳。我是怎样急切地站在月台上张望，好像有什么人在等着我似的。不，当然不会有。我明白了，什么也没有忘记，一切都还留在原来的地方。年复一年，就跟一棵大树一样，它的根却越来越深地扎下去，想要拔掉这生了根的东西实在太困难了，我无能为力。

每当一天过去，我总是觉得忘记了什么重要的事情，或是夜里突然从梦中惊醒：发生了什么事情？！不，什么也没有发生，我清清楚楚地意识到：没有你！于是什么都显得是有缺陷的，不完满的，而且是没有任何东西可以弥补的。我们已经到了这一生快要完结的时候了，为什么还要像小孩子一样地忘情？为什么生活总是让人经过艰辛的跋涉之后才把你追求了一生的梦想展现在你的眼前？而这梦想因为当初闭着眼睛走路，不但在岔道上错过了，而且这中间还隔着许多不可逾越的沟壑。

对了，每每母亲从外地出差回来，她从不让我去车站接她，她一定愿意自己孤零零地站在月台上，享受他去接她的那种幻觉。她，头发都白了的，可怜的妈妈，简直就像个痴情的女孩子。

那些文字并没有多少是叙述他们的爱情的，而多半记载的都是她生活里的一些琐事：她的文章为什么失败，她对自己的才能感到了惶惑和猜疑；珊珊（就是我）为什么淘气，该不该罚她；因为心神恍惚她看错了戏票上的时间，错过了一场多么好的话剧；她出去散步，忘了带伞，淋得像个落汤鸡……她的精神明明日日夜夜都和他在一起，就像一对恩爱的夫妻。其实，把他们这一辈子接触过的时间累计起来计算，也不会超过廿四小时，而这廿四小时，大约比有些人一生享受到的东西还深、还多。莎士比亚笔下的朱丽叶说过："我不能清算我财富的一半。"大约，她也不能清算她的财富的一半。

似乎他在"文化大革命"中死于非命。也许因为当时那种特定的历史条件，这一段的文字记载相当含糊和隐晦。我奇怪我那因为写文章而受着那么厉害的冲击的母亲，是用什么办法把这习惯坚持下来的？从这隐晦的文字里，我还是可以猜得出，他大约是对那位红极一世、权极一时的"理论权威"的理论提出了疑问，并且不知对谁说过："这简直就是右派言论。"从母亲那沾满泪痕的纸页上可以看出，他被整得相当惨，不过那头子似乎十分坚强，从没有对这位有大来头的人物低过头，直到死的时候，留下来的最后一句话还是："就是到了马克思那里，这个官司也非得打下去不可！"

这件事一定发生在六九年的冬天。因为在那个冬天里，还刚近五十岁的母亲一下子头发全白了。而且，她的手臂上还缠上了一道黑纱。那时，她的处境也很难。为了这条黑纱，她挨了好一顿批斗，说她坚持四旧，并且让她交代这是为了谁？

"妈妈，这是为了谁？"我惊恐地问她。

"为一个亲人！"然后怕我受惊似的解释着："一个你不熟悉的亲人！"

"我要不要戴呢？"她做了一个许久都没有对我做过的动作，用手拍了拍我的脸颊，就像我小的时候她常做的那样。她好久都没有显出过这么温柔的样子了。

我常觉得，随着她的年龄和阅历的增长，特别是那几年她所受过的折磨，那种温柔的东西似乎离她越来越远了，也或许是被她越藏越深了，以致常常让我感到她像个男人。

她恍惚而悲凉地笑了笑，说："不，你不用戴。"

她那双又干又涩的眼睛显得没有一点水份，好像已经把眼泪哭干了。我很想安慰她，或做点什么使她高兴的事。她却说："去吧！"

我当时不知为什么生出了一种恐怖的感觉，我觉得我那亲爱的母亲似乎有一半已经随着什么离我而去了。我不由地叫了一声："妈妈！"

我的心情一定被我那敏感的妈妈一览无余地看透了。她温和地对我说："别怕，去吧！让我自己呆一会儿。"

我没有错，因为她的确这样地写着：

——你去了。似乎我灵性里的一部分也随你而去了。

我甚至不能知道你的下落，更谈不上最后看你一眼。我也没有权利去向他们质询，因为我既不是亲眷又不是生前友好……我们便这样地分离了。我恨不能为你承担那非人的折磨，而应该让你活下去！为了等到昭雪的那一天，为了你将重新为这个社会工作，为了爱你的那些个人们，你都应该活着啊！我从不相信你是什么三反分子，你是被杀害的、最优秀中间的一个。假如不是这样，我怎么会爱你呢？我已经不怕说出这三个字。

纷纷扬扬的大雪不停地降落着。天呐，连上帝也是这样地虚伪，他用一片洁白覆盖了你的鲜血和这谋杀的丑恶。

我从没有拿我自己的存在当成一回事。可现在，我无时不在想，我的一言一行会不会惹得你严厉地皱起你那双浓密的眉毛？我想到我要好好地活着，好好地生活，像你那样，为我们这个社会——它不会总像现在这样，惩罚的利剑已经悬在那帮狗男女的头上——真正做一点工作。

我独自一人，走在我们唯一一次曾经一同走过的那条柏油小路上。听着我一个人的脚步声在沉寂的夜色里响着、响着……我每每在这小路上徘徊、流连，哪一次也没有像现在这样使我肝肠寸断。那时，你虽然也不在我身边，但我知道，你还在这个世界上，我便觉得你在伴随着我，而今，你的的确确不在了，我真不能相信！

我走到了小路的尽头，又折回去，重新开始，再走一遍。

我弯过那道栅栏，习惯地回头望去，好像你还在那里，向我挥手告别。我们曾淡淡地、心不在焉地微笑着，像两个没有什么深交的人，为的是尽力地掩饰我们心里那刻骨铭心的爱情。那是一个没有一点诗意的初春的夜晚，依然在刮着冷峭的风。我们默默地走着，彼此离得很远。你因为长年害着气管炎，微微地喘息着。我心疼你，想要走得慢一点。可不知为什么却不能。我们走得飞快，好像有什么重要的事情在等着我们去做，我们非得赶快走完这段路不可，我们多么珍惜这一生中唯一的一次"散步"，可我们分明害怕，怕我们把持不住自己，会说出那可怕的、折磨了我们许多年的那三个字："我爱你。"除了我们自己，大概这个世界上没有一个活着的人会相信我们连手也没有握过一次！更不要说到其他！

不，妈妈，我相信，再没有人能像我那样眼见过你敞开的灵魂。

啊，那条柏油小路，我真不知道它是那样充满了辛酸的回忆的一条小路。我想，我们切不可忽略世界上任何一个最不起眼的小角落，谁知道呢？那些意想不到的小角落会沉默地缄藏着多少隐秘的痛苦和欢乐呢？

当她写东西写得疲倦了的时候，她还会沿着我们窗后的那条柏油小路慢慢地踱来踱去。有时是彻夜不眠后的清晨，有时甚至是月黑风高的夜晚，哪怕是在冬天，哪怕峭厉的风像发狂的野兽似的吼叫，卷着沙石噼哩叭啦地敲打着窗棂……那时，我只以为那不过是她的一种怪癖，却不知她是去和他的灵魂相会。

她还喜欢站在窗前，瞅着窗外的那条柏油小路出神。有一次，她显出那样奇特的神情，以致我以为柏油小路上走来了我们最熟悉的、最欢迎的客人。我连忙凑到窗前，在深秋的傍晚，只有冷风卷着枯黄的落叶，飘过那空荡荡的小路的路面。

好像他还活着一样，用文字和他倾心交谈的习惯并没有因为他的去世而中断。直到她自己拿不起来笔的那一天。在最后一页上，她对他说了最后的话：

——我是一个信仰唯物主义的人。现在我却希冀着天国，倘若真有所谓天国，我知道，你一定在那里等待着我。我就要到那里去和你相会，我们将永远在一起，再也不会分离。再也不必怕影响另一个人的生活而割舍我们自己。亲爱的，等着我，我就要来了

——我真不知道，妈妈，在她行将就木的这一天，还会爱得那么沉重。像她自己所说的，那是镂骨铭心的。我觉得那简直不是爱，而是一种疾痛，或是比死亡更强大的一种力量。假如世界上真有所谓不朽的爱，这也就是极限了。她分明至死都感到幸福：她真正地爱过。她没有半点遗憾。

如今，他们的皱纹和白发早已从碳水化合物变成了其他的什么元素。可我知道，不管他们变成什么，他们仍然在相爱。尽管没有什么人间的法律和道义把他们拴在一起，尽管他们连一次手也没有握过，他们却完完全全地占有着对方。那是什么都不能分离的。哪怕千百年过去，只要有一朵白云追逐着另一朵白云；一棵青草情依着另一棵青草；一层浪花拍着另一层浪花；一阵轻风紧跟着另一阵轻风，相信我，那一定就是他们。

每每我看着那些题着"爱，是不能忘记的"笔记本，我就不能抑制住自己的眼泪。我哭，我不止一次地痛哭，仿佛遭了这凄凉而悲惨的爱情的是我自己。这要不是大悲剧就是大笑话。别管它多么美，多么动人，我可不愿意重复它！

英国大作家哈代说过："呼唤人的和被呼唤的很少能互相答应。"我已经不能从普通意义上的道德观念去谴责他们应该或是不应该相爱。我要谴责的却是：为什么他们不互相等待着那个呼唤着自己的灵魂？

如果我们都能够互相等待，而不糊里糊涂地结婚，我们会免去多少这样的悲剧哟！

到了共产主义，还会不会发生这种婚姻和爱情分离着的事情呢？既然世界这么大，互相呼唤的人也就可能有互相不能答应的时候，那么说，这样的事情还会发生？可是，那是多么悲哀啊！可也许到了那时，便有了解脱这悲哀的办法！

我为什么要钻牛角尖呢？

说到底，这悲哀也许该由我们自己负责。谁知道呢？也说不定还得由过去的生活所遗留下来的那种旧意识负责。因为一个人要是老不结婚，就会变成对这种意识的一种挑战。有人就会说你的神经出了毛病，或是你有什么见不得人的隐私，或是你政治上出了什么问题，或是你刁钻古怪，看不起凡人，不尊重千百年来的社会习惯，你准是个离经叛道的邪人。总之，他们会想出种种庸俗无聊的玩意儿来糟蹋你。于是，你只好屈从这种意识的压力，草草地结婚了事。把那不堪忍受的婚姻和爱情分离着的镣铐套到自己的脖子上去，来日又会为这不能摆脱的镣铐而受苦终身。

我真想大声疾呼地说："别管人家的闲事吧，让我们耐心地等待着，等着那呼唤我们的人，即使等不到也不要糊里糊涂地结婚！不要担心这么一来独身生活会成为一种可怕的灾难。要知道，这兴许正是社会生活在文化、教养、趣味……等等方面进化的一种表现！"

（原载《北京文艺》1979 年 11 期）

述评

《爱，是不能忘记的》最初发表于《北京文艺》1979出11月号，当时的张洁尚属初出茅庐，虽已写出了《大森林来的孩子》等获得好评的作品，但毕竟还是一位文学新人。这篇小说深刻而繁复的主题思想、激情洋溢而又有所克制的叙事、血肉丰满的人物形象和行云流水般的优美文字，标志着张洁的小说创作已走向成熟。作品甫一问世，就获得了读者的普遍喜爱，说是好评如潮并不为过。

然而，几乎是同时，各种批评之声亦不绝于耳。《光明日报》、《文艺报》等国家级或专业媒体都发表了文章，其中不乏李希凡等名人的文章。多数文章还是重在分析而不是一棒棒死的——当然，所谓分析，其观念也烙上了鲜明的时代印痕。反批评、作者"自白"式的文章也得以发表。争论热烈而有一定的质量——已不限于对一篇小说的文本褒贬，而是进入了关于婚姻道德等形而上较深层次的探讨。

争论主要集中在对作品主题思想的不同解读，它所折射的观念冲突是相当丰富的。

以李希凡、肖林为代表的批评者指出："小说描写了一位女作家和一名老干部之间'凄凉而悲惨'但又'镂骨铭心'的爱情'大悲剧'。造成这场悲剧的原因，仅仅是因为老干部有一个共患难几十年的妻子——一个工人的女儿。他们几十年来'风里来，雨里去'，已经'互为左膀右臂'。……离开充满浓厚的抒情气息的语言外壳，小说的思想本质是极为贫弱和渺小的。""作者认为，只要没有在形式上伤害妻子，有妇之夫和别人相爱就是无可非议的。这是说不通的。因为性爱就其本性来说是排他的。尽管形式上老干部没有和妻子离异，但是无爱的夫妇生活，对于他的妻子，怎能不是一种深重的伤害和侮辱呢？"作品描写了老干部和女作家之间虽然深深地相爱了几十年，却连手都没有拉过，就此，批评者指出"把高尚的爱情看成纯精神的活动，……走进了'柏拉图式爱情'，这就不能不削弱作品的思想性。"

以黄秋耘、李贵仁为代表的对作品表示肯定的评论者认为："小说中响彻全篇的主旋律是恩格斯那句名言：'只有以爱情为基础的婚姻才是合乎道德的！'""他（指老干部）占据了她（指女作家）的全部感情，而她却不能得到他，因为这会妨碍另外一个人的快乐。这真达到了悲剧境界：既崇高又悲惨。"他们认为，这篇小说"渴求摆脱镌刻着私有制度烙印的一切习惯、情感、规范和传统，渴求摆脱散发着市侩气息的、庸俗的婚姻关系……"他们在文章中发出了这样的质问："为什么我们的道德、法律、舆论、社会风气等等强加于我们身上和心灵上的精神枷锁是那么多，把我们束缚得那么痛苦？"

作者张洁在接受记者采访时说："这不是爱情小说，而是一篇探索社会学问题的小说，是我学习马克思和恩格斯的《共产主义原理》《家庭、私有制和国家的起源》之后，试图用文学形式写的读书笔记。"

张洁的这篇作品的确不是简单的"爱情小说"，它所蕴含的意象丰富而厚重。老干部和女作家之间两情相悦、心心相印，他们的爱是真实、深刻而美丽的，充满了理想主义的光彩。然而，由于他们受其身份、地位和社会关系特别是没有泯灭的良心的种种制约，他们只能把奔放的心灵和无羁的情感埋在心底，而实实在在地接受坚硬现实的既定安排。理想主义的爱成了现实主义祭坛上的牺牲品。这里并不存在孰对孰错的问题，因为理想和现实都是按照各自的逻辑发生和发展的，因而都具有各自的合理性。人既要追求、尊重理想，又不能脱离现实，有时还要使理想迁就甚至屈从于现实。这就造成了痛苦或者悲剧，这样的痛苦和悲剧是美丽而崇高的。

晚霞消失的时候

礼 平

谁都有自己的经历。这些经历弥漫在生活的岁月中，常常被自己看得杂乱无章而又平淡无奇。但是，岁月流逝，当你在多少年后又回过头来看这些已经淡漠的往事时。你也许会突然发现，你早已在自己的人生中留下了一篇动人心弦的故事。

难道不是这样吗？多少人都是这样写出了。或者希望写出关于他们自己的小说。

我的经历也是这样的。在我的少年时代，我也和千千万万的普通少年一样。生活中充满了各种各样不值得那样欢乐的欢乐和不值得那样忧虑的忧虑。可是由于我生活在这样一个时代，我就有机会在自己的人生中留下了一段我永远也不能忘怀的往事。虽然我知道，我过去的生活平凡，平庸，而又平淡，但是我的故事中那些不平常的人物，却使我在想起他们的时候心情永远也无法平静。

下面，我就要来讲它了。当然，正像一切人的经历在被写成小说时都不可避免的那样，它的某些情节已不再真实。然而这故事的逻辑却是真实的。这样的事情，曾经发生并现正发生在人间的各个角落，而且只要这个纷纷攘攘的世界还没有毁灭，这部跟跟跄跄的历史还没有了结，这样的事情就永远值得人们记取和回味。

记住吧，朋友，假如你能明白这故事的逻辑，并且能善处它。那么当这样的事情终于也来到你生活中的时候，你不知会从中免去多少你能够免去的痛苦，更不知会得到多少你应该得到的幸福！

第一章　春

在春暖花开的时候，少年的梦，总是非常的香甜，深沉。在我的故事开始发生的那天早晨，我也曾经做过这样一个梦。我不能说，那神奇美妙的梦境与我后来的经历有什么联系，然而梦是这样一种东西：它好像没有发生过，又好像确实发生过；

它不是你命运中任何事件的原因，却常常导致你的生活中发生些什么。所以我不能忘记那个梦。而且，至今我都常常怀疑：梦，乃至一切虚假空幻的东西，对于人的生活是否真的那样无足轻重？

那天晚上，宁静的月光，从玻璃窗外洒进房间，照得遍地清辉如水。窗外那清新的月色使人神清智爽，睡意全消。于是我从床上坐起来，悠然走出门外，踏进了无边无际的原野。一条洒满月光的小路，正舒展着长长的身躯，指向远方的群山。

夜晚的凉风，从原野上轻轻吹来，遍地的鲜花在月色中拂动。天空中，烟波浩渺的银河从天幕的这一端流到另一端。明镜般的月亮高高悬挂在宇宙深处，从那里发出美丽的光辉。

我步履飘然地踏上了那条小路，竟来到了一个神话般美丽的地方。

这是一个月夜的山谷，无数黑色的山峰高高地矗立在星光灿烂的夜空中，从四面八方把夜空围成一个镶有镂空花边的巨大的深蓝色玻璃盘。在山谷深处，一片明净的小湖，静静地躺在群山的怀抱中。像是在微憩，又像是在沉睡。天空浩繁的星河和黑黝黝的峰尖倒映在湖水深处。在微风吹起的阵阵涟漪中抖动。

当我的脚步踏上湖岸的时候。从我身边的花草丛中突然惊起了一大片五色缤纷的蝴蝶。它们忽地惊飞四散，又聚拢起来，随着一阵轻风飘向湖面，在那里闪起一大片光辉！

我被这奇异的景象惊呆了。

那些令人目眩的蝴蝶开始莫名其妙地迎风起舞。忽然，它们成群地飘落湖面，无声无息地沉入水底。一瞬间，它们又飞出清波，直上夜空，在银河与繁星间闪烁。

当它们在远处飘舞的时候，纷纷然就像是一片飞舞的火星。而当一阵轻风卷着它们从我身边群飞而过的时候，又像是流过千万朵燃烧着的火焰，同时满空中都是金属碰撞的轻微响声。

这一切简直是一场神秘的魔术表演，把我的整个心灵都迷住了。于是我鼓起勇气，怀着一颗孩子的激动的心，冲着湖面，冲着山谷大声喊了起来：

"喂！这是什么地方？——"

我的声音振动着那些飞舞的金翅，荡过湖面，消失在对岸的丛林中。

美丽的山峰静静地矗立着。蝴蝶仍在神秘地飞舞。湖水与山林一片寂静。

我开始怀着巨大的好奇心在湖岸上徘徊。就在这个时候，从对岸我声音消失的地方，又开始隐隐响起一阵轻柔缥缈的歌声。这歌声在微风中抖动着，由小而大，渐渐传遍整个湖面和山谷。在这安详的夜色中。那歌声显得十分遥远而清晰，抑扬宛转，然而我却一个字也无法听清，我努力向歌声响起的地方望去，只见在那边山脚的林木中，正泛出一层微明。

　　我断定。那歌声一定便是这片山林湖谷的主人。并且是这一切奇妙景象的操纵者。于是我拨开遍地的花草，踏着清寒的泥土，毅然决然地沿着湖岸向那歌声响起的地方走去……

　　然而正当我努力要在那浓密的天涯芳草中寻找一条小道的时候，似乎是从天外传来的一个熟悉而亲切的声音在我耳边大声响了起来。同时我的身体受到一阵摇撼。

　　"快起床吧，看都什么时候了？"

　　梦中的山林湖水和蝴蝶、歌声顿时飞散得无影无踪。我使劲儿睁开眼睛，醒了。

　　晨光透过长长的窗帘，在房间里洒满柔和的光线，天已经这样亮了。我一挺身，从床上坐了起来。

　　"快点起来吧，孩子，你爸爸都起来很久了。"妈妈一边说着，一边走到窗前哗哗地拉开了窗帘。清晨的阳光，顿时满屋子倾泄开来。

　　我揉揉惺忪的睡眼，推开窗户，深深吸了一口清凉的空气，顿时睡意全消。

　　在这个春暖花开的早晨，整个城市已经开始活跃起来。这个世界的又一天生活开始了。对于那时的我来说，这是一种多么美好的生活啊！

　　我站在窗前用力运动了几下双臂，一边心满意足地回想着那令人愉快的梦境，一边动手穿衣服。但是就在这时，客厅里传来爸爸那浓重的江西口音：

　　"看看你桌子上的表！都什么时候了，还在睡觉？简直不像话！"

　　我赶紧穿好衣服，悄悄溜进盥洗室，心情不像刚才那样欢乐了。

　　爸爸似乎仍然在生着气。他很重地放下碗筷离开了桌子，回到自己房间，拿起了皮包准备去上班。但是他走到门口却并未走出去，而是隔着走廊冲我大声问了起来：

　　"喂！你今天上课要不要跟我的车一起走？"

　　我却吓坏了。

　　今天是他那个兵种的联合演习，他一早要赶到现场去，正好路过我们中学。本来，坐爸爸的汽车走上一段是件很美的事，这样的事在我考上中学后简直还没有过。

可是由于昨天晚上刚刚挨过爸爸的训，所以我今天真怕坐到他的车里去。

"不要，我得先上公园……"我连忙回答，但马上就知道这句话又答错了。

"又去玩吗？"果然，爸爸生气地把门砰的一声重新关上了。

"不，我每天都要去那里温功课的，"我打着满脸的肥皂，伏在洗脸池上怯生生地说。

爸爸的脚步声向盥洗室走来。我的心跳得厉害起来了。

门口出现了爸爸威严的身影。他那身笔挺的军装今天好像有点吓人。我接着哗哗的水龙头，拼命冲着脸上的泡沫，尽量不去看他。

"骑车子去吗了"爸爸站在我身旁问，声音温和了一些。

"嗯。"

"时间够吗？"

"嗯。"

"光知道嗯！"爸爸没好气地说了一句，便把一件硬东西，放在镜台上。"上课不许迟到！"说罢，就转身走了。

走廊里传来爸爸下楼梯的声音，随后汽车的门在院子里砰地一声关上，一阵马达声很快远去了。

我这才放下心，擦干脸上的水珠抬起头来，这时我才发现，爸爸把他的手表给我留在镜台上了。

一阵感激和轻松，使欢乐又重新回到我的心头。我高高兴兴地抓起爸爸的大手表，松松垮垮地往手腕上一套，然后把毛巾丢在洗脸池里，飞快地跑回自己的房间。

我把课本、作业和文具收进书包。抓起来就跑过客厅，只见爸爸没吃完的早点还放在桌上，于是我把它们也统统塞进书包，端起盛粥的小锅就匆忙地喝了起来。

这些举动，都被正准备上班去的妈妈看到了。她一边收拾文件，一边冲我喊道：

"又吃剩饭！你的饭在厨房里，自己去端！"

"不用！"我匆匆喝了几口，拉开门就往楼下跑。

"你就那么忙吗？"妈妈嗔怪地叫道："吃饭都顾不得啦？"

这时我已经从楼梯底下推出自行车。跨上一条腿，就像出窝的燕子一样，一溜烟飞出了院门。

大街上，朝阳明媚，晨风清凉。我骑着车子，卷在上班人流的潮水中，沿着干净整洁的街道一直向公园飞去。

在这个公园的山后，有一片浓密的树林。树林中间，有一块绿草如茵的空地，那里有一座不知道是那个朝代修下的石筑高台。这座高台已经颓势破败了。四面的砖壁上长着灌木和青松，台顶上，汉白玉石的栏杆已经残缺不全。巨大的铺地青砖也破碎了。碎砖乱石中，长满了青苔绿草和星星点点的黄色或紫色的小花。在石台的东面，有一条台阶直通高高的台顶。

当我终于钻进这片空地，大步登上台顶，并坐在石栏杆上以后，快跑后的喘息和心跳很久才平息下来。

我环顾了一下四周，除了栏杆外面的青松伸出枝梢，在晨风中轻微地晃动外，一点声响也没有。

我打开书包，一边掏出点心啃着，一边拿出我今天早上必须温习的俄文课本。

我皱着眉头翻了翻这门我最讨厌的功课，一种无可奈何的心情顿时涌上心头。我不禁深深地叹了一口气，昨天晚上在我房间里发生的情景，又浮现在了眼前……

"你把这一课给我背出来！"

爸爸此刻正和妈妈一起坐在我的桌子前面，手里拿着我的这本俄文书。由于背向台灯，他们的脸都很暗。

我规规矩矩地坐在床沿上，应付着这场不曾防备的考试。说实话，我根本无法把它背下来，因为那根本不是我们的作业。但爸爸向来是严厉的，在这种时候不容我不要强。我只好尽量背得快一些，管它对不对，只要显得熟练就有可能混过去。

这可真糟糕。三十年前，爸爸妈妈都在苏联学习过，这点俄文当然难不住他们。

我的脸红了。

"一个学生，不老老实实地掌握功课，投机，取巧，这叫什么态度？"爸爸声色俱厉地说着，好像我是一个只知淘气的糟糕透顶的学生一样。这真使我满肚子都是委屈。

"爸爸！在学校里我的各门功课都是最好的，就是俄文我实在受不了。它实在太枯燥了。再说，我又不想当翻译，学好了有什么用！"我忍不住为自己争辩起来。

本来么！我在学校里所有功课都学得不错，不管是文史地还是数理化，我的成绩都足以叫爸爸自豪。这也没什么奇怪的，因为我从小就喜欢它们。但是俄语，它算什么呢？在学习的时候，整整一个班的中学生跟着老师喊什么："妈——妈"，"爸——爸"，"桌——子"，"椅——子"，我一点也不喜欢它，也断定我将来根本用不着。所以，去年考试，这门倒霉的功课使我破天荒第一次闹了个不及格。

从那以后，爸爸就不再夸奖我，而是越来越严厉了。

"有什么用？"爸爸奇怪地看了妈妈一眼，"你看这样的问题有多奇怪！"

妈妈笑笑，什么也没说。

"我问你，"爸爸合上书放在膝盖上，"在我们的部队里，战士们天天要出操。可是齐步走和立正在作战中有什么用？难道有一个士兵提出这样的问题吗？"

我不说话，但我心里认为这完全是另一码事。

"谁也不能提这样愚蠢的问题。"爸爸继续说，"因为每一个军人都晓得，军队必须具备严格的纪律才能作战。而纪律在战争中不是一种手段，而是一种素质，你记住，是素质！一种素质比一百种手段都重要。那么，你们做学生的是否也需要一种什么素质呢？需要的。这种素质就是善于学习，善于记忆，善于思考。要知道学校里开了这样多的课程，并不仅仅是为了教给你们那些专门知识，不，这种全面的学习还在于培养你们一种善于学习的能力。善于学习，你懂吗？如果你能学到这一条，天下的木事都是你的！"

他说着，一根竖起的指头还在空中一挥，好像天下的本事都在这根指头上拴着，他想丢给谁就丢给谁似的。

"不错，你今天学的东西将来并不一定都会用得着。但是，我的孩子，你又怎么能知道你将来用得着什么，用不着什么呢？人是无法事先挑着有用的东西去学的。书到用时方恨少，学任何东西都不会多余！"

"孩子，你爸爸说得对。我们从前也学了很久俄语，到后来几乎一点也没用。但是那种学习却开阔了我们的眼界。它的好处现在我们还能感觉得到。"

爸爸对妈妈的插话很满意，特地向她点了点头。

"妈妈，我根本办不到！"我叫了起来，"没有兴趣的事我得花十倍的力气去做它。您不知道为了这门倒霉的俄语我熬了多少夜了。今年市教育局难得举行的数学竞赛，我没有能得奖，就是死抠了俄语的过……"

"糊涂！"爸爸把书啪地一声放在桌子上，发火了。"我不要你去争什么竞赛，我要你的知识全面发展，我要你完成党交给你的所有学业！什么兴趣？那是你学习的出发点吗？年纪不小啦，孩子，不是你抱着木头枪趴在泥巴里玩打仗的时候了！"

爸爸把手撑在膝盖上，摆着威严的架式。我再也不说话了。

我坐在石栏杆上，轻轻叹了一口气："唉，还得温它呀！"

我拍拍手上的点心渣，收敛起那种无可奈何的心情，没精打采地翻到了昨天的那篇课文。

这是一篇糟糕透顶的课文，全课一句吸引人的话也没有，又那样长，简直没意思透了。我草草看了一遍，就打算把它背下来，但是不行，心里好像总不太踏实，于是我又看了一遍。果然，几个嬉皮笑脸的单词藏在字里行间，正狡猾地看着我。

我使了使劲。努力把它们的面目记住了。

可是当我再一次准备去背它的时候，却被一种什么声音吸引住了。我的心不禁一动。这声音很轻，但是也很近，好像就在高台的下面。我仔细听了听，似乎是有个人在下面读着什么。

"怎么，这里已经有人了？"对于有人闯进这寂静的小天地，我心中感到几分不快。

我悄悄跳下地，轻手轻脚走到对面，用手指顶着栏杆向下望去，马上就发现了这个"入侵者"。她是一个穿着淡蓝色外衣和浅灰色长裤的女孩子。她正横坐在一尊张牙舞爪的青灰色石兽的背上，聚精会神地读着手中一本厚厚的外文书。因为她低着头，所以我完全看不清她的脸，只能看到她的不算长的双辫搭在肩后，再就是那白色的衬衫领口。这个女孩子悠然自得地读着。一边读一边还不停地来回晃动着两条长长伸出去的腿，根本不会想到附近早已有了人。天晓得她是什么时候跑进来的。

此刻，几缕阳光正挤进树叶的缝隙，倾泄在她周围的草地上。这个神态安详的女孩子，和那尊昂首怒目的石兽，坐落在一片晴翠之中，构成了一幅十分巧妙而醒目的图画。

我退回来，心中茫然了。

该怎么办呢？溜掉？去路已被她挡住了。从后边跳下去？又太危险。悄悄地猫在这里？可躲在一个女孩子附近偷听人家读书算怎么回事呢？要不，读我自己的！

唉，那可不行，我这蹩脚的俄语叫她听到会笑掉牙的——我可领教过这些女孩子的厉害。有时你要是什么事没弄好，一个女孩子的嘲笑比一班男生的哄堂大笑还叫人难堪呢！我真有些打不定主意了。

下面的朗读声断断续续地传上来。很快我便听出那不是俄文而是英文。由于平时接触的读物趣味迥异，所以我对英文的兴趣反而更浓一些。但我从未发现我竟能从别人的朗读中听出一些单词和短语来。于是我一边在肚子里打着主意，一边怀着几分好奇听了起来。

下面念出了一个长句，我听出一个词是"王冠"。记得在和一个同学谈天中偶然讲到它的时候，我一下子就记住了。但她那句的完整意思我听不懂。

她又一口气念了一个整段。由于她读得太快，我只听出最后一个词是"命运"。但是前面那个词我没听清，所以弄不清是个好的命运还是个糟的命运。

她念得简直太棒了。又有一个清晰的词是我非常熟悉的，但一时又忘了。我咬着嘴唇想了半天，终于想起了那句欧洲名言："彼以剑锋创其始者，我以笔锋竟其业。"这名言大概与拿破仑有关。她念的那个词就正是这里面的"宝剑"。

王冠？……命运？……宝剑？……

她念的究竟是什么呢？我不禁被吸引住了。那一连串和谐的元音说明这是一首长诗。随后我又断断续续听出一些关于宫廷谋杀和贵族决斗的只言片语，这又说明那一定是一篇非常精彩的古典故事。这可真使我大大地嫉妒了起来，因为我这个蹩脚的俄文学生要听懂它是无论如何不可能的。

"反正我听不懂！"我这样想着，低头看看手中那本露着一副苦相的俄文课本，开始想到我的功课了。是啊，人家倒是念得洋洋得意，可我总不能叫她给困在这里不得脱身啊！

真是"急中生智"，我考虑了半天，终于想出了一个办法：将她轰走！我想，只要我突然爆发出一阵大喊大叫，她一定会吓得赶紧离开的。

主意一定，心里就踏实多了。我憋足了一口气，冲着天上，冲着半空中那根倒挂的藤萝，突然爆发出一连串的大叫。这叫声是这样响，把我自己都吓了一跳。我从来也没有这样念过外文，而这样的喊叫一经开始就再也无法收住了。那一连串的俄语单词，就像是被轰出笼子的鸡一样，叫着，扑打着，乱七八糟地飞向空中！

我紧张得心都不跳了。偏偏这个时候，一个突然忘掉的单词卡住了这场热闹。

"该死！"我暗暗骂了一句。但"急中生智"又一次救了我。我把一个现成的短句送了出去，立即把这一串叫破天的外国话结束了。那句和课文毫不相干的短句实际上是："滚开，女学生！"

树林中突然陷入一片寂静。高台下面更是静得出奇。这林子好像突然受到了阵暴雨的洗劫似的，一切都被冲刷得干干净净，什么也没有了。

好久，下面书包中的铅笔盒哗哗响了一下，同时听到那个女孩子轻轻跳下草地的声音。但随后而来的不是匆忙的急跑，而是一阵稳稳当当的脚步声沿着那台阶走了上来。

脚步越来越近。在台阶口那里开始露了一个女孩子好奇张望的脸庞，随后是双肩、上胸、半腰、全身。当一个女孩子已经完完全全走上台顶，并端端正正地站在台阶上的时候，我才猛地省悟过来：下面那个女孩子没有逃走，而是找上来了。

我警惕地从栏杆上面滑下来："干什么？"

"不干什么。"对方平静地回答。

"不干什么你为什么上来了？"

"看看不行吗？"

"看看？这儿有什么好看的？"

"想看看。"

"那你看吧。——真讨厌！"我嘟哝着，转过身去。

可是她突然在我背后笑起来，好像挺快活似的向我说："我听出来，刚才你有一句话说错了。"

"什么？"我腾地跳起来，简直不相信自己的耳朵。我长这样大了，从来就不曾有一个女孩子敢在离我这样近的面前向我说："你错了！"

我不禁仔细打量了一下对方。

这是一个挺清秀的女孩子，她的眉毛又细又长，一双眸子简直黑极了。她把头发大大方方地拢在耳后，露着聪颖的前额，显得神清气爽。此刻，她正用几分好奇的眼神看着我，好像我不是一个随时都会向她发火的男孩子，而是一只和和气气的大熊猫一样。这种打量真使我格外恼火。

"错了？哪儿错了！"

"俄文的'离开'，你是怎么说的？"她认认真真地问道，连眼睫毛都不眨一下，"你用的是命令式。那不是叫人家滚开吗？"

"滚开？我没那个意思。"

"那你是什么意思呀？"

"我又没说你！"

"那你是在说谁呀？"

"我，我爱怎么说就怎么说——我温功课哪！"我气得脸上发烧。

"'滚开，女学生'"也是你的功课？"她竟毫不退让。

叫一个女孩子这样追问简直不成体统。我气得叫起来："天哪，哪儿冒出你这么个宝贝来？咱们谁也不要打扰谁好不好？"我知道我已经窘极了。

"哟！我以为这个高高在上的人多凶呢。原来也会叫天哪！"她快活地大笑起来，又尖又脆的笑声震得树叶沙沙响，好像对自己这调皮的玩笑十分得意似的。

"哼！岂有此理！"我瞪了她一眼，对这个又活泼又大胆的女孩子毫无办法。

"岂有此理？你叫人家滚开岂有多少理？"她仍然笑容可掬地看着我，嘴里可是一点台阶也不给我下。

"讨厌，简直是讨厌得要命！"我狠狠地白了她一眼，转身就去拿我的书包。

这场亏只能吃到这里为止了，我必须赶快脱身走掉。但就在这时，我大难临头了。

由于气急败坏，我跨出去的脚投错了方向，竟对着石栏杆的一处缺口迈了出去！

那个女孩子立即就发现了危险，脸色刹那间大变。她猛地扬起手惊呼了一声"小心！"便不顾一切地冲上来拉我。可是已经完全来不及了。我虽然赶紧收住了脚。身体重心却已经完全移到边缘外面去了。我的手臂徒劳地在空中划了两下，整个身体便迅速向外倒下去。

那个女孩子冲上来，一把抓住了我的后衣襟，而这是一个相当危险的动作：这会使我们叠床架屋似的一起摔下去。

但是正像人在猝然发生的危险中常会有的那样，当时我还来不及惊慌。对这场危险的恐惧差不多是过了好几天以后才笼罩了我的心头的。在那个间不容发的刹那间，我只是飞快地判断了一下眼前的地形和环境，便使劲挣开她的手，对准了台壁上一根粗壮的松枝，同时两脚用力一蹬，就扑了出去。

身后传来一声悲惨的惊呼。但是我成功了。这决定性的一跃，使我准确地抓住了那根松枝，随后便高高地吊在了上面。

我抬起头，看到那个女孩子已经扑到石栏杆上，正惊恐万状地探出身子，向下面的草地上寻找已经摔得半死的我。当她终于在松枝间发现我已平安地吊在这根救命的"单杠"上晃来晃去时，不禁"呀"地长舒了一口气，精疲力尽地一下子靠在了栏杆上。

"真吓死人了！"她万分庆幸地说了一句后，便大着胆子伸下手来："拉住我！"

"不用，小心你也掉下来！"我咬着牙，双臂一收，一侧身坐上了树杈。然后又攀住砖缝，登上台壁，翻过栏杆重新回到了台顶上。直到这时，我才意识到我是从一种多么危险的灾难中幸存了下来。

这时，那个女孩子正站在我身边，使劲儿地绞着双手，两眼万分抱歉地看着我，似乎这一切过错都是她给我带来的。我则尽量不去看她，努力显得满不在乎地拍去了手上和裤子上的灰尘。我知道，经过了这场不大可也不小的变故，我刚才的窘态早已飞出九霄云外，现在该轮到她为难了。

"我……"她似乎在犹豫该说些什么，但突然想起似的把我上下打量了一下："啊，没有伤着吧？"

"没有，"我的心已经开始后怕得咚咚跳。

"真危险。要不是那根树杈，结果真不堪设想！"

"哼，起码摔个半死！"

"这都是我惹的祸。我，我真不知该怎么向你道歉才好！"她倒并没有犹豫多久，就直截了当地表示了在一个女孩子来说是多么难言的歉意。我不禁看了她一眼。

只见她脸上正露着一般女孩子很少有的那么一种坦率而诚恳的神情。我的心一下子被感动了。

"没关系，又不怪你。"这不但是表示宽容，也是表示镇静，其实本来也不能怪她。

"万一你摔下去，那我一个人真是一点办法也没有了！"

"那只好听天由命了！——这个鬼地方，真他妈……"话一出口，我马上意识到又要坏了，脸不禁呼地一下红了起来。不过她似乎并未在意。"反正只要有个什么东西。我总能抓住的。"老实说，这可是有几分吹牛。因为刚才那根树枝再稍微远一点我就完了。然而她对我的话竟信服得要命：

"这我看得出来，"她宽慰地笑笑，"你刚才并没有慌，一点也没慌。如果你挣扎着不下去，那一定坏了。可你竟一不做二不休地跳了下去。我还以为你成心想寻死呢！"

我开心地大笑起来："是吗？我真像一个跳崖寻死的吗？"

"那倒不像！倒是……"她咬着嘴唇想了一下，便笑着说："倒像是一头扑出去的豹子。"

豹子！这可真叫我喜出望外。因为这恰恰是我也十分喜爱的一种身手矫捷的猛兽。看来，刚才我就是以这样一个形象从她的视线中消失的。这无疑给她留下了非常深的印象。从她那惊恐犹存的钦羡神情中，我知道我已经在这个陌生的女孩子眼中一下子变成了一位凯旋的英雄。我不禁万分得意地晃了晃脑袋：

"只要摔不断脊梁，我倒愿意当个豹子。不过那根树杈，我是死活再也不上去了。"

这句话终于逗得她也和我一样地大笑起来。我们那愉快的、毫无顾忌的笑声互相交织在一起，震动了整个树林。直到今天还在我心头回荡。

然而她似乎仍在想着一个我极力想避免的话题：当一切误会和意外都消除了以后，她显然在打算向我告辞了。

"你知道刚才我为什么上来么？"她问。

"不是因为我叫你滚开吗？"我一边笑着回答，一边重新坐到了栏杆上。

"不，我是想上来道个歉的。因为我一点也不知道这里已经有了人，所以打扰了你。"

"哪里，你又不是成心的。再说这地方又不是我的。"

"可是起码我可以不作声。所以我想道个歉就换个地方。想不到刚说了几句话你就摔下去了。"

我们又笑了起来。可是，我能说什么呢？此刻，她正亭亭玉立地站在面前等着我的回答。似乎我只要说一声"算啦，没事"，她马上就会很礼貌地告辞走掉，从此便永远消失在这个世界上。然而这时，她的出现却早已给这片树林带来了一种动人的气息。这是我从来没有感觉过的。这气息从她身上散发出来，如此强烈地影响着我的心，使我无论是在与她谈笑还是对她假装生气的时候，都怀着一种从未有过的隐隐的激动和欢乐。这种复杂的感觉和心情，在我心中张开了一张无形的网，极力想去遮挡她告辞的路。无论如何也不愿意她这样快就悠然离去。可是，我能说什么呢？

我无可奈何地看了她一眼："道歉？不做声？都随便。反正我是看不下去了。"

"怎么啦？"

"热闹了这么半天，你还能看书？"

"真是，我也没心看了。"她想想，笑了。

"你也在温习外语吗？"

"我在看课外书，瞎翻。你呢？"

"我也是，温不温都行。"

"那干脆谁都别温了呗！"

这实际上已经是友好的邀请了。我看看她，她正用征询的眼睛看着我，显然很愿意用聊聊天来消磨这剩下的时间。于是我把课本往书包中一塞，又像赶走什么似的把手一挥：

"对，谁也不温了！"

至此，我们已经获得了充分的谅解，并从心底深处感到在一起谈一谈是件很愉快的事。最初的对立早已冰消雪融了。就这样，在这片春光明媚的树林中，在这座古老的高台上，我忘掉了手中的功课，忘掉了父亲的责备，忘掉了世界上正在发生的一切事情，平生第一次和一个少女开始了长谈……

　　"你也在念外文？"现在，她也坐在了石栏杆上。舒适地靠在雕有小狮子的柱子上。她一只脚低垂到地面，另一只脚则勾在膝盖后面，使我又想起她坐在下面石兽背上的情景。

　　"对，我在念俄语。"我答道。

　　"大概你很不喜欢。"

　　"你怎么知道？"

　　"因为你念得不太好。"她还是那么直截了当，批评起人来一点弯子也不绕。我不觉有些不自在。

　　"这我承认。不过我下定了决心不学好它。"

　　"为什么？"她对这样的决心显然大为惊讶。

　　"不为什么，就因为它太枯燥！"

　　"枯燥？我也是学俄文的，可为什么我一点也不觉得枯燥呢？"怪不得她刚才一下子就听出了我轰她走的那句话。

　　"那我就不知道了。"我说，"反正那些干巴巴的单词真要了我的命。发音又那么难听，读得人舌头都转筋了。我们班的同学都说，俄语是猪话，是赶猪的和猪说的话。"我怀着几分恶作剧的心情，快活地报复起俄语来。

　　"瞎说！"她气愤得叫起来，连身子都跟着一动。我真怕她会掉下去。可她却坐得很稳。"你读过普希金的诗吗？没有？那你去读读吧，你去读读那是什么话吧！我想你会入迷的。"

　　"真可惜，我一篇也没读过。但我绝不会入迷，更不会神魂颠倒。"

　　"那么，你知道金鱼和渔夫的故事吗？"

　　"金鱼和渔夫？"我想起来，这童话是我很小就知道的。我得承认，那的确十分迷人。"那是故事，不是俄语。"我争辩道。

　　"是故事，也是俄语。"她不容争辩地肯定了这个结论。她用这样认真的努力来捍卫这样一个题目，使我觉得她简直有些可笑。但这种感觉马上就被她丰厚的外文知识彻底消除掉了。

　　她仰起脸略微回忆了一下，开始用流利的俄文为我背诵这首著名的长诗。这个外文造诣相当深的女孩子在念着那些不朽的诗句时，神情非常的专注和严肃，仿佛她注视的不是一片空旷的树林，而是那部俄国童话的一幕幕场景。我静静地听着。

虽然我不能全部听懂。但那铿锵的节奏和鲜明的韵脚，却在我的听觉上造成了强烈的乐感。我清清楚楚地听出了两个完全不同的主角的对话：一个是那条美丽的金鱼，一个就是那位诚实而懦弱的老渔夫。她胸膛深处那感情的回声，将我的心深深地打动了。

"……于是渔夫走向大海。看见海面滚动着黑色的波涛。激怒的海浪在奔驰着，咆哮着。他开始呼唤。金鱼向他游来，问道：'您还要什么，老爹爹？''鱼姑娘，做做好事吧。我怎样才能对付那该死的婆娘？她不愿再做地上的女皇，她要做海上的女霸王，要您亲自在海上将她侍奉……'金鱼什么也不再讲，她转身游进深深的大海，尾巴在水中轻轻一摇……"

她译出了这些诗句。我知道，这一幕已经接近那条金鱼一去不复返的尾声了。

这些诗句，在我面前展开了这部童话的奇丽场面：大海在阳光下闪着金光；海面上翻涌着深蓝色的波涛；海底，是雄伟水宫的尖顶，而在晶莹透澈的海水中，游动着那条美丽而神奇的小金鱼。……突然，白浪滔天的海面上乌云密布，沙滩上，就孤立着那架先后变成过漂亮的木房、富丽的庄园、雄伟的城堡和金碧辉煌的宫殿的小泥棚……

直到现在，我好像才领悟过来，俄语，它根本就不是中学课本中的那些枯燥乏味的东西。在那广阔的俄罗斯的土地上，它为那个民族哺育了多么富丽堂皇的文学啊！

我望着这个我后来永远也没能完全了解的女孩子，深深地折服了。

现在，我已经清楚地看出来，她完全不是一个泼辣尖刻的女孩子。她大胆，但这大胆是为一种想了解对方的好奇心所驱使；她活跃，这活跃也同样是受到一种想和对方保持融洽关系的愿望的鼓舞。而一旦两相投契，她就会向更深的了解来发展她和你的关系。这时，她听你讲话时会很认真。思索你的问题也会很深沉，而当她自己说的时候，尽管坦率而轻松，但神态中仍会隐隐保持着所有女孩子都会有的那种拘谨。我头一次在自己的眼睛后面去仔细地观察一个人，而现在我用我一颗少年的心感觉到：我面前的这个女孩子和我见过的一切女孩子都不同。她的学识，她的性情，她的品格，她的一切内在的气质，都比她表现出来的要丰满、充沛得多！

当我想着这些的时候，她已经离开童话世界，迅速回到了我几乎已经忘掉的话题上：

"这难道不是一种最美的语言吗？你们却说它是猪话！我真不明白，你们这些男孩子对什么东西如果不满意，为什么马上就会说出一些那样难听的话来呢？"

想起刚才的事，我哈哈大笑起来："那倒是，骂人在我们简直是家常便饭呢！"

她脸上掠过不满："干吗要这样呢？不是人人都知道这样很不好吗？"

"人人？不，我就认为这很好！"当我明白这个女孩子实际上很老实的时候，天晓得我怎么突然想到和她开开玩笑。

"好？"她果然睁大了眼睛，"骂人还好吗？"

"究竟又坏在哪里呢？"我反问。

"野蛮。"她斩钉截铁地回答。

"野蛮？你可不知道这点儿野蛮对于一个男孩子多么重要。谁的性格中要是没有几分野蛮，他就是一个软蛋，就别想在大家中间立足。"

"我不信。我不信在你们中间没有友谊，只有强权。"

"强权？好大的字眼儿！如果得不到朋友的钦佩还能有什么友谊？不，我说的野蛮是一种强有力的性格，并不见得就是对别人的冒犯。就说骂人吧，它有时连自卫都不是，因为根本没有对象。常常有这种事：左右为难的时候，一声'他妈的'就下了决心；遇到挫折，一声'滚他娘的'就把烦恼忘得一干二净；就是吃了天大的亏，拍案而起的一声'混蛋'，也比唉声叹气强得多！"

"哟！"她几乎大笑起来。"骂人还有这么多优越性？可即使在这些事情上，文明点不是更好一些吗？"

"这又怎么分得开呢？文明和野蛮就像人和影子一样分不开。《奥德赛》和《伊里亚特》你看过吧？"我说的是当时绝少见到的书，但她点了点头，"全部荷马史诗，都是关于那场远征特洛伊城的战争的。也就是说，在一场最残酷的古代战争中，产生了一部最美丽的古代神话。它们能分开吗？希腊神话是文明的故事还是野蛮的故事？"

她的眼睛一亮。显然被一种意想不到的思想触动了。不禁直瞪瞪地望着我。"阿伽门农为了当统帅而将女儿送上了祭坛，希腊人为了夺回一个海伦而将整个特洛伊城夷为平地。连整个奥林匹斯山上的诸神都卷入了人间的这场阴谋与厮杀。可是人们感到了什么。怕不是愤怒和不平吧？你自以为信奉文明，可你自己又怎么样呢？奥德赛在地中海里漂泊了十一年才回到故乡，你不是也津津有味地欣赏着他那些数也数不清的苦难吗？那你的文明又在哪儿呢？"

她被弄迷惑了："……真是。那些故事说起来也够凶残的了，可是却感动了人们三千年。我们到底是喜欢它的一些什么呢？人真奇怪：他们常常反对和谴责战争，诅咒它弄死了那样多无辜的人。却又特别爱去描写和颂扬那些将军们惊心动魄的事业……人真是太矛盾了。"

我得意地笑起来："矛盾？矛和盾永远是两件配套的武器，文明和野蛮也永远分不开。什么东西使人类进入了文明？铁。恩格斯说过，冶铁术的发明使人类脱离野蛮状态而进入文明时代。但铁最初却是用来制造武器的。而且直到今天，钢铁也仍然是最重要的战略物资。那么你来说吧，铁究竟是文明的天使呢？还是战争的祸根？"

她咬着嘴唇思索着，不再说话了。

今天我不知道是怎么了。竟突然说出了这样一套好像挺有分量的话，并且还把它们发挥得淋漓尽致。能在这样一个聪明清秀的女孩子面前大出风头，并显然使她大为钦佩，更使我感到一种难以抑制的得意和高兴。

不过她显然并不以这些似是而非的玄谈为满足，她努力想寻找出它们最终的答案来。可是她在思索了很久以后，却终于说道："是啊，这是一个无法解决的矛盾。从前我一直认为。野蛮是人间一切坏事的根源。而今天，你却和我证明了它可能是好的……"

是的，这是一个无法解决的矛盾。后来，一直到十五年以后，当我们最后一次见面的时候，我们也没有能够穷究这个囊括了全部人类历史的大题目。

春天的阳光静静地洒在草地上，树林中只有我们两个人的谈笑声在回荡。时间一点一点地过去了。

我终于注意到了她手上的那本大厚书。

"你刚才在下面念的就是这本书吧？可以看看吗？"

她马上从膝盖上拿起它。隔着栏杆递给了我。

这是一本沉甸甸的，装潢十分精美的书。封皮上方，压印的一圈金色蔷薇花围着一块半躺的方碑。碑上刻有两行烫金的英文大写字母。我拼出有"莎士比亚"几个字。

"莎士比亚的书吗？"

"莎士比亚戏剧集。"

"真好，"我不禁赞美道，"你刚才在读哪一段？"

"李尔王。"

"哦！"我想起我看过这个故事的小人书。

"看过吗？"

"看过。"

"你最喜欢哪个人物？"

"肯特伯爵！"我毫不犹豫地选中了这个忠实的廷臣。他在被放逐海外的时候，仍然念念不忘老国王和小公主的命运，一直使我深受感动。

"科德丽霞呢？"她问的正是那个把父王比作盐的最小的公主。

"也喜欢，不过我更可怜她。但是我很不喜欢老国王。这个老糊涂轻信，而且无情，结果自己倒了霉。国家也分裂了。"

"老国王我也喜欢。"

"你喜欢的人太多了！"我笑起来，"这些人物即便可爱，也该受到批判。毕竟，莎士比亚作为资产阶级的作家，他那些情调或多或少总是反映了他那个阶级的没落情绪。所以他的故事尽管动人——确实动人，但我们作为无产阶级的后代却不能过于欣赏他，而应该分析他，认识他，批判他！"

"错了。"她出我意料地挺身而起捍卫她的莎士比亚。"莎士比亚是文艺复兴时期的作家，那时全欧的资本主义都刚刚在萌芽，怎么是没落？而且马克思和列宁都很喜欢他的作品，他们甚至能整段整章地背诵。马克思的手稿中甚至有《哈姆雷特》的专论。"

她说得非常认真，毫不顾及这针锋相对的反驳会给我一个冷不防的难堪。

"专论？我没听说过。"

"他没能写完，为了《资本论》，他把许多事都耽误了。"

"但无产阶级的情调总和资产阶级的不同。"

她眉毛一扬，充分意识到自己在这个问题上的优势："对莎士比亚不能这样分。恩格斯说过：资产阶级的伟大人物并不仅仅属于他自己的阶级，他们属于整个人类。"

"在哪儿说的？"这话显然与我以往的理解相矛盾。

"在《自然辩证法》的导言里。"

我什么也不能说了！我并不太熟悉这位四百年前的老作家。她讲的这些我也完全不知道。我重新意识到，这个娴雅的女孩子绝不是一个无知的人，相反，倒是我自己在知识上显得更贫乏。我望着她，心中感到奇怪：她看上去与我年龄相仿，在我面前甚至还带着几分天真的神气。可她竟懂得这样多！我开始产生一种错觉，好像她完全不是一个与我同龄的少女，而是一个天真的小妹妹和一个成熟的大姐姐的复杂的结合。

这本书我已经有些舍不得还给她了。我把它拿在手里："可以借给我看几天吗？"

她笑了："你喜欢？"

"已经非常喜欢了。"

"可以，那后面还有英汉对照。"她很大方地答道。"不过你一定要爱护。"

"那你能把这本书多借我一段时间么？我想好好看看。也许我也会对它们发生兴趣的。"

她又笑起来："我想你会的，随便你看多久。有了这本书，我看你大概不全再把英语也送给什么动物去讲了……"

我哈地一笑："当然！"随即万分高兴地打开书包，把它小心地塞了进去，但我听出她的声音好像突然变了。

我抬起头来。发现她正吃惊地看着我的手。她看到什么啦？我赶紧低下头来寻找，眼睛马上在爸爸那块大手表上停住了。

时间，啊，爸爸一再关照过的时间！我心中猛地一惊；我们光顾聊得高兴，竟把时间完全忘了！

她小心地从栏杆上滑下来："什么时候了？"

我看看表，扑通一声跳到了地上："我的天哪，还有七分钟就该上课了！"

顿时，我们一齐慌了起来。

"你怎么走？"她问。

"我要到后门去取车。你呢？"

她已经急得在跺脚了："唉呀，我还得去正门乘电车呢！"

"那你可得快点儿！"我催促她，"再见。"

"再见！"她一边裹紧书包，一边匆匆看了我一眼，便飞快地转身跑下高台。

那一瞥留给我的印象是永远难忘的。那是一闪而过的注视。她的眼睛在一瞬间闪动了一个明亮的火花，这火花从此便埋藏在了我的心底深处，再也没有熄灭掉！

她头也不回地飞下台阶，张开双臂跳过一条长满青草的小沟，一弯身钻进了树林。那淡蓝色的背影和雪白的衬衫领口在浓密的树叶间一闪就不见了。

林外传来一阵急促远去的跑步声。林中又呈现出突然的寂静。

我也飞快地钻出树林，一溜烟跑到后门取出车子，飞一般地向学校骑去。

我十分后悔这次匆忙的分别，既没通姓名，也没留地址，连个约会也没有，我只好在课堂上偷偷翻阅那本英文戏剧集。我什么也没有找到。只是在雪白的扉页上，看到几行秀丽的钢笔字：

送给我最亲爱的南珊

愿你

　　知勤知勉，永期上进！

　　　　　　　　　　　　　　妈妈。一九六四年四月
　　　　　　　　　　　　　　于法国西部布勒斯特。

从此，这本书就永远留在了我的身边。

第二章　夏

炎热的夏天，轰轰烈烈的红卫兵运动开始了。

仅仅几天的时间，学校里突然变得面目全非。一向干干净净的墙壁上贴满了大字报，到处拥挤着看大字报的人群。教室里再也无法上课了，桌椅被乱七八糟地堆在一起，肮里肮脏的屋子变成了各种集会的场所。学生们三五成群地聚在一起，教室里、走廊中、操场上、柳荫下、校墙边，到处是议论着和争吵着的人们。

这种混乱很快就从学校波及到社会上。一批又一批穿着军装、戴着袖章的学生几乎同时出现在街头上。这些红卫兵以一种不可阻挡的神气和劲头，取消了各种古旧的路标，拆毁了公园里奇形怪状的花卉和栏杆。砸掉了几乎所有商店的霓虹灯……

到处是一种狂热的激情。这种激动不安的情绪裹胁了所有的年轻人，也裹胁了我。我们不顾一切地行动了进来——没有明确的动机，也没有明确的目标，只要是破坏某种陈旧的东西，干什么都行。

这天傍晚，在我们学校的一间教室里，人声嘈杂。六七十个红卫兵乱七八糟地坐在桌子上、椅子上和窗台上，满屋子都是绿军装、绿军帽和红袖章。几乎所有的人都在大声地议论着，同时注意着教室中央两个红卫兵针锋相对的辩论，他们激烈的言辞不时在人堆中激起阵阵叫声。

我坐在讲台桌上，正主持着这个乱糟糟的会议。在我的手里，拿着一份抄家名单；这是今晚争论的焦点。

"喂，你们要吵到什么时候是个完啊！"一个穿军装扎小辫的女孩子冲着争吵的人尖声喊道。

"我的同志，不能把党的政策踩到脚底下去！"那个戴眼镜的高个子红卫兵正说得十分激动。他猛烈地反对我们今晚的抄家，在大家众口一辞的反驳下，他现在正拼命想保护一个政协的旧将领。

他的对面，就站着我最要好的那个朋友。他义正辞严地逼视着对方，一手叉腰，一手斩钉截铁地在空中挥舞着："不对。党的政策是为了党的斗争！"

"党对他们的政策已经定了：保护！""眼镜"大叫道。

"文化大革命中不应该有新的政策吗？你为什么造反呢？"

"对！政策是变的，变的！"人堆中马上有不少人响应。

"但是基本的不能变！"

"什么是基本的，什么是不基本的呢？"

"不放过一个坏人，但也不能冤枉一个好人！"

"好人？你能断定他是好人吗？我再说一遍，他是国民党的军长、中将！"

"但是他投降了！"

"那又怎么样呢？"

"眼镜"一下被噎住了。屋子里一阵哄笑。

"别打岔！"这个外校红卫兵头头是专门来表示反对意见的，他一再威胁着要抵制我们这次大规模的抄家行动。他大声向满屋子的红卫兵们嚷道：

"我再说一遍，我们绝不同意你们这样蛮横地践踏党的政策。我们要求你们爱护红卫兵的荣誉。要从革命的需要出发，不要从革命的激情出发。因此，我代表我们的组织呼吁你们：全市的红卫兵都应从街道转入学校，从破坏转入批判！"

"你混蛋！""软骨头！""呸！败类！……"人群中顿时响起一片怒骂。

这时，早已不耐烦的人群中啪地飞来一只军帽，正好打在我怀里："喂，头头！别光坐在那儿啦，到底干不干哪？"

"是啊，都他妈什么时候啦？""不跟他费嘴，干我们的！"

"对！！"人们一致附和。

"眼镜"此刻早已彻底孤立了，在这突然激起的一阵怒骂声中惘然不知所措地站在那里。

我对原定计划受到这样的阻挠早已感到十分讨厌。于是我站起来环视了一下会场，看也不看"眼镜"一眼就打开手中的抄家名单，念出了最有争议的那一家：

"楚轩吾，原为国民党伪国防部高级专员，后任国民党第二十五军代理军长。其父楚元，原系军阀冯玉祥旧部。一九四四年洛阳陷落时阵亡。其子楚定飞，为国民党下级军官，在解放战争中被人民解放军击毙。楚轩吾本人于一九四八年在淮海战役中战败被俘。"

随后，我念出了最后意见，并且有意加重了语气：

"楚轩吾为国民党高级将领，追随反动军队征战多年，血债累累，但解放后一直受到宽大处理，从未严格审查。我们认为，历史上的重大反革命分子，不应长期逍遥法外。因此，为维护无产阶级铁打江山，应对其彻底改造，予以查抄。"

"对！""抄！""应该干！"人们拍着桌子，跺着脚，纷纷大叫起来。

"你们胡闹！"眼镜愤怒地挥着手臂大叫。

"呸！窝囊废！……"他又被一阵笑骂声淹没了。

我看了那位斜睨着眼向满屋子人挑战的书生一眼。斩钉截铁地说道：

"这次抄家，是我们红卫兵自成立以来一次最大的行动，也是一次最大的考验。它不但将标志出我们的革命热情是否强烈，也将标志出我们的政策水平是否坚定。不错，今晚的行动应该无愧于红卫兵的光荣称号。但在这里，我们要强调一个基本的问题，这就是：我们红卫兵究竟是干什么的？我要说：我们红卫兵是造反的！正因为这样，我们在这场伟大的无产阶级文化大革命中就承担着一种伟大的任务，这就是要以我们的力量，形成一种革命的洪流，冲向四面八方！不如此，就没有革命的下一个高潮！而我们今晚的抄家行动，就正是这洪流的一个巨大洪峰，它对于文化大革命新高潮的形成非常重要！我认为，这才是我们的历史任务，这才是我们政策的基点。刚才有人说：我们蛮横！会伤了好人！请问：革命难道不是暴烈的行动吗？暴烈的行动难道能够是不蛮横的吗？至于什么好人，对不起，在马克思主义的辞典里没有这样的词汇。作为一个无产阶级革命者，作为一个红卫兵，说出这样的话来是丧失觉悟的，可耻！如果装在他头脑中的不是阶级和斗争，而是什么好人和坏人，那么，我要向他说：这不是我们红卫兵在这场激烈的阶级大搏斗中所使用的语言，而是无知小孩在看电影时所使用的概念！"

"说得好！！"人们再次叫起来。

我的心也被自己的演说深深地激动了："楚轩吾是个什么人？是个操过屠刀

的人。他的手上有人民和我们父兄们的鲜血！当然，在强大的革命暴力面前，他把屠刀放下了。但他是否立地成佛了呢？我们只能说，我们还不知道。那就让我们闯进去看看吧！看看那个楚轩吾是个放下了屠刀的佛，还是个藏起屠刀的妖！当我们把他的真面目弄清了以后。人民群众会掌握正确的政策的！"

我的演说在他们争吵的时候已经酝酿了很久，现在终于轰动了会场。红卫兵们的欢呼声差点把屋顶都掀起来！

"我声明，"　"眼镜"叫道，"你们这样做是要受到惩罚的！……"

他下面的话完全被起哄的欢呼淹没了。他气得掀起军帽往头上一扣，愤怒得扭歪了脸。用力挥舞了一下拳头就离开了会场。门在他身后被人用脚砰地一声关上了。

"去他的吧！没有他，我们干得更好！"我的朋友兴奋地大叫道。

于是，这项人人都期待着大干一场的行动计划，就在一片欢呼声中获得了一致的通过。就这样，在天黑以后，几十个学校的几千名红卫兵一齐行动了起来。大规模的抄家开始了。

卡车驶过灯火辉煌的大街，在一条僻静的胡同口停下了。我一跳下驾驶室，满车的红卫兵也扑通扑通地跳了下来。一个守候在黑暗中的红卫兵从路边走向我。

"灵隐胡同。没错吧？"我问。

"没错！"

"门牌多少号？"

"七十三号。"

我立即把手一挥："集合！"

二十四个红卫兵马上排成了整齐的一列。

"大家注意，行动要肃静，一致，出其不意！"

"知道了！"大家回答得精神抖擞。

一队人静悄悄地走进黑暗的胡同，很快在七十三号的门前停住了。

这是一座很漂亮的小门，深红色的门脸儿，黑色的门框，在路灯下反射着微弱的光，紧闭的门侧，刻着两行对联，陈旧的字迹在黑暗中看不清楚。

我踏上石阶，从门缝向里望去，里面黑洞洞的什么也看不清。于是我伸手摁了下门旁的电铃。从很深的院子里远远传来一阵铃声。

"谁呀？"一个中年妇女的声音在过道尽头大声问道。

"电报！"我用早编好的话应了一句。

"等一下。"那个声音走过来，咩啷一声拔开了门栓。

"不要动！"门刚打开一条缝，我便一步抢进去，把那个农村打扮的妇女吓得差点叫起来。我定睛看了一下，断定这是个保姆，马上厉声问道：

"楚轩吾在家不在家？"

保姆已被吓呆了。她惊恐地看看我，又看看外面的一群红卫兵，却不肯说话。

"我们是红卫兵，快说！"我急了，生怕里面有什么变化。

"都……都在正房看，看电视……"她结结巴巴地答道。

"快进！"我赶紧把手一挥。

大家立即蜂拥而进。一阵纷乱的脚步声踏碎了夜晚的宁静，冲向深处的庭院。

当我们向右一拐，冲进那道月亮门以后，看到的是一个干净整齐的小四合院。

这院子宽长各二十来步，地面铺着平整的方砖，院子东南角，立着一架葡萄，院子中间摆着一对盆松和一对夹竹桃。西厢房的灯全黑着，只有东厢的一间房子亮着一盏台灯。北房是正屋，此刻正传出阵阵电视机的音乐声。

我大步踏上台阶，一把将客厅的门拉开了。

在电视机闪烁的微弱亮光中，我一眼就看到了一个老人坐在沙发上的背影。他头发花白，肩膀宽阔，手放在靠手上沉静地坐着，并不回头后看。只是略微把头向右偏了一下。在他旁边，一个弱小的老太太正惊慌地立起身来。

啪嗒一声，电灯开关被拉开了。四支日光灯管在头顶的天花板上一齐闪了几下。顿时把雪亮的灯光射向整个屋子，刺得人睁不开眼。

我迅速环视了一下这间客厅，它布置得雅致而古朴。红漆地板上，铺着一块灰绿色的旧地毯。藏青色的沙发前，摆着一张玻璃茶几，几上散放着几本线装古书和一套青瓷烟具。电视机显然是刚刚挪过来的，摆在一张大写字台上，正对着沙发和门口。屏幕上，一群手执红旗的舞蹈者正在蹦来蹦去。四面的墙上挂着几幅山水字画，窗户上拉着青竹窗帘。在屋角的一架简易钢琴下，两尊巨大的青花瓷缸里插着一些卷轴和一柄拂尘。显然这个老人就是楚轩吾了。

一个红卫兵走到电视跟前，一把拉掉了天线，荧光屏闪了一下就灭掉了。我以不可抗拒的威严口气问道：

"谁是楚轩吾？"

老人慢慢站起来，转过身看看这突然出现的满屋子的红卫兵。冷静地答道：

"我就是。"

"这是谁？"我用手指着惊呆在一边的老太太。

"我的妻子。"

"家中还有什么人？"

"两个外孙。"

我紧紧盯着这个略微矮胖的老人。他前额宽阔，眉毛很浓。眼睛不大，却炯炯有神。虽然他那身夏布长裤和柞绸短衫完全是一副闲散家居的打扮，但那很自然地挺起的胸脯，却仍旧保持着旧军人那种训练有素的气概。他正很镇静地看着我。

"楚轩吾，我们是红卫兵。你要明白，你在历史上是有罪的，因而我们有权力对你进行审查和改造！我先告诉你：今天你要老老实实将你的历史问题交待清楚，同时，对你解放后的问题也要老实交待。否则一切后果由你自己负责。别动！"我喝住老太太，"还有，为了审查你改造自新的情况，我们现在决定对你的老窝进行查抄。你们要老老实实对待——听清了没有？"

老太太这时再也抑制不住了。她叫起来："你们要干什么呀？我的天……"

"安静点，不会出什么事……"楚轩吾安慰她。

"少废话！"我厉声喝道，"把她带走，先押起来！"同时把手一挥："抄！"

一声令下，所有的红卫兵马上散开了。一时所有的房间都大放光明，照得院子一片通亮。各房间里，开始传出乒乒乓乓砸门撬锁和翻箱倒柜的声音。

老太太被连推带搡地赶到了西厢房。我叫人把客厅里的家具全部搬空，只留下写字台和三把椅子。然后叫楚轩吾站在客厅中间，由我当主审，我的朋友和另外一个红卫兵当记录，摆出一个法庭的模样对他开始了审讯。

"姓名？"为了有一个庄严的开端，我把这个问题重复了一遍。

"楚轩吾。"

"出身？"

"军人。"

"是军阀！"我厉声纠正。"你老婆呢？"

"官僚。"

"一对老混蛋！"我的朋友在旁边发出了一声厌恶的怒骂。

楚轩吾没有什么表示。

我仍然紧紧地盯着他："你的年龄？"

"六十二。"

"籍贯？"

"江苏宜兴。"

"职务呢？"

"市政参事室参事。"

"还有！"

"历史学会会员和军事研究院特聘研究员。"

"问你军内职务！"

他想了想："当过国防委员会的顾问。"

"政治方面呢？"

"市政协委员。"

"哪儿的市政协委员？"我感到越来越不对味儿了。

"北京。"

我听了一愣，突然明白过来，气得一拍桌子骂道："他妈的！老滑头，我问你职务！"

噗哧一声，两个记录都笑了。我憋了半天，也忍不住好笑。

楚轩吾摇了摇头："我四六年到四八年是伪国防部高级专员。"

"还有？"

"后来兼任第二十五军代理军长。"

至此，已经无可再问了。

"楚轩吾，你少捣蛋。你老实不老实吧？"

他以肯定的神情看着我："我可以回答任何问题。"

"那好，——把你窝藏的反动地契和变天账交出来！"我猛地一拍桌子。

"说！！"两边一齐喝道。

"我从祖父开始，三代都是军人，从未经营过土地。这些东西我确实无所收藏。"我和记录交换了一下眼色："狡赖！那就把你暗藏的国民党狗牙旗和蒋介石的狗像给我交出来！"

"说！！"

楚轩吾抬起头来，他的神情已经完全变了。这个整整一生的经历都和国民党的军队联系在一起的人，当我强迫他去回忆那些充满痛苦和耻辱的往事时，他的心情再也不能平静了。

"年轻人，你们了解得很清楚。国民党，曾经是我的过去。是的，那使我蹉跎年华，虚掷半生。我应对它痛加悔悟！但是，我投降已经十八年了。十八年来，我目睹了祖国的巨大变化，目睹了共产党的伟大成就。作为一个从旧中国经历过来的人，人类的良知使我能够做出正确的判断，爱国的良心也使我能够做出正确的选择。

所以，尽管我的前半生并不光彩，后半生也无所贡献。但我却愿把我这一生的教训留给我的后人，使他们……"

"你是投降的还是被俘的？"我打断了他。

"是投降。"他痛苦地回答。

"谁能为你证明？"

"我的档案中都有记载。"

"我们会查清的。但你要老实！现在，你就把你被俘的全部经过老老实实地交代出来。要有半句不老实，小心你的脑袋！"

楚轩吾痛苦地垂下双肩，在我无情的追问下，陷入了深深的回忆之中。这个老人就这样站着，站在这洗劫一空的客厅中，站在这惨白雪亮的灯光下，向我们叙述了他的人生中一段惊心动魄的往事……

那是一九四八年年初，解放军东北野战军首先在辽沈战役中全歼了国民党四个兵团，解放了东北全境。随后，华东野战军也于济南战役后整补完毕，从济南、泰安一线向郯城前进，显出南下淮海，进逼徐州的动向。而国民党徐州战区的四个兵团则以徐州为中心，沿陇海铁路从商丘到海州一字摆开。做出北进山东，收复济南的态势。到十一月初，华东战场上的对峙局面已经形成，大战在即了。

当时，我们国民党刚刚在东北战场上惨败，已经元气大伤，所以对于华东战场非常忧虑。白崇禧鉴于国民党已经丧失了军事上的优势，力主放弃陇海铁路，而将主力收缩在徐州、蚌埠之间，在津浦铁路两侧与共军寻机决战。但是蒋介石对于国共两党军事力量对比已经发生的深刻变化严重估计不足，所以坚决反对放弃徐州，妄图依仗华东的几个精锐兵团，在陇海铁路上摆开战场，与解放军进行中国历史上最大的一场决战！

十一月二日，我作为国防部的高级专员，飞到徐州向"剿总"司令长官刘峙详细说明蒋介石的战略意图和作战方针。随即又于第二天飞往海州视察东线防务情况——我的儿子楚定飞和女婿苏子明都在这里。

我下飞机后，立即向第七兵团司令黄伯韬传达了战役部署。黄伯韬听后，大骂参谋总长顾祝同无能。他用长杆敲着军事地图向我说："见他妈的鬼！现在各方面的情报都证明共军华东主力早已在鲁南集结，我们却他妈摆得到处都是。如今我一个兵团孤悬海边，如果陈毅第一口吃向我，我连逃都没地方逃！而且，许多迹象都表明陈毅部队的运动方向正是我这里，上面偏让我们坐以待毙。混蛋！顾祝同是他妈怎么指挥的！"

我是专员，不是司令，只能详细解释总部的意图。不过我也感到这里的情势已经十分不妙了。可是到了十一月五日，蒋介石突然变更作战部署，越过徐州"剿总"直接电令黄伯韬放弃海连一线，火速向徐州集结。显然解放军的战略动机正如黄伯韬所料，是首先要一口吃掉他的第七兵团。但第七兵团这时要运动已经太迟了。五日晚上，黄伯韬连夜召开紧急会议，命令第二天凌晨立即动身。深夜会议刚一结束，整个海州市顿对人声鼎沸，马达轰鸣，陷入一片混乱。

会后，黄伯韬与我一起来到我的住处，大发牢骚。他说："这次作战，共军始终在急速调动，我们已经输了一着棋。现在共军十几个纵队的兵力正向我压迫，老头子不叫刘峙向我增援，反令我孤军西进，是何打算？！"他忧心忡忡地拉住我的手说："轩吾兄，你我多年深交，我的家事就托付给你了。这一仗搞得好，我能带一两个师打到徐州去见刘总。搞不好，也只有与官兵共存亡。你在我军中并无职务，夫人和女儿又都在上海。你就不必随军行动了。至于定飞、子明，也由我做主随你一同去上海吧，何必与我同归于尽！"

黄伯韬和我都是冯玉祥的旧部。被蒋介石收编以后，他一直受到重用，是非黄埔系中唯一做到兵团司令的一个。因此他矢志为蒋介石尽忠效命，反共异常坚决。

在皖南事变中设伏茂林，生俘叶挺的就是他。当时我出于世谊，不愿在这个关头将他一人撇下。再说，我也已多年不握兵权了，在这危困之中很想勉为其难，重温故业。于是我正色说道："国难当头，军人效命沙场义无反顾，岂有脱身而去的道理！至于定飞、子明，能在黄老伯身边一逞身手，也是他们的造化。你不必说了。士璋不在，我已电呈南京方面委任我为第二十五军代理军长。轩吾此心无他，惟愿与党民同舟共济！"同时我安慰他说："只管放胆西行。如果军情险恶，杜聿明和黄维他们会来救应的。我们也只有果断行动才有生路可寻。"

"晚了！晚了！我们败局已定，第七兵团难免全军覆没！"黄伯韬连声长叹，连我也给弄得心情沉重起来。直到他的作战处长亲自来报告说最后一个师部也即将开拔了。他才匆匆而去。

果然，战局的发展比我们的预料要险恶得多。

十一月六日，第七兵团五个军浩浩荡荡地离开新安镇、海州和连云港，分南北两路向徐州急进。当天晚上，南路的第六十三军就在窑湾渡口突然与解放军遭遇，不到六个小时，第六十三军的防线被突破。七日拂晓五点钟，我和黄伯韬在行军途中与第六十三军军长陈章通话，他只报告了该军覆没的消息后便在报话机旁拔枪自杀了。战斗的激烈可想而知。

黄伯韬闻讯，气得在吉普车上顿足长叹。

空前规模的淮海战役就这样开始了。

十一月九日，我们北路的四个军不顾一切地向西突进。但刚刚到达运河便与解放军发生接触，遭到猛烈的狙击。当时运河两岸已经冰冻。黄伯韬立即命令各军同时强渡运河，因为我们无论如何不能被这条大河与增援部队隔开。十几万士兵们拼命用船将辎重渡过河，有不少人冒着严寒从刺骨的河水中泅渡了过去。

十一月十日，我们付出了巨大的代价才勉强渡过了大运河。但是当我们且战且走，离开运河西岸又前进了四十里到达碾庄后，解放军的猛烈狙击已经使我们再也无法前进一步了。于是黄伯韬命令第四十四军、第二十五军、第六十四军和第一百军分守碾庄的四角，兵团司令部就设在镇外的深沟中，开始固守待援。就这样，我们四个军十几万人的兵力在受到重创以后，被压缩在一个十几平方公里的狭长地带内，陷入了重围。

事后我们才知道，包围我们的是华东野战军十二个纵队的兵力，整整是我们的三倍！

战斗的发展在开阔的淮海大平原上是极其猛烈的。我在二次直奉战争中参加过长辛店大战，在抗战中参加过枣庄大会战，可从来没见过像这次这样排山倒海的攻势。解放军的冲锋常常摆开一个极大的扇面，像一阵潮水般地涌上来淹没了我们的层层阵地。这种情况逼得我们的炮兵不得不压平炮口，以密集的主射把成百吨的钢铁倾泄在刚刚失去的阵地上。但是炮火一停，前沿马上又压过一层层人流。在这样的攻势下，我们的四个军相继土崩瓦解了。

整整十天的苦战以后，我们的兵力已伤亡过半，司令部掩蔽所也暴露在解放军的机枪射程之内了。

十一月二十日，第一百军军长周志道阵亡，副军长杨荫只身来到掩蔽所。这个军完全打光了。第六十四军也丢失了全部阵地，军长刘镇湘下落不明。第四十四军在打到只剩下一个半师时，第一五〇师长赵璧光率部起义了。军长王泽伦同时被俘。

现在，我们只剩下第二十五军和两个不满员师和兵团直属的一点残余兵力，而且这一万多人中，连一个整团也没有了。于是我不得不把第二十五军军部撤销，而与兵团司令部合设一处，以与黄伯韬共同维持残局。

黄伯韬在战斗打响以后，一直保持着镇静。这个身经百战的反共宿将，每天用上万人的伤亡做代价，沉着地逼着士兵们死守每一寸阵地，等待着援军。他知道，这块战场上的进退得失，不但关系着他一个人的命运，而且关系着党国的命运。他只要还能保住一个师，一个团，甚至只保住一个兵团司令部。他也在美国顾问团面前为蒋介石保住了面子。因为他并未完全覆灭。否则的话，他最后的败亡对整个华东战场的影响将是无法估量的。但是，当战斗打到最后一天时，连他也坚持不住了。

十一月二十一日，天空飘起大雪。天刚亮，解放军便开始以猛烈的炮火向我们阵地倾泄炮弹。攻击的浪潮开始一遍又一遍地扑上我们最后的几道防线。形势急转直下了。

这不是没有原因的。在我们的西面和西南方向，杜聿明带着李弥、邱清泉和黄维三个兵团拼命赶来。先头部队已经打到离碾庄只有十几公里的地方了。邱清泉的第二兵团和李弥的第十三兵团正与中原野战军的四个阻击纵队进行着激烈的战斗。

这一天飞机也来得特别多，炸弹和凝固汽油弹倾泻在战场上，到处烧成一片焦土和火海！

但也就是在这一天，我和黄伯韬完全绝望了：我们的残余兵力已经只剩下五千多人，指挥体系也破坏殆尽。这样的力量除了勉强招架一下，任何反击的能力也没有了。

直到这时，我们才真正意识到情况的严重性。这次大战从一开始，双方就投入了几十个军的兵力，而我们在这铁锤与铁砧的撞击之中正首当其冲。这种战争的规模是我们从未经历过的。现在，在几千平方米的阵地之内，每一个仓促掘成的战壕和弹坑中都挤满了人和死尸。每一颗炮弹下来，都会飞起一片残肢断臂。在这样的战场上，除了死和降，再也没有其他出路了。

解放军的阵地上开始响起广播。他们点着黄伯韬和我的名字，反复陈说利害，指明出路。他们大声警告说：杜聿明集团和黄维兵团均被华东野战军顽强地阻截在战场以外的地方，任何待援的希望都是没有的，因为解放军彻底结束我们的顽抗只在今天——这是最后的机会了。

黄伯韬这时已经完全失去了最初的镇静。他像一头被囚在笼子里的野兽一样。披着军大衣在深沟中转来转去。不许任何人向他转达解放军的劝告和递送打到阵地上来的传单。

但就在这时。突然从我身后冲出一个军官。他不顾一切地一头撞在黄伯韬脚下，抱住他的腿大叫道："司令！仗打到这种地步，不能再叫弟兄们白白送死了！总统无能，不该叫士兵们丧命！黄司令！黄公！几千条性命在你手里，不能再抵抗了！我们投降吧！投降吧！"

我大吃一惊：这个军官不是别人，正是我的儿子楚定飞！十几天的激战中，他一直在阵前厮杀。想不到却在这个关头闯回到司令部来了。此刻，他满身是泥和血。

也不知道是他负了伤，还是从死人身上沾的。

"什么！"黄伯韬瞪着充血的眼睛，暴跳起来，劈胸抓住他的衣领从地上拖起来，狠狠抽了两个耳光："你大胆！临阵畏缩者杀无赦，不知道吗？你敢抗颜违命！你敢阵前请降！你敢亵渎总统！该死的——来人！"

两个全副武装的宪兵应声而来。我的儿子一言不发地从地上站起来。

我默默地注视着眼前发生的这一切。我知道，在这样的时刻，定飞的行为在黄伯韬面前是难以饶恕的。

黄伯韬已经完全失去了理智。他咆哮着要枪毙我的儿子，但是被副官们拼命劝住了。

这时，一个参谋钻进来递给我一份电报。我看了一下，只见上面潦草地注译着：

"总统飞临战场上空。"

我无言地将电报递给了黄伯韬。他看罢，两眼直勾勾地望着天空。蒋介石的飞机盘旋了几周，并未与地面通话，便向西远去了。

"是否转达全军？"我问。

"不必了。"黄伯韬咬着牙长叹了声，将电报揉成一团丢在了地上。

这时，又有一个通讯参谋把一份电报递给黄伯韬。黄伯韬匆匆看完，竟望天空失声痛哭起来。他捂住泪脸将电报递给我：

"楚兄，你自己看吧。"

我接过电报，只见上面写着。"总统手谕：杜部已火速驰援，务必坚守至一兵一卒，有动摇军心者，就地处决！"

我的头轰地一声炸了！

不知过了多久，黄伯韬的声音才把我从呆滞中惊醒过来："执行吧。"

我唯一的儿子，兵团情报处参谋，这个魁梧健壮的年轻人，正垂手直立在我们面前，身后站着宪兵。他冷静地看着我，说道：

"爸爸，仗打成这样，是全体军官的耻辱。我劝降不是自己畏死，而是认为叫幸存的士兵徒死无益！屠戮无辜谁无怜悯之心？但是既然只有我一个人做这样的事，也是早已决心伏法了。"

他走到我女婿面前，紧紧拉住他的手说："我去了。告诉姐姐，来日方长，你们好自为之！"

子明哇地一声大哭起来。他抱住定飞，狠狠地捶着他的胸脯骂道："阿弟，你糊涂！你犯禁逞死，难道叫老夫人泣血终生吗？"他一把扭住定飞："你给我向黄司令跪下求饶！"

定飞早已异常镇静。他推开子明，冷冷地说道："杀我者，不是司令，而是总统。谁求情也无济于事，又何必为一己屈膝。既然不容于军法，惟求一死而已。爸爸，黄公，孩子去了。望你们以士兵为念！"说完，他转身头也不回地向掩蔽部外面走去，宪兵无可奈何地跟了出去。

坡后传来两声枪响。子明猛地跪倒在我的脚边。掩蔽部中一片叹息之声。

黄伯韬两眼发直，神情呆滞可怕。好久，他才猛地惊醒过来，一屁股坐在箱子上，抱头大哭道："该死啊，该死！……我从小把他看大，掌上膝下，何等疼爱！想不到……"

他的身体在痛哭中痉挛着。突然，他猛地扑过来，从我手中夺过电报，几把便撕了个粉碎！

密集的炮火重新铺天盖地地打到我们头上，子弹刮风般从头顶上呼啸而过，冲锋的呐喊像海啸一般涌上来，阵地争夺战正在我们几十米以外的地方进行。掩蔽部里的高级军官和副官们已经开始悄悄溜掉了。

黄伯韬叫过我的女婿，咬着牙说："定飞不肖，败坏了忠烈家风。现在我要你为楚门将功补过：我给你最后一个连，你敢不敢冲出重围？"

子明是黄伯韬的机要参谋。这个文弱书生，此刻也像一头困住的狼一样，戴着钢盔，倒提着卡宾枪，卷袖敞怀地立在黄伯韬面前："愿拼死一用！"

黄伯韬紧紧盯着他："如能冲出重围。就告诉杜长官和刘总，说伯韬待援不及，杀身殉国了！"

子明毕恭毕敬地向黄伯韬敬了最后一个军礼，然后含泪转向我："岳父，您还有什么要嘱咐的吗？"

我料定自己已不能生还，于是说："你自顾去吧，不可鲁莽！如果你有幸突围，就告诉夫人和雨蝉不要以我为念。如果你也……唉，何必多说！……"

子明跪下，只说了句："岳父大人千万珍重……"就再也说不下去了。

我顿足催促他道："现在不是儿女情长的时候，军机要紧，你去吧，快去吧！"

他这才咬咬牙，一转身走出了掩蔽部。

黄伯韬把勉强调集到的六十多个下级军官和宪兵全部交给他，命令他们隐蔽在高坡后面。当解放军的冲锋再一次退下去的时候。子明带着人突然跃出深沟，卷在这股潮水中一齐向外冲去。

我和黄伯韬一直紧张地从掩蔽部里盯视着他们。当他们的身影终于消失在阴霾中的时候，我不禁松了一口气。

但就在这时，我身后发出当的一声枪响；我一惊，猛地转过身来。只见黄伯韬张开双臂，向后倒下，手里还握着手枪。

此刻，所有的高级军官已经一个也不见了。

黄伯韬自杀了。这一枪他是从嘴里打进去的，因而保持了面部的完整。鲜血翻着泡沫从他嘴里流出来，他两眼老泪横流地看着我，已经什么话也说不出来了。

我将他的头紧紧抱在怀中："你不该，伯韬……"

他眼睛中的神色在迅速地消失，猛然头一歪，手枪哗啦一声掉在了冻硬的土地上，黄伯韬就这样死在我的怀中，我将他慢慢放在地上。脱下大衣覆盖在他的脸上。

这时枪声骤起，解放军最后的攻击开始了。

黄伯韬一死，再也无人能镇住军心。一个营长满身泥雪冲到我的面前，抓下军帽和手枪一齐掼到地上，然后双膝跪下，撕开胸膛，发疯一般地大叫道："枪毙我吧，军长！我们不能再拼了！"他用膝盖走到我跟前，死死抱住我的双腿哭叫道：

"军长！黄司令已死，不能再叫弟兄们送死了！为了楚公子的好意，我冒死再进一言：我们投降吧！投降吧！……

这个军装破烂，蓬头垢面，神经几乎已经错乱的中年军官匍匐在地上。整个脸都埋在我脚下的泥雪中。从他那抽动着的泥泞的脊梁上，从他浑身上下的血迹弹痕中。我深深感到，彻底完蛋了。

我一句话也没说，将他从身边推开，冒着弹雨走上了高坡。

这时，我才看清了全部战场：冰封雪盖的淮海平原上，炮火在白雪下面翻出了黑色的土地。远远近近到处是尸体，到处冒着硝烟。我们最后的几处残余工事正与解放军疯狂地对射。这是黄伯韬留下的死令：顽抗到最后一兵一卒。我站在高坡顶端，摘下军帽丢在了地上。然后从身边掏出一条白巾，直立在呼啸的弹雨和凛冽的寒风中高高地举了起来。我希望能在最后一刻被横飞的流弹打死。

但是在这最后一刻我却必须向解放军宣布：我们投降……

楚轩吾讲完了他的经历，深深叹了一口气："这样，我率领最后的一千多幸存者投降了。"

我的心被震慑住了。他的故事在我听来是如此惊心动魄。我看着这个经历过残酷厮杀和无情失败的老人，好像看到了他当年是怎样穿着国民党将军的服装，高举白巾，垂首直立在寒风弹雨之中！

"你说的都真实吗？"

"这样的经历是无法伪造的。"

这么说，你是顽抗到最后一分钟才投降的？"

"是这样。"

"哼，这和被俘有什么区别！"我的朋友冷笑一声："你知罪吗？"

"那时我有三条道路：或死，或降，或走。但它们都不能洗刷那场战争的罪恶。"

"有这样的认识很好。"我说："但你仍得证实你履历的性质：你到底是投降还是被俘？"

"我并不关心他人对我的结论，但从主观上讲，我承认我的结局不是被迫的而是主动的。我服从了自己的选择。"

"我们要人证。"

他摇了摇头："完全见证到这一点的倒是有一个。可是十八年了，恐怕很难找到他了。"

"什么人？"

"华东野战军第五纵队的参谋长。在由五纵负责的接待工作中，他与我们战俘相处了整整四天之久。"

"三野五纵？"我几乎惊叫起来，这是我父亲呆过的部队啊！

"是三野五纵。"楚轩吾回答。

我急急问道："参谋长，他叫什么名字？"

楚轩吾望着窗外夜空中无比遥远的星辰："他是令人难忘的。我永远都记得这个道德极高而又修养极深的人。他叫李聚兴。"

我顿时心花怒放，差点从座位上跳起来。李聚兴，他就是我父亲呀！我万万没料到，在今晚的抄家中，在这个小小的庭院里，我竟抓到了一位当年败在我父辈手下的老将军！

"李聚兴参谋长的事情你都记得吗？"

"我与共产党作战二十余年，他却是我见到的第一个共产党人。我至今认为，他是我对共产主义发生认识的启蒙者，他对我后半生道路的影响是无法估量的。因而尽管我已经十八年没有再见到他了，但他的人格我永远难忘。"

我清清楚楚地看出老人对我父亲怀着深深的钦佩和怀念。这使我深受感动。我迫不及待地想从他的口里更多地了解一下父亲的经历。

"那么好吧，你把当时的情况详详细细地讲出来，我们将找到那个李参谋长进行核实。"同时我示意一个红卫兵给他一张凳子。

各处房间的查抄仍在继续着，纷乱的响声不断传来。

楚轩吾坐下来，很快又陷入了沉思……

……枪声平息下来以后，一个解放军的战士很快从他们的阵地跑到高坡下面：

"你们是怎么回事？"他问。

我回答道："黄伯韬自杀了。我们投降。"

他登上高坡向掩蔽部门口黄伯韬的尸体看了一眼，便转身向阵地发出了信号。

于是我率领全部残余人员放下武器，七零八落地走出战壕，随他走到解放军的阵地上。我们的正面，就是解放军的第五纵队。

很快，从后方开来一辆美制"道吉"吉普，停在我们面前。上面下来一位穿棉大衣的首长，这就是五纵参谋长李聚兴。这位参谋长当时刚刚过了三十岁，是一个个子高高的江西人。他面庞清瘦，眼睛很有神。据后来了解，他一九二九年参军时只有十三岁。后来参加长征，在川黔滇作后卫，与薛岳将军打过不少硬仗。在共产党的创业战争中，这位将军几经生死忧患，积功甚伟。他主动迎上来，和我握过手，第一句话是："欢迎你们投向人民。请你转告全体官兵，解放军绝不会难为你们的。"

我作为败军之将，只有唯唯诺诺而已。

当时杜聿明兵团和黄维兵团在黄伯韬兵团覆灭后立即收缩，企图重整阵容。解放军华东部队很快即撤离战场，以数路纵队直扑徐州外围，寻机再战。但是李参谋长却抓紧时间做了一件事。他们由我们被俘的全部高级将领陪同，巡视了整个战场。巡视中，他非常详细地察看了我的第二十五军的阵地，因为这个军是最后崩溃的，防守也最为顽强。他仔细地询问了我们的防御意图和兵力配署，并不时与自己的参谋们交换一下看法，甚至要他们记下一些东西。记得当他看到我们已被完全摧毁的炮兵阵地时，曾经严厉地批评我们说：你们在这样近距离作战中使用炮兵盲目射击，完全是一种无效的战术动作。我争辩说我们作过平射。他立刻反驳道：你们应该毁弃大炮作为工事，将炮兵编入步兵序列。完全是因为过于珍惜优势兵器的威力而没有这样做，结果你们的炮兵不但没有摧毁我方任何重要的目标，而且成了你们防守的沉重负担。听他的口气，好像摆在他面前的不是顽敌的陈尸狼藉的阵地，而纯粹是一道不太漂亮的军事作业。可是当他看到我们在战斗中仓促构筑的工事系统时却赞不绝口。他向参谋们说，正是这样的工事布局和火力配备，才使得他们的穿插手段在整个攻击中始终未能奏效，而只能一口一口地把我们的阵地硬啃下来。在这些交谈中，我马上就在这个农民出身的将军身上看到了非常出色的军事才能。我真想不到一向以骚扰和奔袭为主要作战手段的共产党游击战中，竟能造就这样通晓正规教范的人材。军事指挥员给我的这第一个印象，就与那些胜则争功、败则诿过的将领们形成了鲜明的对照。

四天的休整结束以后，我们这些战俘经过学习准备解送后方，陈毅将军指示五纵为我们饯行。而宴会又是由李参谋长主持的。四天中，他亲自为我们上过课，也个别地和我们谈过话。也可能是由于职业上有着共同兴趣吧，这次简朴的宴会几乎成了老相识们的一场军事讨论会。

宴会上，我们一边用搪瓷缸子喝着热腾腾的老窖，一边谈起了这次战役双方的部署情况以及它的过去和未来。

当然，胜利者对于全局看得更清楚一些。因而李参谋长的看法便成了最权威的意见。他首先从分析全国战场形势开始，指出在淮海战局的形成过程中，解放军华东和中原野战军就已经是凝聚了巨大力量的两个拳头。而国民党徐州剿总的四个兵团却撒在华东广大地区的各个重镇上，从而造成了被各个击破的可能。而后，在战役和整个发展过程中，解放军的战略意图始终非常坚定，一直盯在大运河一带寻找战机。而第七兵团在几经徘徊以后，又恰恰在毫无接应的情况下冒然西进。这又顺理成章地给他们提供了在运动中对我们实行毁灭性打击的机会。

"如果黄伯韬不向西运动，而是固守海连地区呢？"一五〇师师长赵璧光忍不住问。

"逼迫你们背海作战，正是我们原来的计划。那样你们与增援兵团之间的距离将被分割得更远。而蒋介石之所以仓促地命令黄伯韬西进徐州，也正是想使你们靠拢。看来，他尝够了被我们各个击破的苦头，但这一次他却又低估了我军在运动中歼灭强敌的作战能力。"

"那么，陇海铁路诸重镇的永固工事不能延长我们固守的时间吗？"

"不能。因为我们将在你们兵力收缩以前发起攻击。十一月六日晚，我们的待机点均在你们各军驻防地五十到二十里的地方，陈章正是在那里陷入了重围。尽管蒋介石一误再误，终于坐失了一切挽救第七兵团的机会。但最荒谬的人，应该说是刘峙。他对于你们的西进竟毫无接应，甚至在第六十三军迅速覆灭以后，他也未向徐州以东迈出一步。"

当时，宴会上的气氛十分激动。四十四军军长王泽伦听了气得大骂刘峙与顾祝同无能。几个师、团级将领竟不顾李将军的在场，"共军""总统"地抱怨起来。

"我们情报模糊，优柔寡断。协同混乱，各行其是，如何不败！"

"乖乖。总统三变计划，还是落在共军妙算中了。"

"唉，黄伯韬至死不悟！"

"是的。黄伯韬的死，不但是做了蒋介石错误战略的牺牲品，而且也是做了蒋介石反动政治的牺牲品。"李将军炯炯地环视着会场，"蒋介石不顾民族大义，不顾国家在战争结束后尚未恢复民族元气，悍然发动反共反人民的内战，这就是横下了一条心要陷手下成千上万的官兵于死地。而黄伯韬不愿向人民屈服，甘心情愿为蒋家王朝殉葬，这就构成了他的悲剧。在座的诸位在最后的时刻能够猛醒，这是令人高兴的。希望你们能在民主阵营中找到真正的出路，并终于跟上历史的潮流。我相信，凡是有爱国心的人都不能做到这一点。来，为国家更新，为诸位新生，干杯！"

　　我们一齐站起，杯觥交错地碰了一番以后，一齐把酒喝下去了。

　　随后，他又问了我们每一个人的家庭情况。他安慰我们说，一俟全国解放，便会立即安排我们与家人团聚。他还特别问到我儿子被枪决的情况，对此深表同情。他说：这样一个刚刚开始觉悟的年轻人，应该活到今天而没能活下来，非常令人惋惜。希望你的女婿能够吸取教训，早日脱离反动军队，回到人民一边来。因为我是全座最年长的人，他又专门为我夫人的安好祝了酒。看到共产党竟是如此通情达理，全体战俘无不为之感动。

　　这时门开了。一个机要员拿来一封电报和一封信。他迅速看完电报，顿时面露喜色。

　　看到他神情变化得如此开朗，王泽伦忍不住小心地问了一句："是否贵军又有胜利的消息？"

　　"是的，"李将军兴奋地站起来，高声宣布道："昨天，黄维兵团在徐州以南双堆集陷入我军重围。"

　　宴会的气氛刷地一下沉寂下来。这消息是震动人心的：五天以前，我们在千军重围中曾经绝望地等待过黄维的援救。现在，他们也陷入重围了；李参谋长马上设法打破这难堪的气氛。他斟满一杯酒说道："当然，我们绝不希望黄维也像黄伯韬一样地死去。我们希望能重新见到他！"

　　但大部分战俘心情烦乱，竟无人响应。

　　他平静地笑笑："军情如火，人情如水，不要把它们搅在一起。还是谈家常吧！诸位，如果我个人有什么喜讯，你们是否愿意向我祝贺呢？"

　　为了不使他独自支撑这尴尬的局面，我首先立起身来响应。我也斟满了杯酒举起来说道："礼者事之度。只要李将军不吝相示，老朽当领衔恭维！"

　　人们重新笑起来。

这时，那个营长已衣着整齐，头发也剪过了。他咔地一声跨出座位，毕恭毕敬地将一杯酒高高举起："我愿为李将军的喜讯一饮而尽！"

人们笑着，纷纷相问。李参谋长笑视着我。估计我已猜出十之八九，却又笑而不答了。倒是营长忠厚，他一把拉住了机要员不叫走，非要她透露不可。机要员便笑着看了李将军一眼，大声向大家说："两天以前，李参谋长的爱人在后方生了一个儿子！"……

我紧紧盯着楚轩吾那闪着隐隐泪花的老眼，心剧烈地跳动了起来。

……我们纷纷起立。为这个儿子向他祝贺！

我端着酒杯，离开座位径直走到他面前，一手拉住他的手，一手将酒高擎在空中说道："中年得子，乃人生一大幸事。李将军，轩吾虽不能造福后人，在这里却愿为我们的子孙永不征战而连尽三杯！"

"不，"李参谋长也异常兴奋地看着我："使天下赤子永不厮杀，乃民族一大幸事。但假如四海未平，一旦国家有警，我却愿为我们的子孙共同征战而连尽三杯！"

这一席话，使在场的人无不称叹！

我与李参谋长对视了一下，这杯酒竟是含泪而尽。

最后，我问他："你打算给孩子起个什么名字？"

他思索再三，说道："他出生之时，我军已首战告捷。当前我们国共两党大战方酣，两淮人民生命财产损失不小。为了纪念这次我军迅速获胜，为了预祝下一步战局进展顺利，更为了希望战事早日平息。我想给他起个名字，叫做：李淮平。"

一种从来体验过的激动冲击得我一阵晕眩。李淮平，这个提前出生在战场后方的孩子就是我啊！

直到今天，我才知道我的名字竟浸透着父亲如此器重的深情。自我懂事时起，父亲在我眼中就是一种威风很重的形象，令我生畏。可是今天我才知道，一向不苟言笑的父亲，竟也有过如此动人的情怀！

父亲对国家的感叹，父亲对内战的谴责，父亲对后人的希望，父亲在那个宴会上所说的和所想的一切，都像酒一样的浸醉了我的心。

我仔细地端详着楚轩吾，端详着这个已经苍老，但依然筋骨刚健的老军人，心中突然感到他是这样的慈祥、威武、亲切！

这时，各处房间里翻天覆地的抄查已渐渐停止了，大家聚集在院子里，喧闹地清点着那些堆积如山的东西。夏夜的沉闷空气中，混浊着樟脑气味儿。

我看了看墙上的挂钟，已经是深夜一点钟了。这时一个红卫兵推开门走进客厅，一边掸去满头满脸的灰尘，一边没好气地向我说："他妈的，这个老家伙真是个滑头。到处翻遍了，什么反动的东西也没发现！"

"你们在院子里堆了些什么？"

"全是浮财！老东西简直太阔了。"

我命令道："把生活必需品给他们留下，其他东西统统拉走！"

"好！"那个红卫兵转身出去了。

我看看楚轩吾，他一动不动地坐在凳子上，好像仍然沉浸在往事的回忆中。

"楚轩吾，你能担保你讲的都是真实的吗？"

"我说过，这样的经历不可能伪造。"

"那好，把你讲的全部写成书面材料。尤其是关于李参谋长，更要详细一些，我们将找到他核实。有一句扯谎，拿你是问！"

"好吧，我可以做到。"

"现在去看看你的妻子吧，安慰安慰她，就说除了抄一些你们不该有的东西，我们不会伤害任何人的。"

他点点头，慢慢站起身往通向西厢房的小门走去。到了门口，他转身望了我们一眼，似语而未语的样子，叹了一口气，转身消失了。

"老东西，来头不小！"我的朋友津津有味儿地回味着楚轩吾的故事，不禁啧啧称叹。他在桌子底下踢了我一脚，笑道："怎么样，叫你爸爸会会这位老相识吧？"

"说什么？现在还搞不清他到底是什么人。"

他把全部记录往我面前一推："我看假不了！不过行啦，咱们该收兵了吧？"

我把材料拿起来说。"好，收兵！"

这时，又有一个红卫兵推门进来，俯在我身边轻轻问道："这家里还有两个孩子，你是不是做做工作？"

"孩子？多大的孩子？"

"噢哟，挺大了，和咱们差不多。"

"那带来吧。"我翻阅着潦草的记录，心里一点也不想见他们。说实话，对于不得不放下这珍贵的回忆而去开导那些子女，我感到非常讨厌。

在楚轩吾消失的小门中，又出现了两个人。他们穿着夏季的淡色短衫，一大一小默默地站在那里。

"过来。"我掏出钢笔，对一处记错的细节做了补正。

也可能他们没搞清我这心不在焉的招呼是向谁说的，晃了晃没有动。

"过来！"我不耐烦地再次命令。可是他们仍然一动不动地站在那儿。我有些奇怪了：

"聋子吗！你们……"我生气地将记录啪地摔在桌子上，抬起头冲他们呵斥起来。可是当我终于看清了那个姐姐时，却瞠目结舌了。

一言不发地站在那里的，正是我三个月前在树林中结识的那个女孩子：南珊。

她低着头一动不动地站着，脚上是一双干净的黑布鞋，眼光就停在鞋尖前的那一小块地上。现在，她穿着单薄的夏衫，一个比她小三四岁的弟弟紧偎在她身边，手攥着她的衣襟，正用胆怯的眼睛望着我们。此刻，她已经完全不是树林中的那个女孩子了。这不是由于她的装束变了，而是由于那种天真烂漫的气息已从她身上一扫而光。她那整齐朴素的身影笼罩在这惨白的日光灯下，真是一片茫然和苍白。

我的心突然凝固了，随后便开始猛烈地剧跳起来。一股痛苦的浪潮从我心头涌起，那沉重的权力立即把一切都盖住了。

是的，站在那里的，就是我不久前才刚刚熟悉的那个女孩子。我们曾在一场小小的冲突中获得了友好的谅解，我们曾在一番海阔天空的谈论中交换了各自心中的真理，而她还那样信任地把一本心爱的书借给了我。可是现在，我们却在这样一种场面中重逢了：她将要受到一番无情的盘问和训斥，而我却坐在审问席上。

我两眼直瞪瞪地望着她，好久都说不出一句话来。直到屋中开始响起了窃窃私语声，我才如梦初醒，勉强招呼了一句："过来……"

身边的人立刻用愤怒的眼光瞪了我一眼。我吃惊地听出来，我的声音竟突然变得如此无力和温柔！

那个小男孩听后想向前走，但是被南珊紧紧搂定，一步也无法挪动。我不得不咬咬牙，直视着她，第四次发出了命令："过来！"

这是一个陡然变得强硬起来的命令，因而更加显得不可抗拒。南珊似乎犹豫了一下，终于搂着弟弟弱小的肩膀，慢慢走到客厅中央，在楚轩吾坐过的那把凳子旁边站住了。

"坐下。"我说。

南珊却坚定地站着。她的手显然抓得很用力，以致那个乖怯的小弟弟一动也不敢动地紧靠在她身边。

我明白了：我不可能命令她去做任何事情。她现在已经是一个被不幸和痛苦武装起来的人。任何力量，哪怕再严厉，再无情，也不可能更沉重地打击那颗已经木然的心灵了。

　　周围是一片严肃的沉默。一切都在等着我的命令去开始。环境和气氛都不允许我再有任何的犹豫和徘徊。于是，我不得不开始审问了。

　　"姓名？"

　　没有回答。

　　"我在问你：你叫什么名字？"

　　她慢慢抬起头，无言地看了我一下。她的眼睛中并没有丝毫的恼怒和哀怨，只是充满了失望。在那双空空荡荡的眼睛后面，再也没有那个天真大胆的心灵在望着我了。她嘴唇紧紧地闭着，连回答的表示也没有。但那茫然失望的神情却好像在说：

　　"何必还问呢？你早已经知道我叫什么名字了。"

　　面对这令人难以忍受的无言，我毫无办法，只得转向她的弟弟。

　　"你叫什么？"

　　他怯生生地看着我："我叫南琛。"

　　再也没有什么好说的了。我狠狠地咬着牙，心中隐隐感到有些生气。也可能是难言的痛苦吧，但它已经开始把猝然相遇时产生的那种慌乱和难堪压制下去了。这时，我身上的军装，我臂上的袖章，我所处的位置和身份，以及这大举查抄的严厉场面，都使我获得才不久的那种冲天的，然而虚伪的正义感和使命感迅速地复活起来。我开始猛烈地谴责自己的软弱，这就再也不容我对南珊抱有一丝一毫的同情。于是，我的耳边响起了我自己斩钉截铁的声音：

　　"南珊，南琛，我们是红卫兵。对于今晚的抄家，你们作为子女，我必须严肃地向你们说明一下。今天来抄你们的家，对于革命来说是完全必要的，或者说，这是一次必须进行的革命行动。你们应该很好地对待。你们必须懂得，你们这个家庭是罪恶的和可耻的。这是国民党反动派遗留下来的一个角落，它使你们从小就生活在剥削阶级的残渣余孽和污泥浊水中。因此，你们应该仇视它、反抗它、抛弃它！现在，这个行动正在全市进行，所有你们这些做子女的，都必须与家庭划清界限。你们要清醒一些，脱胎换骨的改造虽然痛苦，但革命的潮流是无情的。谁要是甘心情愿做反动军阀的孝子贤孙，谁就难免成为剥削阶级的狗崽子，为旧制度殉葬！——你们听到了没有？"

晚霞消失的时候　　**85**

"嗯！"南琛马上点了点头。这个幼稚的小男孩在这样小的年纪就已经习惯了屈服，但他显然根本就不能理解我的话对他一生的生活究竟意味着什么。

"你！"我盯着南珊狠狠追问了一句。

仍然是令人难以忍耐的，不可侵犯的沉默。她似乎就依靠着这沉默与我对抗着，并且简直是用它筑成了一道坚不可摧的城墙。

我的朋友终于被激怒了。他啪地一拍桌子，猛地站起身来，在近在咫尺的地方用手指直指着南珊那低垂的头，愤怒地咆哮了起来：

"你是在反抗！在猖狂地反抗！你想用沉默来表示你的抗拒、仇视、诅咒和一切反革命的情绪，是吗？你说出来！你的阶级立场站在哪一边？你的阶级感情倾向谁？你的阶级本能又将使你想什么，说什么，做什么？你说！你不敢说，是吗？你想把你心中的一切恶毒都隐藏起来，然后在适当的时候把刀口——如果可能的话还有枪口和炮口对准人民，对准我们，对准无产阶级专政，是不是这样？告诉你：你想错了！你必须唾弃你的外祖父！你必须鄙弃你亡命国外的父母！你必须抛弃你这个罪孽深重的家庭！否则，你，你弟弟，在这个社会中都永远也不会找到出路！"

对于自己的过去，谁可以没有自尊？对于自己的将来，谁可以没有自信？然而我们这急风暴雨般的呵责和斥骂却把这个女孩子的过去和将来扫荡得干干净净。

南珊仍然无言地站着，她抱着弟弟的手臂已经没有了力量，头也垂得更低了。

"你听到了没有？"我知道她心中那沉默的城墙已经完全崩溃了。

南珊站着，过了很久，才咬着嘴唇轻轻点了一下头。一颗泪珠顺着她的衣襟滚落下来，沉甸甸地在撤去地毯的地板上跌得粉碎。

直到今天，我都无法理解，我怎么竟能对她说出那么一套冷酷无情的话，更无法理解，为什么在她受到了那样猛烈的打击以后，我还能对她心中那道已经倾颓欲堕的防线做了最后的一击，竟然把那一连串大张挞伐的字眼儿与南珊这样一个女孩子联系在一起。当我的朋友把那些肮脏和丑恶的字眼儿接连向她打去的时候，我清清楚楚地记得，我的心怎样被绞得生疼！

"走吧！"我怀着铁一般冰凉的心向她发出了最后的命令。

南珊慢慢转过身，带着弟弟向那道小门走去。可是当她已经推开门的时候，我突然想到了她的那本《莎士比亚戏剧集》。仓促中，我把她叫住了："你站一下！还有一件东西，一本书……"在众目睽睽之下，我一时竟找不到合适的语言来说起那件事。

南珊站住了，但是并没有回头。她站在门口把头摇了摇，便痛苦地收缩着双肩，搂着弟弟继续走了进去。她走得那样缓慢。当她的身影已经消失在门后的时候，她留在门沿上的手指很久才慢慢地、发着抖松开。

大街上。装满了衣服、书籍、器物、皮箱和一套大沙发的卡车，满载着红卫兵，在寂静无人的街道上飞驰。

我的红卫兵战友们靠在车帮上，脚下踩着满车"战利品"，高唱着雄赳赳的红卫兵战歌，全都沉浸在胜利的兴奋和欢乐中。我一言不发地直立在卡车上，风从我耳边呼呼地吹过。我什么也不说，什么也不想，心中乱糟糟的，又像是空荡荡的。三个月来，我曾经反复去推想那个叫做"南珊"的女孩子究竟是个什么样的人。我曾经设想过她的父母是学者、作家、艺术家，或是和我父母一样的党或军队的高级干部。我毫不怀疑她一定是在一个极好的家庭中成长起来的。甚至当红卫运动刚刚兴起的时候，我曾希望过能在自己的队伍中看到她……可是，我却没有料到她的家庭原来是这样的。她的父母一直逃亡国外，不，实际上她没有父亲也没有母亲，她只有一个在战争中一败涂地的老将军做外祖父，和一个弱小的老太太做外祖母……

我想着，想着那满目疮痍的战场——在那冰天雪地的炮火中诞生了我和她；想着那浓荫密障的树林——在那古老高台上一场天真的高谈阔论中我们建立的友谊；还想着刚才那个宁静的庭院和古朴的客厅，想着猝然相遇时她那低垂的头，苍白的身影，和那颗摔碎在地板上的沉重的眼泪……我漫无边际地想着。不，其实我什么也无法想。我的脑海被一幕幕急促闪过的战场、宴会、树林和客厅完全淹没了。

南珊，南珊……我心中反复想着这个名字！

我就这样沉默着，任凭战友们震耳欲聋的歌声在我耳鼓上震响。那时候，在我的感觉中已经什么都没有了。我只感到那无数雪亮的路灯，从我头顶上的夜空中一盏又一盏飞快地向后划过……

第三章　秋

黑暗中，我手忙脚乱地洗印好最后的几张照片，拉开了厚厚的黑窗帘。顿时，一片白花花的光线刺得我睁不开眼。

我向结满冰花的玻璃上哈了一口热气，透过融迹向外一望，才发现外面已经飘起鹅毛大雪了。

我看看表，离火车出发的时刻还差两个多小时，于是把那一堆未经剪裁的照片往怀里一揣，匆匆穿起大衣，三步并做两步冲下楼梯，取出车子推到大街上，跨上便拼命地蹬动起来。

这场大雪给我骑车增加了不少困难。但是，寒冷却挡不住友谊的召唤。

今天，我的几个好朋友就要到内蒙古大草原上去落户了。而他们走后不久。我也将应征入伍，并且完全不知道会在什么地方，服役多久。所以，我们这些在文化革命的动荡中结下友情的伙伴，可能会在很长的一段时间中天各一方，几年，十几年，甚至几十年，再要欢聚将很难了。我心中只有一个念头：快点赶到车站。把最后聚会的照片分送给朋友们，然后坐在车厢里热热呼呼地再好好谈一谈。现在送行的人中可能只差我一个人了，朋友们不知正等得多焦急呢？

当我终于赶到车站，跑上站台的时候，这里早已人山人海。要想上车简直不可能了。

车站里的热闹是空前的。在站台中央一条写着"热烈欢送知识青年上山下乡"的大红横幅标语下，一群年轻人正起劲地擂动一面大红鼓，敲着好几对铜钹和铜锣；上百个小学生打着花鼓，跳着舞蹈；在人们的头顶上，高音喇叭正播放着"到农村去、到边疆去、到祖国最需要的地方去"的雄壮歌声。人群中还不时响起阵阵口号声。十几面红旗来回晃动着，更增加了这一片热闹而混乱的气氛。这些声音混合在一起，简直就是一片狂涛巨浪，一场急风暴雨，使人的耳朵除了一片轰鸣之外，什么也听不见。

我踩到花圃的铁栏杆上，越过攒动的人头望过去，只见一层层的人挤满了站台，簇拥着一列列绿色车厢。

我跳下栏杆。开始使劲扭动身子向车厢挤去。我拼命挤到了离车厢三四米远的地方，人就像压缩过的一样，再也挤不动了。我踮起脚尖伸长脖子，向各个车厢窗口张望，车厢中已经坐满了人，每个窗口都露着三四个脑袋在与外面的人讲话。但是我却看不到一张熟悉的面孔。

"李淮平！……"突然从嘈杂的人声中隐隐传来一声呼叫。

我顺着声音寻去。终于在几个脑袋后面发现了朋友的半张脸。他在车厢里着急地叫着，甚至把嘴也伸了出来，我却根本无法听清他说的什么。

"他们都在哪儿？"我大声喊着，声音却淹没在浪涛中。连我自己都不大听得清。

他咧着嘴，使劲摇摇头。

"他们、他们哪？"我高高举起照片，用更大的声音问。

他伸出大拇指向后翘着。我立即明白，他们都在上面了。可是我怎么上去呀？

我真恨不得从人群头上爬过去。但是我正在用力，前面一个人却用胳膊肘用力顶了我一下，不满地说："穷挤什么？没见人都挤成罐头了！"

"我急着送东西！"我手里满把的照片仍然举在头上。

他看了一眼，不以为然："什么了不得的东西！劳驾，咱们都老实呆会儿吧。"

他手上，也无可奈何地捧着一个缝紧的布包。

我知道。想到车厢跟前去已经毫无希望了。我满身大汗地挤出人群，不得不想想其他办法。我开始四处打量起来。

突然，我发现远远车尾那边冷冷清清，心中不禁一亮：如果我能从尾车钻上去，不比在车窗前更强吗？我决心试试运气。

这里可真是冷清多了。列车旁到处散乱着一些行李和邮袋，停着一辆电瓶车。几个工人正坐在行李间吸烟，还有两个女乘务员靠在车厢上轻松地聊天。

我装做上不去车的样子，急急忙忙向车门跑来，说了声"来晚了，那边上不去了。"便一步跨进了车厢。

我顺着车厢快步向前插去。这时我才发现，车厢里除了堆着过多的行李，人们只不过都挤在了窗口，里面其实并不拥挤。我迅速走到第三节车厢。这里可是拥挤多了，过道中堆满了行李，我刚一进来，便不得不抬高了腿，从那些包袱、皮箱中深一脚浅一脚地迈过去。但没走几步，我就必须踏着座位才能越过去了。我从一个座位跨到另一个座位上，一路不断地给人道歉：

"对不起！……请让一让……谢谢！"

他们有的忙着自己的事情，有的讨厌地看看我。倒并没有作声。可是当我快到最后一个座位时，一个人却吼地一声叫了起来："哪儿来的混蛋！你他妈乱踩什么？"

我站在座位上向下一看，一个身材粗壮的中学生站了起来，胀得紫红的脸正恼怒地看着我。原来他的大狗皮帽子被我碰掉在地上。正掉在一大堆瓜子皮和烟头上面。

我赶快向他道歉："对不起，行李把过道都堆满了。"

"少他妈废话，你给我拣起来。"他一手叉腰，一根手指笔直地指着地上，挑衅地瞪着我。

显然，我面前出现了一个蛮横无理的家伙。看他那翻着眼白的眼睛，好像如果我不弯腰给他拾起来，他就要把我揍扁似的。

我心中冲起一股怒火，咚地一声跳到地上牢牢站定："我不拣。"

现在，我已站在宽敞的过道里，而他的两腿却都挤在行李中间，在这个极为有利的位置上，如果我猛击他一拳的话，他肯定会翻倒的。

"你敢！"

"你试试看！"

我威风凛凛地与他对视着，除非他不再挑衅，否则我宁愿不去送朋友而在这里进行一场恶斗！对方显然摸不清我到底有多大力量，突然犹豫了起来。

我抓紧机会马上脱身，冷冷地说了句："不懂礼貌，就自己去拣你的帽子吧！"转身走掉了。

那人在我背后低声骂了几句。我决心不再做任何纠缠。因为我还得穿过五六节车厢才能找到朋友们呢。

但当我跨进四节车厢夹道时，我的脚却突然之间站住了。只见在最近的一套座位上，背向我坐着一位老人。他穿着獭皮领子的大衣，正在听他身边角落里一个我看不见的人在讲着什么。那花白的头发、宽阔的肩膀和那充满军人气概的笔挺的坐姿，看去多么熟悉！猛然间，我想起了灵隐胡同七十三号客厅里坐在沙发上看电视的那个背影，心中不禁大吃一惊：楚轩吾！

距离那天深夜的抄家，已经过去两年多了。现在他坐在火车上，无论如何也不会想到曾经领着二十四个红卫兵袭击过他家的那个人又走到了他的背后。

"楚轩吾？他怎么会在这里？……"我心中疑惑地想着。突然，我的心格登一声："怎么？难道南珊……她也是这一趟车走吗？"

公园里那个侃侃而谈的女孩子和客厅中那个默默无言的少女一齐在我眼前浮现了出来。两年了！两年来，那一切难忘的情景从未在我心头消失过。而现在，她可能就坐在离我几步远的座位上。生活的洪流和漩涡，又将我和她冲到了这样近的地方，可是这次我却没有任何勇气走上前去了。

我默默地退回来，停在那里，悄悄看清了他们全家的位置：楚轩吾紧挨过道背向门口坐着。他面前那个穿着棉猴的中学生正是南琛。这个男孩子比那时已经大了两岁，但那双稚气的眼睛却没有变化。现在，他正出神地望着车窗外面纷纷扬扬的大雪。

就在南琛的身旁，坐着一个人。这个人几乎完全被夹道的拐角挡住了，只露着半个肩膀和那条搭在大衣剪绒领子上的粗粗的辫子。可是，尽管我完全看不到那张端庄秀丽的脸，看不到那双明亮聪慧的眼睛，但那斜峭的肩膀，那熟悉的辫子，以及那安静的坐姿，却使我立刻认出了：这就是南珊。

可能这节车厢都是兄弟姐妹一同下乡的，有些人又下了车，所以不那么拥挤。

各家之间被大堆的行李隔成了一个个单元。从那里走过去，不引起他们的注意是不可能的。

我的心收缩了。一种巨大的力量阻挡在我面前，使我不能再前进一步。我好像感觉到只要我的脚重新踏进那个家庭，在那里发生的事情就将是无法想象的。但同时又有一种巨大的力量禁锢住我，使我无法离开。我知道如果我转身走掉，我就会永远失去这个家庭，失去这个家庭中的南珊。不，我不忍失去这一切！这一切当中不仅有南珊和她一家人，而且也有我父亲的经历，有我出生的历史，有那片树林中的巧遇，海阔天空的谈话，以及对我的人生发生了剧烈影响的那次抄家的全部回忆，……

我被一种矛盾而复杂的心情紧紧地束缚在那里，一动不动。

于是，在这即将远行的列车上，我沉默在一旁，听到了南珊和她的家人在告别时所说的一大段对话……

此刻，从楚轩吾身边我看不见的角落里，正传来老夫人的啜泣声：

"……你们都还是孩子……就要远行……万一有个什么好歹，叫我怎么向你们的父母交代！……"

"放心吧，珊珊已经很懂事，她会照顾好琛琛的。"楚轩吾用自己也是惆怅的声音极力安慰她。

"她又有多大哟！……在家守着我们，怎么都好说，一旦离家在外，千里迢迢……"

她说不下去了。

"唉，事已至此，心就是放不下也要宽一宽。"楚轩吾叹了一口气，"当初我弃学投军的时候，我母亲也是难离难舍，那是在那个兵荒马乱的年头。现在国家是太平多了，孩子们何尝不可以出去走一走，为什么一定要坐守门庭呢？让他们自己去闯吧，我们不能照顾他们一辈子。何况我们还能操几天心！"

"就是我们死，也要等子明他们回来，叫我们……见见团圆……"老太太已泣不成声。

"唉，哪就到了那步田地！"楚轩吾摇摇头，嗓子也哽咽了起来。

"姥爷，姥姥，您们不必太牵挂。到乡下，我会带好弟弟的。"

这是南珊平静的声音。这声音我已经近三年未听到了。现在，这声音在我心中重新唤起了树林中那次巧遇的亲切回忆；也唤起了她突然出现在我面前时那种痛苦而难堪的情景。

"那边的情况你有所了解吗？"楚轩吾问。

"听打前站的同学回来说，安排得还是很不错的。房子早已安排好，今冬的取暖煤也调拨得很充足，火炕我们慢慢会习惯的。到那儿以后，我就先把琛琛安顿好，能住在一起就住在一起，不能的话就住得近一些，尽量不叫他离开我就是了。如果缺什么东西，我会随时向家里要。不过这些年我也打算对他严一些，十五岁的孩子，再娇下去也不好。我觉得姥姥在家对琛琛也太宠些了。"南珊的话完全是一个当家的大姐姐的语气。

"困难还是要估计足。北方冷，衣服都带足了么？"

老太太答道："厚衣服差不多都带上了。两人的大衣都衬了皮里子。珊珊还帮我给琛琛做了件皮背心。"

"姥爷，为了做这件皮背心，姥姥把自己的人衣里子都拆了。"

楚轩吾掀起妻子的大衣角看看，叹了口气："我不是还闲着床皮褥么！"

"我跟姥姥翻遍了箱子，只找到两张皮子，一件是您的旧皮裤，一件就是姥姥的皮大衣。"

"其他那些呢？"

"没有了。"

"抄家时拿走的吗？"

南珊不语。

"这些皮子也不够做两件大衣么！"

"他两人也就是胸前背后衬一衬罢了，哪还做得起整件的皮大衣！"

楚轩吾带着一切老人在这种时候都会有的那种认真，又伸手去掀南琛的大衣角，却被南珊拦住了：

"姥爷！就别看了。我们一起去的同学中能有皮毛的又有几个！放心吧。我们的条件已经够好了，再求全就过分了。"

楚轩吾只好点点头："好吧，那这些事我们就不操心了，你们到了以后，快些来信。别叫家里牵挂。"

"嗯。"

听了这一席对话我不禁大吃一惊，南珊给我的印象太美好了，以至我不知不觉地把她所生活的环境也完全理想化了。其实，在我们的社会中，失去政权的将领们过的是一种政治地位十分卑微但物质待遇却比较优厚的生活。正是因为这样，所以楚轩吾虽然由于被抄了家而大大降低了生活水准。可是当南珊与南琛姐弟去插队的时候，他的夫人所能做的物质准备与一般市民比起来还是相当充足的，这是一种包含着尖锐矛盾的生活。这样的生活，对于那些国民党将领本人可能还无所谓，可是这种生活却往往使他们那些缺乏阅历的子女一步入复杂的社会环境后，陷入难以摆脱的矛盾中：他们幼时的生活大都是较好、甚至很好的。但将来的前景却无比暗淡；他们在成长中能受到很好的教育尤其是家庭教育，但成年以后却很难有尽情发挥的机会；他们对理想的美好生活充满着热爱和追求，却又缺乏蓬勃的自信。为此，他们常常感到自卑，但绝不认为自己天生低劣；他们大都安分守己与勤奋上进。

我的同学中就有一些这样的人，他们的言行举止都带着这种生活的明显痕迹。本来我对他们在同情中夹着轻视和疏远，无形中把他们看成是被时代和社会遗弃的人。

然而，南珊的出现，使我不得不承认这样一个生活的真理：得意容易使人腐败，磨难却使人更趋于完善。南珊无异地是他们中的出类拔萃者。

现在，她马上就要离开这个陶冶了她十九年的生活环境，正准备去过一种崭新的、对于任何一个女学生来说都是陌生而困难的农村生活。但是我却相信，这种生活摆在南珊这样一个对生活充满了韧性和进取心的女孩子面前，她一定会勇敢地走进去的。

我没有猜错。她说道："农村生活很艰苦，这我知道。尤其是对于琛琛，这艰苦更要显得重一些。但艰苦并不等于痛苦，因为那里有创造和收获，我相信我们会找到许多我们在北京永远也得不到的欢乐。"两位老人默默听着外孙女这略带哲理气味的话。"琛琛一向害怕动物，在家连小鸡都不敢拿，到农村他会跟动物交上朋友，锻炼出一个男孩子应有的勇气来。他身体也弱，但是没什么疾病，像他这样大的孩子，身体该强壮得多。姥姥，您现在担心的应该是他将来有没有独立生活的能力，而不是他会吃什么苦。到农村后，我准备教他些缝补炊厨，过几年您们如果能去看我们，他也许会给您们烧饭了。另外一些必要的功课我也准备再教教他。琛琛现在很喜欢无线电，有关的书籍，我已经给他准备了一些。我相信，在农村我们会很快适应，并找到许多新的乐趣的。"

南琛还在看着外面的雪花。

"好，琛琛就交给你吧。——琛琛，到了草原要听姐姐的话！"

"嗯！"南琛十分听话地点了点头。

南珊细心周到的设想减轻了老人们心头的重重忧虑，一家人的心情缓和多了。

"还有，我房间里放着几只纸箱子，那里面都是我要看的书。如果那边条件允许，我会写信向家里要。您们给我寄去或是捎去。"

"生活上该多用些心计了，别总是忘不了那些书呀书的。"这是姥姥疼爱的责备。

"不么！"南珊有点撒娇了，"我可不爱过没书的生活。不爱书和不知书的人，生活不会美好。"

"这是谁说的呀？"

"我呀！"

"哟，小孩子家哪有这样说话的？"

"我为什么不能这样说呢？书上可以说的我都可以说。何况我信呢！"

"学究气！"老太太大概瞪了外孙女一眼。楚轩吾也满心宽慰地噗哧一声笑了。

这充满疼爱的笑声，是对于子女感到自豪和欢笑。它从一片悲伤中泛起来，却把那悲伤深深地埋藏到笑声下面去了。

"嗯，一个年轻人，即使是一个女孩子，也应该有这点志气！"楚轩吾赞许地点点头，"你们从未离开过家，这次也是机会难得，去见见世面是件好事么！你记住我的话：经历是一个人理解任何道理都离不开的基础，只有阅历丰富的人，才可能有很强的理解力和洞察力。你读了许多书，但蛰居书室是不行的。珊珊，带着弟弟大胆地去闯生活吧！到世上去走一走，去结识人物，去熟悉人间，有机会还要去游览名山大川，看看祖国的大好山河！你带着书到世上去，会其乐无穷的。去吧，孩子，你想得对：到艰苦的创造中去寻找欢乐。不能靠我们这些不中用的老家伙过一辈子，年轻人的道路从来都是自己走出来的！"

他们说的算不上是什么豪言壮语，鼓动年轻人不顾一切地去奋斗的话我听得已经太多了。可是我了解他们的生活，当他们也用这些话来激励自己那种生活的时候，我却真的感觉到了这些话本应有的那种力量。对于他们来说，这不可能，也不允许是一套充门面的虚饰和一通心血来潮的牛皮，而必须是踏踏实实的勤劳与认认真真的智慧。正是从他们一家人这坚强而质朴的生活态度上，我相信，南珊最终一定会带着她的弟弟从生活的磨练中勇敢地走出来。

在已经完全平静的气氛中，他们开始谈起一些琐事。

"临走前，学校里的事情太多，没来得及去看郑姨，而且我又怕她难过。我们走后，千万给她带个好。"

老太太这回是真的在抱怨了："你这孩子，她自小带了你十几年，现在都要走了才想起人家。"

"姐姐夏天带我看过她的！"南琛显然想起了一次快活的探望，高兴得两腿一弹，好像要跳起来。南珊急忙按住他，一条手臂在空中一划，亲昵地搂住了弟弟的肩膀。

一家人快乐的笑了，引得其他座位上的人也向他们这里张望。他们放低了笑声。

老太太问南琛："""姐姐带你干什么去了？"

"送药么！"

"药？"

"夏天她的偏头疯又犯了。我们一个物理老师的父亲给了个偏方，我和琛琛送去了。"

"方子可靠吗？"

"人家是个退休的老中医呢！"

"难能可贵！药效还好吧？"楚轩吾由衷地称赞了外孙女的行为。

"还好。琛琛那套格子衬衫就是她那时做的。"

"钱和布票给人家了吧？"

"给了，原来她死也不要的。"

"真难为她……"

我想起那天晚上我们一群红卫兵破门而入时那个吓呆了的中年妇女，心中感到一种说不出的滋味。这时候，我又害怕又希望听到他们谈起那次抄家。我想知道那痛苦故事的后来发展，却又特别怕听到我们行为的后果。激烈的思想斗争和感情上的悔恨使我真想猝不及防地走到他们面前，庄严地道个歉，然后马上走掉。那样，我相信南珊和她的家人会原谅我，而我自己也会好受一些。然而我没能鼓起勇气那样做。我既没有力量上前，也没有力量走掉，以至尽管这种藏形隐迹的举动已经引起我自己深深的憎恶，可我还是呆在那里继续听下去了。

"有一点，我总也放心不下：珊珊，你很自信，你真的认为自己很强么？"

"不认为，姥爷。"

"从心底深处好好想一想。"

南珊不解地想了想，仍然肯定地说："我真的不这样认为。"

这时楚轩吾做为一个公正的姥爷，开始对南珊做出最严肃的评价："你姥姥总说你温顺、懂事，但我对你的看法却不这样简单。你太爱看书了。爱得有些不正常，你在很小的时候，就常常把自己关在屋子里一看就是一整天，还常常把一个问题思索很久。为什么一般女孩子们都喜欢的活动你不那样喜欢？为什么你怀着那样大的兴趣去看那些连成年人都觉得艰深的书？尤其这两年，你越发这样了。家里被抄掉的那几天，你几乎是用一种疯狂的劲头去看书，为什么？这件事值得那样失魂落魄吗？或是还有其他缘故，使你想那么多，那么深？我的孩子，读书是件好事。但读得过了量却让人担心。我并不无节制地欣赏年轻人的苦读书，这种习惯常常是一种固执、一种自负、一种清高。如果这样，那就很不好。"听到楚轩吾竟把这样的评价给予他这个又聪明又善良的外孙女，我心中有些困惑和不平，虽然我还是想到了抄家时她那种倔强的，不可侵犯的沉默。"不错，你从小就很坚强，甚至受了很大委屈也不掉泪。为了这，爷爷一直喜欢你。可是现在你要去独立生活，我不能不指出这个问题了：你坚强得有些执拗，我真担心你会成为一个恃才傲物的女孩子。你读了那样多，想了那样多，却都埋藏在心里，很少说什么，我知道你的心并不平静。如果你把一个奔放的思想拘禁在一个沉静的性格中，我是很不安的。这常常是一种痛苦的压抑和忍耐。孩子，胸怀要宽阔，为人要通达，不能……"

楚轩吾的话引起了老夫人理所当然的抗议："嘻，你说到哪儿去了，珊珊长这样大，你什么时候见她闹过脾气来？真是，孩子要走了，不说鼓励她，倒挑着毛病数落起她来了！"

"她的倔强，正因为看不到才更严重！"可以听出楚轩吾对南珊确实怀有深深的担忧，"珊珊。一个人在社会上立足，千万不可有骄妄之心。你从小就没有见过母亲，缺少母爱会不会使你对世界失去温柔的感情呢？会不会使你的性格变得冰冷淡漠呢？"

"姥爷，别说了，虽然我从未见过母亲，但我从您们得到的怜爱，却不少于一个母亲……您的话我会注意的。"南珊央告似的说。

楚轩吾固执地摇了摇头："你是个没娘的孩子。真担心你会因为自己缺少幸福就对他人心地冷漠，你把整个心都埋到书中去了，难道你真的已经将人间看得萧条惨谈了吗？告诉我，孩子，你究竟怎样看待这个世界，如果你对千千万万不同于你的人还怀着眷恋之情，姥爷就放心了。但是如果你由于书看得太深太多而学得只会以理性的眼光来看待人类生活的一切。那你无疑已经成为一个心地冷酷的人。这种人往往会把自己的理念看得高于一切，他把自己的理念看成老百姓的上帝，人人都不过是他对世界秩序进行逻辑演算的筹码而已。这样的人，姥爷是不赞成的。珊珊，人之所以为人，就在于他不尽失赤子之心，所以我虽愿你心中有理，却不愿你心中无情。无情之心，对己尚可，若对人，就是有罪。"

这出人意料的责备使一家人突然之间陷入沉默，南珊无法再说话了。我看不到此刻她是什么表情，使她肩上那条辫子的慢慢移动，却说明她低下了头。

南琛看看姥爷，又看看姐姐，然后用探询的大眼睛望着角落里的姥姥，不知道自己惹了什么祸。

良久，南珊才用痛苦的声音轻轻说道："姥爷，从内心讲，我是自卑的，虽然我一直不愿向自己承认这一点，但如果要公正地看待自己的话，我却必须说我的的确确是自卑的，而且从小就是这样……我自己知道这种自卑感曾经是多么的沉重，也深知我是经过了多么困难的努力才勉强克服了它，然而即便是现在，我要想享受一下那种充足的自信也还是太难了。对于这个世界，我从来也不敢有任何轻取之心……也可能，这一切的原因都像姥爷说的那样。可是您不知道您把那件事说得多么无情：我没有母亲，是的，我从小就想见到她而始终没有能见到。要知道，这是我心中多少年来……一直……讳莫如深的话！……"痛苦的哽咽使她说不下去了。

这是在走向生活的门坎上对外孙女的严肃考查，楚轩吾冷静而深情地要求她："孩子，说下去。"

南珊坚强地抑制住自己的抽泣。然而这问题是如此地难解：它要求一个少女用自己的理智来对自己的性格和品德作出公正的评价。可是，这样的问题即使对于一个饱经沧桑后站在夕阳垂幕的高峰上回顾全部人生道路的年迈的人，也是一道不容易回答得好的难题。但是楚轩吾却要求南珊在即将带着弟弟奔赴边疆的时候把它回答出来。他坚持，他的外孙女应该按照最好的人生信念和道德标准生活在这个世界上。

南珊抵抗着感情上的巨大压力，开始冷静地审查着自己。在沉默了许久以后，她开始向这位好姥爷回忆起自己的过去生活。正是那些童年时代的回忆，使我看到了她心灵世界的一个轮廓。这轮廓后来永远也没有清晰起来，但朦胧中，它却在我眼前闪出一片夺目的光辉！

"……我永远也无法知道，我怎么会带着这样一种自卑到世上来，也可能我的心灵带着天赋的残缺，也可能是由于我从小缺少母爱。但蒙昧中的情感已经无可挽回地忘却了。从我能记事时起，这种感觉自己卑小的心情就总在折磨着我的心灵。尤其是当我受到委屈的时候，这种心情就更显得沉重。"

"唉，你逼着孩子说这些干什么？"老太太的柔肠显然经受不住这严酷的回答。

然而楚轩吾仍然坚定不移、不为所动："叫孩子说下去。"

"您刚才说我从小就是不掉泪的。不，您忘了，我七岁那年，曾有一次哭得好伤心。那时，我刚刚上小学一年级……"

小学一年级，对于我是一个无忧无虑的时代。我想起那时，每天妈妈都在去机关的路上把我送到学校，如果下学时她不能来，爸爸也许会亲自来接我。那时，我受到各种各样的爱护，什么事都是快乐的，连功课也显得好玩。然而也在这同一个时候，南珊却过着另一种童年。

"……有一天，我放学回家，在胡同口受到一群孩子的攻击，把我吓坏了。我在转眼之间变成了起哄笑骂的对象，他们高叫着难听的话，辱骂着我的每一个长辈，用树枝抽我的背，把脏土抛到我的头发上。闹得满天尘土飞扬，我吓得心都发抖，来不及去想他们为什么这样对待我。那时我对我将要生活的这个世界懂得还太少，但是您却知道这些孩子还在我的背上画了一个什么图案。它是我受到惩罚的原因：这一切，作为一个幼童，我什么都不懂。但您却什么都明白。"

楚轩吾点点头，这在他们这样的家庭是不言而喻的。其实，那图案我也明白，这就是从孙中山那里继承下来的那个被歪曲了的政治遗产。

青天白日，曾经是国民革命的光荣象征。但是随着这个革命的推移，它终于以一个丑恶的形象结束了自己的历史。这是国民革命与法西斯主义相结合的可悲结果。

这恶果毁灭了，也严重地摧残了曾经为这个理想而战的人及他们的后代。

"……我带着满身的尘土走回了家，当时我并没有想到哭，而且一直到门外的笑骂声散去的时候，我也没有哭。可是当郑姨把我领到您们面前时，我却哭了。您掸去我身上的土，把我抱在膝盖上，一句话也没有说。现在我知道您当时心情的沉重，但当时我不可能知道，我只感到自己是这样弱小、卑微，我觉得是因为我生来不如人家才受到这样的欺侮的。那天晚上，我一个人躺在孤独的床上悄悄哭了很久，一种来自整个世界的沉重压力，将我压缩得蜷屈在一个猥琐的角落里，我流着泪睡去，噙着泪醒来。那种孩子的悲哀心情，直到今天还记忆犹新。"

"孩子，真是孩子们哪，唉……"老太太发出一声轻微的叹息。

"我感到委屈，感到怨恨，感到世界不公正。那是我唯一的一次怀着敌视的心情来看待这个世界。如果我在这种心情下生活到今天，我可能早已被仇恨和嫉妒腐蚀了心灵。但这种心理却不是我们家庭的传统，不是体现在我的长辈们身上的风尚。不，熏陶我的是另外一种东西。今天，我是多么庆幸，庆幸我有一个庄严的外祖父，有一个慈祥的外祖母，还有一个善良的郑姨。姥爷，您身上的沉着、渊博、深思、宽厚和乐观等美德，使我在那样年幼的时候就在努力去寻找那种至善至美的人格。正是这种对于美好人格的倾慕，完全改变了我幼小心灵的发展方向。以后的事情，您就都清楚了。我常常受到您的赞许和夸奖，这些夸奖成了对我的巨大鼓励，它扶植了一个孩子的尊严。这尊严对于我的整个人生都是无比宝贵的。但是对它的获得却使我深深感到，只要自己的行为端正，谁都可以树立起这种尊严，从而免去心灵上由于自责和羞愧而受到的种种折磨。也正是当我终于相信，我自己在人格上丝毫也不低于他人的时候，我才终于从那种根深蒂固的自卑中解脱了出来。"

听到这里，我感到，这样的人，这样的家庭，不是我配去同情与怜悯的。不，这祖孙两代的全部人格不由得令我肃然起敬。

"后来，当我越来越了解自己，也越来越了解世界的时候，我儿时的眼泪就显得太无谓了。那不过是一种孩子的幼稚。我的人格并不因为我无力抗衡屈辱就有了亏欠。不，人的品格不是任何强权所能树立，也不是任何强权所能诋毁的。既然我生活中最宝贵的东西丝毫没有受到损害，我又何必计较呢？乐得宽容所有的人，这种思想对于我这样的人是一种武装，因为类似的事情直到今天也没有中断过。正是这种思想，使我的心永远地平静了。至于书，也并没有成为我躲避生活或对抗他人的堡垒，虽然它为许多人构筑了这样的堡垒。我对书的喜爱在很大程度上只不过是一种习惯，就像您对植物的喜爱一样，用它来消遣时光和排解烦闷，并非桩桩件件都那样认真。姥爷，这就是我的自尊与自信。它并不是建筑在仇恨他人或鄙视他人的基础上的。不，我尊重一切心地正直的人，也钦敬一切人所表现出来的才华，我在心底深处非常珍视这些东西。因为只有看到这些，才使人觉得世界可爱，并对自己生活在他们之间感到充满了希望。"

显然，楚轩吾已经肯定了外孙女的心是完全正直的。但他的疑虑竟是如此之深："你能这样选择自己的生活道路，这使我很高兴。但是你将怎样选择自己的政治道路呢？你看了许多书，心中自有许多你自己的道理。在国家命运和社会责任面前，你不可能没有自己的政治见解的。现在有许多不知天高地厚的年轻人。动辄以改革社会为己任，自命不凡的操纵他人。假如你也抱定了某种理想或信念，而这将涉及许许多多人的命运，那么你会不会在一旦掌握了力量的时候，就把它强加到并不信服它的人头上呢？我曾亲眼看到许多青年学生这样懵懵懂懂地卷到邪恶的斗争中去了。珊珊，你要向姥爷保证：读书，是为了深思熟虑，通情达理，绝不能因为自己信奉了什么就投身到将某种意志强加于人的斗争中去。"

南珊的语气是坚定不移的："姥爷，我永远不会。我理解您的心情。在那个时代，您曾经卷入一场严酷的政治冲突。那个铁一般无情的理论和制度，摧毁了您的家庭，夺去了您的亲人，更使国家经受了巨大的创伤。您被裹胁在那个洪流中，身不由己地做了许多违反您投身革命的初衷的事情。在那场民族浩劫中，您看够了各种各样同情心和怜悯心完全丧尽的英雄豪杰。的确，在那残酷无情的命运中，一个人要保持天良是不容易的，尤其是当国民党将法西斯主义散布全中国，使许多人都相信靠少数英豪可以拯救民族，靠铁腕强权可以改造中国的时候，这来自德国民族的理论就彻底摧毁了中国古老的道德风范。这使您在整整二十年的岁月中陷入了痛苦的追悔和思索之中。但我们这一代人的命运不同了，我们的生活中也有冲突，但它更深刻而不是更严酷。我们不必承担您们那个时候的许多艰险，却必须回答您们那个时代所未能回答的许多问题。您已经老了，姥爷，今后的几十年是我们这一代人的事情。但是请您放心，哪怕整个年轻一代都被重新卷入这种事业中去了，我也不会重复您的过去。琛琛也不会。因为这条道路对于我们这个家庭的教训实在太惨重了。姥爷，我不认为我在思想上可以达到一个准确无误的境界，所以我对自己的局限性心中是很清楚的。我完全知道，我看的那些书并不全是济世的良药。这个世界的希望，更多的是在人类自己的心灵中，而不是在那些形形色色的立说者的头脑中。而发现和追求这些希望，也是全人类自己的事情。我读书，是为了使自己的思想和行为更合理，我永远不会因为自己坚信了什么理想就把它强加到别人的意志和心愿上。"

楚轩吾受到了深深的感动："孩子，真能这样，那就很好！……"

我陷入了沉思之中。

楚轩吾是一个深刻的矛盾。这矛盾表现为一种淳厚正直的个人品质与他那段罪孽深重的政治历史的尖锐对立。过去，这种矛盾在我心中是根本无法调合的。甚至在抄家的时候，当我听完了他那充满痛悔之情的回忆以后，我仍然认为。不管这些国民党将领后来变得怎样，当初在卷入那场毁灭了数百万人生命财产的罪恶事实的时候，他们只能是一群恶魔。然而现在，这善与恶的一向鲜明的界限，开始变得模糊了。难道一个人犯了可怕的错误，他就必然有一颗邪恶的心么？不，世界上的事情远不是那么简单。不错，楚轩吾曾经陷入一场丧尽天良的屠戮杀伐，然而这一切并不是他的本意。命运捉弄了他。现在，他面对自己的过去，不正是在自己良心的严厉遣责下陷入了永无穷尽的终天遗恨之中吗？他对南珊的那些教导和告诫，究竟有多少是这个少女身上可能发生的事情呢？那实在不过是他自己内心痛苦的流露和表白。那么，这个人的身世难道不值得人们去抚慰和同情吗？他过去的痛苦经历难道就应该永远成为他洗刷不尽的耻辱，从而可以不时地被人们翻出来，作为对他和他的亲族施加强暴和迫害的理由吗？如果天理果真如此，它将显得多么无情！然而我们还是把他的家抄了。现在，面对楚轩吾那些痛苦的自白，我感到说不尽的惭愧。我开始意识到，那次抄家，早已使红卫兵丢尽了脸，而我们投身的这场文化革命，也必将因此而在历史面前无法交代。

我不禁想起了抄家不久后我与父亲的那次谈话……

"爸爸，我们把楚轩吾的家抄了。"有一天他正在看文件，我终于说出了这件事。

"谁？"父亲猛地一问。

"楚轩吾，您们在淮东俘虏的那个军长。"

"胡说。他不是俘虏，他是国民党方面的投诚人员。"他放下文件，断然否定了我们的说法。父亲显然还不了解社会上正在发生的事情，他向我问道："你们为什么要抄他的家？"

"这是首都红卫兵自己决定的。全市都抄了。"

"你们都搞了些什么人？"

"学术权威、党派、宗教人士、还有华侨、资本家和小业主，很多。国民党人员是首当其冲的目标。"

"你们哪天去的楚军长家？"

"上星期四。"

于是我开始向他详述那次抄家和审问的始末。他一语不发地听着，神情显得严肃而焦躁。当我把红卫兵的种种行动也都向他介绍了以后，他离开办公桌，开始在屋中不安地来回踱着。我一直讲到家里的电灯全部亮了的时候，并把楚轩吾的审讯记录也拿给他看了。

父亲看完材料，久久地坐在灯前，沉默不语。我完全没有料到楚轩吾的事情竟会引起他如此沉重的感情。我们默默地相对而坐了很久。当我不得不提醒他母亲正在叫我们去吃晚饭的时候，他才将手放在楚轩吾的交代材料上，轻轻摩挲了好几下，然后用极为感慨的语气说了一句：

"你们的行为，使我没有脸面再去见这个人！……"

晚饭后，父亲又把我叫了去，开始详细地和我谈起了楚轩吾这个人。和楚轩吾讲的完全一样，父亲是在那样紧张的战争间隙中唯一一个可以抽出来接待国民党方面人员的人。当时，华东野战军总部急需从这些战俘和投诚人员身上获取关于敌人兵员、装备、后勤、士气及高级将领与最后统帅部的有价值的情报。但是围绕着这一目的，却必须进行有效的说服工作。短短的四天中，父亲先后数次与楚轩吾谈话，两人之间很快建立了一种老朋友似的关系。父亲是个与国民党厮杀了半辈子的人。他的许多亲人和战友都在斗争中倒下了。但他从历史里总结出来的，却并不是仇恨。正因为这样，他才能在一场殊死的拼杀刚刚结束以后，那样令人信服地向楚轩吾说明了许多重大的问题，使其很快对共产党的事业产生同情，并在以后争取黄维兵团两个师的起义中发挥了作用。父亲说：楚轩吾是个一生中充满了许多不幸的人。他早年投身于旧民主主义革命，但复兴民族的强烈愿望却一次又一次地破灭了。整整三十五年的戎马生涯中，他辗转歧途，几浮几沉，在北洋政府和国民党军中备受排挤、压抑。碾庄一战，是他一生中最惨痛的时刻。仅仅由于侥幸未死，才得以明白了许多事情，并做出了后半生的重大抉择。父亲感叹道：楚轩吾在军事学术上很有造诣，尤其长于野战。在一系列国内政治问题上也颇有见地，可惜在旧军队中不得其用。父亲说，他当时曾向楚轩吾明确声明：在共产党的领导之下，他造福国民的愿望绝不会再一次落空。然而他万万没有料到，楚轩吾一家人现在又处在这样动荡的命运中，并且恰恰是自己的孩子，在十几年以后把他的家抄了。

"文化革命究竟是怎样一个搞法子，你们到底弄明白了没有？"父亲满腹疑虑地这样问我，"你们红卫兵是中央支持的，我不好说什么。但你们去抄楚轩吾这样的人的家，怕是彻头彻尾地搞错了。你们这样做，实际上是在硬逼人家走两条路；一条是重新走向反动，一条就只好走向死亡么！这怎么行呢？他早就不是我们革命的对象了么！——赶快刹车！再搞下去，怕局面就不好收场了！"父亲把手在空中一挥，神色沉重地说出了这句告诫。

我们谈到很晚很晚。临睡前，他又详细问到了楚轩吾家中还有些什么亲属，并记下了他的住址，表示一定要在适当的时候去看看他——假如他真的去了，许多事情怕绝不是今天这个样子——然而三个月后，连他也因卷入所谓"华野山头集团"而受到长达两年的隔离审查以后，"适当的时候"——这句耽误了许多重要事情的话，终于使这次拜访成了一件再也无法实现的憾事。而我与南珊的一次可能是最宝贵的见面机会，也因此而失去了……

可是正当我再一次为失去南珊而嗟悔不尽的时候，南珊却在突然之间说出了我简直难以相信的话。她把我对她以往留下的印象一下子全都改变了。本来，她已经完满地回答了楚轩吾提出的问题，并且令这位生活的严师深为满意。然而南珊却像是面对着一个更加尊严的仲裁者。她在沉思了一会儿以后，竟以极平静的声音自语似的说出了下面的话："我还应该感谢一个不可知的力量。是他在我完全可以变成另外一种样子的时候，使我变成了今天的样子。这使我非常感激。这力量是伟大而神秘的。有人说，那是一个神圣的意志，有人则说那是一个公正的老人。我更愿意相信后者。我相信他高踞在宇宙之上，知道人间的一切，也知道我的一切。我并不怀疑我的生命和命运都受过他仁慈的扶助。因此，尽管我不可能见到他，但是我依恋他，假如他真的存在，那么当我终于有一天来到他面前的时候，我一定为我自己，也为他所恩赐给我的家庭，向他老人家深深鞠躬，表示一个儿女的敬意。"

老夫人几乎要发出一声惊叫："天哪，你看了什么书！……"

楚轩吾也在突然之间疑惑了："孩子，你说的是谁？什么老人？"

我看不到南珊的脸，但是我想象得到她淡然一笑。

"我的孩子。你是在赞美耶和华吗？"

"是的，耶和华。我深深地爱着他。"

南珊在突然之间向姥爷披露了隐藏在自己心底深处的秘密。这秘密使楚轩吾和他的夫人对外孙女的性情恍然大悟，而我也早已惊呆了。

南珊说的是上帝，上帝啊！基督教，这是些多么复杂的概念。耶和华，这是个多么虚幻的神灵！我怎么能想象，南珊竟会向它去寻找心灵的寄托。这是令我震惊的，一个善良的少女。在她还很年幼的时候，为了给自己的生活树立稳固的信念，为了使自己的心灵获得安宁的气息，她在那古老而荒谬的传说启示下为自己创造了，不，是为自己虚构了这座神圣的殿堂和这位仁慈的永恒主宰。是他创造了她，还是她创造了他，她从此再也不会和任何人去纠辩清楚这混乱的因果，就像人类在上万年的宗教中从来也没有讲清楚过一样。

但是我不得不承认，尽管在我们的语言中上帝与魔鬼是同义语，尽管我从党那里受到的一切教育都根本否定这个概念的存在，但南珊心中的信仰却不会使我产生一丝一毫的恶感和虚伪感。不，这一切在她心中都完全是真实的。我好像突然发现，她的心灵越往深处就越广大得不可思议。在那冰清玉洁的心中，蕴藏着多少丰富的知识，在这些知识的底层，又贯穿着多么深沉的哲理。而在这一切的中心，还有着这样一座整个人间，乃至整个宇宙都不能容纳的金碧辉煌的世界！

楚轩吾充满疑虑地说道："但是，孩子，这一切并不存在。"

南珊沉默了许久，终于用失望的声音肯定了姥爷的话："是的，这一切并不存在……他也并不存在。"

再没有人说话了，只有老太太在抽泣，良久，楚轩吾才点了点头。

"这样，也好……"

我的眼前开始浮现出那个客厅中的景象：一个朴素的小女孩，站在高大的玻璃书架前，怀着肃穆的心在翻阅着一本厚厚的书。那书中记载着人类被用六天时间创造出来的历史，然后是乐园、洪水、方舟……那上面说，宇宙间这一切的主宰，就是她心目中的那个伟大长者……

突然，这间古朴的客厅被洗劫一空。在空空荡荡的客厅中间，那个苍白惨淡的少女站在嘶嘶作响的日光灯下，默默地低着头。她的面前，坐着一个严厉的红卫兵，那个叫做李淮平的红卫兵头头，紧紧地盯着她，正无情地斥骂道："……你们这个家庭是罪恶的和可耻的！……这里充满了旧社会的残渣余孽和污泥浊水！……你们必须脱胎换骨地改造，……狗崽子……！听到没有？"

她默默地点了点头，同时一颗泪珠，沉重地滚落在撤去地毯的灰尘蒙蒙的地板上。

整整两年过去了，我的话却像是用刀子写的一样刻在了我的心上。

"……尊严对于我的整个人生都是无比宝贵的。但是对它的获得却使我深深感到，只要自己的行为端正，谁都可以树立起这种尊严，从而免去心灵上由于自责和羞愧而受到的种种折磨……"是的，在那个无情的夜晚，我伤害了她的尊严，那对于她来说是一种无比宝贵的尊严。但后果却是双方的；她的心被刺伤了，我也因此而永远失去了对自己的尊重，一种沉重的压力堵在我胸中，使我痛苦地垂下了头。我的脸上，好像有一团烈火在燃烧！我记不得那时我想过些什么没有，但我记得在那难言的痛苦感觉中，我想到了两个字：惩罚。终于，他们一家人谈到了在我心中激起狂澜的事情。老太太擦干了眼泪，长舒了一口气："珊珊，你已经十九岁了。我在这个年龄已经嫁给了你姥爷。姥姥的话你可能不愿意听，到了乡下，如果有了中意的人，自己千万留心，了却我和你姥爷一件心事，也好叫你那在国外的父母高兴……"

"不，我还小，想这些事太早。"南珊赶紧打断了她的话。

"孩子，要考虑自己的出身、环境和条件。对于你这样的女孩子，要解决好此事谈何容易！"楚轩吾的口吻是极其严肃的，"昨天我和你姥姥谈了很久，决定还是向你提醒这件事。当然，你的恋爱和婚姻都应自己作主，家中可以一概不问。但我们有一句话还是希望你听：这件大事，务必处处留心，争取早有所定。如果有了中意的人，只要可能，就应该大胆说明，与他共同去创造有益的人生。切不可羞怯徘徊，坐误终身。"南珊久久不语。

"唉，女孩子也是难。我们不过提醒你一下罢了。"

但南珊并不是一个把羞怯放在理智之上的人。不，在她心中深藏着难言的隐衷。她沉吟再三，终于用缓慢但却是坦率的声音说道："姥姥，这样的事情做儿孙的在您们面前本不该难为情。我知道，不但为了我自己，而且也为了父母和弟弟。我必须把它处理得很好才行。但我却无法答应您们，因为我完全不知道将来我会怎样，世事浮沉，许多事都很难预料。即使我现在就已有所定，事情也难免不起变化。尤其是在这个时代，年轻人受的影响实在太大了。更何况……"她似乎考虑了一下应该怎样将心事披露给老人。"更何况这件事也并不是没有给我带过烦恼。因为两年前，曾经有一个人深深地打动过我的心……"

我的心剧烈地跳动起来。

"……那人心地正直，行为果断，思想也很宏伟。我们仅仅相处了很短的时间，但我很快就知道自己已经为他倾倒。作为一个十七岁的女孩子，这不能不说是很早了。然而一切终归无益。"

"你们是怎样认识的？"

"是因为外语问题引起的一次谈话。我问过他一些我百思不解的问题，他都令人信服地回答了我。我看出他不是一个夸夸其谈的人，他只说自己深有体会的话。尽管当时我还不可能想得太多，但我心中却多么愿意将他引为知己……"

"他叫什么？"

"不知道。"

"他在什么地方？"

"也不知道。"

"后来呢？"

"后来我们又见了一次面，虽然第一次见面的时候，我们很快就相知如故旧。但时隔仅仅三个月，我们又见面的时候，他却使我完全失望了……也可能，是我使他失望。"

楚轩吾的心受到了打击："为什么？"

"因为我知道，生活只能使我们越走越远……"

我感到一股巨大的力量突然冲腾起来，使整个车厢升起在空中，旋转起来。我双手死死抓住乘务室的门把，才没有使自己摔倒。但是我已经失去了自持力，身不由己地张开双臂抱住车厢，把火辣辣的脸紧紧地贴在了冰冷的墙壁上！

她说的是谁？是谁那样深地打动过她的心？难道是我吗？……不错，我曾经向她讲过一些大道理，但那不过是一些似是而非的话，而且永远也没有答案……

"后来，当我们再一次见面的时候，他却使我完全失望了……"这第二次见面，难道就是夏夜的那次抄家吗？……

不，不可能是我，那可能是她在另外一个地方碰到的另外一个什么人……

整个世界都变得混乱起来。我什么都不能想，什么也不能再想了……

一阵剧烈的震动，从车首传过来，一直传向车尾。列车挂上车头了。广播器中响起乘务员亲切的声音：

"送行的家长和亲友同志们：现在列车马上就要开了，请您们下车吧。您们的子女和亲友，在农村的广阔天地里，一定会在思想的灿烂阳光下成长起来的。现在。让我们分手吧。我们会把你们的子女和亲友安全地送到目的地……"

广播员重复的声音，唤起了车厢中所有送行的人。

楚轩吾站起来，开始与南珊和南琛拥抱。一刹那间，南琛的大眼睛向我这边投过惊奇的一瞥。

也就在这同时，一个乘务员在我背后打开了车门。顿时，寒风卷着站台上震耳欲聋的喧嚣猛烈地扑进车厢。仅仅是借助这股巨大声浪的冲击，我才猛地惊醒起来，在楚轩吾一家就要跨出座位的时候挣扎着跨到门口，跳到了寒冷的站台上，但是我却站在那里，一步也不能再前进了。

楚轩吾扶着他的夫人跟在我身后走下车厢，乘务员砰地将门关上，锁住了。

我转过身来，看到我正站在这一对老夫妇的身后。楚轩吾戴着皮帽子和黑皮手套，老太太戴着灰毛线手套，围着宽大的围巾，正一齐向列车扬起手来。

南珊在车厢里飞快地升起宽大的车窗，探出身子，高高扬起手大声地喊道："姥爷，姥姥，放心吧！——再见！"南琛也探出头呼唤着："再见！再见！"

但是南珊的手突然在空中停住了，她在老人的身后迅速地发现并认出了我。直到现在，我才看清了南珊的全部外貌：她穿着风雪大衣，没有扣紧的大衣领子中露着一件蓝呢外衣，领口围着白色的纱巾，她没有围头巾，也没有戴手套，脸颊和手掌都由于激动和寒冷而微微泛着红色。她的眼睛是明亮的，嘴唇是刚毅的。这一切难言的变化，都在那两年未见的脸上显现出来：天真烂漫与苍白惨淡的神情都没有了。有的，是成熟的气质和坚定的神色，以及猝然相遇时那种惊愕与震动的神情。

老太太并没有注意到外孙女神情的细微变化。她控制不住自己的感情，拼命捂住嘴，翘起着扑向车窗下，紧紧拉住孩子们的手，哭泣起来。

楚轩吾从后面扶住她，极力想使她从快要开行的危险的车身边离开。南珊低下头，手无力地垂下了。她显然不愿意在外人面前流露这家庭的离愁别绪，紧紧咬住嘴唇，强忍住就要落下的泪水，毅然帮助爷爷将已经失去常态的老太太从车厢旁扶开。

列车吭哧吭哧地发出巨大的声响，开始移动起来。老夫人紧跟不舍地蹒跚着紧随车厢向前走去，但立即被拥挤的人群撞回来了。

"千万把琛琛……带好！……"她呜咽着叫道。

楚轩吾扶住妻子，也大声叮嘱道："珊珊，琛琛，你们自己要保重！"

南珊用泪水迷蒙的眼睛看着老人们，痛苦地点点头，紧紧搂住了弟弟。南琛好像这时才感到了离别的伤心，放声哭起来。这揪人心肺的场面我再也看不下去了，忍不住猛地转过身子，悄悄地迅速抹去了眼角的一颗泪水。

车身向前滑去。

当我转回身来的时候，列车已经在加快速度。我看到南珊，慢慢把手扬了起来。

她就保持着这个姿式，两眼呆呆地望着我们，随着车厢迅速地向前驶去。很快，就在她和身影将要被人山人海淹没的时候，她重新振作了起来，手臂在寒冷的空中用力一挥，用盖住一切喧嚣的声音高喊了一句："再见——！"

她退去了，退去了，迅速地淹没有一片乱纷纷的红旗、彩带、头巾、帽子和纸花中。

我无法断定那最后的告别是向她的姥爷姥姥喊的，还是也包括了我在内。但我却不由自主地举起了手，默默地在寒风中挥动。

列车越来越快，终于疾驰起来，迅速地消失在大雪弥漫之中……

第四章　冬

十二年，漫长的十二年过去了。

这一年的深秋，在千里京沪线上，一列直快客车在华东金色的原野上奔驰。这列客车，沿着蜿蜒的双轨，平稳地带着风的呼啸，从华东驶来，驶过无数的山峦、江河和原野，正风驰电掣般地驶向黄河，驶向华北，驶向我留下了无数难忘往事的历史名城——北京。

就在这列火车的卧铺车厢里，我独自坐在宽大的车窗前，凝视着窗外一幕幕闪过的秋天景色——那丰收的田野，蓝色的远山，浓密的矮树丛，和飘浮在天空的大块大块的白云，在沉思，在遐想……

十二年，多么漫长的十二年！现在，我已经在海军、在导弹驱逐舰和浩瀚的海洋上，度过了我的全部青年时代。

我清清楚楚地记得十二年前那个寒冷的夜晚，我和几千名新兵一起登上了铁皮兵车。我们拥挤在车厢中，经过两天两夜的行驶，在冰天雪地中到达东南沿海一座巨大的军港。就是这座警卫森严的海军基地中，我们参加了舰艇部队。从此，我告别了自己的学生时代，开始了严峻的军队生活。

那时候、文化革命经过三年后已经给全国造成了一种畸形的精神状态。军队也同样深深地卷到其中去了。舰队整天陷于没完没了的政治学习，很少搞什么正规的操课和训练，更谈不上够水平的考核和演习。最叫人忍受不了的是那些花样翻新的敬忠仪式：早请示、晚汇报、忠字舞、语录操、越来越大的像章……奇形怪状的顶礼膜拜，越到后来，就越闹得乌烟瘴气。

我了解这支军队，我自己就是这支军队的儿子。在中国的近代历史中，还很少有几支军队能像它那样清除军队生活中种种传统的恶习，而在人民中树立起一种良好的、有时甚至是极为动人的形象。然而今天，它的光辉却被这些愚昧、粗俗、浅薄的现代迷信和奴性的仪式严重地毁坏了。

那时，我正是一个血气很盛的年轻人。虽然混乱的社会状况和政治现实已经严重地模糊了我心中的许多是非概念，但是对于真善美与假恶丑的根本好恶，在我心中却并未颠倒。所以当我实在按捺不住的时候，便常常会任性地流露厌恶与不满。结果，当我的言论终于越出了部队所允许的范围以后，战友中立即有人告发了我。

审查是严厉的。然而时隔半年，当我触犯的那位副统帅突然也变为人人唾骂的恶棍的时候，我档案中的全部材料，便转而使我成了一条政治上的好汉。这时，我作为一个道地的水兵在军舰上服役还不到三年。许多比我更能干、更可靠、更有资格承担征途的人都被复员了，而我却成了一名业务长。我的资历中有什么呢？没有辽阔海域中的航行，没有恶劣气候中的奔袭，没有实弹演习中的炮火，更没有军事考核的良好成绩……总之，没有一个下级海军军官所应具备的一切……好在这一切后来终于有了改变。

列车运行得这样平稳，快进入山区了。

我从衣帽钩上的制服口袋中抽出一支香烟，点燃它，开始想到了年迈的父亲。由于少年时代留下的痛苦回忆，我把自己生活中那件未了的大事完全淡漠了。但是，每当我想到父亲，我就对自己的生活感到惭愧，也由于自己这种生活使老人寂寞而感到深深的内疚。在心底深处埋藏了多年的情感，在家里发生了一场巨大的变故之后便突然复苏了。

……四个月前的一个夜晚，云黑浪猛。巨大的军舰在海水中晃动着，撞击着码头。

突然，一阵撕裂人心的战斗警报把所有人的都从睡梦中惊醒。我和战友们乱纷纷地跳下吊铺，飞快地冲出舱室，沿着舱道和扶梯奔向自己的战位。

扬声器中响起舰长响亮而沉着的命令：

"各单位注意！各单位注意！军港遇到空袭，全体人员严守战位，加强灯火管制……"

军舰在夜幕中排出巨大的浪花，离开码头驶进了黑沉沉的海洋。演习开始了。整整六个小时，我抵抗着海浪的晃动，伏在海图上，紧张地标出军舰在每一时刻的准确位置，使这些标记在海图上联成一条红颜色的航线。一直到早晨，当朝霞泛起的时候，我交过班走到甲板上，才发现并不是我们一艘军舰，而是整整一支混合舰队，在辽阔的太平洋上摆开壮丽的阵势，一齐驶向朝阳升起的地方。从那天开始，我们在密克罗尼西亚大群岛进行了为期一百零五天的远航训练。

年老的父亲和母亲事先没有得到我将参加这次演习的消息。四个月以后，当训练结束，军舰返回军港的时候，我竟一下接到了父亲的七封来信。

在第一封来信中，父亲像往常一样写道，他与母亲的身体均好，要我安心服役，不必挂念。但在第二封信中，父亲痛心地告诉我说，在一天凌晨，母亲突然去世了，叫我回去。第三封信是寄给部队领导的，问我为什么在接到这样的凶讯后仍不能给家里回信。在第四封信中，他则请领导在我结束演习后立即把消息通知我。

显然领导已经将我们赴外洋演习的事情通知他了。

随后，他又先后寄给我三封信。年近七旬的父亲显然忍受住了巨大的悲痛，用那么冷静的语句，在这三封信中陆续详述了母亲去世和安葬的全部过程。我终于获悉，变故是在我们离开军港的第十九天发生的。那天凌晨一点，当舰队悄悄掠过洋面上一组群岛的时候，母亲在沉睡中死去了。由于来得很突然，她临终时没有感到任何痛苦。她那安详的睡容，成了父亲在悼亡的悲痛中唯一的安慰。

在母亲的追悼会上，父亲宣读了他亲笔写下的悼辞，随后便与她的同事和战友们护送她的遗体到革命公墓火化。父亲给我寄来了那份悼辞的副本。在那充满暮年觉悟的悼辞中，父亲回述了他们四十余年的共同生活。他在悼词中说：他们是在异国的土地上相逢的。在苏联卫国战争爆发前不久，他们作为即将毕业的军事和工业留学生结合了。返回延安不久，两人即分赴晋绥与鲁南两个根据地，投入抗日战争。新中国成立以后，母亲在繁忙的工作中仍以主持家务为己任，对父亲的工作给以了极大的支持。但是在文化革命中由于父亲被审查，母亲亦因留苏的经历而受到牵连。在监狱中，她因受到打击，得了心脏病，终于酿成今天的死因。父亲在信中说："她是一位好同志、好党员、好战士，是与我共同奋斗了四十余年的战友。她的去世，预示着我去和牺牲的战友团聚的时候也快到了。生老病死，人之常情，对此我并不悲观。只是在回首往事，总结一生的时候，我为没有完全尽到一个共产党员的责任而惭愧。解放三十年了，我们的成就是有负先烈厚望的，而且在十年浩劫中，革命事业遭到了极严重的损害。令人欣慰的是在这场严峻斗争中党和人民再一次显示了不可战胜的力量。我们为之奋斗的事业又胜利前进了。"

父亲得知我参加了远洋演习之后说："在我们这一代人相继去世的时候，你们青年一代就是我们唯一的希望了。得知你随舰队参加了远洋演习，我的心情激动不已，我为你感到高兴和自豪。在历史上，我们中国人从来不是一个海洋民族。仅仅是近百年以来，无情的世界现况才迫使我们发展海上装备。可是一百年来，我们的海军却经历了如此曲折而不幸的道路，以至直到今天，它才真正地走向了海洋……不管怎么说，它总算强大起来了。你参加了这一壮举，我是非常满意的，你的母亲也可以瞑目了，我相信，在祖国需要的时候，你一定会挺身而出，尽职责，全气节。现在，既然军队需要你，你就留下吧，不必以家为念。只是每想到你以前在复杂斗争面前的莽撞行为。我总有些放心不下。你已经不小了，但是阅历很浅。不太了解社会，还要很好锻炼。如今我已经太老了，你母亲的去世使我常常想到我自己。我们这些年在一起的时间极少，所以我只有一个愿望，就是你能够在今年秋天回来看看我……回来吧，我的淮平，我唯一的儿子。在我的余年中，我们还应该好好谈一谈。……"

读着父亲的这一封封书信，我不禁潸然泪下。已经十二年了，他们唯一的孩子不在身边，以至母亲临终竟未能见我一面。现在，年老的父亲孤身一人，他将怎样度过自己的残年呢？再何况这是一个面临自己的归宿、多么需要心灵安慰的老人！我突然强烈地感到自己没有尽到一个儿子的责任。

于是我顾不得安顿，在返回军港的第三天便启程回家了……

"前方到站：泰安。前方车站：泰安……"列车播音员平静的报站声打断了我的回忆。"有转乘长途汽车去莱芜、博山及游览泰山的旅客，请您准备下车！……"

一些旅客已经站起来，开始从行李架上取下行李。

我升起车窗，探出头向前方望去，只见一带层峦叠嶂的群山，烘托着一座巍峨奇拔的高峰。我知道，那就是"一览众山小"的泰山了。在这秋高气爽的日子里，它显现着异常清晰的轮廓。繁茂的树木给它染上了一层又一层碧绿和金黄的颜色。这景色顿时在我心中激起一阵波动。

自古以来，泰山在中国的历史上就享受着无比崇高的赞誉。还是在多少万年以前，当我们华夏民族刚刚开始在黄河流域形成的时候，先民们便发现了这座耸入云霄的高山。在中国史籍所记载下来的五千年岁月中，这里不知有多少朝佛的香客晋谒，不知有多少封禅的帝王临幸。我们的祖先，世世代代、祖祖辈辈在那条盘桓而上、直通极顶的千古小道上，印满了他们一层又一层的脚印。许多年来，我听到许多人讲起过它，看到许多书提及过它。它以雄浑的气势、壮丽的景色、悠久的历史和动人的传说，强烈地吸引着我的心，使我一直怀着一个美好的愿望：到泰山去，去攀援古道，去登临绝顶，去到与云天相接的地方看看祖国；此刻，那百感交集的个人回忆，在祖国的大好河山面前突然化为一股以身许国的强烈愿望。父亲的来信所唤起的军人的爱国激情，剧烈地冲开了我的胸膛。我想道：

"作为一个海军军官，我的生命已经是军舰的一个组成部分。无论如何，我将以自己的生命保卫祖国。假如有一天，我们的军舰在战争中沉没，那么当我也离开这个世界的时候，我的心中应该装着这片古老的土地，装着这片土地所哺育的这个伟大的民族！"

我掐灭了烟头，毅然地站了起来。

列车又继续向北疾驰。当这列客车轰鸣着冲过黄河大铁桥的时候，我已经一个人走进了泰沂山脉的崇山峻岭之中。

山中林木繁茂，草莽葱笼。山林中一声声清脆的鸟叫使人心明耳悦，浸泡在青草绿苔中叮咚作响的溪水和泉潭，更使人神清气爽。就在这绵延起伏的群山中，一条石板铺成的小道在莽莽森林中迂回曲折，蜿蜒而上，一直通向海拔一千多米的泰山极巅：岱顶。

这是一条唯一的道路，它是这样崎岖，但绝没有歧途。所以当任何一个行人在踏上它那古老的路面时，不管他是个识途者还是个陌路人，都永远不会迷失在深山中。

在山道的起点"岱宗坊"下，我向一户社员买了一根青竹手杖。其实我并不需要靠这种东西在山中行走，完全是由于那清新的颜色和轻巧的造型使我格外喜爱，才买了它。于是，这根手杖成了我手中尽情挥舞的玩物。

一路上，三三两两的行人游客不断迎面走过。他们把盈盈笑语零零落落地撒在这十里小道上，使我并不感到寂寞。更何况那些镌刻在雨迹斑驳的山崖峭壁上的一幅幅古老的题词，不断地映入我的眼帘，使我不时停下脚步，凭吊祖先的遗迹。五岳之尊，这秀丽而又神秘的峰峦，它吸引着我的兴趣，振奋着我的精神，驱散了旅途的全部疲劳，使我迈着坚强的脚步，毫不犹豫地沿着这条无可选择的道路向上攀登。

如今，我已经是一个三十出头的壮年人了。生活的磨练，使我已不喜喜欢嬉戏谈笑，而习惯了独自的沉思。我独自一人在这秋高气爽的山林中行走，正可以怀着一颗安静的心，去欣赏那风光的美丽，领略那古迹的深沉，同时因循踪迹，默默地回顾我那与这山道一样起伏曲折但又是通畅平静的人生。

然而我的青竹杖，却使我无意中在回马岭结识了一位不同寻常的旅伴。回马岭是掩映在浓密树林中的一座很小的城楼。山道从门洞中穿过后向右一折，台阶就变得陡起来。如果骑马进山，在这里是非下马不可的。

当我遥遥看到它的时候，我前面不远，一位老人正健步前行。他光着头，穿着宽大的衣服，飘然走着。他走到回马岭下，毫不犹豫地踏上了城楼前的台阶。但那些石级显然是太陡了，使老人略感吃力地放慢了脚步。我快步赶上去。从后面将老人扶住，登上了台阶，我们在门洞中站住了。

他转过身来，带着慈祥的笑意看着我。

我扶住的，显然是一位久居深山的老人。他红铜般的脸上刻满皱纹，气色非常刚健。那灰杂的浓眉，深邃的目光，安详的神色，以及一撮触胸的银须，都使人不禁谓然生敬。

“头回上山吧？年轻人。”一个长者和蔼的声音在我面前浑然响起。

“是的。”

“海边来的吗？”

“对。”

“单身进山，可是寂寞哟！”

“正想和您结个伴呢，可以么？”我尊敬地将手中的竹杖递过去：“山路陡，用这个吧！”

老人微笑着接过竹杖，用力在地上顿了顿，它显得十分结实，“很好。”他称赞了一句，随即招呼了声“走吧！”便继续向上走去。

这位气度不凡的老人，对于我的帮助和敬意并没有表示丝毫的谢意与谦让。但他却用一种对于晚辈来说是非常亲切的邀请抚慰了我的心。

我们就这样结识了。

“您多大年岁啦？”我一边跟上，一边与他攀谈了起来。

“七十七啦！”老人执杖健步而行。

“听您口音不是本地人吧？”

“祖籍广东。”

我着实有些吃惊：“广东！您怎么定居在山东了？”

他将着胡须笑笑，并不正面回答：“广东是东，山东也是东。总之还没到西去的时候哪！”

我被老人的开朗逗得大笑起来：“老人家，您可真有意思！——您是住在山上的吧？”

“对。”

“全家都在上面吗？”

“不，”老人摇摇头，“我是个孤身。”

“那您靠谁来养活呢？”

“养活？”他爽朗一笑：“我自己有工作。我管理着山上的古迹，有时做做导游，领取我自己的工资。年轻人，与我这个老泰山一起行走，不会寂寞的。”

“如果您肯带我上山，那不是我三生有幸，也算我一时造化呢！”

我们又一齐大笑起来。

的确。认识这样一位引路的老人真是太可庆幸的事了。尤其是对于一个初上泰山的人来说，还可以再希冀什么呢？果然，老人的风土知识很快就使我感到不虚此行。

一路上，他不断地指点出一处处古迹，告诉我关于它们的故事和传说，有时还发一番长者的议论。而在他的谈吐中融汇着一种很高的技巧，往往他优哉游哉地走着，趣味横生地讲着那些传说的始末。可是我正听得出神，他便会停住脚步，信手一指，那处古迹已赫然出现在我们面前，就像他变出来的一样。这位常年的职业导游者，以他出神入化的精彩介绍，好几次把我惊奇得差点叫起来。听着他的介绍，泰山在我心中渐渐已不是一座高山，而是一部历史和神话了。

我跟着这位在山道上扶杖而行的老人往上登临，他久居在这名山大川中，深知那些古老传说的来龙去脉，但他绝不以浮光掠影的传说来夸诞称奇。他像一位古朴的乡间学者，在一片令人眼花缭乱的古迹中严肃地分辨历史的真伪，又像是一位深沉的哲学家，用简洁而深刻的语言来解释它们真正的价值和意义。我开始意识到虽然泰山有不少东西实际上很肤浅，但是我在回马岭邂逅相遇的这位老人，却实在是有些深不可测。

中午时分，我们登上了中天门，在这里，我弄明白了老人的真实身份。

所谓中天门，是一座字迹斑驳的石牌坊。这座牌坊凌驾在山道上，正好将由岱宗坊到南天门的全程分为两半。由此上行，我们还得走相同的路程才能到达岱顶。

就在离中天门不远的地方，坐落着一幢浅绿色的现代式建筑物。在那装饰着白色线条的宽阔墙壁上，镶嵌着一排巨大的玻璃窗。通亮的大厅中，影影绰绰地坐着一些休息的游客。

我和老人踏上光滑的水磨石台阶，推开写有"中天门茶厅"的弹簧玻璃门，穿过饮食大厅来到阳台上。在凉风习习的荫棚下，许多游人散坐在大理石面的简易铁桌旁，一边喝茶和谈笑，一边欣赏着广阔的原野景色。

我为老人要了壶绿茶和几样点心，自己则要了杯很浓的咖啡，拣了一张空桌一同坐下，一种安稳舒适的感觉，使我顿时感到已经很累了。

现在，整个齐鲁大平原就铺展在我们的脚下，从阳台向群山外面望去，黄绿相间的颜色，把大地装饰成一块鲜艳的巨幅地毯，从山脚一直铺到摇远的地平线，我们坐在这和白云一样高的地方向广阔的天空平视，万里云朵就像是停泊在远近海面上的无数巨大的白色军舰。

我取出烟。敬给老人一支。"不会，"他笑着摆摆手，"你自己吸吧。"

"您的生活真是太简朴了。在您这样的高龄，正该享享晚福，您连烟都不吸。"

"身心清净，自然众苦皆消。"老人随口应道。

"是啊，生活清苦一些，于身于心都有禅益。"我表示赞同。

"不，你听错了。清即不苦，苦即非清；清而不苦，何谓清苦？我是说：身心清净，众苦自消。"

我有些疑惑起来："那倒是，苦谁都难免，心清原是紧要的……"

"是呵，"老人呷下一口茶："古人云：菩提本无树，明镜亦非台，由来无一物，何必惹尘埃。话虽玄奥，终有透解，无奈世中人不肯深思！"

我心中吃了一惊，这是四句唐时流传极广的佛偈。我心中疑惑了一下，顿时明白了八九分，不禁目瞪口呆地望着老人。

他深邃的目光正远望着群山，银须在高风中拂动着，颇有几分仙风道骨。他转过脸来慈详地看着我："想不到吧，年轻人，我是山上的住持和尚。"我惊呆了，我从来也没有见过和尚。当我开始懂事的时候，这些在人间传播迷信和膜拜事佛的人就已经销声匿迹了，仅仅是在成年以后，由于阅读了一些哲学和历史，才使我了解了一些古典的佛教理论。因此，那此虔诚的僧侣在我看来就像佛教本身一样的古老和神秘。现在，当我突然知道一位真正的和尚竟正坐在我的面前，并且已经和我同行了这样久，那种神异怪诞的感觉马上就这样近地笼罩了我的每一根神经，使我愕然了。

他看出了我的激动："怎么样？可以和我走在一起吧，海军同志？"

"那、那当然太好啦！"我好容易才恢复了常态，早已是又惊又喜，差点把咖啡都打翻。这可是一次真正的奇遇。刚才，我们是一个海军军官与一个深山老者在林中结伴而行；而现在，是一个共产党员和一个佛教信徒在倾心交谈。这使我感到异常兴奋、新鲜。

也正是从这时开始，我才从长老的言谈举止中，处处都看出他出家人的本色。

"山上供奉的神师佛祖还在么？"我关心着泰山的全部古迹。

"依然如故。"长老回答。

"还举行佛事？"

"云寂香消。"

"大部分僧侣都还俗了吧？"

"落叶归根么。"他将手中的茶杯轻轻放在大理石桌面上。

"那您为什么留下了呢？"

"佛不弃我，我不弃佛。"他满意地捋了捋胡须，"青灯古佛，经幢宝卷，我已经相守多年了。"

老人年事已高，不会再放弃他多年的信仰，他对佛教已经一往情深，肯定会抱守着这些陈旧的信条去颐养天年的。这种固执的迷信与他那明达哲理和风度是多么的矛盾啊！

当我们重新上路的时候，我们已经就古代哲学中许多高深莫测的东西谈了许多，老人的知识是相当渊博的。我们从宋明理学谈到魏晋的玄学，从印度的婆罗门谈到日本的禅宗，从欧洲的现代科技谈到清代的考据学术。他的话不少我都难以接受和理解，但那些玄奥精深的思想却发人深省。

"那么，究竟什么是哲学呢？"在推开门步下茶厅台阶的时候，我开始就我曾经百思不解的一些问题向他请教。我已经看出来，这位久居深山的老僧有许多博大精深的学识和思想。

长老在和煦的东南风中踏上了山道："你想要一个准确的定义，是吗？可是这不可能，因为它太广泛了，它囊括了天地今古，神界人间，从宇宙讲到原质，从天下讲到人心，几乎无所不包，然而历来的哲学家，虽然他们的著述浩如烟海，却从来没有一个人能给哲学本身下一个定义。"

我们转过山麓，向更高的深山前进。

"真可惜！这个问题困扰了我许多年，至今也搞不清。虽然哲学书着实看了不少。"

老人不在意地笑笑："其实叫我说，哲学一词实在是定名不确。在古代，哲、知、智为同一词源，所以当初西学输入的时候，何妨叫做知学或智学？何况前辈的哲学家们正是专门以逞智为能事，以致知为鼓吹的。他们想人之不能想，说人之不能说……"

"所以，他们便能知人之不能知。"

"哪里！"长老轻蔑地一挥手："此辈道地是愚人自欺。其求知也，非即知也。哲学家的求知术，无非思辨而已。然而这并不可靠，可靠的是科学家的观察，所以德谟克里特的原子论要待道尔顿来证实，而托勒密的宇宙体系由哥白尼所推翻，泰勒斯说万物皆成于水，科学家知他是无稽之谈，柏拉图设计了'理想国'，政治家知他是痴人说梦。然而古代人科技毕竟贫弱，观察无由，也只好靠思辨，所以一部哲学史，不过是古人对世界本质所进行的不断猜测的集大成。自然科学一旦兴起，便是这种古典哲学的衰落。"

"为什么又兴起了现代哲学呢？"

"因为自然科学的领域毕竟有限，它不能回答人们对社会提出的问题。现代哲学的兴趣主要在这里，不过哲学至此早已面目全非了。"

长老投给了我一束思想的火花，它在我的脑海中熊熊燃烧了起来："您是不是说，哲学仅仅是一种古老的思想方法，它的特点是思辨，是虚致，而科学则是一种现代的思想方法，它的特点是观察，是实求？您是不是认为，用思辨得到的真理并不可靠，只有被观察证实的真理才可靠？您是不是断定，哲学的立足之地仅仅是科学目力所未及的地方。一旦科学的目力所及，哲学便会销声匿迹。因而哲学终将被日益发展的科学彻底代替？"

"你讲得太混乱了，不必讲什么虚致、实求，如果一定要打譬方，可以说哲学是想，科学是看，所以科学看不到的地方可以用哲学去推测。你说的也不完全对，科学真实，然而有限；哲学朦胧，然而广大。既然科学的力量永远有限，它也就永远不能彻底取代哲学。虽然人类受到它不少愚弄……"

长老的话使我陷入一片沉思。他虽然言辞古奥，讲的却尽是我从未听过的崭新的思想。他似很脱俗，然而思路严谨，条理分明，绝然未脱世间的学者风范。他通哲理，也重科学，然而笃信的却是宗教。我恐怕永远也不会理解，在这样一个人的身上，何以竟能统一起这样多的矛盾？

山道向直插云天的高峰延伸上去，我们在山道紧贴山麓向右强烈曲折的端角处站住了。在我们面前，一块尖利的怪石拔地而起，直挺挺地兀立在山道边缘，俯临着低回的山谷。怪石上，赫然镌刻着三个朱红大字：斩云剑。就在这里，我差点冒犯了长老的尊严。

我站在长老身边，抚摸着那铁锈色的岩石："形状不错，但它真能斩云么？"

"那倒是名不虚传。"长老向山谷中略一顾盼，又转身向山外望了望，便将手向南方摇摇一指："你看！"

我转过身，只见广阔的原野上空，万千朵白云正在缓慢地飘浮着。它们绝大多数向北飘来，又慢慢飘向两边的山后，但是有几朵却径直向山口飘进来。转眼，一朵白云已飘进山口，从从容容地向深谷飘去。当它飘过这块怪石与对面山峰的对接线时，似乎突然被一种什么力量轻轻托了一下，使它陡然上升，顷刻间便被扯成碎絮，转而如烟消散了。

我惊奇得几乎要叫起来。但长老又指给我看第二朵。同样，它在飘过这块怪石面前时也被一挥而尽。随后飘来的几朵，竟没有一朵能进入山谷。

"奇怪！简直太奇怪了！"我忍不住叫起来。

"安静，注意看！"长老喝住了我。

巨大浓积的云团正向山口涌来，这团白云的体积是这样大，像一座四层楼一样，以致强烈的阳光都不能照透它，使它的背阴部分黑沉沉的，它的来势是如此沉重，我无法想象刚才那个轻飘飘的力量将怎样阻挡它。

我睁大了眼睛，准备看看这巨大的云堆怎样涌进山谷，一头撞在山谷深处的崖壁上。

它被东南风稳稳地推进了山谷，一直通过了斩云剑。然而当它继续涌向山谷深处的时候，那股力量猛地冲腾起来，把它整个翻了个滚。与此同时，满山谷的茂密树木发出了一种奇怪的沙沙声，我定睛望下去，原来那团白云竟化作一阵细雨倾泄而下！

我被这大自然的奇妙表演惊得目瞪口呆。我用力摇撼着那坚硬的岩石，大声问道："斩云剑，斩云剑！难道你真有这样大的神通么？"

斩云剑沉默着，它的根基牢固地联结在坚硬的地壳上，纹丝不动。

我坚信科学，并不相信自然界中会有任何奇迹。然而现在我却无法想象那个轻而易举地将白云覆手为雨的神秘力量到底是什么。

当我们继续向上走去的时候，长老问道："你知道什么是锋面吗？"

我想了想："知道。"

"你刚才看到的，就是锋面。"

长老说的锋面，是气象学上一种最基本的现象：当一团巨大的暖空气和一团巨大的冷空气相遇时，它们之间会形成一个倾斜的接触面，这个接触面就叫做"锋面"，锋面所覆盖的广大区域，就是云区和雨区，自然界的一切云雨现象，都是在锋面的基础上形成的。但是，一个锋面起码也要有几百公里甚至上千公里的范围啊！

"锋面？难道这样一个山谷中也会形成锋面吗？"

"大小不同。其中的道理是一样的。你看——"我顺着长老所指向山外望去，一望无际的云朵仍在半空飘浮着，"东南风带来了这些海洋上的暖空气，而山谷中的空气却是冷的。"

我观察着山谷，只见那里面阳光遮蔽，气象森森。我开始明白了，正是那里面隐藏着的一个看不见的冷气团，用那些暖洋洋的白云玩了一出云消雨落的把戏。

"那山谷中又怎么会产生冷空气呢？"

长老冉冉地向前走着："可能不是产生，而是积留。当大片冷空气从山区退去的时候，在那里留下了一团。"他和蔼地看了我一眼："不过，你是有福之人哪！

我在此地四十余年，像这样的云雨奇观，也不过是第三次看到。"

我沉吟了起来，他竟有如此丰富而全面的科学知识，那个百思不解的问题在我心中再也憋不住了。我紧走两步，追上了他。

"长老，我想向您请教一个问题。当然，这样问可能很不礼貌。"

"说吧。"长老胸有成竹。

"长老，我并不想奉承您，但我承认，您的哲学思想使我起敬，您的科学知识也让我深为钦佩。正是因为这样，我无论如何也不能理解，您为什么还要相信宗教？请您原谅我的冒昧，我不能理解。要知道，我们的时代是一个科学如此发达的时代，科学不但发现了无数的真理，而且证实了许多古人不能证实的推测，纠正了许多古人无法纠正的谬误，正如您方才所说，现代科学甚至已经取代了整个古代哲学。这就使我想起了您的宗教，要知道，它几乎和古典哲学一样的古老，难道它至今还没有和古典哲学一样地显得陈旧了吗？难道人类的科学知识还没有纠正它的种种谬误吗？"

我大胆地跟随着长老那稳健的步履，慨然直陈己见："我不能否认佛教有着光辉灿烂的历史和传统，但是，一个人假如懂得天文学和气象学，他就不能想象怎样在宇宙中构筑天宫神殿；假如懂得力学和物理学，他就不会相信腾云驾雾真能发生。而您恰恰是一个深知科学的人，您的学识使我相信您也必定是一个热爱科学的人。因而我无论如何也无法理解，您为什么仍然要相信宗教？"

"宗教又到底为何而不可信呢？"

"这是不言而喻的：因为它不真实。它对世界的解释和它那些对过去和未来和传说完全是虚幻的。"

长老沉吟不语。

这问题对于任何一个信仰宗教的人来说都带有挑战性质。这样的问题，在提问者可以是一种请教，而在被问者却常常是一种亵渎。因为它公然怀疑那个只能虔诚崇拜的神明。宗教信仰曾经构成人类最基本的尊严。为了捍卫自己的宗教信仰。历史上在异教徒之间和异教派之间发生过多少惨酷的冲突啊！我后悔自己提了一个极失礼的问题。然而庆幸的是长老在这方面涵养极深，并没有表示丝毫的责怪。他只是默默前行，却什么也没有回答。当我看出他并不打算与我议论这个问题时，就赶快知趣地拨转了话头。当时，我并没有奇怪长老为什么这样轻易地就让我的无神论占了上风。

不知什么时候，我们已经走出了森林，正在嶙峋的山石之间攀登。一路上，我们仍然兴致勃勃，几乎每一处古迹都能引起我们的无限谈机。

终于，在下午四点钟的时候，我们到达了登临绝顶的最后一段险路。

我喘着气向头上望去，只见一溜笔直的阶梯直插蓝天。在阶梯尽头，一座红墙金瓦的城楼遥遥高架在天上，透过那细小的门洞，还可以看到一隙玻璃般明净的天空。它看上去是那样小，简直如同盆景上的石雕小城一样。

长老也微微喘着。他抓住栏杆向我说道："这就是天梯了。上去就是岱顶。怎么样，年轻人！上吧？"

我一把扶住长老："好，上！"

长老健步而上，我紧紧跟在后面拼命攀登，却无法超越这个常年在这条山道上行走的老人。很快，我感到气力不接了。

"别忙，小心风呛着！"长老停下脚步，伸出手来将我一把挽住，我突然发现老人的手力很强。

我迈着两条已经和石头般坚硬的腿，终于登上了最后一级。我站住脚，胸膛剧烈地起伏着，一种高空低气压所造成的急促呼吸，使我感到一种从来没有过的痛快！

现在，我们已经置身于蓝天之上。我紧靠在铁栏杆上。回身向下望去。一幅无比广阔的景色呈现在我的眼底：大地已变得烟波浩渺，鲜艳的绿色原野变得弥漫了。那一望无际的云朵正在我们下面很远的地方飘浮着，就像撒下了无数绽开的棉桃。在我们脚底下，是起伏的群山，浓郁的森林一只苍鹰，正在这崇山峻岭中盘旋。我仔细寻找了一下，四个小时以前我们休息过的"中天门茶厅"就像远远摆在那里的一枚棋子。

阵阵强劲的山风有力地掀动着我的衣襟，吹得长老宽大的衣服膨胀起来，噗噗作响。山谷中，布满山麓的林海发出海啸般的林涛。

"喏，那就是黄河！"长老的手向遥远的地平线指去。

那里，烟波弥漫中，隐隐约约一痕米黄色的细线从平原的尽头划过，在太阳的照射下闪着亮光。

"黄河！"我在心中发出一声欢呼。那就是我们民族发祥的渊源吗？我曾经在火车上注视地它混浊的波涛，我曾经在济南大铁桥下捧起过它浑厚的泥浆。在内河训练时，我也曾在它宽阔的河面上航行过。但是我却从来不曾想象过这条泛滥起来如野兽般凶猛的黄河，在祖国无边无际的原野上竟显示着这样优美的曲线，在灿烂的阳光下竟闪动着这样柔和的金光。

无从喷发的激情冲荡着我的胸膛，我真想伸开双臂，伸向那烟霭磅礴的万里山河，发出倾尽肺腑的呐喊和欢呼！

"黄——河——！"

十几个回声呼应着，将我的呼喊传递出去，消失在回环激荡的山风中。

长老微笑地看着我："你已经在人间的最高处了。"

我激动地回过头来，才发现那座红墙金瓦的巨大城楼已经高临在我们的头顶上。

这座古老的城楼已经破旧了，墙皮剥落处，裸露着陈旧的泥灰和城砖。黄色的琉璃瓦上，几丛茅草在呼啸的风中抖动。

就在这破败城楼的巨大门洞两旁，一幅绿底金字的对联映入我的眼帘。我读道：

"门辟九霄仰步三天胜迹，阶崇万级俯临千嶂奇观！"

横额上，赫然题着三个大字：南天门！

面对着这镌刻在云天之上的题联，我荡气回肠，发出了由衷的赞叹：

"写得太好，太美了！"

然而长老却冷冷一笑，说道：

"空蒙宇宙，岂有三天？一路行来，又何止万级！哼，好什么？美什么？"说罢，他一拂衣襟，径自穿门而过，头也不回地踏上了天街。

这兜头一瓢凉水，浇得我好不扫兴！

我快步追了上去："您说得不对。这是艺术，艺术可以夸张，更可以虚构。就此联而论，非三天不足以尽其高，非万级不足以尽其长，如何不好，如何不美？"

"夸张？虚构？"长老呵呵大笑起来："要知道：不美即是不真，不真即是不美，言不符实，还有什么艺术可言！"

"不然，"我当即搜索枯肠，据理力争："真并不是美，美也并不是真。数学枯槁，医学污垢，它们是真的，然而不美。舞蹈可以悦人耳目，音乐可能动人心弦，它们是美的，然而也没什么真可言。可见美与美并不相干。真而不美，方成其严肃，美而不真，方成其浪漫。假如真即是美，那么数学与医学就是最好的艺术。假如美即是真，歌舞便可以代替科学。不，长老，这无论如何是不可能的。要知道在我们的生活中常常是在真中有丑而没有美，在美中有假而没有真。怎么能说真即是美，美即是真呢？所以不真实的东西，不但可以是优美的，而且常常是最优美的。"

长老已经在突然之间变得非常不讲道理。他冷嘲热讽似的争辩道："完全不对。

科学性是衡量一切的准绳，凡是不合于科学的说法，自然应一律掀翻……"

"您错了！完完全全地错了！"我紧追不舍地叫道，"对科学真理的探索，并不是人类精神生活的全部内容。在这之外，我们还要求美的享受，要求感情生活的满足。假如我们的生活中只有科学而没有艺术，只有探索而没有欣赏，人类历史就会成为一部枯燥的教科书，人类生活就会失去全部欢乐！"

我简直不明白，这个老和尚怎么突然这样漫无边际地夸大和侈谈起科学来。

长老停住脚步，在天街中间站住了。他用一种异常深刻的目光看了我一眼，淡淡一笑：

"年轻人，你说得很对：人类要求感情生活的满足，要求美的享受，而科学并不能提供这一切，它只能使我们获得对自然的了解。但是，你说的并不完全。如你所说，在真之外，还有美。但是你却忘了，在美之外，还有善。对真善美的追求，才是人类精神生活的全部内容。而追求真的，是科学，追求美的，是艺术，追求善的，这就是宗教。来路上，你曾向我说宗教不真实。那么现在我可以向你说，艺术既然可以不真实，宗教又为什么一定要真实？艺术的意义不在于真而在于美。同样，宗教的意义也不在于真而在于善。世上的宗教，西方有耶稣、阿拉，东方有佛祖天师，支派纷繁，何止百种，难道都是真的不成？但那教义尽管纷纭，主旨却终不过是劝导人间，使强者怜悯，富者慈悲，让人生的痛苦得到抚慰，于灵魂的空虚有所寄托。所以，只要善行布于天下，我佛究属有无倒在其次。至于经幢宝刹，无非肃穆其心，而吃斋打坐，则不过养生之道而已。宗教一事，本为人心所设，信之则有，不信则无，完全在于虔诚，古人早就说了：我心即是我佛。可见宗教以道德为本。其实与科学并不相干，只是后人无知，偏要用尘世的经验去证明与推翻天国的存在，才惹出这无数争论，万种是非！……"

长老长叹一声，神情已变得异常严肃，他怀着诚敬的心，沉吟着自己那些释神的话向前走去，不再说什么了。

机关已经点破，我被说得无言可答。我看看默默前行的长老，心知我们已谈到了话尽头，竟也沉吟起来，只有紧随其后，踏进了山顶的连天衰草。

是的，这并不是一种迷信，并不是一种对虚妄传说的膜拜，而是一种充满了理智的信仰。从外表看，那信仰似乎是毫无根据的，似乎完全是受了一系列古老故事的欺骗。但是那些并不真实的说教，却可以在精神上发挥一种奇妙的作用，使这位佛门弟子在他可能经历过的复杂人生中获得一种心灵上的安详与和谐。我再一次感到了这位老人的深不可测。猛地看起来，他是一个昏聩的和尚。但是在他的心灵深处，在那个可能他自己的理智也不常能达到的心灵深处，却是一个清醒的世界。

我们就这样沉默着，一直走上了碧霞祠的山门。

我们面前出现了一座古色古香的宫殿。正中，紧闭着两扇红漆金钉的大门。门前有四根红漆大柱，支撑着一排金黄的琉璃瓦顶。瓦顶上面，矗立着一层华丽的楼阁。两尊彩塑的高大山神分守在宫门左右，一个手握金蛇，一个高擎利剑，正呲牙咧嘴地怒视着我们。

长老在门边按了一下电钮，大门打开后，我们径直穿过这座寺庙，转入一座小门。展现在我们面前的，是一座整洁而宁静的庭院。但院中厅廊古朴，油漆半旧，与那座瑞气照人的宫门显得不大相同。

我跟着长老来到他的住房，随手将制服和军帽搭在一把交椅上，长老却将它们拿起来，挂在了衣帽架上。

"今晚，你就在这里下榻。"

我赶快推让："这怎么行！一路上已经多承您照顾，怎么好再打扰您！"

他挽住我朗声大笑起来："你这就差罗！如果军人住庙不妥，自可请便。但要说怕打扰，那倒大可不必。说实话，这里轻易也是绝不接待游客的。但是既然一同走了上来，我们也不必就这样分手。更何况，有人相伴，在我是求之不得——你先坐，我去更衣就来。"说罢，他将竹杖靠在书架上，指给我热水，径自出去了。

我一个人留在屋子中洗过脸，便抽着一支烟，打量起这间禅房来。

其实，这只是一间书房。因为这屋子并没有丝毫的宗教气息。雪白的粉墙，光滑的细木地板，天花板上是日光灯管，门边配着很美观的按键开关，这些都和一般的城市住宅没有什么两样。靠窗一张书桌，玻璃台历翻着前天的日期。台历旁有一座闹钟和一架半导体收音机。靠墙是一排镶有玻璃拉板滑门的巨大书柜，而装在书柜上的那具折臂台灯，竟和我在军舰上用的那副一模一样。

我走到书柜前，看见与我那根青竹杖并放在一起的，还有一根波斯手杖。这根手杖看去十分贵重。檀红色的杖体，两端都包了金。手柄上用金丝镂成了斜方格的精致图案，柄头上还装饰着一块宝石形状的蓝色钢化玻璃。我忍不住拿起它掂了掂，却并不沉重。

所有这一切，都与我想象中的僧侣生活太不和谐了。

我站在书柜前，开始浏览那无数的藏书。它们种类与内容十分庞杂。除了各式各样的读物、目录和单行本外，有整整三排是全卷集的。我看到史学方面有全套的《资治通鉴》和《清史稿》，哲学方面有《庄子》、《淮南子》和《吕氏春秋》，评论著作有《章氏丛书》和《胡适文存》，外国著作有从洛克、卢梭、黑格尔、马克思，一直到罗素、杜威等人的著述，还有一本普鲁塔克的《希腊罗马名人传》。甚至有些书还是外文版。当然，最多的还是佛著和佛经。我在那整整四排的线装古书中，看到了无数古奥费解的书名：《兜沙经》、《金刚经》、《华严义海百门》、《大正藏》这些无疑是佛经了，《唐高僧传》、《西京伽蓝记》和《景德传灯录》、《古尊宿语录》、《宗镜录》等等。这些书密密层层地摆满了书架，书中夹满了无数作记号和摘录的纸条。这些书本身就是一个浩瀚的大海，所以我觉得只要抽出任何一本，我就会被这片大海所淹没。

我回到书桌前，注意到桌上整齐地摆着一大叠手稿。最上面的卷首用粗犷的毛笔题着：《大乘宏解》。我掀起一部分稿纸，看到上面写满了蝇头小楷以及朱笔作的修改。其中一行标题："卷七十三：涅槃精微。"显然这是长老尚未完成的宗教著述。

门开了，长老提着一只红木大匣走进来，他从岱顶餐厅买来了晚饭。现在换了一身灰色的短袄和一双底子很厚的布鞋。盥洗后的老人，显得精神焕发。吃饭的时候，我打定主意：在今夜和明天一定要与他好好谈谈。在不触犯老人忌讳的前提下，我渴望着对他有更多的了解。

台钟发出一阵轻微的蜂音，时间是六点整。那架半导体收音机啪地一声打开了。现在，山东省台正在转播中央气象台发布的天气预报。女播音员的声音是单调而又平静的，然而她报告的，却是此刻正在亚洲上空一万米雄厚的对流层大气中发生的一种雷霆万钧的变化。

我意识到，泰山马上就要处在一场暴雨之中。

当我们喝完汤放下碗的时候，长老一边递给我一条毛巾，一边在悦耳的音乐声中说道："年轻人，今天我佛对你真是格外慈悲：中午，他让你在中天门看到了斩云奇观；而傍晚，他还要让你在月观峰看到日落和云海。"

一阵感激的热浪从我心头扑过。我这才意识到刚才的预报对我究竟意味着什么：雷霆和暴雨将在我们脚下发生，而我们这些居于云天之上的人将看到的，却完全是另外一番景象。

我们当即收拾好碗筷，一同向寺院外走去。当我们走出门，站在高高的台阶上时，泰山上的景色已为之一变。无边无际的云海，已经淹没了一切。广阔无垠的齐鲁大平原看不到了，绵延起伏的泰沂山脉也看不到了，气势磅礴的云海波涛在我们脚下翻滚着，一直铺展到遥远的天边。攒动的云头在斜阳的照射下映出明暗相间的金色和红色。泰山，就像一座海岛一样孤悬在这一望无际的云的海洋中。

此刻，在南天门那里正发生着极其壮丽的景色。浑厚的云涛，在泰山的北麓翻滚着涌上山顶，几乎淹没了整个南天门，然后又顺着天梯向南麓倾泄下去。巨大的云流在日观峰与月观峰之间的鞍状部位缓慢地滚滚流动着，远远看去，就像一条滔滔大河，它以不可阻挡的气势从山北涌向山南，覆盖了沿途的一切。只有南天门的金顶飘浮在这白色的波涛之上。

我惊叹着这壮丽的景色，与长老顺关台阶步下山门，沿着天街向西走去。我们将从南天门那里登上月观峰，在峰顶的望亭送别日落。

这时，从天街上面一百多米远处的岱顶宾馆走下来一群外国人，他们男男女女大概有二十多个，显然也是要去月观峰看日落。身着笔挺的西服和花花绿绿时装的一群人，在斜射的阳光中谈笑着，指点着，不时传来阵阵愉快的哄笑。当他们沿着小道踏上天街的时候，我和长老也走到那里，于是我们在岔口处交会了。

我和长老停住了脚步，想让他们先过去。但是显然我的海军装束和长老的僧侣风度引起了这些外国人的注意。他们也站住了脚步。这些外国人零零落落地停止了谈笑，开始用好奇的神情打量着我们，人群中的几个外国女子发出了轻轻的笑声，并且互相低语了几句外国话。

我看看长老。

"我们还是走在后面吧。"长老笑着告诉我。

于是我伸出一只手臂，表示请他们先走过去。可是他们互相看了一下，仍然没有动，似乎在推举自己的代表。

人群中很快笑着走出一位唯一的军官。当他走到我面前，与我照了面以后，我们以军人的习惯互相敬了礼，然后把对方的手紧紧握住了。

他的礼节是相当潇洒的。手臂几乎是垂直地屈折起来，用并拢的食指和中指啪地在坚硬的帽檐上一碰。我忍不住仔细打量了一下他。这是一个面孔微黑的欧洲人，眼睛很温和，鼻子下面蓄着一绺英俊的小胡子，看上去亲切而幽默。他穿着灰色军服，深红色的领章上一边缀着一只鹰，一边缀着两柄交叉的短剑。由于他的肩章上编织着我不认识的符号和花纹，因而我无法判断他的军阶。此刻，他也正愉快地打量着我。

外国人发出爽朗的笑声，并且有微型镁光灯闪了几下。我用力握着他的手，试图用英语问候了一句："你好。"

他笑着点点头，表示听懂了。但他作为回答而说的一句完整的外国话，却不是我所熟悉的英语，而是一种西班牙的混合语。这就使他的国籍很难弄清了。

我们不约而同地把脸转向一旁。一个衣着朴素的女翻译已经快步来到了我们面前。她和善地看着我，微笑着介绍道："这是波西宁上尉。他说：很高兴与你相识。"

我的确感到非常高兴，于是马上答道："我是中条山舰航海长李淮平。我也同样高兴与你相识，上尉。"

我们的手经过友好的自我介绍以后，互相松开了。但是翻译却并没有把我的话译过去。

波西宁上尉转过脸向翻译又问了一句什么。从翻译那里传来的，仍然是沉默。

我感到奇怪了。翻译这莫名其妙的沉默已经开始在影响这愉快而有趣的气氛。

于是我转过脸，用询问的眼光去看她。可是当我终于看清了那张熟悉的面孔时，我顿时目瞪口呆地愣住了。南珊，阔别了十二年的南珊！她在我的生活中销声匿迹了这样久以后，现在重新站在了我的面前，而且这一回竟是这样的近！

我呆呆地看着她，很久很久都说不出一句话来。我的心被这突然的相会震慑住了。而一种骤然产生的惊慌、迷惘、震动的神情，现在也正浮在那张曾经是多么清秀的脸上。我紧紧盯着她那扬起的眉毛、睁大的眼睛、疑虑的前额和惊愕的嘴唇，心脏不可遏制地狂跳起来。是的，站在我面前的这个女翻译，正是我十几年前认识的那个少女。那一切熟悉的特征，和这久别重逢的惊愕神情都向我证明，她就是南珊。然而此时的南珊已经是一个成年的女干部打扮了。我呆呆地端详着那刚刚出现浅纹的眼角，那不再圆润的脸庞，那已经有些干燥的头发，和我从来没有发现过的鼻子上的几点浅浅的雀斑……我清清楚楚地看到，她眼中开始涌起一层薄薄的泪水，那双湿漉漉的眸子已经不再那样黑，那样亮了。这一切，都正在渐渐地模糊着我心中那个少女的影子。

我开始意识到：那个天真大胆的女孩子早已不复存在。如今的南珊，已经不会再把任何欢乐的情绪和调皮的念头汇在坦率的谈吐和响亮的笑声中，清澈见底地透露出来。不会了，永远不会了。在她的胸中，已经是一个深思熟虑的心灵。这个心灵已经永远改变了她的音容笑貌，同时也给她的脸上换上了一切中年妇女都会有的那种沉着而干练的神色。

周围开始响起了窃窃的低语声。

南珊的表情正在发生着迅速的变化。惊愕，迷惘，难过，随后是内心深处的痛苦。当她的神智终于在剧烈的感情波澜中镇静下来的时候，她勉强控制住了一碰就会掉下来的眼泪，咬着嘴唇，把头痛苦地垂下了。

我万分抱歉地看了被冷落在一旁的上尉一眼。这个感情丰富的外国军官正惊讶地注视着我们。我又用歉意的目光环视了一下那群外国人，他们有的好奇，有的同情，有的善意微笑，也有的冷静观察。最后，我为难地把目光停在了长老的脸上。

他正用无比深情的目光注视着我们。

"你们有多少年没见面了？"他问。

外国人的目光全部投向了老人。

"十二年。"我用发哽的嗓子回答。

"你们之间有一段难忘的往事，是么？"

"是的……"

老人低首合十，向我们微微垂下了和善的眼睛。

我几乎忍不住就要掉下的泪水，却不知用什么方式来表示感激。

"谢谢……"我感到嗓子被什么噎住了。

"谢谢……"南珊也用极细微的声音说道，同时尊重地向老人微微鞠了一躬。

那群外国人惊奇地注视着一向以稳重著称的中国人之间这感情的流露，显然意识到这样多的人围观在一旁是不合适的，于是有人低语了几句，相互示意离去。首先是两个比较年长的男人向南珊礼貌地微笑了一下，转身去了。然后大家也向南珊说了祝福的话，结伴离去了。他们漫步走到天街尽头，穿过南天门那道云流，又重新出现在对面的山坡上，不时还有人好奇地回身向我们张望。

上尉和长老是最后离去的两个人。满怀友好之情的上尉很清楚自己在这场重逢中充当了重要的媒介，他充满感情地伸开双臂，用力抱了一下我和南珊的肩，说了一句什么。然后，他好像征询似的望了长老一眼。长老深沉地向他点了点头，上尉后退一步，举手向我们敬了一个礼，不等到我还礼，便微笑地转过身，与长老相携而去了。

现在，在天街的岔路口上，只剩下了我和南珊两个人，但我们好久没有说话，直到上尉和长老也双双登上了月观峰的山坡，我才轻轻问道："上尉说什么？"

南珊没有看我，她望着上尉与长老的背影，静静回答说："他祝贺我们旧友重逢……"

我们陷入一阵沉默之中。

现在，我可以仔细地端详她了。她知道我在看她，一言不发地注视着散布在月观峰上的许多游人的身影。此刻，屹立在万里云海中的月观峰已经被斜照的夕阳镀上了一层金红的颜色。金光辉照中，南珊的侧影显得异常的安详与柔和。那金色的光线重新勾画出了她长长的眉毛和眼睛，重新映照出她明亮的眸子。她就这样安详地凝视着，使她少女时代的形影又重新在我的脑海中浮现了出来。这使我心中一阵轻微的悸动。我就这样看着她，在沉吟了好久以后终于说道："真想不到，会在这个地方看到你。"

"我也是。"她不自然地笑笑。

"也没想到，是在这么多年以后。"

"对。"她点点头。

此刻，无数往事在我心头翻滚着。但是那样多的话，一时竟无从说起。

"南珊，我最后一次见到你，是在你去边疆的火车上。如果我没有弄错的话，在火车开动的时候你一定也看到我了。"

她看了我一眼："对，我看到了。"

"但是你可能并不知道，在火车开动前，我还在车上听到了你和你家里人讲的许多话。"

她微微一笑："不，那天我弟弟看到了你。所以事后我猜想到可能是那样的。"

"是的，是那样。当时我在夹道中听你们全家交谈了很久，而且那些话留给我的印象至今也不能磨灭。"

"是吗？"她用诚恳的目光直视着我的眼睛："我愿意这样。"

我们互相看着，又是一阵短暂的沉默。

"我知道那趟火车是向北去的。这些年你一直在草原上吗？"

"那趟火车一共送走了三批知识青年，一批去内蒙，一批去吉林，一批去北大荒。我们到内蒙昭盟去了。不过一年以后又转到了兴安岭。"

"一直当牧民吗？"

"不，在草原上是当牧民——在那里学会了骑马，到了兴安岭后，就在林场当了女工。"

"伐木？"

"不，开拖拉机。"

"后来呢？"

"后来我们全家都回江苏老家务农去了。一九七四年，我在无锡一家医院里翻译了一段时间的外文资料。三年以后，也就是一九七七年，我又先后调到杭州、苏州、上海、南京，最后才在省外事局当了翻译，一直到现在。"

"那是哪一年？"

"一九七八年底。到现在我已经做这件工作两年多了。"

"你看，刚一见面我就打听这样多。"

"不要紧，久别重逢的人大都是这样。"

我们现在可以坦率地笑了，但是都不看对方。

"我能想象得出来，在这些辗转中你经历了不少波折。"

"嗯……可以这样说吧。不过生活也给了我很大磨练。你怎么样，这些年在军队中还顺利吧？"

我回想着我所经历的那些失败和挫折，却用肯定的口气回答道："是的，我非常顺利。"

她点点头："我相信。"

她的话是诚恳的。她为我的顺利而感到高兴，也可能，还为我的幸福感到欣慰。但是我却并没有这些东西。我不由地发出一声苦笑。

"你怎么了？"

"噢，没什么。我在想，你曾经想过要问我一件什么事情吗？"

她不解地摇了摇头。

"要知道，你直到今天以前还并不知道我的名字。如果你愿意知道的话，我想，我应该作一个虽然已经为时太晚的自我介绍。"

她迅速地闪动了一下眼睛，但是并没有流露出自己真实的心情："不必了，我早已经知道了。"

我感到万分惊讶："你怎么会知道呢？我从来没有机会告诉你呀！"

"却有别人告诉我了。"

"谁？"

"我不太想让你知道这件事。"

"为什么？"

"可能对你不太好。"

"不会的。"

她望着苍茫的云海沉吟不语，嘴角挂着淡淡的微笑。

"请你相信我。你的任何话都不会对我有什么伤害。"

她望着那遥远的地方，惨然一笑："你叫李淮平……"

我的心跳动了起来："是的。"

她凝视着远方，似乎又不打算说下去了。

"但是请你告诉我，究竟谁会告诉你。"

她微微眯起那凝思远望的眼睛，回忆着那些遥远的往事："我不知道那个小红卫兵叫什么。那天，当你在客厅中盘问我的外祖父时，我就在门玻璃后看到并认出了你。当时，那个男孩子抽了我一皮带，说等会李淮平教训完了你爷爷再来教训你。那时，我就知道了你的名字。不过这个名字我却从来没有向谁说起过，直到今天，我也只是头一次提到它，李淮平。"

我的心像被鞭子抽了一下似的。我想和她一样地微笑，但是我的声音却发抖了："从那天以后，我的心再没有一天平静过，真的，没有一天！……"

"从那天以后，我的心却像燃烧过的灰一样的平静。"

南珊在叙述这些往事的时候，她的整个身心都和她那凝视的目光一样投在了遥远的天边。她完全不看我，好像我并不在她身边，她那些话不过是在自言自语而已。

一种痛悔与惭愧交加的心情残酷地折磨着我。但是在这样的岁数，我却必须把少年时代的回忆所唤起的任何一种感情都拼命克制住才行。

"我希望，不，我相信，那天晚上的抄家不会成为你生活中的转折……请你相信我的话，你应该永远是你！……"

"整个国家都发生了那样巨大的变化。我们谁也不可能，也不应该依然故我。"

她垂着眼帘，脸上显现着一种异乎寻常的平静和淡漠。

变化了，一切都变化了！曾经是那样的，今天变为这样。而失去的，也就永远不会再循环回来。现在我面前的这位成熟而刚毅的已近中年的妇女，曾经是一个多么天真活泼的女孩子。她曾经在我心中唤起了多少美好的憧憬啊！可是在那个无情的夜晚，我却亲手将它打得粉碎。多少年来，我梦想着重新见到她，梦想着恢复那已经失去的希望。然而直到今天，她才为时已晚地回到我的面前。而命运使她重新回来，似乎也只不过是为了向我证实：十五年前的那个少女已经不复存在，而我那少年之梦的任何一点影子，也永远不会再出现了。变化了，一切都变化了！但是使生活这样逆转的原因和力量究竟何在？而我那毁灭性的无情，又究竟是为了什么？

人间的一切，就是这样地难解！

南珊轻轻叹了一口气，慢慢转身看着我。

"你还记得吗？当我们第一次见面的时候，我们曾经讨论过一个题目？"

我茫然地看着她，痛苦地感到自己无法去回想起那个题目。不错，那次林中谈话的愉快情景至今还如此清晰地留在我的脑海里，但那次谈话的内容却几乎一点也记不清了。

"怎么？一点印象也没有了么？"

我惭愧地摇了摇头："我确实记不清了。"

南珊用责备的眼睛审视着我："这样的题目怎么能轻易就放弃掉？你怎么能随随便便就把你关于文明与野蛮所讲的那些那样出色的话忘记了呢？"

"对的，当时我们是谈到了这样一个题目：关于文明和野蛮。但是，我却得承认，我从来就没有好好想过它。至于当时我讲的那些……不过是些……怎么说呢？我找不到合适的语言来说明我当时怎么会说出那样一些似是而非的话。"

她看着我，摇了摇头："不，你说的并不是一些似是而非的话。十五年前，当我责备人们总是用野蛮去破坏自己创造的文明时，你曾经向我说，文明和野蛮就像人和影子一样分不开。你说，在古希腊，人们正是在野蛮的掠夺战争中创造了美丽的希腊神话。你还说，那些把人类引进了文明的东西，也同样把人类引进战争：最初给人类带来文明的是铁，但正是铁制造了人类历史中几乎全部的武器。你问我：希腊神话是文明的故事呢？还是野蛮的故事？铁是文明的天使呢？还是战争的祸首？这一切都是你说的。假如这些都是你反复思索的结果，你怎么可能把它们忘掉呢？"

我真感到不知该说些什么才好。

南珊的感情已经被少年时代的往事激起了层层波澜。她的声音变得颤抖了：

"要知道，那都是一些发人深省的话啊。几千年来，人类为了建立起一个理想的文明而艰难奋斗，然而野蛮的事业却与文明齐头并进。人们在各种各样无穷无尽的斗争和冲突中，为了民族，为了国家，为了宗教，为了阶级，为了部族，为了党派，甚至仅仅为了村社和个人的爱欲而互相残杀。他们毫不痛惜地摧毁古老的大厦，似乎只是为了给新建的屋宇开辟一块地基。这一切，是好，还是坏？是是，还是非？这样反反复复的动力究竟是什么？这个过程的意义又究竟何在？"

我默默地注视着她，心中满含了泪水。她那真挚的谈吐又将我带回了那个难忘的林间空地。我多么希望她就这样讲下去，永远不停地讲下去啊！她深深地叹了一口气：

"你的那些话，就是这样深地启发了我。使我想了整整十五年。十五年来，你在我的记忆中模糊了，遗忘了，但你说的那些话在我心中却始终没有淡漠，没有泯灭，为了找到它的答案，我思索了这样久。可是今天当我再一次见到你，希望你能告诉我的时候，你却说你完全忘了，甚至说你根本就没有很好地想过。难道，它不值得一切人都去好好思索一下吗？"

我的感情受到了莫大的冲击，一滴冰冻的泪水顺着我的脸颊滚了下来。但我丝毫也不想掩饰自己的冲动，我用发哽的嗓子说道："我应该……感谢……你的看重，但是我……不能再为你说任何有价值的话……因为只有认真思索过的人，才有权利回答，而我……"

"是的，既然你从来没有很好地想过，当然什么也不必说。"

我深深地吁了一口气："可是请你告诉我……在思索了十五年以后，你究竟……领悟到了些什么，你可能在什么地方……找到它最后的答案。"

她否定地摇了摇头："远不是一切问题都能最后讲清楚。尤其是当我们试图用好和坏这样的概念去解释历史的时候，我们可能永远也找不到答案。"

在我们之间，从此就永远结束了这个难以穷究的题目。但是我却相信，它再也不会有比南珊说的更好的答案。

此刻，落日正迅速地向天边接近。南珊的全身都和我们脚下的巉岩翠顶一样被染上了一层金色。

我开始想起她的外祖父。很久以来，我一直梦想着有一天能使楚轩吾与我父亲重新见面。

"你的姥爷——姥姥都好吧？一九七六年冬天，我曾到灵隐胡同七十三号去找过你们，但那时你们已经不在北京了。十几年来，我一直希望能重新见到楚老，因为我有一些事情想告诉他。这些事肯定是他非常想知道的。"

"已经晚了。"南珊轻轻叹了一口气，"就在你去的那年，一九七六年一月，我的姥爷——姥姥在宜兴老家相继去世了。当时我正在无锡的医院里，突然接到姥姥病逝的消息。可是当我请假赶回宜兴时，只仅仅赶上和姥爷见了一面。那一年的冬天特别冷，两位老人都得了感冒……现在，四年已经过去了。"

"老人临终留下什么话了吗？"

"什么也没有说。只是在弥留的时候，要我将他的骨灰与姥姥合葬。"

我深深叹了一口气，我再也没有希望见到楚轩吾了。

"老人的丧事办得还好吧？"

"还好。当时琛琛也不在家，多亏了乡亲们帮助……"

"真难得……"我不能再说什么。楚轩吾去世的消息，使我陷入了无边无际的沉思。

"对了，忘了告诉你，我的父亲已经回国了。"

"啊，他在国外的三十多年是怎么过来的？"想到在碾庄突围的苏子明还在，我感到一阵由衷的高兴。

"他跟着李弥逃到缅甸不久，就脱离了军队，重新搞他的电讯专业，他的专业是由于抗战爆发而中断的。不久，他便与我母亲一道由香港迁居法国。在布勒斯牡一家电讯公司任职。一九五七年，他在日内瓦见到了国内的老同学，才和我姥爷姥姥联系上。后来为了让琛琛能在国内受教育，又在五九年通过华沙将他送回了国内。从一九七一年开始，他一直申请回国探亲，由于我们一家缺乏政治影响而始终未能如愿。直至一九七七年，由于侨务政策的变化，他才终于在前年回到了祖国的怀抱。"

"你的母亲呢？她没有回国么？"

"她没有能够回来。我的姥爷姥姥亡故后，她非常痛苦。就在那年春天，她以五十五岁的高龄驾车外出，在巴黎郊区死于车祸。从她生我到她去世，除了一些照片和袖珍电影的片断外，我从来也没有见到过她。"

她在讲这些话的时候，神色是冷静的，语调是平淡的。但是在那平静的话语中，我却清清楚楚地看到了一颗痛楚的心。

"那么南琛呢？他现在很好吧？"

南珊沉思的脸上这时才浮现出一丝亲切的微笑。她迅速地看了我一眼，说：

"他在北京的电厂里当工人，生活得很美满。去年秋天，中秋月圆的时候，他和一个姑娘在相爱了四年以后结婚了。"

"真好……"

我们一同看着远方苍茫的云海，都不再说什么了。

这时，从月观峰的山坡上远远传来一片欢呼声。我和南珊一同向那边望去，只见火红的夕阳正悬挂在万里云海上，开始向天空投射出无比绚烂的光辉。青色、红色、金色、紫色的万丈光芒，像一面巨大无比的轻纱薄幔，在整个西部天空舒展开来，把半个天穹都铺满了。无边无际的云海，在这美丽天光的辉映下，全部染上了层层深浅不同的玫瑰色，引起了人们的赞叹和惊呼。奇观开始了。

我们一言不发地注视着那火红的光轮在下沉，下沉，沉向波涛汹涌的云海之中。

我从来没有见过落日像今天这样巨大，浑圆，清晰。它平稳地，缓慢地，然而却是雷霆万钧地在西方碧青色的天边旋转着，把它伟大的身躯懒洋洋地躺倒下去，沉向宇宙的另一边，这光轮在进入云涛之前，骄傲地放射出它的全部光辉，把整个天空映得光彩夺目，使云海与岱顶全都被镀上了一层金色。

此刻，整个月观峰在这光辉的强烈进射中已成为一个漆黑的轮廓。峰面上的望亭和山坡上的游人全部成了镶上金边的剪影。人们就站在那金碧辉煌的天幕上，向着夕阳的光辉做出各种各样的仪态和动作。

他们有的被这壮丽的景色震慑得仁立着，一动也不动；有的向着夕阳高举双手，发出胸襟深处的赞美和欢呼。几个外国人和摄影爱好者，正紧张地用电影摄影机和照相机拍下这绚丽的景色。在人群的最边缘，长老宽大的衣袖在晚风中拂动着，上尉则作着种种手势，他们谈得十分投机。

我和南珊并肩站在天街中央，静静注视着月观峰和夕阳。从那边，各种语言的赞美和感叹不断传来。

"着火了……宇宙在燃烧……"

"阿波罗！伟大的火神……"

"先知普罗米修斯就是从那里面盗取天火的吗？……"

"那不是火，是可怕的核能……"

"……"

到处感叹不已，到处赞口不绝。上尉挽住长老，胳膊在金色的天空中划了一个很大的弧形，说了句什么。长老不以为然地摇了摇头。远远传来上尉咯咯的快活笑声。

这时，凝固的波涛在天边处突然断裂开来，就像一张猛兽的嘴，开始把血红的太阳吞噬下去。那西垂的夕阳似乎知道自己必然还会回来。所以并不留连末路，并不顾盼人间。它毫不理会那些渺小人类对它的赞美和欢呼，懒洋洋地躺在金色的波涛上，从容不迫地沉入那狰狞的兽吻。与此同时，它仰着半张通红的脸，傲慢地向天空投射出最后的光辉。云海开始飞快地变暗下去。

一个穿着紧身皮上衣，扎着宽大腰带的外国女子，在凋残的落日面前好像感到了难以忍受的痛苦。她双手紧紧抱在胸前，紧张地注视着太阳的沉落。当太阳凋零残破，已经化为几痕血色的时候，她突然抓住烫卷的长发。紧紧地捂住脸，竟唔唔地痛哭起来。

谁也没有理会她的多愁善感，人们继续向着太阳发出快活的欢叫。

终于，云涛合拢了阴暗的嘴，太阳完全沉没了。

当最后一线晚霞在天际消失的时候，我听到南珊在我身边发出了一声轻轻的叹息！

"它还会重新升起来的。"我说。

"不，它正在升起来。"

"你是说在他们的国度吗？"

她看着散布在月观峰上的那些外国人："是的。"

"但是在那里它很快也会下沉。"

"那时，它就会在我们这里升起来。"

"我相信。"我肯定地看着她。

"我也相信，"南珊仰起脸。我们对视着，交换着会心的目光。

此刻，我的心情是这样平静，好像我自己已经溶解在这安谧的黄昏中了。

"但是并非一切事情都能这样周而复始。在十五年前的那个清晨，我们谁也想不到会有今天这样的黄昏，而今天的黄昏又将向我们预示着什么样的清晨呢？"

"这么说，你相信人的生命是不能循环的。"她微笑地看着我。

"我坚信这一点。你呢？"

"我不能肯定，因为我无法知道生命以后的事情。但是有一个人却能给你指点另一个世界。"

"是他吗？"

"对。"

我们一同转过脸，向月观峰那边望去。在渐渐暗淡下去的暮色中，那位仙风缥缈的南岳长者正端然直立在山坡上，听着身边的上尉在向他谈着什么。而这时，游人们已经开始零零落落地返回了。

"你相信？"我想起她十二年前在火车上讲的话。

她无言地笑了笑。

"十二年前，我在火车上曾听到你讲起过上帝。也可能，在信仰上你与上尉他们是共同的。"

"不，并不是那样。"她把脸转向我，"在信仰问题上，我们中华民族自己有着更好的传统。十几个世纪以来，西方的各种宗教像浪潮一样冲刷过中国的国土。印度的，希腊的，犹太的，罗马的，还有阿拉伯的和拜占庭的，却始终未能征服我们这个民族。中国人那种知天达命的自信和对于生死浮沉的豁达态度，成了中国儒家风范中许多最优秀的传统之一。你可能以为我在外国找到了心灵的寄托，可是我的感情却一直更倾向于自己的祖先。"

"这么说。我们的信仰是共同的了？"

"可能吧，"她看着我，嘴角挂着未置可否的微笑。

天空残留着微薄的光明。茫茫无际的云海一失去阳光的照射，便开始喷涌而起，缓缓漫上山顶。凉嗖嗖的雾气一阵又一阵向我们身上袭来。

外国人夹在游客中，三三两两地踏着薄雾走过我们面前。他们大多向我们笑笑，便礼貌地走过去。

这时，一位穿着深红色短皮大衣的中年女人陪着那个被日落感动得掉泪的年轻女子走了过来。她们双双在我们面前停下了。

"能告诉我们他是你的什么人吗？"那个深红色的女人问南珊。

"一位分手多年的朋友。"南珊用英语简短地回答了她，同时亲切地示意我。我把那位中年女人伸过来的手握住了。

"您真幸福。要知道南是很动人的。"她说。

"是的，我一直都这样认为，夫人。"我也用英语回答了她。

"祝福您，军官。"

"谢谢。"

那个眼中仍然闪着泪花的年轻女子也走上前来："我也祝福你们。"

"谢谢！"

她们极为亲切地吻别了南珊，也离去了。

当游人几乎全部走尽的时候，南岳长老和波西宁上尉才从南天门慢慢地踱了过来。这位无所不晓的长者显然已经用他那高渺的风度强烈地吸引了这位年轻的外国军官。上尉一边走，一边精力充沛地用各种手势帮助他并用不纯熟的英语向凝神细听的长老讲着什么。我和南珊默默地注视着他们信步前来。

"……在古埃及，它叫阿顿。在古希腊，它叫阿波罗。在古阿拉伯，它叫阿拉。不管在什么地方，它的名字总是以第一字母阿为开头的。那么是不是在古代的时候，人们到处都尊它为万物之首？"

"不，在古中国。就从来没有什么太阳神。"

"据说中国的太阳神叫夸父。"

"他不是太阳神。他只不过是一个追逐太阳的神人。"

"难道中国从来没有关于太阳的传说吗？"

"当然有。中国人传说古时候天上有十个太阳，后来月神的丈夫将它们射下了九个……"

"喔！地面上没有起火吗？就像……"上尉做了一个轰炸的手势，"凝固汽油弹一样？"

长老笑道："不。掉下来的不过是九只死去的乌鸦。"

"乌鸦？"上尉大为惊奇，"那是太阳的化身吗？那是多么难看的鸟啊！……一种……杂食类。"

"然而在古代它却被人们尊为神鸟。就像青蛙……一种很难看的青蛙被尊为月亮的化身一样。"

"为什么？"

"不清楚。大概以其响亮的叫声吧。"

他们大笑着，在我们面前站住了。我和南珊向他们点了点头。

长老用和善的目光看着南珊："看起来，你们两个都是头一次上泰山吧？"

"不，在我很小的时候曾经和外祖父母一起来过。"

"那是哪一年？"

"一九五四年，我六岁。我记得，那时山上的一切都非常陈旧。"

"现在呢？"

"现在到处焕然一新，但却显得浮浅多了。"

"是呵。不过那时又何尝不浮浅！"

南珊敬重地点了点头："长老，我明白您的意思……"

的确，对于祖国文物的遭遇和民族文化的变迁，南珊与长老是会心的。

"你们刚才在谈什么？"我问上尉。

"太阳神。"

"你们好像有争论？"

他耸耸肩膀："我无法全部听懂他的话。"

南珊笑了："在来路上，您就对全世界的太阳都很感兴趣。那还是由我来充当这些太阳的中介吧！"

"是的。我去过爪哇，去过孟买，也去过麦加和耶路撒冷，我到处都看到人们跪在高山和沙滩上向着旭日与夕阳高声祈祷。"

"那是很壮观的。"我说。

"也很神秘。"

"那么你呢？你自己也崇拜太阳么？"南珊问。

"我在科学观念是崇拜它对地球的贡献，但在宗教上不是这样。"

"你在宗教上崇拜什么呢？"

上尉指指正在变暗下去的天空："当然是上帝。"

我抬起头看看空空荡荡的天幕。我知道，那里面有无数个由亿万颗日月星球组成的银河系。但是世界上却有许许多多这样的人，他们之中包括了上尉，长老，或许还有南珊——虽然她绝不会承认——以及绝大多数的人类，却相信在那个由幂数无穷大的光年所维系的引力场的中心，还有着一位至高无上者。这位至高无上者就生存于那个绝对没有空气、水、光线和温度的冰冷阴暗的宇宙中，并且主宰着一切。

我从来就没有感觉过那个世界的存在，可是对于他们来说，那个世界却是存在着的。

南珊冷静地看了看他，突然说道："您这样的军官大概都是相信上帝的。但是你们却用手枪打碎了多少无价之宝的脑袋。"

我惊奇地看到她的神情是严肃的。

"请您原谅，南，我还年轻，并没有参加战争的机会。"

"你会有这个机会的，并且很容易与你现在的朋友在战场上相逢。"她说的显然是我。

"南珊，我希望那是做为盟军而不是做为敌人。"

"是的，"上尉挽住我的胳膊，"你不能预言我们两国会发生战争。"

南珊直视着我们："这不合逻辑。军人之间是天生的敌人，你们的存在就是为了准备在战场上打死那些和你们一模一样的人。"

上尉无可奈何地翘起了小胡子："那也只好听天由命：我打死他，或者他打死我，因为大家都在尽自己的本分和天职。不过——"他亲热地搂住我的肩膀，"要是李向我开枪，我很高兴。"

"要是由你来开枪呢！"南珊坚持道。

"只要他穿着军装，我也很高兴向他射击。但是对您我却不会。射击平民是可耻的。不可理解吗！南？"

南珊不动声色地摇了摇头："那是可怕的。"

"是的，那是可怕的。"我听出我的声音在发抖。

这不是死亡的恐惧，而是屠杀的恐惧。因为我根本没有去想波西宁上尉用微笑的枪口对准我是什么情景。我想的是我自己，是一幅我在灵隐胡同七十三号的客厅中。用枪口微笑地对准那个默默无言的少女的可怕情景，这情景是突然在我心中浮现出来的，然而却并不是不可能发生的。虽然它荒唐透顶。

长老显然不赞成我们三个年轻人进行这种无知的对话。他向着上尉问道："你的太阳神呢？你坚持太阳的崇高，可是又不崇拜它。你对太阳的传说充满了兴趣，却去大谈战争。"他不满意地摇了摇头，"既然你认为东方文明与西方文明有一个共同的起源，那你就应该证明你是对的。至于战争，等它打过来的时候再说吧。"

上尉抱歉地将右手放在胸前："对不起，我们现在就结束这场战争。"

"怎么，你也是一个文明共源论者吗！"南珊好奇地看着他。

"是的，好像坚信这一点。我认为人类的一切都起源于太阳。不但整个地球上的生命都不过是转化了的太阳能，而且人类的一切精神文明，也都是以太阳为对象开始的。"

"所以，你认为太阳崇拜是人类原始宗教的共同形式？"

"是的，但是神父却向我断言古代中国绝对没有太阳教。或许，中国的太阳教还没有被发现。"

南珊用肯定的语气说道："上尉先生，我敢说你这种不凭考据而凭睡信的历史观是错了。太阳崇拜在一切民族那里都不是最早的宗教形式，甚至有原始部落的图腾崇拜之中，也很少有以太阳为对象的。你在世界各地看到的，不过是很晚才形成的拜火教。而在几种最古老的宗教中，太阳都并不占有重要的位置。就说阿波罗吧，他并不是一个上帝，他只是一个众神。更何况希腊神话还只是一系列的神话而已，那还远远不是一个成熟的宗教。"她和善地看着上尉，"看来您完全没有了解神的一元性在宗教史上的地位。这是区别宗教与神话的一个准绳。"

长老满意地看着南珊："而且，真正统治着古代埃及的也不是阿顿，而是另一个神——阿蒙。而阿蒙并不是太阳。阿顿的统治地位，只在阿蒙的历史中维持了不到三十年。"

"那阿蒙是什么呢？"

"可能是某一个星辰，但在本质上是一个非常抽象的不变真理。"

他们的谈话，引起了我莫大的兴趣。然而我却未能加入这玄奥的交谈。当然，我完全可以用自然科学的知识对宗教进行驳难，也可以用唯物主义的理论与它争辩，但是我不能谈论它本身，我不可能怀着和他们一样的心情去谈论它的起源，历史，现状，以及它在整个人类文明史中所发生的异常复杂的作用，因为我的宗教知识太贫乏了。对于这个我永远也难于理解有题目，我只能站在一旁，怀着一种钦羡与自愧的心情保持缄默。

"那么，东方与西方的文明是否可能有一个共同的起源呢？"上尉问。

"这有待于考证原始人类是如何迁徙和联系的。"

"这方面的材料不多么？"

"不多，四十年前，我注意过这个问题的争论。然而四十年来，这方面的发现却几乎毫无进展。"

南珊显然为长老将自己的学识藏之名山而深感惋惜："这四十年如果您是在讲学，不知会唤起多少学生对这个问题的注意。"

长老捋着胡须笑笑："我与学术已经隔绝多年。如果能讲经那倒很好，至于讲学，不会了。"

"师父在说什么？"上尉问。

南珊告诉了他。

"但是请您告诉我，"上尉问长老，"如果不是太阳，那么究竟又是什么对人类文明的产生起了决定性影响的呢？"

长老笑而未答，却转向南珊："你说呢？"

南珊略微想了一下，答道："河流。"

长老再一次满意地点了点头。而我马上也明白了。

南珊向上尉说道："河流几乎哺育了世界上全部最古老的文明。如果没有恒河，就不会有古印度；没有尼罗河，就不会有古埃及；没有幼发拉底河和底格里斯河，就不会有古巴比伦；而没有黄河，也就不会有古中国。没有河流，就没有农业，也就不会有民族文明的形成。所以，在那样多的考古发掘中，尽管类人猿的踪迹几乎遍布旧大陆，可是当原始人类进入新石器时代以后，人们便在各条最伟大的江河流域定居了下来。上尉，人类文明的起源是一个非常复杂的问题。但是有一点却可以肯定，这就是在人类文明的发生和发展上，河流比太阳起了更直接的作用。"

上尉像任何认真的提问者一样，本能地寻找着这答案可能存在的漏洞："那么古希腊呢？要知道欧洲唯一的一条大河是多瑙河，而它离巴尔干的南端还很远。是哪条河流哺育了古希腊的文明呢？"

南珊毫不犹豫地答道："是地中海。地中海哺育了克里特岛的米诺斯文化。不过这个晚得多的文化不是一个农业文明而是一个商业文明，它是作为联结几个伟大的最古文明的纽带而存在的。希腊人的成就繁荣而巨大。然而发人文之端的，不是他们，而是早已灭亡的巴比伦人、埃及人、印度人，以及至今犹存的中国人。"

长老异常慈祥地看着她："你不再坚持东西方文明的共同起源了吧？"

南珊却笑了起来："正相反，我们自己倒全部成了同源论的信徒了。不过我们坚持的不是天上的火。而是地上的水。"

上尉的神情早已变得非常谦逊而肃穆。他自语般地喃喃而言："了不起的中国人！自从踏上你们的国土，我就为你们这个民族的优美性格惊叹。而现在，我终于信服了你们的伟大祖先所遗留给你们的天然禀赋！"

"您认为我们这个民族有着什么样的天然禀赋呢？"

"庄重，礼貌，文雅，博学，每个人都像是一个学者。南，我钦佩你的聪慧，更崇敬师父的渊博！"

南珊笑着将上尉的意思转告了长老，老人爽朗地笑了起来。

我默默地注视着他们这水乳交融般的谈话。这是三个多么不同的人啊！他们属于不同的民族，有着不同的语言，不同的传统，不同的年龄，不同的性格，不同的身份和不同的经历。而且他们的信仰也是多么的不同。然而却有一种无形的力量使他们热烈地聚合在一起，彼此襟怀相见，谈得这样投机。这是一种什么力量？我凭我的直觉意识到，那力量是简单而有力气。这就是：对于真理的共同追求，对于正义的共同热爱，对于人类文明的共同景慕，以及对于世界未来的共同责任感，使他们在心底深处感到彼此是同样的人。我看着在交谈中侃侃而言的南珊，心中开始产生一种异常深刻的感觉。我好像突然发现我一向以为只是洁身自好的南珊，实际上完全不是一个孤身独处在这个世界上的人。不，她并不孤独。在这个世界上，她除了用自己沉静的善意和诚挚的胸怀与身边的一切人都相处得很好以外。还有一条心灵深处的纽带，使她与这样一种人紧密地联结在一起。这种人广泛而众多。虽然他们分散在这个广大的世界上，但是同样一种风尚，一种人类所固有的正直、理智、善良和刚毅的崇高风尚却在他们的身上形成了一种永远也不可战胜的力量。正是由于他们的存在，才使得这个世界显得充满了希望。在他们之中，荟集了人类多少最优秀的精华啊！

是的，南珊并不孤独。她是生活在他们之中的。

现在，太阳已经带着它的全部光辉旋转到了世界的另一面。不知不觉中，我们四个人和整个泰山都一起沉浸在了弥漫的夜雾之中。

"李，"上尉亲切地拍拍我的肩："为什么不参加我们的交谈？"

"我不能。您知道，任何宗教对于我都是陌生的。"

"唔！——你是共产党员吗？"

"在我们的国家中，全部军官都是共产党员。"

他用友好的眼睛看着我："我很高兴。我钦佩共产主义者们。我认为你们是人类中另一部分充满了理想和献身精神的人。当然，你们相信阶级斗争的学说，而我们相信论理与道德的力量。但不同的意识形态不应妨碍我们互相谅解与合作。那么，让我们在和平的事业中为保卫人类文明而携起手来吧，上帝和马克思大概都会同意我们这一代不发生冲突。"

我诚恳地笑道："恐怕你低估了我们的战斗性。但是尽管阶级斗争的学说在我们的纲领中根深蒂固，今天我仍然要说：但愿如此。"

除了长老对于战争保持绝对的缄默，上尉、我和南珊一起笑了起来。我不知道南珊在笑声中想到了什么没有，但我在自己的笑声中却绝不认为事实还会和这种谈笑一样的轻松。

终于，上尉看了看自己的手表，说道："真对不起，我应该向你们告辞了。"

我也看看自己的表，已经是九点整。

上尉和善地看着我："认识你我非常高兴，让我们在这个星球的两端永远做朋友吧。"

"我衷心地赞成。"我们伸出手，紧紧地握住了。

上尉又带着十分敬重的神情转向长老，向他说道："尊敬的师父，我在这神话般的高山上认识了您，使我深感幸运。您将是我终生不能忘怀的一位长者。如果说，南像那黑龙潭的流水一样清澈的话，您就像这座中国的奥林匹斯山一样的崇高。将来会有一天，我要拿起笔来写下在中国的印象。那时候，请您允许我在我的著作中向您祝福和致敬。"

长老没有说任何谦逊和致谢的话，他只是深沉地看着上尉，合起双掌，用一句任何一个外国人都难以理解的话回答了上尉那感人的致辞：

"阿弥陀佛……"

南珊深情地看了看老人，向上尉解释道："这是佛教中的一位福神。祷念他的名字，是中国一句古老的祝福吉祥的话。"

上尉受到了深深的感动。他把一只手放在胸前，虔诚地低下头，也说了一句同样简短而难解的欧洲古老成语。

南珊说："上尉愿神保佑我们大家。"

我们都不再说什么，默默地目送着上尉转身走去。他大步踏上了通向宾馆的小道，在暮色中消失了。

长老转身看着我们，问道："我不知道在你们的生活中发生了什么事情。假如我没有看错的话，你们曾经可以得到一种幸福的生活而没有得到。现在，你们为失去它而感到痛惜。是这样吗？"

　　我和南珊怆然默视着他，什么话也无法说。

　　"我看得出来，你们都是很好的人。生活的蹉跎坎坷是任何人都会有的，但是一个人只要正直而坚强，善良而聪慧，这就好。年轻人，一个超凡脱俗，心无牵累的人，他没有痛苦，但也没有幸福。而一个事事满足的人，也会在永恒的幸福中沉寂。只有痛苦与幸福的因果循环，才造成了丰富的人生。李淮平，生活对你是仁慈的。我想，某些无情的事总会给你带来一些收益。愿你在想到这一点的时候，心灵能有所慰藉。"

　　这些话对我是宝贵的，尤其是当我的感情这样不稳的时候。我感激地点了点头。

　　长老最后无比深情地转向南珊，颔首注视了她一会儿，然后说道："你是个好孩子。我相信，你的道路会是走得最好的一个。"

　　南珊用极为感动的眼睛看着长老，但什么也没有回答。

　　长老不再说什么，他合起双掌表示了祝福和告辞，便踏着夜雾沿天街向碧霞祠走去。他那飘然的身影，也渐渐在苍茫的夜雾中消失了。

　　岔路口上，重新剩下了我和南珊两个人。

　　一轮圆月，悄悄地在弥漫的雾霭中浮现了出来，向山顶投射出银色的光辉。我看着静静伫立在那里的南珊，感情的浪潮开始剧烈地冲击着我的胸膛。从她那冷静的神态上，我好像已经感觉到，她正在等待着与我告辞。而辞别以后，她便将永远消失在这个世界上。那时，我将再也看不到这个在我的人生中留下了多少难忘往事的南珊了。然而我却找不到任何合适的话向她说。

　　南珊慢慢转过脸，眼中闪动着明亮的月光看着我，等待着我说什么。这使我鼓起了勇气。

　　"南珊，"

　　"嗯？"

　　"这次分手以后，我们还再见面吗？"

　　她静静地摇摇头，温和而肯定地说："我想，不会再见面了。"

　　"为什么？"我的心受到了轻微而有力的一击。

　　"我们已经有了四次巧遇。这样的巧遇还可能更多么？"

"如果我们约会呢？要知道，我们应该有四百次会面的，但我们都失去了。"

"我们都已经不是青年人了。在这样的年纪，你认为约会还是合适的么？"她的声音中带着几乎觉察不到的微笑。但我知道那微笑是做作的。

"不，你应该再见到我。因为我有许多话要向你说，有许多事情要告诉你。"

"我不认为那很重要。"

"可是你并不知道我想告诉你些什么。关于……"

"但我知道那并不是必须要说的事情。"

"所以，你根本不打算再听我说什么了。"

她看着我："是的。"

一种难过的感情袭击了我的心头，我无法再抑制自己的冲动，声音变得急促了："不，这不可能！这不是你的心里话，这拒绝对你自己也是一样的无情！南珊，你从前受过我那样的对待，难道你连一个歉意的表示都不想看到吗？这不可能。那天，我清清楚楚地看到你哭了。这是什么？是你感情淡漠的证明吗？不，正相反。你为什么要这样压抑你自己呢？不要再继续这样做了，解放自己的心吧！楚老也这样为你担过心的。更何况我要告诉你的，是你们家族……"

感情激起的波澜，使她难过得低下了头。她打断了我的话："你不要再说了，我什么也不需要听。"

"恨我们吗？"

"不！"

"轻视我们？"

"也不。"

"那么是厌恶？"

她仍然摇摇头："更不。"

"那到底为什么？"

她重新坚强地抬起头来，勇敢地直视着我的眼睛："三十二年前，也就是一九四八年冬天，在你和我出生的那个时候，我的外祖父曾经在淮海战场上做过你父亲的俘虏。这些话，你原来打算告诉我爷爷的，现在则打算告诉我，是么？"

我被这出人意料的话问住了。她竟一语道出了我等待了十几年想要告诉她的事情。

"关于我舅舅的处死，关于我父亲的突围，关于我姥爷的投降，所有这一切，都是我姥爷自己告诉你的，你今天又打算告诉我。你难道从来就没有想到过，这些人都是我的亲属，而这些事都是我的家世。这样一些难忘的家族历史，你能知道而我自己竟会不知道。你认为这是合乎情理的吗？"

我无言以对。

"你应该知道，这些历史对于我们这个家庭来说是悲惨的回忆。我们不能忘记它，但也不愿常去提起。尤其是在外人面前。我的外祖父有沉痛的人生经历，他的后半生完全陷在懊悔与沉思之中。那天晚上，当你追问他过去的那些历史时，你可能根本无法体会，那对人的心灵是一种什么样的折磨。对于这些情况，我知道的太多了。你不能体会，我是多么同情这个老人。这并非由于我是他的外孙女。不，我是站在一个晚辈的立场上来看待过去的人们的。我的长辈们曾先后走向革命——排满，讨袁，护法，北伐，一直到内战。他们轻生奋进，至死不渝，却先后自相攻杀，沦落歧路。这段历史太沉痛了。它与你父亲的辉煌历史是根本不同的。当你把这两种历史联系到一起的时候，你是在抚摸未愈的创伤。所以，我请求你，历史过去了，让我们把它记在心里——永远记住。只是最好不要再去提它，免得刺痛一些无辜的心。"

我不能再提此事了。但是我仍然不能不解除自己的疑惑："可你怎么知道接待你外祖父的李参谋长恰恰是我的父亲呢？"

南珊看着我："你也真是。你以为你那天作为李参谋长的儿子表现得还不充分吗？当时，你那么急切地追问战场上的细节，在听到你父亲的种种情况时又流露出那么兴奋的神情。再加上你们父子相貌上的酷似。都使外祖父渐渐省悟到了这一点。但这件事给他带来的是更深的痛苦，因为他感到共产党人可能永远也不会谅解他了。那一夜你们走后，我们全家人的心情都很乱。但是外祖父仍然向我们追述了他和李参谋长的那一段历史，并说出了你可能是他的儿子。当时我默默地听着，并把这一切都牢牢地记住了。你知道，这巧合在我又更多一层。不过我却始终没有告诉姥爷我早已认识你。这种巧合，在你的生活中可能是件很有趣的事情，可是对于我们，可远远不是这样。"

我深深叹了一口气："真想不到，我等待了十几年要告诉你的事情，你只比我晚知道了几个小时。关于我，老人有什么表示吗？"

"他倒是很看重你，称赞你胆大敢为，刚直果断，认为你是个值得器重的年轻人。但他说在你身上看不到你父亲当年那种沉稳持重和虚怀若谷的风范。他说你阅历太浅，城府不深，甚至担心你在真的走入生活后会消沉起来，因为你那种锋芒毕露的作风太容易被击中了。你后来果真是那样吗？"

"是那样的。楚老的预言完全对……"

"那可真有意思。"南珊的眼睛在月色下又闪现出她特有的那种微笑。这笑容几乎和她十五年前在树林中的那种天真的得意神情一模一样。"不过那时他对你的最大担心是他看出一种迹象，就是你们那样狂热地投身于自己毫不了解的事业，未免太轻率了。他叹息说，辛亥以来，有许多热血青年都是这样投身于各种各样的政治潮流中去的，结果却是国家在整整半个世纪中陷于不断的战乱。他说，我们这个国家走向稳定非常不容易，但愿你们的不慎不至于又给国家铸成大错。现在看起来，他的这个担心倒是多余了，但他的心愿总算没有落空。"

听了这些，我对楚老的胸怀深为感动。

"可是南珊，虽然我要说的事情你都已经知道了，但我的心情你却不能体会。我并不是一个铁石心肠的人。你应该理解，那件事，就是那次抄家，它对于我一直都是一个不小的折磨。你应该给我一个解脱的机会。"

她真诚地看着我，轻轻叹了一口气："真想不到，你把那些微不足道的事情看得这样沉重。其实，如果公正地看待你们的话，我更感激你们。在那个时候，当整个社会都被敌视和警惕武装起来的时候，你们能那样对待我们一家人，应该说是很难得了。真的，你在那件事中给我的印象是相当好的。毕竟，你是抛弃了自己的一切在为理想而战斗，虽然它并不正确。"

"不，这不是真话。我相信你没有怨恨，这你大概还没有学会，但是我却不能相信你没有痛苦。要知道，那是什么样的冲击啊！家庭被侵犯了，生活被破坏了，感情受到了蹂躏，尊严受到了践踏……而且，我看到你落了泪！南珊，我要求你，丢掉你的宽容，拿出你应有的哀怨和愤怒来！无论是在法律上还是在道义上，你都有这样的权利，这样我也会好受一些。"

"破坏的，可以恢复；撕碎的，可以弥合。你以为那样一次冲击，就能使人永远不息地悲伤下去吗？"

"能的！多少人都是这样留下了永远也医治不好的创伤。抄家，那仅仅是抄家吗？那些印满私人情感和家庭往事的财物，一去不返……是我们破坏了你们生活的宁静与和谐……"

她再一次笑起来："别再说傻话了。"

现在，我只有缄口不言了。我已经看出来，虽然我自己的情绪从那次抄家以后就一直陷入痛苦的波澜中，可是南珊却在第一次冲击以后就镇静了下来。不，她并不需要任何抱歉和悔恨的表示，因为她的心从来就不曾在那件事情上徘徊过。

雾气夹杂着冰凉的细小水点一阵又一阵向我们脸上扑来，月亮在弥漫的夜雾中时隐时现。

我们沉默着。从宾馆那边，远远传来一阵笑声。大概是那群外国人在宾馆门外与一群中国游客欢聚了。

南珊向那边看了一眼，轻轻说道："淮平，我们分手吧。"

我心中一阵惘然："现在？"

"对，现在。"她在迷蒙的月色中温和而亲切地看着我，把手伸了过来。我茫然地伸出手，十五年中第一次，也是平生第一次，把她的手紧紧地，紧紧地握住了。当我接住并握紧这只温暖的手时，我的心被深深地震动了。这是我未能得到，并且即将永远失去的她——那个少女和成年妇女的南珊所给予我的第一次友情的表示。我的心剧烈地颤抖着，久久也无法把她松开。

她被我的情绪感染着，震动着，顺从地把手留在我的手里，难过地低下了头。

"南珊！"我努力镇静着自己的声音，"十二年来，我在各种各样的情况下想起过你。有时，你使我坚强起来，有时你使我更加软弱……你要知道，我多么想成为你的朋友，然而我却没有能……"

"我已经承认了你是我的朋友，在刚才。"她的眼睛仍然看着附近的地面。

"可是你却拒绝和我再见面。"

"那有什么益处呢？"

"因为我渴望着有一天，"我斩钉截铁地说道，"我能成为你人生道路上的终生旅伴！"

南珊慢慢地抽回了手，抬起头来，用温情而责备的眼睛看着我：

"你错了，淮平。你应该看到，我们之间的一切都已经过去了。我们少年相识，成年重逢，这中间隔了整整一个青年时代。许多只能在这个时代发生的事情，都已经随着这个时代的过去而永远过去了。因此，你和我都应该面对这个现实。是的，我们之间有过三次难忘的会面，既然那些往事并没有成为我们美好未来的基础，那么我们何必一定要苦苦地纠缠它呢？要知道这笔痛苦的夙债对我们的精神是个多么沉重的负担！淮平，把一切都忘掉吧。要不是突然在这里又遇到你，我本来已经把你忘记了。所以请你接受我的劝告：把我也忘掉。为了忘掉那些往事，真的，我们以后再也不要见面了……"

"不，我不能！南珊，与你的结识对我的影响是不可磨灭的。这使我不可能、也不应该把你忘掉。你难道真的意识不到这点吗？你的出现，完全改变了我的生活。我不能！我不能忘掉这样一个人，她的出现，和我对她的做法，使我把人生最宝贵的幸福永远地失去了。"

"你指的是什么？"

"爱情。"

爱情，在我们相识了整整十五年以后，一直到现在，我才在我们之间第一次真正想到并说出了它。而当我在突然之间把它说出来的时候，这个甜蜜而无情的字眼把两颗早已不再年轻的心都深深地震动了。

南珊呆呆地看着我，眼睛在月光中闪着隐隐的泪花。

我什么也不能再说，怀着惜悔交加的心情与她那双泪水晶莹的眼睛对视着，等待着她可能说出的任何回答。

那泪水已经永远不会再掉出来，它消失了。

"我在等你的回答。"

"不，不是什么回答。我是要否定你的人生信念，对于你来说，那个信念太庸俗了。"

我从心底里心甘情愿地听到她这样的评语。恐怕再没有任何一句话能比这样的回答更使我的心感到亲切与平静的了。

"南珊，你说吧。"

"看来，你和那些庸夫俗子一样，认为情投意合的恋爱是人生最大的欢乐，而缠绵悱恻的婚姻是人生最大的幸福。不，你们错了。人生，就和整个人类历史的进程一样，是一个各种各样的复杂内容交替出现的漫长过程。在不同的阶段，便有不同的主题。我这样说，你能明白吗？在不同的历史阶段中，人类曾经创造了完全不同的文明：原始的传说，远古的神话，中古的宗教，近古的文学，和现代的科技。这些遗产都是同样的灿烂夺目，照耀着人类的幼年、童年、少年、青年和成年。它们装点并充实了各个不同的时代，甚至过去了几千年还令我们倾慕和神往。但是，如果我们颠倒它们，比如在今天还去编造原始时代的神话或中世纪的颂神诗，那就显得荒唐了。人生，也正是这佯。人在自己一生的各个阶段中，是有各种各样的内容的。它们能形成完全不同的幸福，价值都是同样的珍贵和巨大。幼年时父母的慈爱，童年时好奇心的满足，少年时荣誉心的树立，青年时爱情的热恋，壮年时奋斗的激情，中年时成功的喜悦，老年时受到晚辈敬重的尊严，以及暮年时回顾全部人生毫无悔恨与羞愧的那种安详而满意的心情：这一切，构成了人生全部可能的幸福。它们都能给我们带来巨大的欢乐，都能在我们的生活中留下珍贵的回忆。怎么能说人生只有爱情才是最宝贵的幸福呢？不错，贞洁的爱情对于年轻人的心是温暖而甜蜜的，甚至是崇高而神圣的，但它毕竟不是人生幸福的全部内容。在很多人那里，勤奋的创造和充满激情的奋斗给他们带来了更巨大而且更持久的幸福。在那浩瀚的书海中，对他们的描写还少吗？任何一个有抱负的人，对你来说，就是任何一个有志气的男子汉，都不应该不注意到这一点。也可能，你由于生活的激流转折得太急促而失去了青年时代的爱情，但是你并没有失去全部的人生幸福，也没有失去最大的。这就要看你是一个什么样的人，把什么事情看得对于人生最重要。长老说的是对的：痛苦与幸福的因果循环，才造成了丰富的人生。谁能得到那全部的幸福呢？不，没有任何一个人。我们在自己曲折的人生中常常由于得到这一个而失去下一个。现在，你把青年时代的幸福失去了——其实，失去这种幸福的人太多了——那么，你们的中年呢？淮平，你必须把那个使你庸弱的信念丢掉才行！青春是最美丽的，但并不是最宝贵的。在一个有所作为的人那里，壮年和中年才是真正的黄金时代，因为你在这时才真正地成熟了。我们的祖先说过：春华而秋实。现在，就正是你人生的秋天，这是一个果实累累的季节。它可能没有了花朵，但它却有着多么丰硕的收获。淮平，鲜花失去了，果实比它更好，爱情凋谢了，怀念却更鼓舞人。你说呢？"

我眼中早已满是泪水。

我不能再用任何缠绵的语言来回答她这样坚强的意志，我不能再用任何无力的举止来面对她这颗火热的心灵！南珊，她在我心中已经不再是一个名字和一个人，而是一种信念，一种对于我的人生正在开始发生无比巨大的影响力的崭新的信念！

我听任一颗泪水冰凉地挂在我的脸颊上，但我的心却是严肃而坚定的。

"南珊，我会把你的话……和你……永远记在我的心中，永远，永远……记在心中！"

她不再说什么，无言地伸出手，再一次和我紧紧地握住了……

雾，更浓了。月亮在大雾弥漫的天空中只映出一块微黄的亮影。

"南珊，"我注视着她。

"嗯？"她抬起头来。

"有一本书，你还记得吗？"

她闪动着眼睛："记得。"

"现在，这本书已经是你母亲的遗赠了。十五年来，我一直珍藏在身边。如果，你希望我还给你，我……"

"不，留给你做个纪念吧。"

我心中又涌过一层热浪："谢谢你，南珊。"

她的手与我紧紧握了一下，终于松开了。我的手心又感觉到了夜雾的凉意。她慢慢地后退了一步。我向她庄重地把手举到了帽沿上。

"再见，"她微微低了一下头。

"再见。"我注视着她。

她没有再看我，慢慢转过身，走下了通向宾馆的小路。她在昏暗中迈着轻盈而端庄的脚步，踏着秋草，很快地消失在苍茫的夜色中。当她在我的目力已经无法达到的地方踏上了宾馆的台阶时，在那远远传来的谈笑声中又开始响起南珊平静的声音。

我独自一人站在天街的岔口上，透过重重夜雾注视着南珊消失的地方，追记着她留给我的并没完全听懂的话语，此刻，我的心是平静、安详，而且充满了力量的。

从此，南珊便一去不返地从我的生活中远去了。而她在十五年中留给我的一切回忆和我那少年之梦的一切憧憬，也都随着她一起远去了。是的，往事已经过去；从今天开始，我们的视野应该转向更加广阔的未来。

（原载《十月》1981 年 1 期）

述评

礼平的中篇小说《晚霞消失的时候》发表于《十月》1981年第1期，反响热烈，不久即出版了单行本，持续发酵。许多读者都为作品的主人公南珊所深深吸引并感动；对作品中"我"所折射的"文化大革命"中一代人的遭际、命运的思考而产生了强烈的共鸣。然而，对作品的质疑和批评也从未中断。《青年文学》杂志社为此召开了专门的座谈会，会上不同意见的交锋相当热烈，作者礼平在会上也做了发言。30年后我们再次阅读这篇作品和考量当时的争议，既感到作品在跨过了时间的巨流后仍然具有较强的艺术魅力，同时也体认到了围绕作品的争议至今仍有价值。

小说以一年的春夏秋冬为结构线索和框架，以出身于军队高干家庭的高中学生"我"即李淮平与同龄的女青年南珊在一个春天的偶遇开笔；继而到了1966年的盛夏，李淮平率领红卫兵到一个国民党起义的旧军官家中抄家，再次遇到南珊而使冲突正面交锋，故事情节亦渐趋高潮；冬部写的是李淮平在送同学上山下乡的火车上第三次巧遇南珊，在李的激动中倾听到了南珊与外祖父平静而意味隽永的谈话；最后是在"文革"结束后一个秋天的黄昏里，李淮平与南珊在泰山南天门的天街上彼此相逢并最终分手，故事在读者的不舍与惋惜中戛然而止，从而留下了无尽的想象和思索。

在对作品的批评中，著名的哲学家、文艺理论家若水的文章《南珊的哲学》和《再谈南珊的哲学》为最有分量。文章虽是从小说的文本出发，却又远不限于文本本身，它所延伸的涉及到了人类文明、社会阶级、道德伦理等哲学层面的话题，内涵弘富，启人思考。

李淮平第一次见到南珊时就大发议论，他说，在野蛮的掠夺中人们创造了希腊神话，而铁给人带来文明的同时也制造了武器带来了战争。他问道："铁是文明的天使，还是战争的祸首？"南珊平静地回答说："几千年来，人类为了建立一个理想的文明而艰苦奋斗，然而野蛮的事业与文明齐头并进。人们为了民族，为了国家，为了宗教，为了阶级，为了部族，为了党派，甚至仅仅为了村社和个人的爱欲而互相残杀。他们毫不痛惜地摧毁古老的大厦，似乎只是为了给新建的屋宇开辟一块地基。这一切，是好，还是坏？是是，是非？……远不是一切问题都能最后讲清楚。尤其是当我们试图用好和坏这样的概念去解释历史的时候，我们可能永远也找不到答案。"

针对李淮平的困惑，特别是针对作品主人公南珊的理解和回答——实际上也是作者对这一问题的艺术阐述，若水批评道："道德不能解释历史，科学才能解释历史。解释历史的科学就是马克思主义的历史唯物论。历史唯物论用物质生活的生产来解释历史，这就解开了历史之谜。""南珊把一切战争都视为野蛮而加以谴责，不区别正义战争和非正义战争，不区别革命的暴力和反革命的暴力。""南珊的错误在于，她企图用一个固定不变抽象的道德尺子去衡量历史，而一旦这是行不通的时候，她就觉得要根本抛弃'好和坏''是和非'这样的概念。"

南珊的外祖父楚轩吾是引起争议的人物形象。有评论者指责作者美化了一个"罪恶累累的国民党战犯"；另有评论者批评说，作者描写的楚轩吾是个"淳厚正直"的人物形象，实际上是在宣扬"抽象的人性"。

若水的文章不赞成这种简单化的批评，他指出："楚轩吾在政治上属于国民党反动派的阵营，但这并不妨碍他在个人生活中恪守某些儒家传统道德标准。作者突破了这一套的公式化的写法，这是应该肯定的。"然而，若水接着说："我只是觉得作者把楚轩吾过分'拔高'了，因而在某种程度上脱离了具体的历史环境。……作者太年轻，对国民党当时的贪污腐化、倒行逆施及其在人民中引起的怒火没有深刻体会。"

到底需要什么样的人生观，是讨论这篇小说的焦点问题之一。小说的主人公南珊说："人的品格不是任何强权所能树立，也不是任何强权所能诋毁的。既然我生活中的最宝贵的东西丝毫没有受到损害，我又何必计较呢？乐得宽容所有的人。这就是我的自尊与自信，而并不是建筑在仇视他人或鄙视他人的基础上的。"

对此，若水批评说："'宽容所有的人'吗？要宽容，但不是所有的人。'不仇视或鄙视他人'吗？'他人'的范围太广大了。例如对林彪、江青……""我们的南珊认为'这个世界的希望，更多的是在人类自己的心灵中，而不是在那些形形色色的立说者的头脑中'。她把'心灵'和'头脑'对立起来，把'人类'和'立说者'对立起来。'形形色色的立说者'也包括马克思吗？""南珊感到她无力改造社会，她没有共产主义理想，于是她只能缩到她个人的小天地中去，独善其身，离开了社会斗争去寻求道德上的自我完善。实际上，这是一种自我安慰和自我欺骗。"

不少批评者都指出这篇小说宣扬了宗教观念，南珊曾说"追求真的，是科学；追求美的，是艺术；追求善的，这就是宗教……"若水就此指出："如果仅仅是求'善'，那么道德伦理就够了，为什么一定要宗教？难道我们无神者就不需要'善'？真善美三者归根到底是统一的。"在作品的结尾部分，南珊拒绝了李淮平的爱情，理由是年龄过了，"人生的不同阶段有不同的主题……"若水就这一婚恋观指出："难道到了壮年和中年，爱情就会妨碍事业而不会帮助事业吗？南珊……使人想起宗教的禁欲主义。这篇小说从人道走向了神道。"

小说作者礼平面对批评，除在座谈会上发言外，还写了一篇题为《谈谈南珊》的文章阐述自己的看法。他首先指出："实际上这个小说是以出身问题为基本题材而写起来的，许多评论都未触及这个问题。"关于南珊的宗教思想，礼平认为不少批评者也多有误解，南珊有一个关键的观点，即她认为"在人类文明的产生和发展中，河流比太阳起了更直接的作用"。这也就是说"她（指南珊）把经济活动看成是精神文明的起源，这种观点只能属于一家，这就是马克思主义。"关于南珊的婚恋观，礼平指出，"她（指南珊）感到李淮平缺少的并不是一个爱情，而是一种生活的信心和力量。……这段话中既有她自己过去的泪水和叹息，也有对李淮平的期望和祝愿。……如果说，她曾经险些陷入虚幻的宗教，那么她现在是这样充实地走回了人生。"

也许正因为作品内涵丰富，因而争议才颇具广度和深度。这些话题就是到了今天，也值得体味和探讨。但在艺术上，作品的一些缺陷却很少有论者涉及，例如真实性问题。小说男女主人公在春夏秋冬的四次邂逅，未免过于巧合、戏剧化，其人为痕迹严重，很难令人置信。在冬部中，李淮平本来急着为同学送照片，却在车厢里长时间地偷听南珊和她外祖父的谈话；而在秋部中，李淮平原本是要回家看望阔别了十二年的父亲，却心血来潮上了泰山，等等。这些描写的不合情理，究其原因，不过是作者为了安排李淮平与南珊的巧遇从而展开情节而已。对于整篇小说而言，说是思想大于艺术，似不为过。

男人的一半是女人

张贤亮

《唯物论启示录》之一

我多少次想把这一段经历记录下来，但不是为这段经历感到愧悔，便是为觉察到自己要隐瞒这段经历中的某些事情而感到羞耻，终于搁笔。自己常常是自己的对立面。阳光穿窗而入，斜晖在东墙上涂满灿烂的金黄。停留在山水轴上的蛾子蓦地飞起来，无声地在屋里旋转。太阳即将走完自己的路，但她明日还会升起，依旧沿着那条亘古不变的途径周而复始；蛾子却也许等不到明天便会死亡，变成一撮尘埃。世上万千生物活过又死去，有的自觉，有的不自觉，但都追求着可笑的长生或永恒。而实际上，所有的生物都获得了永恒，哪怕它只在世上存在过一秒钟。那一秒钟里便有永恒。我并不想去追求虚无缥缈的永恒。永恒，已经存在于我的生命中了。

永恒是什么？那其实是感觉，是生命的波动。

稍纵即逝的、把握不住的感觉，无可名状的、不能用任何概念去表达的感觉，在时间的流程中，终于会沉淀下来，凝成一个化不开的内核，深深地埋藏在人的心底。而人却无法去解释它，因为人不能认识自己。不能认识的东西，就有了永恒的意义；永恒，是寓在瞬息中的。我知道，我一刹那间的感觉之中，压缩了人类亘古以来的经验。

太阳即将沉落，黑夜即将来临。即将来临的还有那个梦。那个梦也许是那个内核的外形。

……芦苇在路边沙沙作响。路边的排水沟里潺潺地流淌着清水，一碧到底，如山泉，如小溪。两三寸长的小鲫鱼一群群地聚在沟边绿茸茸的水草底下，时不时露出它们黑色的小脊背，或如点点光斑那样闪现出它们银色的小肚皮。四处是黄色的阳光，空间既广袤又沉寂。温顺的土路上印着深深的车辙，像两条凹下去的铁轨。我在路当中走着，脚步既滞重又轻盈。一会儿，脚下的浮土缓缓地腾空而起，像清晨的雾气，使一切都变得迷蒙而柔软。我仍然沿着车辙朝前走。感觉到我有奇异的视力，能透过浓密的黄尘看到我意识下面的东西。我似乎看到了一只猫：灰色的，夹着白色的条纹。它弓着背警惕地站在前面，前腿和后腿分别跨在车辙两边，目光炯炯地盯着我，好像随时都想逃跑。

那是"我们"丢失的猫，我知道。

忽然，猫不见了，像影子一般消失了。

梦是一个无声的世界……

但我又看见了排水沟里游着四只鸭子。从它们的脖颈和撅起的尾巴上，我能断定其中有两只母鸭。它们和猫一样，也是灰色的，翅膀中杂着白色的羽毛。它们静悄悄地游着，沿排水沟溯流而上，似乎有意要把我引到感觉记忆的深处。

我不由自主地尾随在它们后面。但它们在一片芦苇茂密的水洼中，摆了摆屁股，兜了一个圈子，却顺着洄流钻入了草丛。

我仍然在如雾似的黄尘中向前走。我吃力地拔着滞重的两腿，却又走得非常轻盈，如一只顶着风飞翔的鸟儿。

走过了水洼，鸭子又从芦苇丛里钻出来了。但那不是四只大鸭，而是四只小鸭。通体金色的绒毛，在黄色的尘雾中它们好似会渐渐地溶化，会渐渐地消失在空气之中。然而，它们确实在欢快地游着，一面游还一面歪着小脑袋傻乎乎地看着我。那向上弯曲的嘴角好像表现出一种嘲讽的笑容。

我忽然意识到，刚刚见到的四只大鸭就是"我们"原来丢失掉的鸭子。这四只小鸭正是它们雏期的模样。

时间在向回倒流。那么我会不会恢复到那个时期，即使是在梦中？

于是，我在时间中振臂向回游去，想去追寻那失去的影子……

可是，我的梦每次都到此中断，接下去便是一片混沌的迷离恍惚的感觉，是一种梦中之梦。但我又清醒地意识到，那一片混沌的、迷离恍惚的感觉才是真正的生命的波动。生命的意义、永恒，都寓于那迷离恍惚之间了。

太阳重又升了起来，蛾子却不知飞到哪里去了，不知是否还活着。这时，我想，我为什么不把那个梦用笔来补充、续接出来？真实地、坦率地、有条理地、清晰地记录下那失去的过去？没有什么可感到愧悔，没有什么可感到羞耻，怎么能用观念中的道德来判断和评价生命的感觉？至于理智，亚里斯多德早就说过："凡是感觉中未曾有过的东西，即不存在于理智中。"蛾子死去了，谁也不会为它生命如此短促负责，那么，谁又有权利指责它飞旋的弧度和途径？

阳光直射着我，光芒好似穿进了我的肺腑，又好像是我在金色的光中浮起，离开了这喧闹的尘世。我趁我获得了这种心境，一种坦然的出世的心境，赶紧一跃而起，奋笔疾书。我知道，如果再过一会儿，说不定我又会改变我这个主意。

第一章

也许我过去见到过她而没有留意。也许我从来没有见到过她。总之，这一次，她却给我留下了一个非常深刻的印象。

两个月前，我从大组被抽调出来，去管水稻田。在劳改队里，我是大组长，调到田管组，我仍然是田管组组长。调我出来的王队长，一个本地干部，农民出身的小老头，吸着自卷的喇叭筒烟对我说："调你出来当组长，是领导对你的信任。熊！那十二个人可难管！人人都能干，人人都一身毛病。你婊子儿要能把那十二个家伙管好，出去就能当管千儿八百人的厂长了。"

当时，他蹲在高高的斗渠①堤坝上，我刚从灌满一农渠水的渠口中上来，光着脚站在他面前。他似乎还想说什么，然而终于没有说，只是一门心思地吸烟。布满皱褶的干瘦的小脸上，显出一副沉思的神情。我当然不知道他在想什么，但是知道这是任何一个劳改干部在单独对某一个劳改犯人布置特殊任务时，都必须显露的神情。沉思的神情表示着严肃，而严肃又表示了他与你之间那不可逾越的界线。这种神情还表示了他的布置是慎重的、是经过反复掂量的，甚至是翻着你的档案材料由更高一层的集体讨论所决定的，同时，也说明了这个任务的重要。文化程度不高的、不善于言辞的干部，常常用沉默来引起你对他只言片语的重视。默默无言，倒会使你意识到：从此，由于这种"信任"，你肩上的担子就更重了。并且，又由于这不仅仅是对你的一般性改造，而是加倍的改造，所以常常能使你获得立功受奖以至提前释放的机会。因而，这又往往是你一生命运的关键。

---

①引黄灌区的灌溉系统一般分总干渠、干渠、支渠或斗渠、农渠，配在一起组成灌溉网络。支渠或斗渠是农场中最主要的灌溉渠道。书中说的大渠指干渠，斗渠指农场中最大的渠。

他装模作样的沉默中藏有他所能表示的善意，我理解。

他蹲在渠坝上面吸烟，我站在渠坝下面交替地倒着脚，用脚底板搓着光光的脚背。水稻刚播下地的时候，蚊子还没有出世，但成群的"小咬"集结成团，一拥而上，会叮得人心烦急躁。这种比一粒沙子还微小的飞虫，能钻到人的耳朵里、眼皮里、脖颈里、腋窝里、头发根里、裤裆里……简直是无孔不入。让它叮了一下，皮肤上即刻就会肿起一个比它大几百倍的疱。我一面搓着脚，一面挥着臂，手舞足蹈地仰面看着他。

然而他还不说话。他穿着线袜，戴着帽子，手里又拿着烟，他有一整套防备"小咬"的设施，因此他并不着急走。大队已经走得很远了。高高的斗渠坝的尽头，就是那渠水拐弯的地方，几株粗大的柳树下面，金色的夕阳映照着他们黑色的囚服。他们列着队，扛着锹，甩着手臂。看着他们远去的背影，颇觉得他们精神抖擞得可爱。在渠水拐弯的那里，正经过有姑娘媳妇的村庄。当然，对他们的亲切感，主要还是因为我就是他们中的一员。在这个世界上，我是属于劳改队的，而不是属于其他什么地方。况且，那边还隐隐约约传来如此熟悉的歌声，合着渠水潺潺的节拍在刚播下种的田野上荡漾：

改造，改造，改那么个造呀！
晚上回来，一——大瓢呀！
嘿嘿！呀嗬嘿嘿！呀——嗬嘿！

尽管我被"小咬"叮着，也不由得展开一丝调皮的、会意的微笑。这是我们犯人自编的"劳改队队歌"的最后两句。"劳改队队歌"以诙谐的西北俚语叙述了劳改犯人一天的生活，用轻松滑稽的"宁夏道情"的调子谱成曲，主旋律表现出了铁丝网里的乐观。"改造，改造，改那么个造！"用本地口音唱出来，极像正在推广的普通话"倒灶，倒灶，倒那么个灶"。而"晚上回来一大瓢"，那是多么喷香诱人的一大瓢啊！葱花撒得很多，大米面条是稠稠的。"呱叽"、"呱叽"、"呱叽"……炊事员不停地奋力挥动着粗壮的手臂，俯在热气腾腾的大桶上，以机械式的速度和准确，用海碗那么大的短柄铁瓢，一大瓢一大瓢地把"米面调和"打到劳改犯人的饭盒里。这"米面调和"里还洒有炊事员的汗珠，因而那机械式的音响——"呱叽呱叽"和机械式的动作，都实实在在地洋溢着人情味。

我想赶快回到那行列中去，赶快回到号子里去，赶快去享受那"一大瓢"。

那号子里的一片"唏溜唏溜"的吃饭声，是多么美妙啊！

但是，王队长不发话，我便不能走。这是劳改队里的规矩。我是熟知全套规矩的，因为我已经劳改了两次了。正因为我劳改了两次，是"二进宫"，正因为我熟知全套规矩，所以我才能荣幸地一被押进劳改队即当上管四个组、六十四个犯人的大组长。今非昔比，这次劳改比上次劳改可风光多了。劳改队里奉守的是完全不同于外部世界的那一套观念和价值标准。这说来奇怪但又不奇怪。在外面，政治上有问题的人是被歧视的，不能重用的，道德败坏的人倒常常当作"人民内部矛盾"看待，认为是生活作风上犯了错误，是"小节"，被列为团结和教育的对象。在劳改队，政治犯却几乎都能得到劳改干部的信任，虽然这种信任只表现在极为窄狭的方面，但毕竟与他们对刑事犯的态度不同。并且，劳改队里都能够做到"人尽其才"，谁能干什么，就把谁安排在能发挥他专长的地方。劳改队本身就是个独立王国。农、工、商百业俱全，包容了所有不同的劳动部类。有一个在外面成天打扫厕所的医生，进了劳改队倒当上了内科主治大夫。啊，在这个混乱的年代里，劳改队是天堂！

尽管我这个劳改犯并不是毕恭毕敬地站在他面前，不停地手舞足蹈，不停地扭动身子，不停地抓耳搔腮，不停地摇头晃脑，但劳改队长并不怪罪，仍是沉思地吸着那支粗大而硕长的卷烟。我不走开，还有一层意思，就是以为他还会给我透出什么外面的信息。和我曾经认识的谢队长相似，这个干瘦的劳改干部其实是个心地善良、爱说爱笑的好人。从小和高原上的黄土打交道的人，心地很自然地和黄土一样单纯；传统的手工农业劳动，使他们的头脑总保持着传统的观念，当猛地提出"阶级斗争要天天讲、月月讲"的时候，他们根本难以理解。譬如，当我们这些劳改犯人在田里一边干活，一边唱那"劳改队队歌"或是说些猥亵得露骨的笑话时，在这大唱"语录歌"的年代，他蹲在田埂上只是听着，并不呵斥我们，而且摘下帽子，拍着推得光光的脑袋，裂开嘴笑着叹息："哎呀，你们这些婊子儿！唉，你们这些婊子儿！……"发出他由衷的赞赏。他听到越南军民又打下了若干架美国飞机，也是用"这些婊子儿"来赞扬越南军民的。我们还注意到，他抚弄他的孙子——有一次，他竟把他三岁的孙子抱到劳改犯人干活的田里来，也用的是"婊子儿"！所以，每当劳改犯人听到他用"婊子儿"来称呼自己，都会感到一种家庭式的温暖。

去年夏天，"文化大革命"刚开始的那个月份，我们劳改大队在水稻田里薅草。

王队长随公安干警去城里集体参观了本省的"文化大革命成果展览会",回场后,没有进家,就扣着他那像张烙饼似的单布帽,撒开大步,急急忙忙跑到田里来。他站在田埂上用眼睛搜寻着,看见了我,于是几步跨过两条沟渠,兴奋地朝我喊:

"哎呀!章永璘,你这婊子儿!你在五七年做的那个啥诗,用核桃大的字写着,挂在展览馆里哩!"他边说边用手比划:一个核桃是多大。他褐色的粗糙的拇指和食指箍成一个圆圈。那个圆圈刚劲有力,没有一点诗的高雅悠远的意境,却又形象地把诗变成了一种实在的物质力量。"哎呀,你这婊子儿!哎呀,你这婊子儿!字好大好大咧!你他妈真能写……"

这时,人们的理解是:文字的意义是和文字的大小成正比的,已经开始把任何一句"毛主席语录"在任何文章里都用大一号的黑体字印刷了。这样,他就认为我一九五七年写的那首诗一定是非常重要、非常有意义的,不然,为什么要用"核桃大"的字来写?尽管那是一份"罪证",是供批判用的,可是在他心目中却获得了特殊的地位。听了他的大喊大叫,别的劳改犯人都对我侧目而视,目光里含着隐隐的惊诧和尊敬。我没有动声色,仍弯着腰低头薅草,而心里不禁又感到悲哀,又觉得自豪。整整九年过去了,可是外面的人还揪住我不放,还要把我的诗拿出来"示众"。但另一方面,这不也说明了我已经成了一个历史人物了么?历史人物实际上是群众造成的,不完全取决于他本人功过的大小,只要在任何"群众运动"中都忘不了他,他便会不由自主地取得一定的历史地位。而历史人物的命运却是由历史支配的,也不由他本人的意志为转移。我直起腰,把手中的杂草缚成捆,抛到田埂上。我看到远方的群山,沉默而庄严。我弯下腰,拨开稻苗寻找杂草,混浊的泥水表面上闪着粼粼的光斑,喋喋而多变。啊!这两幅画面便是历史:既稳定又不稳定;做为人,就既要以不变应万变,又要力求多变以适应历史!

当我再次直起腰,把另一捆杂草抛到田边,我突然觉得我高大了,似乎是一个悲剧式的英雄。我环顾周围弯着腰薅草的犯人们,就像耶稣在各各他①的十字架上看着他左右两边两个强盗,还自认为"我是神的儿子"一样,涌起了一阵由精神上的优越感而产生的怜悯。

感谢他给我传来的信息!人在困境和屈辱中需要自以为是和自高自大来支持自己。

果然,历史的变化快速得令人吃惊。秋天,割完了水稻,劳改犯人开始把一

---

① 各各他:又称骷髅地,耶稣殉难的地方。

捆捆割下的稻子背运到路边，再由大车拉到谷场上。被刈光的田野，在密密麻麻的黄色的稻茬下面，潮湿的褐色的原始土地裸露了出来。从高高的斗渠坝上望去，大地蒸发出冉冉的水汽；由纵横的沟、渠、田埂切割成像棋盘格似的稻田里，来往奔忙着无数像蚂蚁一般的穿黑色囚衣的劳改犯人。我们把一捆捆沉甸甸的、用草要子捆绑好的稻子提到田边，在铺在田埂上的长绳上码好，然后用背绳结勒紧，坐下来，将两肩用力地挤进交叉成人字形的背绳里去，再使劲向前一拱腰。一摞稻子就紧贴着背背了起来。我这个大组长当然要起带头作用，通常，我都比别人背的多。在这里，没有别的，没有什么家庭出身、文化程度、历史清白不清白之分，"劳改"，是我们固定的职业，于是，只有劳动好，会劳动，才能取得特殊的待遇。我劳动好，会劳动，我便能管理别人，斥责别人。我便能获得"信任"成为一个自由犯，我便能回号子以后不但有那"一大瓢"，而且"一大瓢"之外还会给我加"一大瓢"。劳动创造了人，因而人的原始本性天生地倾向于体力劳动；紧张的体力劳动会激发起被文明淹没了的、早已经变为人的潜在意识的本性，突然使人又倒退回若干万年，感受到一种自身正在发展，自身正在变化，自身的品质正在丰富的心理上的快感。

回到若干万年以前去再现进步的过程，在这个过程中去享受满足与愉快吧！

从我和海喜喜比试体力劳动以后，从我被马缨花喂养成一个有正常体力的劳动者以后，五年过去了，我无数次地在劳动中享受过这种返祖的满足与愉快。

我只要一投入劳动，锹一拿到我的手，麻袋一沾上我的肩，稻捆一贴在我的背，我就会入迷，就会发疯，如同《红菱艳》中那位可爱的女主人公一穿上那双魔鞋就会不停地跳啊，跳啊，直跳到死一样。

我背起稻子来，常有一种贪婪的、总是试图测量自己究竟能承受多大压力的心理。没有什么再比背上的重量更能证明世界是由物质构成的这个哲学的根本命题了。一捆稻子有牛腰那么粗，一般劳改犯人只背两捆到三捆。但是我背五捆还不够，要背六捆；六捆还不够，要背七捆……经过王队长身边，王队长会发出他这样的赞叹："哎呀，你这婊子儿，比驴还能驮！"

嘿！驴算什么？！
我是我！
且把柔弱的自怜自爱收拾起来，
打点出另一副精神跟命运拼搏！

因为我背得多，便经常得到王队长的帮助。当我勒好稻捆，坐在地上捆，塞进肩膀，准备弯腰拱背的时候，王队长就主动跑来替我在后面往上。有这一臂之力和无这一臂之力大不一样。在弯腰拱背的一刹那，正如举重运动员在抓举沉重的杠铃时的那一刹那，只要两腿能站立起来，多重的东西压在背上都能迈步。

"别努着了，别努着了！"他说，"一努着，吐了血，那可是一辈子的事。"

有一天，我把两肩在背绳里塞妥，他又跑过来，但却不捆我，趴在我捆好的稻子上，叹了口气说：

"唉！你这婊子儿，还是呆在劳改队好。"我听见他在我背后咂着嘴。"你当是咋着？前天我进城，一看，省委书记跟省主席都让人拉着去游街罗！戴着老高老高的纸帽子，手里还敲着破脸盆：'我是走资派——，我是走资派——！'你当是咋着？上次我们参观的那个啥'文化大革命成果展览会'，红卫兵说是走资派为了掩盖自己罪行耍的花招，说是咱们省根本就没有搞过'文化大革命'，现时要把省委书记跟省主席和地富反坏右一道，都重新过一遍箩。怪不得，在大街上，省委书记后面，排着一长串你们这号人，男男女女，数也数不清，都戴着纸糊的帽子；还有推了半拉头的；还有画了花脸的……唉，你这婊子儿，把你送到劳改队是你的造化！要不，现时你在外边，还不跟那些人一样，让人往死里整呀！"

稗子的毛穗穗擦着我的脸，怪痒痒的。他嘴里老烟叶的气味呛鼻，在想抽口烟而没工夫抽的时候，这股气味却也能过瘾。听到他告诉我的消息，我忽然感到通体舒坦：历史就照这样的速度变化下去，整个国家和个人命运转折的契机还会远吗？

于是，我更犯了傻劲，七捆还不够，我要背八捆！王队长吃了一惊："你这婊子儿，不要命了是咋着？你还要呆两年才出得去哩，活儿有的是你干的。"

"没关系，你来吧！"我返过身，解开背绳，又加上一捆。被压在底层的鬼魂，即使头上十七层地狱的重量没有减轻，但只要上面来回晃荡几下，也会觉得轻松。更何况我有这样好的"造化"：在当今世界，谁能想到"公安六条"上明文规定"不准冲击"的劳改队，恰恰是世外的桃源呢？

……然而，这一次，他却没有透露什么消息给我，他只是一个劲儿地默默抽烟。我很失望，也被"小咬"叮得难受。拖拉机牵引的二十四行播种机停在路边，被阳光烤灼了一天，散发出一股机油味，这种机油味和泥土的气味很不调和，仿佛古朴的土地从来就拒绝钢铁制造的现代化工具，并排斥它的一切味道，因而这股刺鼻的机油味特别难闻。我终于忍不住了，问他：

"王队长，还有事吗？"

"嗯，"他掉过头，好像才发觉我还站在他蹲着的渠坝下面。"没有了。"他说着，向前探出身子，把他还剩下半截的自卷烟递给我。"你回吧。"

"你回吧"，是叫我回劳改队的号子里去，而不是回到别的什么地方。这点我知道。我捏着他的自卷烟，掐掉他衔湿的尾巴。但我一掐，整支烟卷都散了。妈的，他卷烟的技术还不如我。不过现在无所谓了，我自己有纸烟。劳改队每月发几个零花钱，也有烟卖，和一九六〇年不可同日而语了。我掏出从医务所旁边的垃圾堆上拾来的一个铝制针盒，把他的烟叶仔细地倒进去，又从这个颇像银质烟盒的针盒里取出一支完整的香烟，点着了火："回！"

他长长的沉默所透给我的信息，我以为比他跟我说了什么还要多，外面的混乱，历史的急遽变化，大概连他也说不明白了。他不说，证明乱得他没法儿说了；他不说，证明变化得他目瞪口呆了。这没什么，我可以想象。劳改犯人个个是黑格尔主义者：能从"无"生出"有"来，世界上根本没有空无一物的空间和时间，在那看起来是空白的地方，实际上充满着最活跃的希望。

他的这个安排，使我看见了她。

第二章

其实，从各组抽调来的十二个犯人并不像王队长说的那么难管。王队长说"难管"，是从劳改干部的角度上来看的，是把我还当做与那十二个人不同的人。自监狱制度发明以来，最英明的一项措施莫过于用犯人来管犯人。一种民主的平等的气氛，很快就会调动起被管的犯人的积极性和自觉性。尤其，我们这个田管组住在远离号子七八里的大面积稻田中间，土坯房盖在斗渠旁边一个地势较高的土丘上；公社的生产队与我们隔渠相望。这里没有岗楼，没有电网，没有扛枪的"班长"。我们又听见了鸡啼狗吠；我们渠这边沙枣花盛开之际，生产队的蜜蜂嗡嗡地成群飞来，似乎已经抹掉了横在人与人之间的森严壁垒。有家的犯人仿佛又回到了家，无家的犯人也获得了些许的自由感。更何况，抽调来的自由犯，全都是短刑期的或刑期即将结束的犯人，在这样的年代里，有这样一处美好的田园，又何必逃跑呢？

水稻生芽的时节，渠坝上满树的沙枣花开始凋谢。点点金黄色的小花落到水里，有的顺水流去，有的被垂在水面的柳枝留住。依附在柳枝上的沙枣花又吸引来无数的沙枣花和柳絮，在渠水上织成金色的和银色的花絮的涟漪。我们在稻田里劳动了一天回来，就蹲在这渠边吃晚饭。而在渠坝那边的柳树下，却坐着、站着一排排农民的娃娃，呆呆地盯着我们这些穿黑衣裳的人，仿佛这些人的一举一动都非常奇异。黑色的衣服和教士的长袍一样，笼罩着一种神秘的色彩：他们干了什么事？是什么命运驱使他们集中到这里来……幼小的心灵从此潜入了对世界、对未来的恐惧。

如果大队在警卫的押送下，排着队从渠坝上走来，到稻田地里去干活，来看的农民就更多了。甚至还有从远地来庄子上串亲戚的老乡，也要把"看劳改犯"当作精彩的节目。

"哟！看那个……还戴着眼镜哩！"

"咦！那个，那个……模样还长得挺俊哩！"

"咋样？给你当个女婿……"

"你死去，我撕烂你的 × 嘴！"

说这样话的当然是女人。很快，她们自己一伙里就打闹开了，这是一个开放性的剧场，观众席上同样演着热闹的戏。久而久之，如果我们出工收工没有老乡，特别是穿花袄的姑娘媳妇站在渠那边看，我们反而会感到寂寞，年轻的小伙子在队列里走着也是无精打采的，即使今天干的活并不重。要是来看的人多，绝大部分劳改犯人都会抖擞起精神来，王队长没有下命令唱歌（唱歌也是在命令之下），也要唱。

在所有的"革命歌曲"里，我们最爱唱这两支歌：

　　日落西山红霞飞，
　　战士打靶把营归，把营归。

还有：

　　我们——共产党人，
　　好比种——子！

唱到"种子"这个词，年轻的劳改犯就会向站在渠那边的姑娘媳妇挤眉弄眼。王队长对犯人唱什么歌是不管的，只要唱得整齐，唱得响亮，他便会骂一句"婊子儿"，表示赞赏。直到后来警卫人员通过警卫部队的渠道向劳改当局提出了意见，劳改当局才下达规定：在这个非常的革命时期，劳改犯人只许唱"凡是反动的东西，你不打，他就不倒"了。可是，到了一九六七年，连公安局、检察院、法院也被"砸烂"，这些机关一律实行了军事管制，"高贵"的军代表却比"卑贱"的农民出身的劳改干部"聪明"——应该是"高贵者最愚蠢，卑贱者最聪明"，"语录"是这样教导的——直觉地感到所有的"语录歌"都具有方法论的性质，不论哪个阶级哪个派别全能利用，全会从中受到启发。比如，你所指的"反动的东西"，在他那里偏偏另有所指，你怎么办？对这群心怀叵测的人，你怎么知道他们心里指的是谁？于是，干脆命令劳改犯人一律不许唱"语录歌"。但除了"语录歌"之外这时又没有别的歌可唱，这样，在一次劳改队春节联欢上由犯人自编自演的"宁夏道情"，便顺理成章地成了流行歌曲。

改造，改造，改那么个造呀！
晚上回来，一——大瓢呀！
嘿嘿！呀嗬嘿嘿！呀——嗬嘿！

在我们田管组，"一大瓢"是由我们派回去的值日犯人挑来的。我们有两个大铝桶，不管是什么饭，值日犯人每顿都能挑回满满的两大桶来。在外面被批判得体无完肤的"多劳多得"，在劳改队里始终奉行不渝。这时，黄瓜成熟了，西红柿开始泛红。路过菜地，挑饭的值日还要捞来许多刚下架的新鲜蔬菜。经管菜地的也是自由犯，而所有的自由犯全属于一个阶层，都互通声气，互通有无。我们能比"班长"们和劳改干部及其家属更早地吃上西红柿和黄瓜。自由的相对性，在这里体现无遗：不管在什么地方，你只要比别人稍稍自由一点，你就能得到较多的利益；而利益的多少，恰恰和当时当地不自由的程度成反比，在最不自由的地方你得到一点自由，所获得的利益却最大。

两大瓢——不是"一大瓢"——下了肚，又大嚼了一堆西红柿黄瓜，我们全被撑得不能动了。我们仰面躺在渠坝的坡上，头枕着自己的胳膊。大队收工回去了，周围陡然异常地静谧。乌鸦在老柳树上拉屎，稀粪穿过枝叶掉在积满黄土的渠坝上，砸出"扑、扑"的声音。太阳落在群山之巅，灌满了水的大面积稻田，蓦地变得清凉起来。青蛙和癞蛤蟆先是试探性的，此起彼伏地叫那么两三声。声调悠长而懒散，仿佛是它们刚醒过来打的哈欠似的。接着，它们便鼓噪开了，整个田野猝然响成一片："咯咯咕"！"咯咯咕"！欢快而又愤怒。它们要把世界从人的手中夺回来，并充满着必胜的信念。

同时，习习的晚风从一眼望不到头的稻田那边吹拂过来，并且送来无数跳跃的、闪烁不定的点点金光。我闭上眼睛，进入一种忘我的恬静。这种忘我的恬静是在等待中的最佳情绪状态，也是在漫长的等待中不自觉地锻炼出来的。在历史的转折到来之前，人根本无能为力，与其动辄得咎，不如潜心于思索。

但我思索些什么呢？我什么也没有思索。外面的世界已经完全逸出了马克思所探索出的规律，书本已经被抛到一边。据说这才是真正遵循了马克思所说的"批判的武器不如武器的批判"。因此，不但使王队长目瞪口呆，也使自以为比他高明的我偶然失措。王队长的沉默给我留下的那个空白，尽管填满了渺茫的，但又必不可少的希望，却也没有给我对社会的思考提供任何线索。斯宾诺莎是这样说的："无知并不是论据。"

管他妈的！当个纯粹的劳改犯吧。王队长还把我看作与其他劳改犯不同，说来惭愧，实际上我从骨子里都成了一个劳改犯，因为我在社会上所从事的职业，就数我当劳改犯当得时间最长。

在渠坝下躺够了，劳改犯们舒臂伸腿地活动起来。

"操！夜黑里来个女鬼就好了。"

"来的女鬼可别是披头散发的，最好是涂脂抹粉的。"

"熊！吊死鬼都伸着舌头，老长老长，通红通红，在你脸上舔一下，可够你呛！"

"一个女鬼不够分，最好来一帮，十三个，咱们一人搂一个。"

"咱们组长不要呀，咱们组长是个读书人。"

"读书人咋啦？读书人也长着一个……"

我仍闭着眼睛，但也不禁和大家一同"扑哧"地笑了。我感觉得到这时大伙儿的眼睛都在看着我。我受着一种独立于他们之外的尊敬，但我的内心却倾向于他们。自一九五八年"公社化"以后，法律之外又加上种种规章制度，空前的严厉渗透到农村生活的每条缝隙。每一个农民都像古希腊传说中叙拉古国王的宠信，头上悬着一柄达摩克利斯剑，不知什么时候它会突然掉下来，砍着自己的脑袋。归我率领的十二个田管组员，全是精于农活的强壮小伙子。听着他们平静地叙说自己的案情，就像絮絮的微风穿过林间。

"苦啊，不偷咋办呢？肚子饿着哩……"

一个塌鼻子小伙子盗卖了生产队的化肥，判了五年，而谈起来却怀着一种幸运感。

"值！我给我老妈治病了哩。判我五年，就不让我退赔了……"

"嘿嘿！我也运气。"另一个把生产队的牛喂得撑死的劳改犯这样说，"法院问我，你愿意劳改还是愿意赔钱？我琢磨着：劳改队还管饭吃，我就来了。来了一看，还真不赖！就是没有娘儿们。哎，熬着点吧……"

有时，他们也问我："章组长，你是为啥进来的？"

"我么？"我说，"我什么也不为。"

他裂开嘴理解地笑了。"什么也不为"就进了劳改队似乎已经成了司空见惯的事情，就好像吃饱了会打嗝，着了凉会生病一样，但却没有一个人去探究底蕴：为什么"什么也不为"就把人送进劳改队？他们那种毫无抱怨的，任凭自己的生命和命运像流水上的浮叶，漂到哪儿是哪儿的态度，表现了我们这个民族灵魂深处的温顺、达观和乐天知命。我在他们中间，竟有时会怀疑起自己：为什么要思考？在宿命的面前，思考又有什么用？

啊，宿命！

我知道他们为什么会想到女鬼，想到吊死鬼。我们住的这幢远离劳改大队的土坯房——照日本战术教科书上的术语说，是"独立家屋"，是自五十年代初期建立劳改农场以来就耸立在这广袤的、平整的田野上的，年年月月，饱经风霜。据传说，五十年代中期，渠那边庄子上有一个黄花闺女，为了抗拒父母包办的婚姻，大白天就跑过斗渠到这屋子里来上了吊。这是个上吊的好地方，屋顶上没有顶棚，弯弯扭扭的木头椽子露在外面，随便哪根椽子上都可以搭上绳子。而且，有谁会到农闲时空无一人的这幢属于"严禁入内"的劳改农场的"独立家屋"中来，干扰她自己结束自己的生命呢？刑期在十年以上的老劳改犯说起来，至今还津津有味：

"咦！俊着哩！还穿着红鞋，两条大辫子，唏溜个光！脸白森森的，眼睛毛毛长刷刷的。咱们给她抬下来的时候，身子骨还软软的……"

有的老劳改犯说她尿湿了裤子，说她舌头伸得老长老长，据说吊死的人都是这副模样，可是大多数老劳改犯认为这是对她的亵渎，坚持把她描绘成一个仙女，我们这些后来的劳改犯，没有亲睹，对她当然不具有那种崇敬的情感，只是一个劲儿地想把她还原为活生生的肉体。"熬着点吧",在受煎熬的时候,不由自主地会把她当作精神上的慰藉。

啊,贞洁的、勇敢的、不知姓名的姑娘,原谅我们吧!

有时,场部晚上放电影,王队长通知我们去看——看电影是"受教育"——留下一个人看管夜水就行了。每次我都让他们十二个人去,我独自坐在"独立家屋"里。当领导,即使是当个犯人头,也必须公允,能自我牺牲,这才会取得被领导者的尊重和服从。蛙声咯咯,渠水淙淙,稻田上的清风如泣如诉,恰似时隐时现的和弦。窗外,漆黑的一片,玻璃上涂满污浊的泥痕。豆大的油灯伴着我夜读。当我只见我一个人的身影,模糊地印在泥皮斑剥的土墙上的时候,我就会想到"十三"。"十三"!这是个极不吉利的数字。这个数字会把她召唤出来。

果然,她从梁上飘落下来了。先是一团不成形的彩色的雾气,落到地面上,便立刻凝聚成了一个活生生的美丽的姑娘。和老劳改犯说的一样,两条大辫子油光水滑的,长长的睫毛,水灵灵的眼睛,皮肤即使在昏黄的油灯下也显出白中透红的光彩。她还穿着冬天的红棉袄,脚上果真穿的是红鞋。简陋的小土坯房因为她的到来而变得喜气洋洋了。

她轻轻地掸拂着衣衫,怯怯地向我靠近,并发出一声暖人心意的深深的叹息:

"哎,苦啊——"

"来吧,"我向她伸出手去,"你苦,我也苦,让我们两人在一块儿吧……"

"我说的就是你呀。"她将手搭在我的肩上,弱不禁风的、但又很温暖的身躯紧贴着我,眼睛看着摊在我面前的书。"你苦,我不苦。人死了,什么苦恼也没有了。每天晚上,我都看着你等人睡下了,又爬起来看书,何必呢?别把身体搞坏了。"

她的声调是幽怨的。我搂着她那娇小的腰肢。我被她不自以为苦却关怀着我的精神感动了,我含着辛酸说:

"你也苦呀。为什么年纪轻轻地就寻死呢?活着总比死了好吧?你要是活着多好!"

"活不下去呀,"她微微地晃动着身子,使我有一种进入梦幻般的感觉。"人要把我嫁给我不愿嫁的人,你说还能活吗?"她又低声地说:"当初,要是你在就好了。我正是要出嫁的那天跑到这儿来上吊的。那天你要在这儿,我就不上吊了。"

我把她揽进我的怀里，让她坐在我的大腿上，抚摸着她光滑的发辫。"这都是社会的原因呀，"我说，"我们还没有达到真正的男女平等，还没有真正的婚姻自由。我看书，就是要探索怎样才能建设一个人与人之间真正平等的社会。"

　　她似乎不理会我的说教，扭动着身躯说："那是哪辈子的事呀！想也不敢想。我们的区委书记也这么说，广播喇叭也这么喊，可是一点不管用！不过，死了也好。你要是当作我是活人，我就活过来了。"她又扬起脸，深情地说，"你是我的好人人！你别学广播喇叭说大话。我给你唱个歌吧。我好久没唱了。我一直憋着哩，我要唱给我喜欢的人听。"

　　于是，她轻声地唱起来。歌声仍然是幽怨的，但却娇嫩柔婉，在我眼前展开春天里一片无人注意、任人践踏的黄色的蒲公英：

> 清水水玻璃隔着窗子照，
> 满口口白牙对着哥哥笑。
> 双扇子门来单扇子开，
> 叫一声哥哥你进来。
> 眉对眉来眼对眼，
> 眼睫毛动弹把言传。
> 一对对母鸽朝南飞，
> 泼上奴命跟你睡。
> …………

　　然而，劳改犯人们回来了！

　　还离着很远，就听见他们嘻嘻哈哈的吵闹声。姑娘悠然又化作一团彩色的雾气。歌声、肉体、温暖的气息，全消失了。我的组员们一进门，先是一捧捧黄瓜西红柿堆在我的面前。

　　"贼不走空趟！"劳改犯人们说。"吃吧，吃吧，这根黄瓜是刺儿皮，可脆哩！"塌鼻子用比黄瓜还脏的手在黄瓜上捋几下，算是擦干净了，递给我。你既然把他当作贼，他也就以贼自居了。并且，在农民们都做贼的时候，不做贼倒是反常，做贼当然不会觉得可耻。

　　接着，他们便在土坑上打开铺盖，劈劈扑扑地抻褥子，抖被子。一股汗臭味顿时弥漫了全屋。躺在被窝里，他们还要聊一会儿。

"咦，那个吴琼花八成儿跟洪常青搞上关系了哩！都在一个部队里，低头不见抬头见。没睡过觉，我才不信！"

"南方人都喜欢搞那玩意儿，那地方热……"

"我听说，南方人上厕所男女不分哩！"

"在日本国，男男女女还在一个澡堂子里洗澡哩！"

"日本国啥！那年我盲流到上海，也是个大热天，我亲眼瞧见一伙男的女的，全在一个大池子里扑腾！"

"没穿衣服？"

"穿衣服啥！穿着衣服能在水里扑腾？都他妈的光着身子！"

"啧，啧……"

而我，却搂着我的姑娘入睡了。我把被窝留出一个空档，这里睡着她柔软的、但却是虚空的身子。

有一次，劳改队不知从哪里弄来了一部《列宁在十月》。劳改犯人看了，对瓦西里和他老婆吻别那场戏大感兴趣。

"咦！了不得！电影影子里还吃老虎哩！"

"嘿，抱着脸就那个啃！"

"你跟老婆姨也啃过。嘻嘻！啃过没有？你说，你说！'坦白从宽，抗拒从严'！"

审讯的术语，劳改犯人可是记得牢牢的，随时挂在嘴边。

"啃啥哩，脸怪脏的！我一偏腿上马，一蹦子就到河西了……"

接吻"怪脏的"，而身体其他部位的接触却不"脏"！爱情其实是文化的一种表现。在缺乏文化的地方，在缺乏文化的人身上，全然没有爱情的一切温文尔雅，没有那一套温文尔雅的繁文缛节，只有那最原始的、也是最基本的情欲。

> 进得门来就吹灯，
> 抱着我的小亲亲。
> 嗯咦哟——嗯咦哟——

豆大的灯光熄灭了，姑娘上过吊的屋子里黑暗如漆。劳改犯们都入睡了，打鼾的打鼾，锉牙的锉牙，呻吟的呻吟；那个把牛喂死的劳改犯哼哼卿卿地这样唱了几句，最后吧咂几下嘴，也甜甜地进入了梦乡。而在这幢土坯房里，所有的梦中都有女人，如静电的火花，在这些男人的脑海中荧荧地闪烁。啊，魔障啊，魔障！

我不能说那是淫荡的、下流的。在我体内，在我刚过三十岁的强壮的肉体里，也蠢蠢欲动着这个魔障。佛教经典《大智度论》中这样写道："问曰：何以名魔？答曰：夺慧命，坏道法功德善本。"也就是说，她能把人和智慧、道德、教养、善良的天性全部毁掉，荡然无存。可是，去他妈的吧！既然早已把我当成"阶级敌人"。一次劳改，两次劳改，"反右"过去了十年还拿我写的诗"示众"，死死地揪住我不放；佛教尚讲"六道轮回，生死相继"，而我却总没有再次投胎的机会，又要那些智慧、道德、教养何益？

我们劳改犯人睡觉时全身脱得精光，一是为了省衣裳（除了那一张黑皮，衬衣衬裤可是要自己花钱买，或是由家里寄来），二是为了不生虱子。我在被窝里用粗糙的手掌抚摸着我肌肉饱满结实的胸脯，很是惴惴不安，就像抚摸着随时会咆哮起来的野兽。爱情，早已在我心中熄灭；我的爱情和我曾经爱过的人一起消失得无影无踪。而正因为我爱她，我便不能让她与我共担险恶的命运，对她弃之不顾倒是还给她自由；正是因为我爱她，我便不能多想她。想她反而是虚伪，这等于把感情的债务强加在她身上。并且，如果心灵被思念、被爱情所软化，便不能以一种汉子的刚劲来对付严峻的现实。我见得太多了：被严峻的现实摧毁磨垮的人，大半是多愁善感，恋于儿女私情的人。

纯洁的如白色百合花似的爱情，战战怯怯的初恋，玫瑰色的晚霞映红的小脸，还有那轻盈的、飘浮的、把握不住的幽香等等法国式罗曼蒂克的幻想，以及柏拉图式的爱情理想主义，全部被黑衣、排队、出工、报数、点名、苦战、大干磨损殆尽，所剩下来的，只是动物的生理性要求。可怕的不是周围没有可爱的女人，而是自身的感情中压根儿没有爱情这根弦。于是，对异性的爱只专注于异性的肉体；爱情还原为本能。感情和皮肤同步变得粗糙起来，目光中已没有一丝温柔，变得象鹰眼似的阴沉，我抚摸到我胸腔、我腹部里有一种尖锐不安的东西撞击着我。我听得见它阴险的咻咻的鼻息，感觉得到一股如火焰般灼热的暗流，在我周身的脉络中肆无忌惮的乱窜。那不是我，或是我的另外一面。可是它很可能猛地冲击出来将我撕得粉碎，然后舔舔它的血唇，扑向它所能看见的第一个异性。

我睡着了。我梦中出现了女人。但女人即使在我潜意识中也是不可把握的，模糊不清的。这年我三十一岁了，从我发育成熟直到现在，我从来没有和女人的肉体有过实实在在的接触。我羡慕跟我睡在一间土坯房里的农民们，这个地区有早婚的习惯。在他们的梦中，他们还能重温和异性接触的全过程。这种囹圄之梦，摆脱了脚镣手铐，能达到极乐的境地。而在我，梦中的女人要么是非常抽象的：一条不成形的、如蚯蚓般蠕动着的软体，一片毕加索晚期风格的色彩，一团流动不定的白云或轻烟。可是我要拼命地告诉我，说服我：这就是女人！

有时，女人又和能使我愉悦的其他东西融为一体：她是一支窈窕的、富有曲线美的香烟，一个酸得恰到好处的、具有弹性的白暄暄的馒头，一本哗哗作响的、纸张白得像皮肤一般的书籍，一把用得很顺手的、木柄有一种肉质感的铁锹……我就和所有这样的东西一齐坠入深渊，在无边的黑暗中享受到生理上的快感。

第三章

水稻的田间管理，最辛苦的是从下种灌水到稻苗在水面挺立起来的四十天中。这四十天叫做"保苗期"。"保苗期"过后，十三个人全都轻松了。我们每个人管的二百多亩稻田的苗完全出齐；三千多亩水田一片碧绿。但是劳改队并不把我们中的一些人抽调回去。熟悉手工农业劳动的王队长知道，后期田管人员的清闲，正是对前期四十天中没日没夜的辛劳的补偿。何况，这时外面正源源不断地往劳改队里送人，简直使劳改队应接不暇。"文化大革命"创造了破世界纪录的犯罪率，劳改当局天天要为成批送来的罪犯的食宿问题发愁，又何必急于把我们田管人员调回到号子去呢？

回去挑饭的塌鼻子说，他在菜地碰见一个刚押来的犯人，告诉他，"外面墙上贴的法院判决布告，把街面都遮严了！"

我的天！幸亏早进来了，不然这时候也得被抓进来，早进来能早出去！我们十三个人都非常高兴，以为这是命运对我们的恩典。

"保苗期"以后，整个黄土高原陡然涂上了一层嫩绿的色彩。到处都是绿的：绿的山、绿的水、绿的田野，连空间也好像畅流着某种馨香醉人的野生汁液，鹳鸟不顾"严禁入内"的木牌，不顾带刺的铁丝网翩翩飞来，在绿色的水面上展开它们银灰色的翅膀。长脚鹭鸶在水田里漫步，那副沉思默想的模样，倒很像我们的王队长。野鸭在排水沟边丛生的芦苇中筑起了自己的巢，辛苦地经营着它们的小家庭。灿烂的阳光映照着水禽翻飞的花翎，辽阔的田野上回荡着它们欢快的鸣叫。野风在稻苗上翻滚，稻苗静静地吮吸着土地的营养。大自然充实得什么都不需要了，而人却渴望着爱情。

王队长经常到稻田区来，独自一人背着手，在田埂上转来转去，检查我们的工作。他松松垮垮地披着一件军绿色制服，一颠一颠地，忽搧忽搧地，和一个按着弹簧的玩具一样。苗出齐了以后，我们不怕他检查，也不跟在他屁股后面。我们照常干我们的活，抓我们的鱼，捉我们的野鸭，或是躺在柳荫下补那件永远补不好的囚衣。直到有一次他满田看完了，走到我跟前吩咐我："告诉那些婊子儿，都拾掇一下：进水口、排水口打结实，田埂细的地方加一加。大队这一两天要来薅草了。"

我们这才忙碌起来。

第三天早晨，我们吃完值日员回去挑来的饭，洗涮着饭盆，一个出去倒水的田管组员兴奋地跑进土坯房里来，喊了一声：

"大队来了！"

每个人似乎都很激动，连我在内。大队里并没有我的亲人，没有我的朋友，但那群穿黑色囚衣的团体仿佛对我有一股强烈的吸引力。调到田管组之前，我每日每夜都生活在那里，刻板的规章制度养成了这群人有共同的习惯，共同的生活规律，以及只有我们之间才能懂得的俚语。我也莫名其妙地放下碗筷，和大家一起跑出门外。

久违了，大队！

清晨的雾气还没有完全消散。太阳刚出来，橙黄色的阳光只能照到柳树和白杨树最高的枝梢；黑夜还残留在地面。从我们站的土丘上向斗渠坝北边望去，一片像幽灵似的灰色的人影很快地向我们这边移动过来。随后，他们渐渐地走近了。灰色转为黑色，他们的面目也清晰起来。一张张严肃的、轻佻的、克己的、放荡的、开朗的、阴沉的、善良的、邪恶的、英俊的、丑陋的面孔，随着杂沓的脚步声，从渠坝上闪过，使人们惊奇的是什么法术居然能把各式各样绝对不同的人都搜罗到这里来，同时把所有的面孔都打上一个印记——"劳改纹"。不能说他们的脸色不好，因为在农忙的时候伙食不错。但是每张脸都带着苦行僧的萧索和老讼师的多疑。尤其是鼻翼两边的法令纹和嘴角的皱褶连在一起，构成相术上说的一个大忌，所谓"滕蛇纹入口"。这条痛苦的、在普通公民脸上找不到的"劳改纹"，不仅揭示了他现在的境遇，还注定了他一辈子也摆脱不了阴暗的心理。

田管组员们肃穆地站在土丘上，没有嘲笑，没有优越感，个个神色黯然地瞧着走过去的队伍。不是在队伍里，而是在队伍外，我们才感到压抑，感到自己命运的凄惨。这是怎么搞的？我们不是个个争先恐后地跑出屋来看"大队"的么？是的。但是我们却体会不到庄子上的老乡来看劳改犯的心情。他们在旁边看到的是另外一个世界，我们在旁边看到的却是我们自己。而这个黑色的团体还有这样一个功能，就是它一旦吞噬了你，你就会完全融于其中，失去你自己。

要想看清自己的面目必须和镜子拉开一定距离。

"操！接着。"

土丘上有人向渠坝上扔去一支点燃的烟卷。警卫人员向我们瞥了一眼，并没有干涉。渠坝上走着的一个劳改犯急忙拣起来，对着嘴贪婪地呼呼吸了两口，又像接力棒似的传给其他人。虽然都发给我们零花钱，但大队的人买东西没有自由犯方便。

随后，田管人员又纷纷把昨天没吃完的西红柿黄瓜扔到渠上。扔的人和接的人都兴高采烈地，像美国橄榄球队的队员。逐渐消散的晨雾中荡漾着一片富有感染力的笑声。有人以为劳改犯人一天到晚垂头丧气。不！那样子怎么能熬过漫长的刑期？总得找点什么事来乐一下。队伍有点乱起来。而警卫人员只是喊："快点！快跟上！"对笑着的人，他们怎么能用枪托去捣？或许，他们也怀疑这些人是真正有罪的吧。

多么像一个部队的战友啊，我想。但这支部队的敌人是谁？不知道！没有一个人能回答得出。尽管这些人早被判定为"阶级敌人"。

队伍过完了。渠坝上的轻尘缓缓落下来。走在队伍最前面的小组已经到了田边，在王队长的催促下准备脱鞋下田。田管组员扔完了黄瓜西红柿，似乎尚未尽兴，脸上还挂着顽皮的笑容。本来应该哭的，然而却是笑，这究竟是人性的弱点还是人性的坚强？忽然，一个田管组员又指着北边。回头高兴地喊道：

"还有！"

把牛喂得撑死的犯人伸长脖子看了看，狡黠地笑着说：

"是女队！"

是的，是女队。

但是，在远处，你根本看不出他们是女人。把牛喂得撑死的犯人大概是凭嗅觉闻出来的吧。她们的囚衣也是黑色的，头发一律剪得很短。一九六六年以前，我刚被押进劳改队的时候，在谷场上劳动，远远地我还能分得清男女，因为那时候还允许女犯扎辫子。一九六六年以后，外面的"破四旧"风也突然刮进了劳改队，一夜之间，不管老少，女犯的辫子全部刮得精光。菜地有个女自由犯，是个六十多岁的跳大神的神婆，也被剪去了只剩几根白发的发髻，判她七年她没有怨言，还感谢政府给她的恩典："出去我要给毛主席老人家烧香哩！"但剪她发髻的时候却号啕大哭，声嘶力竭地喊："造孽啊！造孽啊！革命革到我的焦毛毛子上来罗！"还用跳大神时哼的调子唱着一种稀奇古怪的歌，谁也听不懂她唱的是什么。一个月后她死了。是我这个大组长带着四个男犯去给她入殓的。那天，我们跟在面孔阴沉的王队长后面跨进女犯的号子，在一群索索发抖的女犯面前抬起了这个神婆。那四个男犯没有抬稳，门板一摇一晃，盖在她脸上的一张报纸忽搧忽搧地飘落在泥地上。我看见她干瘪的失神的眼睛朝着天怒目而视。我用食指和中指去摩挲她的眼睑，但想不到这个已经变成一根枯朽的木柴棍的神婆子，眼皮居然还保持着弹性。我把她眼睑摩挲下来，它又像蜗牛的软体一样慢慢地收缩进去："你干啥？为啥叫我闭着眼睛？我就要睁得大大的！"在死人旁边，严酷的死亡，人人都猜不透的永恒的谜，抑制了我的好奇，我没有敢斜眼去看女犯和女犯的号子，虽说这是一个极其难得的参观的机会。只是在神婆子又睁开眼睛时听见一群女人的惊叫和女人的抽泣，还有几下叮叮咣咣的金属磕碰声，不知是哪个女犯吓得打翻了饭盆。

我们就这样把一个半睁着眼的老太婆放进了白杨木钉的"脆儿皮"里。"脆儿皮"，这是劳改犯人的俚语，要比文人所创造的"薄板棺材"形象得多了。不过，这个神婆子还算幸运，一九六〇年死的犯人连"脆儿皮"也没有，只是一张芦苇编的炕席。那时，我就差点被炕席卷了出去。

女犯和男犯是绝对隔离的。隔离得我们这些男犯几乎忘了旁边还有女犯的存在。然而，毕竟农场是一个农场，劳动是一种劳动，道路是一种道路，她们确确实实就在我们身边，有的年轻的刑事犯，凭着公狗般的鼻子，能嗅出来女犯今天在哪里干活，经过了哪条道路，甚至今天她们女队发生了什么事。掉在土路上的一根橡皮筋，这是女犯们用来当作银镯子戴在手腕上的，是被剥夺了一切人间享乐的女犯的装饰品，于是成了劳改队女性的标记。这根橡皮筋就能引起男犯的遐想，编造出一个故事，还有，小号的劳改鞋，几乎像儿童般的瘦小的足迹，那压在泥土上的浅浅的小脚印，以及扔在草丛里的馒头渣和土豆皮（女犯们一般都比男犯饭量小），都会像花园里幽雅的林间小径，成为一条通往两性结合的道路。当然，这种结合只能是在精神上的，就和暗夜中的梦一样，除非双方都是自由犯，那永远也不会变成现实。

晚上点名以后回到号子，大伙儿还没入睡的时候，老劳改犯煨在火炉旁会给新来的人说许多黑色囚衣下的风流韵事。老劳改犯人是劳改队里的荷马，农场的历史就是靠他们的嘴流传下来的。据他们说，女人在劳改队里比男人难熬，她们脆弱的神经忍受不了孤独，她们总要寻求爱抚、支持和保护。有的女犯隔着铁窗向警卫人员调情："班长，你的小老鼠要哑水水子嘛？"只要有机会——而机会总是要人去寻找的，它不会从天上掉下来，直径5毫米的铁丝也拦不住她们的冲动，她们中有的人会猛地扑进男自由犯的怀抱。

现在，她们过来了。

晨雾已经完全消散。橙黄色的阳光下移到渠坝上，尘土上杂乱的足迹仿佛是无数奇异的花纹。这真是一条荒唐而充满苦难的道路。有雾的天气是不会有风的，柳树低垂着一动不动；渠边的芦苇和冰草傲然地戳向天空，似乎对这些女犯不屑一顾。女犯们踏着轻捷的步子走过我们的小丘，以挑战的姿态接受我们的检阅。是的，她们的脚步还算是轻捷的，还可看出有的女犯故意忸怩作态，因为下大田的女犯全是年轻人。

但是，如果不看她们的步态，如果她们也像芦苇和冰草那样傲然不动，谁能够相信她们是女人？《复活》里描绘踏上去西伯利亚的弗拉基米尔大道的玛丝洛娃，仿佛穿的还是裙子；我记不清那是白色的还是灰色的，总之是裙子，头上还扎着头巾。而这里的女犯们穿的却是和男犯式样完全相同的黑色囚服。宽大的、像布袋一样的上衣和裤子，一古脑儿地掩盖了她们女性的特征。她们成了男不男、女不女的动物，于是比男犯还要丑陋，她们是什么？她们是女人吗？"女人"只不过是习惯加在她们身上的一个概念。她们没有腰、没有胸脯、没有臀部；一张张黑红的、臃肿的面孔上虽然没有"劳改纹"，但表现出一种雌兽般的粗野。很多女犯边走边嗑还没有成熟的葵花籽，用死鱼似的白斜眼睨我们，似乎还很洋洋自得，又仿佛这就是她们卖弄风情的一种方式。葵花籽皮沾在嘴的四周，像吐出的一圈白沫。我的胃突然痉挛起来，泛上一股酸水。我掉过脸去。我不能再看。她们会败坏我对女性的向往，对女人的兴趣，甚至败坏掉我对生活的希望。如果想到我曾经爱过的女人，我曾经欣赏过的女性的艺术形象被抓到这里来也会成为这副模样，那么这个世界还有什么可值得留恋？

我背对着渠坝咳嗽起来。

我的天！我的母亲！……

我忽然想到，那第一个用树叶或兽皮遮住自己下部的猿人，一定是只母猿……

第四章

　　大片的水稻田，在没有一丝云彩遮掩的烈日下蒸腾着燠热的暑气。今天是个好天。肥大的、中间有一条白茎的稗子的叶片，挺拔的、油光水滑的三棱草的叶片，尖利的、边缘像刀锋一般的芦苇的叶片，千千万万、无数的叶片一齐欢欣地伸向湛蓝湛蓝的天空。从这里到山脚下，大地葱茏苍翠，强烈的绿光很快就会使人的眼睛疲倦。

　　而那纤细的、蒙着一层绒毛的稻苗的叶片却藏在稗草、三棱草、芦苇草的底下，你就用疲倦的眼睛去辨别吧。我们管的这三千多亩稻田在很早以前是一片沼泽，滋生着杂草和蚊蚋，原是大雁和野鸭的世界。从五十年代初开始，年复一年，劳改犯们把这片沼泽填平了。但是这种低洼盐碱地只能种水稻，而且水永远排不出去。斩草没有除根，荒滩虽然变成了熟地，各种各样水生植物，却因为给田地所施的肥料长得更旺、更茂密了。靠人的手一根一根地拔，别想拔干净！

　　但是，只能用人的手来拔。

　　这没什么，劳改队有的是人手。

　　拔呀，拔呀！在一窝窝乱草里把稻苗解放出来。有的地方，草拔光了以后，光剩下一片泥浆，一棵稻苗也看不见。

　　"要把三棱子的核核子抠出来！"

　　"要把芦苇子的根拽出来！"

　　王队长戴着大草帽，来回地在田埂上喊。

　　怎么能把芦苇草的根拽出来？它在地底下盘结交错，好像整个沼泽地的芦苇都是从一条巨蟒似的根上生出来的。怎么能把三棱草的块根抠出来？这种块根药名叫香附子，深深地埋在黑滓泥里面。况且，每个劳改犯的薅草定额是五分地，在这样茂盛的草丛里，你撅着屁股拔一分地试试看！

　　劳改犯们悄悄地把没有拔出根的草揉成一团，踏在泥水下面。扔到田埂上，队长看见可是要骂的。如果不把芦苇的根拽出来，只从半截上拔断，芦苇中空的根一灌进水，就会一面冒泡一面发出沉闷的噗噗声，像是告发那个劳改犯一般。

　　"我当是谁没拔出芦苇根哩，原来是我放了个屁。"没拔出芦苇根的犯人狡黠地笑着。

　　"好响的屁！可是没有臭味，倒有股生草子气，别是驴放的屁吧！"旁边的犯人拿他打趣。于是，一块田里就嘻嘻地发出了笑声。

是的，是得找点什么事来乐一下，不然这日子怎么过？有人捏着细嗓子唱起来：

> 二哥哥到农场去劳改
> 撇下我三妹子守空房
> 三妹子三妹子你莫心慌
> 劳改农场有口粮呢——
> 嗯哎哟！呀得儿哟——

正午，炽光更加强烈，浓重的绿色沉重地压在地面上。野鸭、青蛙、癞蛤蟆都懒得叫唤，空气仿佛也凝结成了胶质状态。偶尔，一股热风从山口扑向这里，裹着山那边沙漠上的焦灼之气，芦苇叶沙沙地响起金属般的磨擦声，混浊的泥水热得烫脚。劳改犯们没精神说话了，只顾埋着头薅草。要为那一天五分地的定额而奋斗。渠坝上不是竖着横幅标语吗："改恶从善，前途光明。"我扛着铁锹，在我管的田区走来走去。从前面看，稻田里是一团团被太阳炙烤得干枯焦黄的头发，这里那里闪烁着污浊的汗珠，蒸发出一股比腐殖质还浓烈的气味。从后面看，水面上撅着一个个屁股。屁股上补满补丁，补丁上沾满黄色的烂泥。

上面，是湛蓝湛蓝的天；下面，是墨绿墨绿的地。透明，深邃，美丽。可是，中间有一片被挤扁了的黑色的人群。

蓦地，水田里爆发出一片欢呼声，原来是拉"口粮"的车辆在高高的斗渠坝上出现了。

四套牲口拉着几筐箩饭走在前面，一头毛驴拉着一大箱水跟在后面，在柳荫下踽踽而行。妈的！瞧它们那不紧不忙的德行！你们吃饱了是咋的？！是啥菜？好像闻着了白菜熬萝卜的香气。但愿中午领的馍馍大一点："祖宗有灵！"吃这份口粮可不容易！不过总算顿顿都有饭吃。

王队长吹响了哨子。犯人们如同暴动了似的，纷纷向停在斗渠上的饭车跑去。

赶快跑！前头领的馍馍大，后来领的馍都在箩筐下面，不是掉了渣就是压扁的！

吃饭，对犯人来说，就像教徒的祈祷，那必定要全心全意地投入进去的。谁要是在吃饭的时候打扰了犯人，犯人就会像叼着兔子的狼一样，龇出牙，胸腔里发出愤怒的呼呼声，用布满血丝的眼睛斜睨着谁。王队长知道，所以不论有多紧张的活，他都不催犯人快点往肚子里塞，他常说："雷都不打吃饭人。"如果上午完成定额的情况好，他还会让犯人中午多休息一会儿。

今天刚开始薅草，一冬一春蹲在号子里和在旱田干活的犯人，头一天见了水格外地兴奋，所以上午薅草的进度挺快，王队长高兴了，吃完了饭他还让犯人在渠坝上躺着。尽管头上毫无遮掩，一个个被太阳烤得像油腻腻的麻花似的，但躺着总比干活舒坦。王队长一个人坐在一棵小树下，用芨芨草棍剔着牙，满意地乜斜着脚下的犯人，宛如牧人看着他喂饱了的羊群。

我们田管人员要趁犯人吃午饭的时候检查田埂和田口。犯人不珍惜自己的劳动，更不珍惜别人的劳动。稍不注意，有的犯人还故意把进水口、排水口扒开，或是把田埂踩烂。田管人员辛辛苦苦灌满的稻田不是水一下子排得精光，便是被新涌进来的渠水涨破田埂，你收拾去吧！你有的是时间。

大队里的犯人以为田里长这么多草全是田管人员的罪过。

完不成定额的犯人便把气撒在田管人员头上。拔过草的田里草和稻苗全乱糟糟的，就像被一群牛践踏过的一样……

我管的二百多亩稻田分成四档田，整整齐齐排列在两条笔直的农渠两边。一条农渠灌一百多亩地，农渠成九十度角地联结在斗渠上；一条宽阔的斗渠联结着几十条这样的农渠，稻田一边靠着农渠，另一边是深深的排水沟，由于地势低洼，排水沟里常年积存着清水，冬天则冻结成冰块，所以沟里的水其冷彻骨。排水沟两旁耸立着高大的芦苇。那是古老的沼泽地的遗孽。春天，这片稻田上最早生出来的就是芦苇，和箭一样的尖，和箭一样的直。它们靠着永不枯竭的排水沟提供营养，发疯似地往上长。等稻种播下地，稻田灌上水，它们已经长得比人还高了。现在，芦苇茂密得透不进风去，如同一堵绿色的高墙。

我听见这堵绿色高墙的那边有女人的嬉笑声和吵闹声。是女犯们在我旁边那档田里薅草，她们不和男犯一起在斗渠上吃饭。她们的午饭由她们的值日抬到农渠上来单独吃。

管我旁边那档田的是一个五十多岁的男犯，在我们田管组就数他年纪大。王队长真会安排！况且他八年的刑期到年底就满了，他是不会闹出什么花样来的。

有个女犯粗喉咙大嗓子地唱起来："临行喝妈一碗酒，浑身是胆雄赳赳……"声音嘶哑而干涩，像一团灰蒙蒙的浓雾翻过了绿色的屏障，不安地滚动着。但转瞬之间歌声又戛然而止，在我前方，在静悄悄的芦苇丛中，却清晰地传来泼剌泼刺的划水声，像野鸭子在水面上欢快地搧动翅膀。

是野鸭子！那种花翎扁嘴的水禽，常常是我们田管人员的美餐。劳改队的"口粮"虽然可以吃饱，但还是难得有肉吃。逮野鸭和抓鱼，成了我们田管人员的副业。在外面，盘中的野鸭都是用猎枪射下的或用网扣住的，而人一进了劳改队都会发挥出空前的聪明才智，我们光凭两只手就能抓住活生生的野鸭，这些像家伙们把窝筑在高大茂密的芦苇丛里，进进出出当然不能像直升飞机那样直起直落，它们必须在排水沟边的稻田中辟出一条小径，先落在稻田里，然后顺着这条小径游到排水沟，再爬上岸，蹒跚地回家。出窝时也是这样。我们经常看见野鸭子在排水沟边探头探脑地向天上张望，俨然是一位出门的绅士在观察天气。我们只要事前看出哪块田里的草和稻苗被分开了一路缝隙，随着这条蜿蜒延伸的缝隙查到排水沟边，野鸭的足迹就清晰可辨了。黑夜，我们拿上劳改队发给的手电筒，沿着白天探明的踪迹，肯定能找到用麦草和干柴枝筑成的窝巢。一个窝里至少有两只大野鸭，还有蛋或鸭雏。野鸭在电筒的照射下，会使劲地伸长脖子，歪着脑袋，用一只眼睛呆呆地盯着光源，一动不动。傻乎乎的，如墨玉般亮晶晶的眼珠，闪耀着人类早已失去了的天真无邪和坦然不备。那是什么光？是太阳出来了吗？而趁它愣神的当儿，我们用手一提它的长脖子，就轻轻松松地抓到了。有的夜晚，我们能抓到十几只。

于是，我悄悄地向泼剌泼剌响着的地方走去。

我赤着脚，用铁锹小心翼翼地拨开芦苇，一直躺到芦苇丛的深处。幸好，正午起了一阵风，芦苇丛像森林一般发出哗哗的喧嚣声；修长的苇叶在我四周，在我头顶摇曳，把投在清粼粼水面上的阳光拢成一片碎影。凉水已经没过了我的脚踝。再往前去，水就深可没顶了，排水沟的坡度是非常陡的。

现在，泼剌泼剌的水声更清亮了。泼剌泼剌之后，是淅淅沥沥的细流声，宛如水滴和野草之间在悄悄地细语，这不像是野鸭弄出的声音。

那么，是什么呢？

我好奇地拨开芦苇秆，向排水沟对面偷看。我猛地一惊：我看到了一个人！

一个女人！

一个赤裸裸的女人！

第五章

她在洗澡。

她也不敢到排水沟中间去，两脚踩着岸边的一团水草，挥动着滚圆的胳臂，用窝成勺子状的手掌撩起水洒在自己的脖子上、肩膀上、胸脯上、腰上、小腹上……她整个身躯丰满圆润，每一个部位都显示出有韧性、有力度的柔软。阳光从两堵绿色的高墙中间直射下来，她的肌肤像绷紧的绸缎似的给人一种舒适的滑爽感和半透明的丝质感。尤其是她不停地抖动着的两肩和不停地颤动着的乳房，更闪耀着晶莹而温暖的光泽。而在高耸的乳房下面，是两弯迷人的阴影。

她的皮肤并不太白，而是一种偏白的乳黄色，因此却更显得具有张合力和毫无矫饰的自然美。为了撩水，她上身有力地一起一伏，宛如一只嬉戏着的海豚，凌空勾出一个个舒展优美的动作。水浇在她身上任何一个部位时，她就用手掌使劲地在那个部位揉搓，于是，她全身的活力都洋溢了出来。同时，在被凉水突然一激之下，又在面庞上荡漾出孩子般的欢欣。

她的脸也很好看。在她扬起脖子，抬起头的当儿，那绿色的芦苇上立刻现出了一张讨人喜欢的面孔。眼睛、鼻子、嘴都不大，但配合得异常精巧，有一种女性特有的灵气。她的一头湿漉漉的短发妩媚地抿在脑后，使一张女性十足的脸平添了几分男子的英武气概。她那眉毛更增加了整个面部的风韵，细细的、长长的、平直地覆在她的眼睑上，但在她被凉水一激的时候，眉毛两端又高高地挑起和急遽地下垂。生动得无可名状。

看起来她忘记了一切，忘记了这里是劳改队，忘记了有人可能跑来斥责她，忘记了她的过去和现在，忘记了她旁边晾着一套黑衣裳，这套衣裳像黑色的烙铁一样烙出了她的身份。她全神贯注地在享受洗澡的快乐，她在一心一意地洗涤着自己，好像要把五脏六腑、把灵魂都翻出来洗似的。

她忘记了自己，我也忘记了自己。开始，我的眼睛总不自觉地朝她那个最隐秘的部位看。但一会儿，那整幅画面上仿佛升华出了一种什么东西打动了我。这里有一种超脱了令人厌恶的生活，甚至超脱了整个尘世的神话般的气氛，世界因为她而光彩起来；我的劳改生活因为见着了这幅生动的画面而有了一种戏剧性的幸运，一种辛酸的幽默感。我非常想去和她作友好的谈话，想戏谑她一番，但我又怕打扰了她，使她吓得逃跑，从而使梦境般的奇遇、幻觉般的画面全部被破坏掉。

我只是呆呆地看着。

她洗完澡，用一块破毛巾把身体仔仔细细地擦干。风不停地刮着，天空开始出现急遽飘飞的一丝丝白云。她好像才觉得有点凉，返身拣起撂在黑色囚衣上的内裤。在她又转过身来的时候，一抬头，突然发现了我。

　　她没有惊呼，也没有吓得四处躲藏，而是眯起眼睛迟迟疑疑地望着我。眼神里有几分愤怒、几分挑战、几分游移，她要决定她究竟干什么？

　　我也没有跑，也没有和她打招呼，然而我全身的神经都紧绷着……

　　终于，她露出洁白的牙齿朝我莞尔一笑。随即，又抿上嘴，侧耳听了一下。只有呼呼的风声，芦苇和芦苇说着情话。于是，她并不急于穿衣服，却撂下手中的内裤，像是畏凉一样，两臂交叉地将两手搭在两肩上，正面向着我。

　　在风中的阳光泛着淡淡的黄色。黄色的阳光照着她青春的前额。

　　她没有任何一点引诱的动作，更没有一句挑逗的话语，她的脸上也没有一丝笑容。她是在用眼睛、用她身上每一处微微哆嗦的肌肤、用她毫不准备防御的姿态呼唤着我。

　　这时，我眼前出现了一片红霞；我觉得口干舌燥；有一股力在我身体里剧烈地翻腾，促使我不是向前扑去，便是要往回跑。但是，身体外面似乎也有股力量钳制着我，使我既不能扑上去也不能往回跑。我不断地咽吐沫；恐惧、希冀、畏怯、侈望、突然来临的灾祸感和突然来临的幸运感使我不自禁地颤抖，牙齿不住地打战，头也有点晕眩起来。这是一块肉？还是一个陷阱？是实实在在的？还是一个幻觉？如果我扑上前去，那么是理所当然？还是一次堕落？……一只黑色的狐狸，竖起颈毛，垂着舌头，流着口涎，在苇荡中半蹲着后腿，盯着可疑的猎物……

　　芦苇、芦苇荡、天空，颜色都忽然转暗了。我们两人就这样僵持着。

　　一阵强烈得使我晕眩的冲动过去，习惯性的克制逐渐占了上风。这时，我在她的眼睛里，在她微微哆嗦的肌肤上，蓦然看到了一种可怕的痛苦，看到了笼罩在我们头上的凄惨的命运。她的饥渴也是我的饥渴；她是我的一面镜子。我心中涌起了一阵温柔的怜悯，想占有她的情欲渗进了企图保护她的男性的激情。她那毫不准备防御的姿势，使我的心似乎收缩了起来；生理上的要求不知怎么消失了，替代它的是精神上的忧伤。而恰恰在此刻，从高高的斗渠坝上传来了尖利的哨音。它像鞭子似的在我身上抽了一下，我觉得我还呻吟了一声，便拔腿返身跑掉了。

　　我踉跄地跑出苇荡，才发觉我的脸、手、小腿上被锐利的芦苇叶划开了无数道血口，脚底板也被芦苇根扎破了。

下午，我魂不守舍地扛着锹在田埂上乱转，低着脑袋，仿佛在四处寻找丢失在哪里的什么东西。

管我旁边那档田的老犯人过来向我讨火柴，说："章组长，你脸色不对哩。是不是病了？"我摸摸自己的额头，手掌和脸都冰凉。我快快地说："是的，是不舒服。"我借此向王队长去请假，要回土坯房休息。王队长看了看我的脸。"嗯"了一声，算是准许了。我拖着疲倦的腿回到住地，一下子扑倒在炕上。

就在这孤零零的土屋里，就在这张散发着霉味和汗臭味的炕上，我展开过各式各样有关女人和爱情的幻想。所以，我非常的懊悔，我失去了一个极为难得的机会；可是，我又很感自豪，觉得自己经受住了一次严峻的考验。但究竟是什么？我也说不清。啊，魔障啊，魔障！是什么阻止了我扑上前去？既然那种精神上和肉体上的饥渴同时折磨着我和她，既然我们身上都烙着苦难的印记，为什么我们不能在苦难中偷得片刻的欢愉？

我开始蔑视我过去所受到的全部教育。文明，不过是约束人的绳索，使一切归于人，发自人本性的要求都变得那么复杂，那么可望而不可即。如果我像那些普通的农民劳改犯就好了。但我又庆幸自己过去受了教育，是文明使我区别于动物，使我能克制自己，在关键时刻表现出了人，也只有人才能表现出的高尚行为；我有自由意志，我可以选择，因而我要对自己的行为负责。然而，倘若我迎了上去，世界也并不会因此更坏些；我转身逃了开去，世界也没有因此变得更好。我，一个劳改犯，一只黑蚂蚁，还谈得上什么用行为合乎道德规范这点来自宽自慰？何况，如果我认为自己是道德的，就必定认为她是不道德的，而我又有什么权利在心里指责她？那不正是曾在自己的幻想中出现过的场景吗？我为自己的行为负责，那么谁又曾对我负过责任？社会的责任似乎就全在于折磨我和迫害我。可是，既然说，今天一只蝴蝶在北京振动一下翅膀，下个月纽约的天气就可能受到影响，那么，刚刚我要是与她结合了，我就将不成其为我，我今后的命运就可能大大改观——据说，人一生的命运就是一连串一环套一环的因果关系。不过，我又怎能知道改观以后的命运必然更糟？说不定我还能从此割断束缚我的精神绳索，还原成一个人，一个原始的人，在这个野蛮荒唐的年代，用野蛮人的方式去荒唐地生活……

各种观念在我的头脑中搅成一团，搅得我头疼欲裂。最后，搅成一团的观念全部消失，疲乏使我的头脑、我的眼前成了一片空白。没有了什么道德的、政治的、伦理的观念，没有了什么"犯人守则"，没有了什么"劳改条例"；我也不存在了。

只有她那美丽的、诱人的、丰腴滚圆的身体，她那两臂交叉地将两手搭在两肩的形象，耸立在一片空白当中。

世界上只剩下了她！

第六章

我一夜没睡。

半夜，窗外响起滴滴嗒嗒的雨点声。一会儿，雨点越来越骤密。田野上、屋顶上、发出哗哗的巨响，土坯房的屋檐像瀑布一样，把宁静的黑暗震动起来。黑暗飞扬得到处都是，仿佛有一个极其威严的神物鼓起黑色的翅膀将君临到这世界上来。我静悄悄地感到了恐惧，习惯性的灾祸感使我以为又会受到什么惩罚。于是，我抛开了在心中混乱的念头，不去想……她。雨下到清晨，又骤然而止。来得匆忙，去得突兀。一只孤零零的公鸡在渠那边凄凄然地啼叫，檐前的水滴寂寞地敲打着水洼。

在不安的情欲熄灭了以后，我开始在道德上的自满自足中，在精神上去寻求在肉体上没有获得的东西。女人，她的帷幕是在我面前一层一层地揭开的。现在揭到了最后一层。倘若把这最后的帷幕揭开，女人也就不神秘了。而没有神秘色彩的事物都是平淡乏味的事物。于是，可以这样说，这时，我对女人的感知可说是恰到好处。朦胧的状态可以使我展开想象，还可以就此编出富有浪漫气息的故事……

我发觉，我其实只不过是个耽于幻想，善于编故事的人，尽管我能够应付现实对我的种种磨难，却缺少主动的进取精神。

我还发觉，文明的功能主要不在于指导自己的行为而在于解释自己的行为。我没有做那件事，我能够很合理地把自己的形象想象得很高大。可是我如果做了那件事，我也同样能够合理地解释它，不但会原谅自己，简直还会认为那是强者的行为。

天亮了。灰色的霞光从污浊的玻璃渗透进来。劳改犯人还睡得正浓。我深深地叹息了一声：有思考能力的人靠思考生活，没有思考能力的人靠本能生活，但本能使人坚强，思考却使人软弱。

其实，在这个世界上，思考与不思考全是一样的！我想翻身坐起来，而这时却睡着了。

第二天,大队照常出工。一夜的暴雨,在黄土高原的沙质土壤上竟没有留下多少痕迹,除了坝坡上有一道道被雨水冲刷出的自然流径之外。当然,稻田、苇荡和沼泽成了汪洋,在绿得发黑的水生植物随风摇曳的时候,透过晃动的枝叶,可以看见到处都是白花花的水沫。这种水沫只有急风骤雨才掀得起来。空气异常潮湿,风里似乎还带有一丝丝雨丝。褐色的柳树干、沙枣树干的颜色更深沉了,而白杨树干却像银子铸成的一般通体发光。田埂上、土路上蹲着许多癞蛤蟆,草丛里躲着许多青蛙,像洪水过后的灾民,茫然失措。但是土路上毫无泥泞,田埂上也坚实可行。劳改大队仍然沿着这条土路来了。

天一大亮,我们田管人员就爬起来,扛着锨下地去检查自己所管的田。大雨有没有把排水口、进水口冲开?田埂有没有被冲垮?而我却昏头昏脑地在我管的田区转悠,不知道应该干什么。嘴里又苦又涩,肚子也不觉得饿了。看到我昨天从那里进去,又从那里出来的地方,芦苇被分向两边。好像是高墙中的一个豁口。这个豁口在我心中引起一阵欣喜、一阵忧伤、一阵混乱不堪的情绪。

当我糊弄着检查完了以后回土坯房吃早饭,在半道上正碰见下田薅草的大队人马。

"夜黑下雨白天晴,气得劳改犯人肚子疼!"

一个尖鼻子犯人经过我身边,用押韵的顺口溜发牢骚。是的,要是白天接着下就好了,这样犯人就可以在号子里蒙头睡上一天。

可是天虽然还阴沉沉的,却并没有雨。劳改队里尽管经常出现意外,却从来没有过侥幸。当一个劳改犯,最好是对生活不要抱任何幻想;我幻想了,所以我就有了苦恼。

这里没有爱情,只有生理上的情欲……

男队走过去了。后面。远远的地方跟着来了女队。我现在才知道我在等谁;我突然又体验到了多年未曾体验过的激动。

空气灰蒙蒙的,渠边青草上的水珠也呆滞无光。但是,这一切都因为能够见着她而具有了光彩。

走在前面的女犯都好奇地盯着我,直到从我旁边走过去才把头扭开。她走在最后。她的后面是扛枪的"班长"。她手里拿着一把镰刀。这是用来割草的,在草太密的田边上,干脆就用镰刀来割,反正那里也不会有稻苗。

我凝视着她的眼睛。她眼睛里跳跃着一种嘲讽的笑意,但也含有仿佛跟我已经很熟悉了的、很亲切的目光。我们互相用眼色打着招呼:"你早!""你好!""你早晨吃饱了吗？""还凑合！"……

她有着一张容光焕发的脸，在那张脸上丝毫找不出来一点羞愧，于是我反而脸红了。她虽然也穿着和别人完全相同的黑色囚衣，没有领子，没有贴兜，跟一条直筒筒的面粉口袋一样；肥大的衣袖随着女人细小的胳臂来回忽搧，但在我的眼里她似乎还是赤裸裸的，还和昨天一样美丽。

然而，在她走到我旁边，要和我擦身而过的那一刹那，她却突然举起手中的镰刀，在我脸前晃了一下，同时用只有我能听清的语声，迸出这样狠狠的一句话：

"我恨不得宰了你！"

我还没有反应过来，她头也不回地走掉了。跟在她后面的"班长"嘴里不知咕哝了一句什么，也从我身边走了过去。

一支枪筒发出蓝幽幽的光。

我等了半天，等的是这样一句话。我们用目光交流的那些无声的话语，全是我自己的想象！

吃完早饭，我在渠坝上呆呆地坐着。风撕裂了铅灰色的云，在远方，在天边，出现了橙黄色的阳光。老乡的庄子开始活动了起来，响起懒洋洋的赶牲口的吆喝声。一匹瘦骨嶙峋的枣红马跑出了圈，在黄萝卜田中又陡然站住，昂起头，用鼻子在风中嗅着什么。渠水浸到我的小腿。水流响着细微的潺潺声，含有一种忧郁而爱恋的调子。我忽然委屈地流出了眼泪。我觉得我受了伤害，她也受了伤害，但又说不出究竟什么地方受了伤害。

此后，在劳改队我再也没有见到过她。三千多亩水稻田，一千多人薅两天也就薅完了。第三天，大队转移到场部北边的稻田区去了，等稻子黄熟，我们田管组都抽调回大队时，女队已经搬迁到别的站去，我们连在路边见面的机会也没有了。我只打听到她的名字。

她的名字叫黄香久。

第二部

第一章

我们再次相遇，已是八年之后了。

也是一个刮风的天气。但不是那种湿润的风，而是砾石上干燥的热风；砾石上只能长耐旱的针茅草、芨芨草、沙葱和酸枣刺。这里不是劳改队的水稻田，而是农场的羊圈，在春天的空气中，散发出一股发酵的羊粪味和薰人的羊膻味，时间流逝了，场景变换了，但我们的身份似乎并没有怎么变。

我用四齿笓搂着撒在羊粪上的干草。干草四处飞扬，草秸在阳光下翻滚，像铺天盖地而来的蝗虫。远方，山腰上弥漫着明晃晃的岚气，使重叠的群山失去了层次，失去了立体感，宛如镶在玻璃框中的一幅静物画。山脚下，有一条发光的小路蜿蜒而下，直达到这个羊圈，又从这个羊圈延伸到居民点。在那里，和一条通向场部的土路会合。

她就是从这条小路来到羊圈的。

前天，我把羊从山上赶回来，羊圈已经颓败得一塌糊涂。没有羊蹲的羊圈，和没有人住的房子一样，会很快地坍塌掉的。所有的柱子都歪歪斜斜，哪个旮旯里全结着蜘蛛网，喂羊的槽也不知让谁偷跑了。槽是木板做的，拖回家去可以打一个柜子。在农场，除了野地里的石头没人偷，凡是生活中能利用一下的东西，一撂下转眼就不见。到快入冬的时候，连建筑用的青石片也有人偷——家家的咸菜缸上盖的都是青石片。

槽不见了，羊棚上的椽子也丢了好些根，怪不得羊棚塌下来了一个角。我要我们生产队的书记派人来帮我收拾。"这个圈连羊都不敢蹲，砸死了羊可别说是我搞破坏！"羊比人重要，如果说人住的房子坏了，对不起，你也别想生产队会派人来给你修。可是羊，那就不同了，尽管现在正是农忙季节，书记还是答应派一个女的来。

"是刚来咱们连队的。原来在白银滩农场。她不愿在那儿呆，我就把她要来了。"书记说着，露齿一笑。"她过去也劳改过，是跟你在一个劳改农场哩。"

"哦？叫什么名字？"我心中一动。

"叫黄香久。"

果然！

和我同期劳改的女犯人有一百多名，我劳改过的那个农场，前前后后总关过上千人次女犯，但我还是一下子想到了她。我再一次坚信自己有一种神秘的预感，过去，现在，无不应验。可是，好的预感从来没有应验过。也许是我命中根本就不可能有丝毫的幸运。

但愿这次能出现奇迹。

我看着她从生产队的居民点慢慢地爬上坡来才转过身去。她扛着两根细木棍和一把铁锹。风使劲地掀动她蛋青色的头巾，把一身军绿色的衣裳——这是最时髦的颜色——紧紧地裹住她的身躯。她低着头，迎着风走到羊圈，哗啦一声撂下她肩上的东西，靠在栏杆上喊道：

"喂，我是在这儿干活吗？"

我耳边又响起"我恨不得宰了你！"那是一个遥远的声音，可是现在一下子变得这样贴近。是的，就是这种语气：任性而又有撒娇的意味。我微微一笑，迎上前去。

"你没走错。可是你带来的椽子太细了，"我踢了踢她脚下的木棍，"这样的火柴棍能支得起棚子？"

"管它呢！扛细的轻松点。"她撇撇嘴。接着，眯着眼睛看着我的脸。我紧张地等待着，几秒钟后她吸了一口气：

"啊，是你？"

"是我。"我很高兴她还能认出我来。

"你咋也在这里？前些天你在哪儿干活？怎么没见你？"她一边从栏杆上爬进羊圈，一边问我。我手插在她腋下帮她翻过栏杆。在无边的干燥的空气中，只有她腋下有一点温暖的湿润。

"我怎么来的？像我们这种'打了号的羊'，除了这样的农场还能分配到哪儿去？"我抑制着突然迸发的喜悦和兴奋，但禁不住变得饶舌起来。"劳改队不是实行'从哪来回哪儿去'的原则吗，我是这个农场送去劳改的，所以一释放就回来了。一冬天我都在山上放羊，前天刚回来。你是怎么来的？"

"哟，你还会放羊，真不简单！"她在羊圈里站定，抻了抻衣服，把沾在衣裳上的干草秸一根根地拮掉。这种仔仔细细的爱整洁的动作是十足女性的动作，我的眼睛里一定放出了奇异的光彩。但是，我却用无所谓的语气说：

"嘿嘿！我什么不会干？从五七年到现在，十八年过去了，要是上大学，都毕业五次了。农活里，我就是不会开拖拉机。他们不让我开，要让我开我也学会了。"

她再次上上下下地打量我，嘻嘻地笑着说："真是巧！想不到咱们又在这儿碰见了。"

"巧什么？我一点也不觉得奇怪。"我说，"像我们这号人。迟早会又凑到一块儿的。世界非常非常大，可是对咱们来说，却非常非常小。这些年，我磕头碰脑地总遇见过去一起劳改的。比如说吧，这次在山上放羊的五个羊倌，是从各连队调上去的，可除了那个啥也不会干的班长是复员军人，四个人全是从我们原先的那个农场出来的，有一个还跟我蹲过一个号子。你说怪不怪？来吧，把锹拿着，咱们开始干活吧。"

岁月好像在她身上并没有留下多少痕迹，也许是过去我并没有把她看得很清楚。她现在总有三十多岁了吧，和我记忆中的她比较，她似乎胖了一点，脸色比过去好得多，黄白但有光泽，过去，她不可避免地和大家一样，脸上有一股晦气；眼角和鼻梁间虽然出现了一些细小的皱纹，但却比我印象中的脸更为生动，表情更为丰富。因而，在我看起来，她仿佛比过去更年轻了。

"从那时候算起，有八年了吧。"她替我扶着羊棚的柱子。"这八年，你都在这个农场？"

"可不是。"我用铁锹埋着土，我们要把塌下的棚子支起来。"不过这八年可真不容易过。先是'群专'了一年，以后又蹲了两年监狱。头一次是刚释放，就被'文化大革命'裹了进去；后一次在七〇年'一打三反'里头。你呢？这八年你是怎么过来的？"

"'八年啦，别提啦！'"她笑着，学了一句革命样板戏《智取威虎山》里的唱词。随后，两脚倒着把我埋下的土踩瓷实，眼睛看着地面说，"这八年，结了两次婚，离了两次婚，就这些。幸亏没生娃娃。"

我不停地干着活，一点也不惊奇。我看见、听见的出乎意料的事太多了，到后来，竟没有一件事能出乎我的意料。她不那样生活还能怎样生活？幸福是一种奇迹，不幸才是常规。她对我的坎坷也没有感到惊奇。这样，我们倒是真正地相互理解了。她不说那些安慰的话语也好，这些年，我最怕那种老太婆式的絮絮叨叨的同情。

"你别笑话，"她接着说，"你蹲了两次监狱，我结了两次婚，其实结婚跟蹲监狱一样，有的时候比蹲监狱还要难受。前一次，我没告诉他我劳改过，成天提心吊胆的，怕他知道了。可他还是知道了，跟我打了离婚。后一次，在白银滩农场，我一开始就跟他说清楚了，可他老把这事拿捏我，我受不了，跟他打了离婚。前一次是人家不要我，后一次是我不要人家，一比一，平了！唉，人一辈子就是这么回事。我以后再不结婚了！"

"你打定主意再不结婚容易办到，我打定主意再不蹲监狱可不容易。"我笑着和她打趣。"结不结婚由你，蹲不蹲监狱可不由我。这么说来，你还是比我强。"

我们一见面就像老朋友似的嘻嘻哈哈，无拘无束。友谊的关系有各种各样的格局，有的格局是一见面就自然地很亲切，有的是必须在一段时间里逐渐啮合好齿轮，如果啮合不到一起便不能运转，我们都无视对方的痛苦，因为我们各自的遭遇就够自己心烦的了，但我们却能真正地同情对方，因为我们都亲身经历过那种痛苦，虽然在形式上不同——蹲监狱和结婚二者虽有区别，但感觉的实质和程度是一样的。

干草秸飞扬了一会，飘落在地上，羊圈里满地闪闪发光。风吹着吊杆吱吱嘎嘎地响，水桶乒乒乓乓地磕碰着井沿。我从井里提了几桶水，和了一滩泥，跟她慢慢地修补围墙。其实，书记不派人来我也能把羊圈收拾好。但多年当农工的经验告诉我，给你派一个任务之前你先得喊叫，派一个人来你自己就省一分力。在劳动中入迷，和在接受劳动任务时的狡猾，二者并不矛盾，劳动，是自己的生活，而任务却是属于别人的。只有雇佣工人才能分得清它们之间的差别。现在，我们两人干着一个人的活，干得很轻松，很默契。这突然使我想到：小农经济给人最大的享受，就在于夫妻俩一块儿干活！中国古典文学对农村的全部审美内容，只不过在这样一个基点上——"男耕女织"！

我们谈着各自认识的熟人。所谓熟人，绝不是失去的那一个、已经成为梦幻般的世界中的熟人，而是曾经一块儿劳改过的人。因为我们两人的生活只在这一点上有过交叉。他们中，有的又一次折腾进去了，有的丈夫跟她离了婚，有的妻子跟他离了婚，有的自杀了，有的被杀了……谈来谈去，我们发觉我们俩的遭遇还是比较好的；命运特别宠爱我们两人。我们虽然感叹着、惋惜着，但我们还是更高兴了。

"那么，你为什么不呆在白银滩农场，要调到这个农场来？"我问她，"是不是白银滩农场活苦？"

"所有的农场都一个样。活嘛，看人怎么去干了。"她说着，有意地把额前的一络头发从廉价的尼龙纱巾中扯下来，并翻起眼睛看了看那绺头发。这里没有镜子，要有镜子她就会走到它跟前去的。而在这一瞬间，她的脸上的确有一种照镜子时的很蠢、很俏皮的表情。但她的头发真的是很亮、很黑的。"既然离了婚，再呆在一个农场有啥意思？还是离得远远的好。你们的书记跟我们那书记是战友，常去我们那儿。是你们的书记把我要来的。"

停了一会，她又说："你们这个书记不是个好东西！"

"你怎么知道？在我看来，他还算比较好的。"

"哼哼！"她鼻孔里冷冷一笑。"男人嘛，我见得多了，一看他的眼睛就知道。"

我想了想，这位书记的眼睛好像和别人并没有什么不同。也许是我一直没有注意他的眼睛？但我立刻想到自己的眼睛。是不是她也从我的眼睛里看到了什么？我想起八年前所看到的情景，一切还都很清晰生动，犹如昨天发生的事情。不过我不能知道那时我的眼睛是什么样的。在一个自信很会观察男人的女人面前，我得小心一点。我赶忙把眼睛移向别处，拿起她扛来的木棍思忖着，好像想把它派个什么用场。

这时，书记也爬上坡来，到了羊圈。幸好我们刚中断了谈话，她满不在乎地站着，我在装模作样地干活。

"嗬，你们干了不少嘛！"书记的情绪今天出奇地好。其实我们并没有干多少，书记从我旁边走过，瞥了我一眼。我也瞥了他一眼。我没有发现他的眼睛有什么异常。他笑眯眯的，眼角放射出几条饱经风霜的鱼尾纹。这是个很机灵的人。在旁边没有人的时候，他对我的态度很好。这个队原来号称"鬼门关"，是全农场管得最严的一个队，"文化大革命"后期又改作武装连，负责看管农建师设在这里的监狱。"九·一三"林彪事件以后，是由他来解散这所监狱的。但是，和社会上一样，所谓解散，只不过像一撮盐溶化在一缸水里，最后，盐消失了，而整缸水都含有稀释了的监狱的苦咸味。我听人说，他常告诫那些爱用拳头棍棒敲人的群众，"你们别把狗逼到墙根上罗！"虽然他还是把我们这种人比作狗，但在号召"痛打落水狗"的年代，这样的话已经够有人情味了。自他来了之后，"鬼门关"的制度的确宽了许多，农工们假日出门，甚至不打招呼也可以；"鬼门关"不怎么像"鬼门关"了。

他把笑眯眯的眼睛转向她，走到她跟前，接过她手中的铁锹，掂了掂，说：

"刚领的？口还没有开哩。"

说完，就将锹口搭在垫木槽的粗石上，手腕使劲地压住锹把，哗哗地磨起来。他披着褪色的绿军服，两支袖子像拨浪鼓槌般摇来摇去，但姿势很有力，矮墩墩的身躯半蹲着，更显得结实粗壮。磨了好半天，他站起来，用拇指试了试锹锋，交给她：

"看，这就好使了。你铲几下，利不利？"

她照他说的在羊粪上铲了几下，满意地笑了。

"嗯，真的，好使多了！"

书记很容易就改变了她原来对他的印象。这个书记真有办法！我就没有想到替她磨锹，光会磨嘴皮了。

我背对着他们，用铅丝把一根根栏杆拧紧。现在是书记代替了我，和她埋柱子，风一阵阵传来他们的说话声。

"曹书记，来这儿之前你在哪儿啦？"

"哦，那时我在大草原上，锡林郭勒大草原，你知道吗？我在那儿当骑兵。"

"嗬，那真是个好地方。"

"你去过？"

"没去过。我在电影上看的。那草原真漂亮……"

"是呀，草原是块宝地，尤其到了夏天。可是几百里不见人烟，更别说女人了。当兵的全是小伙子，有时候，真孤单呀……"

他也感到孤单过？

"那你为啥不把老婆带上？"

"那时候我还没娶老婆哩。再说，我还不够资格，我才是个排长。在部队，营长才许带家属。"

"你们那口子挺漂亮的，是不是在学校教书的那一个？"

"唉，啥漂亮不漂亮！俗话说：'当了三年兵，见了母猪都是双眼皮的，何况我当了八年兵？！'我一复员回到老家就结婚了，管她漂亮不漂亮！"

曹书记的语气有几分懊丧。放在现在，他就不会娶这样的女人吧？他女人突出的特点是嘴大，满口黄牙，两腮红得发紫，并且皮肤粗糙，据说这是因为他们家乡的水土不好。黄香久夸她漂亮，是在恭维她。是的，不恭维她恭维谁呢？她是连队书记的老婆，虽然小学还没有毕业，写自己的名字也缺笔少划，却能在农场学校教小学。

她跟书记也能找得出话说。曹书记平常就没有什么架子，这时更说了些心里话。他说这里没有他们老家好，风沙大，交通不方便，可是来这里能当国营企业的干部，比在老家当公社干部好，二则他老婆和妯娌又闹不到一块儿去，所以就来了。要是有机会转到家乡的国营单位去，他还是要回去的。她对书记不愿在这儿长久呆下去表示惋惜，说咱们农工就仗着一个好领导。"火车跑得快，就靠车头带。"又叹息说："当干部就是好，能满世界里调，农场不愿呆了到工厂，工厂不愿呆了到政府。咱们当农工的调来调去还是在农场。"曹书记叫她也活动着调回老家去，说是只要她家乡有个接受单位，这里他一批就放走了。我眼角瞥见他还抖了抖手腕，做出了一个签字的手势。她说："谢谢你啦。可我不愿意回去，在外边犯了事儿，回老家丢人败兴的。"曹书记说："你那又不算什么大不了的事，纯粹是人民内部矛盾！那是在'文化大革命'以前，要放在'文化大革命'里面，哪能给你判三年劳改？你没看大字报上揭发的，好些高干都搞这事哩！"我还不知道她犯的什么案子，书记是抓政治的，有权翻每个人的档案，当然知道。听曹书记的口气，她肯定犯的是所谓"男女关系"。只有这种罪过，不分高干、基干、平民百姓都能够犯。如果说是"走资本主义道路"，她还没有这个资格呢。

他们两个聊着天，我心不在焉地干着活。不知怎么，我的情绪陡然低落下来，看看太阳，有点偏西了。明晃晃的山岗聚合成飘动的灰雾，缭绕在光秃秃的山间。风也减弱了，在去冬的枯草和今春的绿叶上疲倦地徜徉着。眺望南方，黄色的地平线上有一小片白色的尘埃。"哑巴"快把羊赶回来了。放羊的把式出工比大队晚，收工比大队早。他们回来，还得饮羊，还得给乏羊喂料，活多得是。

我不客气地一把把栅栏门拉开。门像一把散了骨撑的扇子，摇晃个不停。那意思是说：你们走吧，羊快回圈了！

曹书记掉过头来看看我，又抬起腕子看看表，说："今天就干到这儿吧。"他把锹还给黄香久，向我走来。

"给，抽支烟吧。《参考消息》上说，抽一支烟要少活五分钟，我就不信。一个人咋能知道自己活多长？那五分钟又从啥时候扣起？"

我说："抽就抽。反正多活五分钟少活五分钟，对我来说无所谓。"

我把烟先点着，然后把火凑到他面前。他在我手上对着烟，喷了一口，意味深长地说：

"对谁来说都无所谓。这会儿，谁还怕死？"

是的，中国人连死都不怕，特别是现在，活着并无趣。不过跟他说话要适可而止，我问：

"我这趟回来，是住在羊圈呢？还是回大队去住？"

"随你。"他爽快地说，"放不放羊也随你。你在山上苦了一冬天，想歇歇的话，就回大队。想放羊自在，就还是放羊。还有，你刚回来，给你三天假，咋样？"

"行。那我就回队上干活去。"

在农场，大队上最好混日子，按时出工，按时收工，按时休假，不管干得怎么样，工资一分钱也不少。这里不是劳改队，单独工作并不体现自由，反而会被牢牢地钉在岗位上，没有人愿意放弃假日来替换你。尤其是我们这种人，还要冒风险。比如，羊只的成活率高，成绩不会归于你，倘若死亡率高了，倒会找到你的头上。

书记搓搓手，掸掸裤腿，走了，沿着他上来的那条小路向居民点走去，她抱着锹过来。

"书记开恩，放了我三天假。"我说，"奇怪，书记今天好像对人特别好，我看跟你聊得也挺热闹。"

"哼！"她哼了一声。"现在跟过去不一样了。这些人可鬼着哩！"

"怎么不一样了？"我敏感起来。我在山上一个冬天，看不到一张报纸，听不到一句广播，难道这期间世界有了什么变化？

"我也说不清楚，反正我觉着不一样了。"她望了望地平线上逐渐变大的白色的尘埃，说："你要是没事，到咱们房子来聊聊。我那儿挺清静，就两个人，那一个是个老婆子……"

第二章

"哑巴"把羊赶回来了。入圈、点数、饮水、分栏。冷清的羊圈一下子热闹非凡。但是没有人，只是羊在这儿闹——羊挤羊，羊顶羊，小羊找母羊，只有老乏羊用悲观主义者的眼光瞅着同类，冷漠地一声不响。好了！一共二百七十五只，没有少，当然也不会多起来。

羊赶回圈，就没有"哑巴"的事了。不是没有他的事，而是他除了放羊，便不干别的事，连羊只的数目也不数，他光起个牧羊犬的作用。这时，他一动不动地蹲在墙根下，垂着脑袋，瞅着他脚下那双用汽车轮胎做的爬山鞋。我一边轰羊，一边喊他：

"喂，你回去吧！"

“回去吧？”

“我叫你吃饭去哩！”

“吃饭去？”

真没办法！他所有的话都和回声似的，你说什么，他说什么。我干脆不理他，一个人忙活起来。

一会儿，“哑巴”的老婆来了。这是个内蒙古的大脚女人，一张焦黄的扁脸；在这都穿绿军装的时候，独有她还穿着老式的大襟衣裳。还没走到羊圈，在那条小路上就扯开嗓子骂起来：

“我说你咋不死哩！啊！我说你咋不死哩？啊！你这没命的灰熊！每天都要老娘来领你，不领你，你连家门在哪里都摸不着！你要死了，老娘也轻省了……”

我说：“你别骂了，大嫂。他活着，每月还能给你挣三十三块钱哩。别看他摸不着家门，放羊还是比条狗强……”

“我稀罕那三十三块钱哩！”大脚女人吧嗒吧嗒地走进羊圈，“这灰熊不是没命么？谁叫他把那一万多块钱交上去？交了就交了呗，自己又想不开，落了这身病。唉！老章，我总思谋不开，这人是怎么回事。啊，你说说，这人是怎么回事？你这么大学问，你能把人思谋得透么……”

她把重音放在“人”字上。这表明她“思谋”的不是她丈夫。她是在“思谋”人的本质、人的本性、人的意义。在只注意人的阶级属性的今天，这个生活于荒漠上的大脚女人，居然比写大块文章的批判家想得还要深刻。

不幸的女哲学家用她丈夫赶羊的鞭子抽了她丈夫几下。“哑巴”清醒了，默默地跟在她后面，顺着那条小路回家了。

羊咩咩地叫着，居民点的房顶上有的冒出了青烟，很多人家烧的是蓬蒿。那烟就像魔鬼施的魔法，呼地一下子猛往上冒。

“哑巴”其实不是哑巴。前些年，在大兴背诵“老三篇”的时候，他虽然不认识几个字。用这儿老乡的话说，却也能背得“淌淌流水”。他出身贫农，往上查五代找不出一点瑕疵。从部队复员来到这个农场，因为没有文化，不能像曹学义那样当连队领导，只捞到了一个班长，而且是谁也不愿意当的放羊班长。他一向乐呵呵的。脾气很随和，扛了八年枪也没有改变他庄户人的习性，但在武斗的时候，他却会吐沫横飞地跳到台上来大打出手。他痛恨那些牛鬼蛇神完全出于一片对革命的虔诚：领导上说是坏人肯定是坏人！前一方面的表现，他获得了群众的好感；后一方面的表现，他赢得了领导的宠爱，所以年年都把他评为学习“毛著”

的积极分子。

　　三年前的秋天，全场的羊照例要赶到山坡草场去放牧，他带着各连队集合来的四个牧工去了。石头砌的羊圈坐落在通向内蒙古的隘口路边，就是我不久前从那里回来的地方。那里满山坡是砾石，洪水冲出的自然泄洪沟中也全是青灰色的石头。但是草长得很旺。据说羊吃了从石头缝里长出的草会特别壮实，因为草的顽强坚韧的灵魂会转移到羊的身上。这就是我们每年必须把羊赶到石头山上去一次的原因。有一天，这位还没有变成"哑巴"的班长，赶着二百多只羊在荒山坡放牧，走着走着，忽然在砾石上发现一个鼓鼓囊囊的军绿色帆布包。打开一看，竟是一大叠一大叠人民币。在这么一块和月球上同样荒凉的地方，这包钱似乎只能是从天上掉下来的。他在山坡上蹲了一下午，哆哆嗦嗦地也没把钱数清楚。反正是很多很多！回到羊圈，把钱藏好，从此就病了，不停地自言自语，或是嘴唇不出声地颤动，好似在心里计算一连串天文数字。羊，当然是放不成了，但他是班长，别人只好替他放，不久，县公安局来了人，四处查访，终于查到这个羊圈。原来，钱是内蒙人丢的。他们赶了一群马到黄河沿岸去卖，总共卖了一万多块钱。大草原上没有邮局，他们把一包现款绑在马鞍后面就往家走。可是这伙内蒙人个个喝得醉醺醺的，经过隘口时，帆布包掉了也不知道。县公安局根据他们回去的路线，一段一段地调查。最后推定在这个周围几十里不见人烟的羊圈住着的人最可疑。

　　这座孤零零的羊圈从来没有来过这么多人。穿制服的警察把一个个牧工叫到吉普车旁边审问。"哑巴"是班长，响当当的贫农，又害着奇怪的病，谁也没有怀疑到他。可是他一见到带枪的人就大惊失色，浑身筛糠似的哆嗦，还没有问到他，他就主动说了。几个警察从羊粪堆里挖出了内蒙人的帆布包，点过数，一分钱也不少。

　　"哑巴"一夜之间出了名。除了学习"毛著"积极分子的头衔外，又成了全省农垦系统的标兵、劳动模范、优秀共产党员。当宣传干事替他整理材料时，他嘻嘻地笑着说："钱太多了！要是只有几百块钱，我就留着自己花。"他没有了钱，病也没有了，说出了实话。宣传干事当然不能照他说的写，反而用报纸上现成的言词给他编了一套天花乱坠的讲用稿。这样，"哑巴"就上了北京，出席了全国农垦系统召开的一次先进人物代表大会，还见到了中央的大首长。

　　从北京回来，他逢人便说，过去他傻着哩，不知有了钱咋花，去了北京，才知道钱能买东西；王府井百货大楼里，要啥有啥。有了钱才能过好日子。话传到团场领导耳朵里，把他叫去训了一顿，说是他如果再到处乱说，就要把他当成"阶级敌人"。从场部灰溜溜地回来，第二天，他就变成这副模样。

开始，人们给他起的外号是"傻子"，但这时"傻子"正是一个带荣誉性质的褒扬词，譬如说，场部那个每天清晨起来打扫厕所的、比谁都机灵的水利技术员，好不容易才脱掉"知识分子"的皮，取得"傻子"的光荣称号，入了党。于是大家都觉得管他也叫"傻子"不妥当，后来根据他病情的特点改称他为"哑巴"了。

他顽固地沉默着，谁知道他心里是怎样想的？而人们一见着他，心里也一下子罩上了浓黑的阴影。别人的悲剧是政治运动造成的，他的悲剧却完全与政治运动无关。这使人们觉察到，在政治口号的表层下，在过着最普通生活的最平凡的人的心中，有一种不能被政治征服的、想过好日子的、可怕的利己欲望。这种欲望像鬼似的藏在每一颗心的死角，不管什么政治运动都冲击不到它。相反，它还会叫人冷不防地钻出来，把政治给人的影响化为乌有；人们从他身上反省到自己，觉得自己的心里除了"不断革命"的斗争性之外，仿佛也有个什么说不出的名堂，只不过是"哑巴"把它公开化了。这种沉重的鬼胎，像坚冰下面的涓涓细流，一点一点地啃啮着上面的冻层。

大脚的女哲学家"思谋"的大概就是这个吧？

"哑巴"惯常地垂着头，跟在拿着鞭子的大脚女人后面，隐没在居民点的淡青色的暮霭中了。魔鬼施放的烟雾笼罩了整个村庄。羊安静下来。悲观主义的老乏羊卧在苔垸里，深深地叹着气，长长的胡须耷拉着。一副悲天悯人的神情，我干完了应该干的活，在曹书记刚刚磨铁锹的大粗石上坐下，点着一支烟。一般莫名的悲哀和烦恼照例地涌上心头。这种情绪来得和时钟一样准。日落、黄昏、归羊、飘零的晚霞、沉淀下来的风、沉静下来的荒原、被流动的空气刻蚀的沙丘、孤傲挺拔的芨芨草和枝桠的荆棘，都渐渐地模糊了、淡化了，于是从心底里渐渐地显现出孤独与寂寞。每日每夜，伴随我的不是羊，便是"哑巴"这样的人，广阔的空间，除季节变化就无变化的自然空间，找不到一点点实例来印证我从书中得出的思想。这里仿佛不是人类社会，但又似乎是从飞速旋转的人类社会上甩出来的一个小泥团。它和人类社会失去了联系却又带着人类社会的原质。这种停滞状态常常激励我要行动，也常常使我灰心丧气，而更多的倒是使我害怕：岁月和智力，就这样无声无息地被风化掉了；我终将变成一个无用的人，不知不觉地归于"哑巴"一类人当中去。

你能说"哑巴"的脑袋里什么都不想吗？然而"哑巴"终归是"哑巴"。世界是铁铸成的，没有感情，没有知觉，不会和你作无声的交流。你要影响它，推动它，至少要大喊大叫，哪怕仅仅是一声在压抑下的呼喊。

然而，今天，在我眺望着黄色的落日慢慢地降到黛青色的山巅时，在寂寞和孤独的感觉中间，似乎另有一丝思绪，像羽毛一样撩拨得我心发痒。我终于又见到你了！这莫非是天意？这么多年来，过去结识过的女人都逐渐地淡忘了。韩月屏、马缨花，知道那是不可能再次得到的便不去多想。在我，在她，都成了永久的回忆。而在我，有时回忆起来还会怀疑：那是真的吗？我曾经有过那样美妙的时刻吗？于是，心肠由于缺乏爱情的滋润而变得硬起来。但是，她那强有力的一划，却在坚石上刻下了很难磨灭的痕迹。至今还很生动、清晰的画面，那线条优美的赤裸裸的肉体，多少次激起我男性的情欲和激情，使我知道我虽然是个披着黑色的、蓝色的，或者如现在这样是披着绿色外壳的"劳动力"，但毕竟是个男人，在扼杀个性的一般性中至少还保持有性别的特征。她那强有力的一划，那无声而又大胆的呼唤，对此我虽然没有如她那样勇敢地作出反应，却像是我被她奸污了似的。从此失去了我的童贞，尽管我现在三十九岁了还是童男子。

过去的一次次温柔的拥抱，多情的接吻，全被她沉甸甸的周身都能颤动的肉体撞得粉碎；彤红的霞光扰散了桃红色的晨雾。从那时以后，我知道，只要我一想到女人，我马上就会想到她，而不是别人。我的童贞是在她身上丧失的呀！我不相信她只会在我的面前一闪，再也见不到她的踪影。我完全没有根据地盼望，她还会在我的生活中出现。而现在，她果然又出现在我面前！凡是出现过两次的事物，肯定具有某种意义。那就是命运！

我也知道，已经不习惯温情脉脉的我，早已被野性的情欲所俘获；生活方式的改变会改变爱情的方式，爱情的意向，爱情的审美观念。我也和"哑巴"一样了，总是处在不间断的矛盾之中，一面是理性的思索，忠于一个信仰，被文明约束和管制，一面是非理性的本能，渴求和一个活生生的、实实在在的肉体结合，不管她是谁，只要是我亲眼看到并刺激起我情欲的异性。

飘零的晚霞破碎了……

抽完一支烟，居民点房顶上的广播喇叭响了。这个灰色的铁玩意儿，张着黑洞洞的大口，是我们农工和世界唯一的联系。但它每天重复的都是同一个调子，更证明世界是完全停滞的。流动的只有时间，于是它只起了个报时的作用：该去食堂打饭了。我站起身，卷起铺盖往肩上一扛，关上羊栏，也不等值夜班的人，一溜烟地跑下坡去。

管他娘的！吃完饭去找她！

第三章

蹲在食堂门口吃完饭，我一只胳膊夹着饭盒，另一个肩膀扛着铺盖，回到我原来住的集体宿舍。呼地把铺盖摔在床板上。

"咦！那两个人呢？"看着空出了两个床板，我问盘腿坐在床上的周瑞成。

周瑞成有着一张尖尖的嘴，但面目还是很清秀的。他从他正拉着的二胡上抬起头来：

"都结婚了，光棍汉就剩下你一个了。"

他露出一副讨好的、又是降贵纡尊的笑容。这种笑只有嘴尖的人能做出来。我回敬了他一句：

"总比你强吧：我是没有老婆，你却是有老婆回不去！"

他不作声了，低下头仍拉他的《浏阳河》。他拉二胡拉得相当好，琴声幽幽地带着很深的情感，但是他只拉《浏阳河》，从不拉别的曲子。

他是监狱里的"剩余物资"，原来是农建师的供应科科长。那年，为了填满监狱，从农建师师部和下面的各团场凑集来许多牛鬼蛇神。我们曾在一起关押过。后来，监狱撤销了，所有的牛鬼蛇神都回了自己的单位，有的还官复原职，唯有他没有被释放，以不明不白的身份和我们几个光棍农工住在这个连队的单身宿舍，已经有好几年了。

琴声在四面土墙中回旋荡漾。我铺好床仰面躺下，看着周瑞成尖尖的嘴和尖尖的胡须。天渐渐地暗了，苍老的周瑞成越缩越小，最后成了一个黑影。只有浏阳河水涓涓的清流，极力想从窗户、从门缝泄出这间四壁萧条的小屋，潺潺地淌到外面去。房子是寂寞的，空气是寂寞的，连音乐也感到寂寞。我忽然领悟到他的琴声。《浏阳河》只是配上了词才成为歌颂伟大领袖的歌曲，而那谱子，纯粹是湖南的民歌调。那不太宽的音域和跳动较小的音程，平稳地表现出了忧郁和哀思的抒情性。

我从床上坐起来，带着歉意问他：

"是想家了不是？"

在昏暗中，只见他两只眼睛呆呆地盯着前面那张我不能看见的乐谱或是别的什么人、什么东西。过了一会儿，他才小心翼翼地放下琴，长长地叹息一声，但却这样回答：

"哪里是想家哟，是干活干乏了！"

他只敢在"革命歌曲"中偷偷地寄上一点自己的感情，像走私犯一样，用光明正大的运载工具捎上自己的私货，托运到他想要去的地方。如果他能向人吐露肺腑之言，我们倒能谈谈天。他是国民党哪个军事学院的毕业生，旧学底子很厚的。但他从来不说心里话，平时也不说笑。有一次，我把我们的集体宿舍称作"光棍委员会"，他听了竟非常害怕，在僻静的角落慎重其事地对我说："哎呀！老章，你怎么能说什么'委员会'呢？领导上最注意有什么组织了，给人听见是不得了的呀！"而他并不像患有被虐性的精神病，他经常脸朝着墙用一笔端正娟秀的漂亮字体写申诉书。

"怎么样？还没有答复？"寂寞的音乐使我同情起他来，我又问。"我在山上呆了一冬天，我还以为你早就回家了哩。结果你写了那么多，还是不管用。"

"不是不管用，"他认真地说，"是上面没有见到。准是让什么人在中间卡了。要知道，我是立过功的呀。"

"你立过功？"我好奇地问，"立过什么功？难道你起义以后还在解放军里打过仗？"

"唉！你不知道。"他颓然躺下了，仿佛在追忆往事。"'文化大革命'一开始，那时候我们在师部集中学习，我们原来起义部队里好些人的历史材料，都是我提供的……"

我一听就明白了：被他"提供"过"历史材料"的原国民党起义人员，这时不知道是谁平了反，又在农垦系统中恢复了职务，于是"在中间卡了"他的申诉书。

正是他立的功害了他！

而他自己却当局者迷。

"好吧，那你就好好地写，多多地写。总有一天上面能见到的。你总有一天会回家的。"我安慰他说。

"哼哼！你等着吧！"

我赶快从床上爬起来，走到外面。我碰见过很多爱告密的人，"营业部主任"只是其中之一，这儿又是一个！但他现在好像已经放弃了告密，专门拼命地写申诉了。先是诬陷别人，后是为自己辩护，这也是人的一种命运！

暗夜中弥漫着一股臭烘烘的粪池味。

是不是天气要变？

但也有一股沁人心肺的沙枣花的清香。

毕竟春深了！

她们的房间里点着一个超过规定的大灯泡。我一进门就眯缝起眼睛。

"嘀，你们在干什么？在下棋？"

她抬起头，哧哧地笑着。

"谁在下棋？这不，马老婆子叫我替她写申诉书哩。"

她们俩面对面地低着头俯在一只旧木箱上。木箱上摊着一张白纸。这时，我才看清楚她手里捏着一支笔。

马老婆子说："老章，你回来了，我看还是请你写。你文化深。"

"对不起，我从来不替人写申诉。"我说，"要是你申请登记结婚，我就替你写。保证上面批准。"

马老婆子骂道："死鬼！我结婚？我跟谁结婚？怕发昏去吧！"

我嘻嘻地笑道："跟周瑞成吧。他老婆跟人跑了恐怕他还不知道哩，你们两个正好是一对，他也在写申诉书。"

马老婆子也笑起来："你呀，从来就没个正经。我的小兄弟，你这辈子就是这张嘴害了你！"

"你才说错了！"我随随便便地在马老婆子的床上坐下来。这张床正在她的对面。"我这人从来就是正正经经的。只是现在人把正经话当成了玩笑，倒把荒唐事当成正经。再说，我前后五次的罪状上都不是我说了什么，而是我写了什么什么。你看，我这样的人你还请我来替你写申诉书？只怕越写越糟，再把你关进去！"

马老婆子八岁就给山东的一家小地主当童养媳，当了八年老家才解放。丈夫比她大十岁，战乱中不知跑到什么地方去了。她老家的贫农团长看上了她，但这个十六岁的小媳妇却糊糊涂涂地拒绝了幸福。这位团长恼羞成怒，一直等到五八年"大跃进"才找到机会，给她戴了顶"地主分子"的帽子。她含悲忍泪逃到偏远省份的这个农场当农工。而紧跟在她后面的那张"通缉令"终于在六三年"社教"运动时找到了她，于是农场把她当成"逃亡地主"判了三年刑。虽然她早就刑满释放，但至今仍然是"地主分子"。她写申诉书，是要求摘掉她头上的这顶不合适的帽子。可是她曾亲口告诉过我，那位贫农团长现在已经当了她老家的公社书记。地主的甄别是必须通过当地政府的，这不等于把申诉书往字纸篓里送么？

人活着必须有希望，我不忍心灭绝她的希望，只好跟她开玩笑。

"老章，你也申诉申诉吧。看你，都快四十岁了。你要是平反了，还能到学校教书去哩。"马老婆子望着我，诚恳地说。

人都以为自己喜欢吃的东西就是世界上最好吃的东西，希望别人也来尝一尝。

我从口袋里掏着烟，眼睛看着马老婆子的脸。这是一张什么样的脸啊！她只比我大四岁，却好像她活过的每一天都在这张脸上划下了一道皱纹。怪不得连七十岁的老汉也叫她"老婆子"。

你回家去吧！我想，回到你的老家去！你这张脸就是最好的申诉书！让那位过去的贫农团团长，现在的公社书记瞧瞧："你还认得出你追求过的漂亮小媳妇么？！"如果他还有一点心肝，他肯定会给你平反的！

但这种人恐怕连一毫克的良心也没有！

然而，她还在希望着。不但自己抱有希望，还要把希望与别人分享。隐藏在纵横交错的皱纹下的善良，使她的脸上还经常会放出一点十六岁的光彩。

"我跟你不一样。"我点着烟说，"我先是"右派"，后来又成了"反革命"，我都不知道应该申诉哪一件事好了。你把你的地主帽子平掉了，就万事大吉！你写吧，总有一天会给你搞清楚的！"

我这是真心祝愿她。

"唉，"马老婆子笑着叹了口气。"能搞清楚就好。戴着帽子的日子真难过！"又转向她问道，"咱们写到哪儿啦？一九六三年……"

"等会儿写吧。"她放下笔，向墙上一靠，"有人来了，还不聊一会儿。"

"是呀，是呀。"马老婆子慌忙道歉。"你看，我为了自己的事都晕了头了。你们坐着，我去找点墨水去。"

马老婆子有意避开了。

是个有眼色的老婆子。

但她却不识贫农团长的抬举。

结果……

沙枣花的香味更浓郁了，像雷雨之前那样，从窗户中、从门缝里飘逸进来。在那间小屋，里面的一切都想出去。在这间小屋，外面的一切都想进来。

我问："你怎么不自己也写个申诉？"

"嘿，无聊！"她落寞地笑笑。"感情上的事，谁能说得清楚？不是我错，就是他错。既然我已经劳改过了，还提它干啥！再说，就是给我平反了，那三年时间能给我找补得回来么？"

我无话可说了。她比我还看得透。

她穿着一件白衬衫。衬衫领口的钮扣敞开着，露出一个三角形的前胸。皮肤仍然是黄白的，不用抚摸就感到它温暖而光滑……我微笑了。

"你应该写申诉。"她说，"你就从右派问题上捯腾起。后面的事，其实都是从第一件事上闹起的。你平反了，没准真跟马老婆子说的那样，还能去教书哩……"

"算了吧，"我摆摆手。"就是因为要从根子上捯腾起，所以现在我才不捯腾。"

"那要等到啥时候呢？"

我把眼睛从那三角形的胸脯上移开，想了想应该怎样回答她。

"你不知道？"她坐起来，"邓小平都平反了哩。"

"哦？"这倒是个让我惊奇而兴奋的消息，怪不得现在写申诉书成风。"是真的吗？"

"当然，人家都出来工作了。"

她白天想告诉我的大概就是这个！

这本来应该是从报纸上、广播上宣传得人人皆知的事情；报纸广播的背后，肯定还有一份份从一位数直到三位数的"红头文件"。但在荒僻的居民点，在一个由风暴无意识地抛来的杂物凑合起来的小村庄，在住在这个小村庄的我眼里，从传播媒介中传来的国家大事，就像一连串象形文字，一连串符号，那是它，而又不是它。需要从那些曲里拐弯的笔划中找到通向它的途径。可是那曲里拐弯的笔划构成了一座真正的米诺斯迷宫，局外人注定是不可理解的。最高层的、庞大的国家机器，把它的力经过无数传动杆传递到下面，到此地，好像要经过月球把太阳的光反射到地球上来的相同里程，我们的神经末梢只能感觉到一点点轻微的颤动。在这里，大自粮食定量的增减，小到今天书记主动"请"我抽一支香烟，你就在这里面去捕获微妙的信息吧。理解是不可能的，完全得凭感觉，于是一切都神秘化了：陨石、地震、母鸡司晨、怪胎、毛孩以及各种稀奇古怪的自然现象，和越南停战、西哈努克访华、姚文元的大块文章、国宴上姓名的排列以及在曲径小道旁开出的新闻之花，对社会的影响仿佛都具有同等重要的意义。这是"天人合一"学说盛行的时代；我们又返回中世纪。我努力从哲学、政治经济学中理解规律，书上的东西全是明明白白的，我大致知道社会要往什么方向去。这种理解不但是支持我生存的梁柱，并且化为我灵魂中直觉的触须。但一接触实际，一切都紊乱了：那些传来的信息全非线性排列，而是带有极大的随意性。它逸出了常规，并且干扰了直觉，就和飞机施放的金属雨干扰着雷达波一样。

但是，这个信息非同一般。直觉告诉我外面是真正要起变化。一股火焰穿过烟囱；一股热流贯穿我周身的血脉。同一条船上翻下来的，不管是先翻下来的或是后翻下来的，现在终于有一个人爬上了那条大船，并担任了船长，他当然首先要指挥营救。至于那条船在茫茫的大海上以后会向哪儿开，得等到把所有的落水者捞上来再说。

她的眼睛带着询问的神情望着我。一对女人的眼睛，不是羊的眼睛，但却像羊的眼睛一样温顺、怀疑、警惕、游移。而这时我能向她说什么？一种朦胧的感觉不能算是理解，即使理解了也难以进入那座迷宫。我并不想把那条大船击沉：既然我已经落水了，大家都下来吧！这条船应该有我的一份！我只想回到大船上去，晾干我的衣衫，舔净我的伤痕，在阳光下舒展四肢，并在心灵深处怀着一个隐秘的愿望：参与制定船的航向。十几年来的经验已经说明了：可以由一个人掌舵，但不能由着一个人把船爱向哪儿开就向哪儿开。但我能把这些说给她听吗？

电灯泡雪亮，我已经不习惯这种光明了。羊圈里几个月来点的都是上一个世纪的煤油灯，我喜欢那种黑暗中的温暖。在黑暗中想象着呢喃的细语，轻柔地抚慰我寂寞的神经……而现在我面前竟坐着一个活生生的女人，而且是她！她在劝我，用那款款的动听的声音。但这个声音又言不及义，仿佛有弦外之音。我忽然悟到了她目光中询问的意义：这间房里只有我们两个人，一个没有女人的男人和一个没有男人的女人，难道除了"申诉"、"平反"，就没有别的话说吗？

她的目光中不仅有询问和游移，那闪闪烁烁的光波里还有期待、盼望和默许。仿佛她已支好了一种架势，只等待我猛地一击。但她又绝不会进行抵抗，她准备好了在我的一击之下全面瓦解。我坐在这边床上，她坐在那边床上，中间是一条褐色的泥地，不足两公尺。这真正是一条棋盘上的楚河汉界，你把它当成森严壁垒就是森严壁垒，你不把它当回事它便会化为乌有，弹指一挥就能抹去。时间在默默地流淌。她脸上出现了一丝笑意，诡谲而神秘。那大胆而又无声的呼唤在岑寂中频频作响；虽然她穿着衣服，但薄薄的衬衫下有鲜明的轮廓。一个赤裸裸的肉体又在我眼前呈现了出来。政治的激情和情欲的冲动很相似，都是体内的内分泌。它刺激起人投身进去：勇敢、坚定、进取、占有、在献身中获得满足与愉快。今天是个好日子。好事怎么都挤到今天一块儿来了？这是值得庆祝的！我好像已经半解放了！我脸上也乏起了诡谲而神秘的微笑。我想她能理解；我想她能知道我在想什么，既然她能识别男人不同的眼睛。那黄色的内分泌不断地增加；我醉醺醺的。我体会到一种惶惶不宁的幸福，一种极为快乐的紧张。我又觉得口干舌燥，像在芦苇荡中一样……

但正在我想说点什么或做点什么的时候，马老婆子却推门进来了。

"唉！四处找不到墨水。"马老婆子向我和她的脸上搜索似的各瞥了一眼。"真命苦，写个申诉书都这么困难。"

"你到办公室找去，"她怂恿她，"会计那儿有。"

"嗬！那可了不得！"马老婆子佯装惊吓地说，"那曹书记又要问了：你写啥？你又没亲没故，要写信？肯定是写告状信！"

我们都轻松地笑起来。马老婆子满布皱纹的脸上又露出十六岁的天真。

"还是你们好，"马老婆子说，"要不在乎它，也就不愁了。"她又在木箱前坐下来，操起一件缝了一半的衣裳，头埋在衣裳上，单刀直入地说，"真的，我不是说笑，你们俩正好是一对！"

她没有说什么，只是抿着嘴笑。

马老婆子是好心，可是太急切了。

我说："你大概是指我不写申诉，她也不写申诉吧。那么，你写申诉，周瑞成也写申诉，你们不也正好是一对吗？"

"你又没正经了！"马老婆子把针在头皮上一刮。"我说的是真格的！你们俩都劳改过，谁也别嫌弃谁；年龄也相当；你有文化，人家文化也不低，上过初中哩！黄香久一搬进来，我就想到了，就等你回来呀。"

"去、去、去！"她笑道，"我再不结婚了。这辈子结婚结够了！"

"咦！"马老婆子教训她，"咋能不结婚呢？女人天生下来就是跟男人配对儿的。"又说，"我是没人要我，有人要我也结婚！"马老婆子的决心倒挺大。

"怎么没人要？"我说，"原先那个贫农团长就要，可是你不跟。"

"那不行！"马老婆子正色说，"他有妻有子的。他要是没家，我也跟他了。他人还挺不错哩，长得人高马大的，能踢能打，是块当官的材料。他给我戴上帽子，本想压压我的傲气，没有别的。"

看来她还恋着他。可是他却把她逼得离乡背井，劳改三年。

"那你当初为什么要逃出来呢？"我不满地问。

"那其实也不是他闹得我受不了，是老家吃不饱。逃出来的又不是我一个人，咱们是成帮成伙地逃的……可就是我倒霉！"

"可是你要想想，那张通缉令还是你那位团长发的呀！"我想说，你别这样痴情了！

"唉！他只是想把我抓回去，放在他的跟前。谁想碰在运动上……"

没有办法！这真如黄香久说的：感情上的事，谁能说得清楚？我看看黄香久，她只是瞅着马老婆子笑。这种笑意味深长，是同情她？是卑视她？是讥讪她？抑或是鼓励她再提我们两人的事？……

从她们房里出来，满天星斗，黑暗中，从北京上山下乡来到这儿的女知识青年何丽芳，用哈萨克民歌《送你一朵玫瑰花》的调子轻轻地唱道：

> 我的价钱并不高
> 尼龙袜子两麻包
> 要是你觉得过意不去
> 再加一块罗马表

"哥儿们，"她走到我身边悄悄地说，"到我那儿去坐一会儿咋样？你这一冬天在山上捞足了，'大团结'总存下七八张吧？"

"这么晚了干什么去？"我说，"明天去吧。"

"晚了才好办事呀。我们那一口子回北京探亲了。"

"你也不怕黑子回来撸你！"

"哼哼！他在外面也是这样，靠两根手指头挣钱。"她的眼睛在墨似的暗夜中像猫眼一样闪光。"这会儿，谁管谁呀？！"

"回去睡吧，"我劝她。"黑子跟我是朋友，我怎么干得出来？"

涓涓的细流在一点一点地啃啮上面的冻层……

我仰天叹了口气：我怎么能把人"思谋"得透？

第四章

罗宗祺两脚悬空地骑在大梁上。所谓大梁，不过是根胳膊粗的木头。他在盖他家的小厨房。

"整了你十几年，你还这样天真。我劝你不要抱多大希望。"他把钉子对好了部位，挥动起钉锤。"这不，我也平了反，我也主持了工作——当然要比他官小得多，可也是一方之主。但我这就告诉你，我能不能扭转乾坤。"

咚、咚、咚！他好像很气忿，又似乎要叫我清醒。我走了一上午，从我们团场到他的团场足足有四十里路。阳光明净极了，使我想起大海。我要到他这里来求教那些象形文字。他能把我领进迷宫。但他刚把我领到第一道走廊，阳光就昏暗了。

我不停地喝着茶。茶很酽，我好久没有喝过这样的茶了。它会把带血的肉食化得精光。一杯茶就能把我从食肉动物变成人。文明真是奇妙！垂着竹帘的房子里还响着呼呼的声响。那是朱蜀君在为我剁饺子馅。有肉有面就行，为什么非要用面包着肉才好吃？这一切我都不太习惯了。还有这小院：蜀葵虽然没有开花，但已经长得很高。一小方平整的土地上，栽着西红柿、辣椒、茄子的绿苗。黄土用筢搂得茸茸的，仿佛一条地毯。两只灰蝴蝶在漫无目的地翩飞，靠墙还有一棵小杏树。

这就是正常人的生活！我有一种回到家来的感觉，尽管这一切对我来说都非常陌生。我躺在帆布椅上，昏昏欲睡了，但又酝酿着要讲话的冲动。

罗宗祺继续说：

"我是这里的团场长，可是给我配的搭档是个什么样的人呢？……我说一件事情你就知道，这个老太婆原先是秦渠农场的党委书记，'文化大革命'当然一筢子全搂了进去。她女儿往牛棚里给她写信：妈，他们不让我加入红卫兵，咱们断绝关系吧，哪怕暂时假装一下也行。可她是怎么回信的呢？她承认自己是彻头彻尾的'三反分子'，要女儿真正地——注意，不是假装的——跟她断绝关系，在思想上彻底划清界限，不要'温情主义'，要她坚决革命到底。结果，一个十七岁的丫头成了一个凶得叫人害怕的打手，据说打断了两个老地主的骨头。你想想，一个连妈都不认的人还认得谁？只有这样中了邪的妈才会教育出这样中了邪的女儿！

"好。就是这样一个老太婆，现在当了我的党委书记。我说，让农工们自己种点菜吧，这儿荒地多得是，业余开点荒，调剂调剂生活也好。菜刚长出苗，她就派拖拉机去全犁掉了。我说，在中国九百六十万平方公里土地上长的一个茄子、一根黄瓜、一个西红柿都是社会主义的财富，为什么不让他们种？她说，社会主义财富只能是在国营企业里生产的，个人生产的一律是资本主义。她还背了一大套语录，我当然说不过她。从此，我们两个见了面都不说话，她走东，我走西。老章，你想想，一个团场长，一个党委书记，是这样的关系，工作能搞好么，连在二者之间取个平均数都不行，双方的力量都抵消掉了，最终等于零。

"从这点，我就推想小平。那老太婆至少还不是过去整过我的人，而小平偏偏跟整他的人在中南海里划一条船。你想想，把一群惊魂未定的人跟一群饿狼放在一条船上，会有什么结果？而且，周总理还病着。哼哼！……据我看，这只能是悲剧的继续！"

　　他停下手中的锤子，居高临下地瞅着我。那眼睛使我想起悲观主义的老乏羊。我也悲哀地微笑了。

　　"唉！"我伸了个懒腰，"'大梦谁先觉，平生我自知'……喂，老罗，我总觉得这场悲剧太长了，演了十几年。不知道观众是什么感觉，我这个演员是演乏了。"

　　"在中国，没有观众，都是演员！"他断然地说。"一部分演整人的人，另一部分演挨整的人，到了一定时候，又互相对换一下。你不过是演挨整的人演乏了而已。怎么样？你也想演演整人的人么？……"

　　罗宗祺高高的个子，瘦削的身材，瘦削的长脸，如果他那对炯炯的眼睛再深一点，挺直的鼻梁再高一点，活脱是一个英国的福尔摩斯。一九七〇年，我们一起蹲过两年监狱，共盖我的一床棉被，共用我的一个饭盆，因为曹学义以前的那位连队书记，连朱蜀君送来的一根筷子也要没收。在一个被窝里冻得索索发抖的时候，我曾向他说，林彪肯定不得好死！他问我有什么根据。我说什么根据也没有，只觉得他像我认识的一个被枪毙的劳改犯。这个劳改犯外号叫"四百瓦灯泡"，也是个秃头，两个人脸上的法令纹和下巴都很相似。开心地笑了一阵，便不感到那么冷了。他每天请罪有一个特别的姿势，不是低着头，而是歪着脑袋，仿佛在沉思。从他那一长串请罪词中听出来，一九四二年在延安他就挨过整，一九五七年包庇过"右派"，一九五九年自己也成了"右倾机会主义分子"，一九六六年终于被划拉到"刘邓资产阶级司令部"。但他却不知道这个"司令部"设在哪里，指挥过什么战役，于是惹恼了"好！好！好！"的"革命委员会"。监狱里的人都知道，如果他没有背这么多历史包袱，早已是厅部级干部了。

　　"我看透了，"他骗拢腿，从房顶上爬下来，一边爬一边说，"现在最好是给自己盖个小厨房啊，打件家具啊……哎，老章，我自己用汽车轮胎绷的沙发还是挺好的，跟弹簧一样。你进屋里来试试。"

　　虽然他五十多岁了，但手脚还很灵便。"我没有发胖吧？"他站在地上洋洋得意。"人还是应该蹲蹲监狱，一来对身体有好处；二来蹲了监狱你才知道，同志常常不是坐在一个办公室里的人，而是在一起坐过牢的人。"

我们掀开帘子进屋，在他亲手做的沙发上坐下。我说："老罗，我觉得，我们的悲剧不光是因为人和人的相互牵制，实际上是我们的制度有了毛病。"

"是呀。可是你要改革制度首先要调整人和人的关系。"他倒着茶说，"要我和老太婆这样的人一起工作，别说改革不合理的制度，连盖个公共厕所的决议也通不过。"

"还有理论，"我突然发作了一种幽默感，"我觉得我们现在实行的根本就不是马克思主义，而是杜林主义……布哈林主义，还有秃林主义！"我笑着说，"国民党实行所谓的'三民主义'，我们在实行'三林主义'！"

"这话怎讲？"他张着嘴问我。

"这还不明白？杜林主义，就是唯意志论、唯暴力论；布哈林主义：你听布哈林是怎么说的吧。他说，无产阶级要机械地消灭自己的敌人布尔乔亚是容易的。但是，布尔乔亚将凭藉几倍于无产阶级的文化力量反回头来将无产阶级吃掉。因此，掌握了政权的无产阶级要巩固自己的政权，必须经过文化革命。老罗，原来发明文化革命的不是咱们伟大的领袖，布哈林早就在国际共产主义运动中登记了专利权。至于秃林主义，那最简单不过了，就是搞个人崇拜。"

"你呀，"他笑道，"怪不得你老挨整，把你打成反革命一点也不冤！"

这时，朱蜀君端着热气腾腾的饺子进来了，"一个反革命，一个老右倾，该上桌吃饭了！"她眯缝着眼睛笑着说，"老章，你有一年多没上咱们家来了，一定要多吃点。"

她挺着高高的胸脯，卷起衣袖，露出胖胖的胳膊。她的女儿替她掀着门帘。简陋的砖房里顿时有了一种宴会的气氛。我忽然兴奋起来。很久没有和人进行这种聪明的谈话了，虽然我天天和羊这样说。

"还有理论，现在搞得极其混乱！"我坐在简陋的砖房里、拿着发黑的竹筷子，吃着肉馅饺子，却像坐在会议桌上主持一个会议。"我们现在的任务，倒是真正地回到真正的马克思主义那里去。比如，那个老太婆向你背《毛主席语录》的时候，你满可以用列宁的话反击她。列宁说，试图完全禁止、堵塞一切私人的非国营的交换的发展，即商业的发展，即资本主义的发展，那就是愚蠢，那就是自杀。列宁连私人资本主义的商业都不禁止，何况让农工业余种点菜了。"

"唉，那都是列宁在过去说的话了……"罗宗祺咕哝着。

"是呀。"我微笑着说，"我们现在不正是在领袖的过去的话里打转吗？你用这位领袖过去的这句话来对付我，我用那位领袖过去的那句话来对付你。这就是马克思说的：死人抓住活人；我们现在理论发展的表现就是理论的不发展。我们如果要在这窒息的情况下谋求发展，就是善于挑选有利于发展的语录。我们的聪明才智不能用于创造，只能用于选择。这就是我们理论的悲剧；它的最后一幕就是把我们全体领进死胡同。"

罗宗祺一面嚼着饺子，一面用心地听着。他又像请罪时那样歪着脑袋，说，"那么，照你看现在应该怎么办呢？"

"现在吗？现在什么都谈不到了！只能先照列宁的话做：在一个经济遭到破坏的国家里，第一个任务就是拯救劳动者。"我想着和我在一个连队的农工们——"哑巴"、马老婆子、黑子、何丽芳……"要叫他们能过上人的生活。然后我们才能改革我们的制度，而改革制度的最主要的基点，在《资本论》第二卷第十八页上……"

"哼哼……"罗宗祺用鼻孔笑道，"你背得真熟！喂，老章，你想过没有？"他严肃地说，"你应该把你学的这些心得写下来，写成论文的形式，现在没有用，将来一定有用的……"

"我怎么写？"我苦笑了一下。"你还记得那个周瑞成吗？我现在跟他住一间房。原来那家伙过去是爱打小报告的。而只要我有一行字落到他们手上，我就不能到你这儿来吃饺子了。弄不好，他们还要请我吃三毛六分钱一颗的花生米。"

"老章，"朱蜀君一直站在我们旁边督促我们吃，这时插嘴说，"你也应该结婚了吧。有个家，就方便多了……"

"对了！"罗宗祺把筷子朝桌上一拍。"你最好有个家，自己有一间房子，你写东西有谁知道？现在正是比较松的时候，他们会批准的……"

"为了写论文而结婚？"我笑了笑。他的女儿也在旁边偷偷地笑。

"就是不为干什么，你也得结婚呀！"朱蜀君说，"经济上有什么困难，我们帮助你。"

"经济上到没有什么困难，困难的是——没有那一个人！"

其实，我心里想着，那一个人已经有了！

云层先是低低地掠过地平线，然后在不知不觉之间就将群山笼罩住了。暗绿色的麦田上空，穿梭翻飞着无数黑色的燕子，焦躁慌乱地鸣叫着，空气中已含有潮湿的土腥味。齐刷刷的小麦杌陧不安，悉悉索索地在等待雨的降临。

来的途中天晴气朗，回去的途中乌云沉沉。但我在这阴沉的天气中，颤动着兴奋、颤动着希望。忧郁的主旋律下有一个明朗的对比复调。

我在田野上大步地走着。一会儿，大滴的雨点就砸了下来。土路上腾起白烟；白烟沿着土路滚滚而来，仿佛后面有什么怪物在驱赶。林带地和庄稼地猝然响成一片。冰凉的雨点打在我脸上，即刻就向下流淌。这时我才感觉到我的面孔灼热。是的，我在暴雨中找到了一个洞穴。罗宗棋的话好似使这个洞穴更明亮了。结婚，这个词真不可想象！这件事真不可想象！我从前想象过无数遍，但从来没有想过我能够以这种不自由的身份结婚，和与我身份相同的女人结婚。想象总是美丽的。那是在蔚蓝色的天空下，我的新娘披着白纱……而这个新娘却是她！这太出乎我意料了。那么，我曾想过我的妻子应该是什么样的吗？没有！除了那一件白纱礼服以外，我从来没有想过她有一个固定不变的模样。她总是随着我审美层次的变化而变化。因而自由的想象使我变成了一个真正的"好色之徒"。而在白纱礼服变成了黑色的囚服以后，在号子里做的梦中，妻子就仅仅是女人而已；反过来说，任何女人都能够做为妻子了。因为失去了自由，正常人的一般正常生活既然对我来说都是不可能的，又何必花心思去构想一般的幸福生活？没有希望也就不会有失望，最大的希望却又隐蔽在没有其他的一切希望之中。这样，失去的反而会在感觉中以为是得到的；一次较轻的刑罚还可以认为是极大的侥幸，倒能使自己在接踵而来的刑罚前面乐不可支；把颠沛坎坷当作是生活的丰富多彩，把饥饿冻馁看成是天将降大任之前的磨练，做一个把磨鬼当成风车（而不是把风车当成魔鬼）的现代唐吉诃德，才可以使自己活下去。

但是，真的结了婚——就是跟她结了婚！有了家——就是目前我和周瑞成、或是她和马老婆子住的那间房！有了妻子——就是她！那么我就会牢牢地被绑在一个什么东西上；琐琐碎碎的现实生活，都像从天上下来的这大滴的、冰凉的雨点，结结实实地砸在我的头上，使我变得现实起来，失去了在想象中自我安慰、自我陶醉的资格。我也如同这大滴的冰凉的雨点，从云端一下子结结实实地栽进土地里，很快就被干燥的土地所吸收，最后变为一撮烂泥。

然而，那赤裸裸的、柔软而又生气勃勃的肉体，始终吸引着我，使我激动，使我兴奋。我的面孔灼热，我浑身滚烫。冰凉的雨点打在上面，立刻像落在烙铁上一样蒸发出一股白烟。

况且，家，也就是洞穴，这是人在史前时期就必须要有的栖身之地；家，就是窝巢，据说有巢氏正因为发明了这个安身立命之所才被拥戴为皇帝。而在我，家，就意味着我在九百六十万平方公里土地上有了几平方公尺的天地。罗宗祺说得对！要在乱糟糟的九百六十万平方公里中划出几平方公尺的清净土地给自己。

于是我就独立了！我是拥有几平方公尺的独立王国的主人！且让我在这个独立王国中，潜心地思索其他九百六十万平方公里的前景。

悲剧总有结束的时候……

过排水沟的时候，鞋吸在泥里了，怎么拔也拔不出来。去他妈的！干脆扔了它！也许她还会给我做双新的哩！……我这样想着。高一脚低一脚地回到了集体宿舍。

"咦！你怎么不在林带地里躲一躲？"周瑞成从他面前的一张纸上抬起头。他又在写申诉。你写吧，你写吧，哼哼！真是悲剧的继续……"你看你，浑身都淋透了。"

他又露出那种讨好的而又是降贵纤尊的笑容，今天我看见这种笑容好像格外讨厌。跟这种人住在一起格外觉得不舒服。

"妈的！这点雨算什么！放羊的时候，遇见过比这还大的雨哩！"

"咦！"一会儿，他瞅着窗外，笑容变成了幸灾乐祸的讥讪。"你看，太阳出来了！"

果真，窗户对面，前排房屋的后墙上，出现一片淡淡的黄色的阳光。原来我遇见的不过是一场过路雨。

"妈的！天也跟我作对！"我蜷在被窝里嘟囔，"喂，老周，咱们这个日子，什么时候才算完呀？！"

他的一张苍老的瘦脸立刻涌满疑惧。他以为我又会说出什么"反革命言论"，这会给他带来麻烦：是汇报？还是不汇报？汇报了我抵赖怎么办？……

"我看，只有娶个老婆，这个日子才算到头了。"为了不使他心慌，我把心里正在想的话说出来。

我望着屋顶上熏黑的椽子：这间房子怎么收拾呢？……

第五章

"你放马去咋样？"曹学义笑眯眯地问我。

他见我答应了，掏出烟来给我一支。"放马也很轻省，就二十来匹牲口，上午打出去，下午打回来，不用跑远的地方。夜班由别人喂，你不用管。"好像他特别照顾我，让我去干最舒服的活似的。其实我知道，队里除了我再没有人会放马。

现在，人们只是迫不得已地拿一把锹在大田混日子，别的劳动技能都无心去学。

"那么，谁跟我一块儿放呢？"我点着烟问。

"你看谁行？"

"我看'哑巴'行。"

他笑道："你怎么偏偏看上了他呢？把他抽下来，谁放羊？"

"那你叫别人来给我搭手，不也得从大队上抽一个人么？"在时兴大喊大叫的年代，哑巴是最好的伙伴。

他想了想："好吧，队上再研究研究。"

此刻，我们蹲在麦田旁边的地埂上，看着从田口汩汩淌进来的水流，围着小麦的根部蔓延。前几天下的一场雨把我淋得浑身湿透，却没有把麦田灌足，我们还要浇第二遍水。今天春小麦长得很好，田边有的麦子已经开始怀苞了。农作物有所谓的"边缘优势"，长在田边地头的能享受到充足的阳光、空气和水分。可是人最好是挤在人堆里面。

但我总是挤不进去，一直迎着运动的风头。

结了婚试试看？钻进洞穴里，和大家一样生儿育女，是不是能混进人堆去？在监狱时，审讯人员就曾指着我的鼻子说："章永璘，你不是个简单人物！你三十多岁了还不结婚，你等什么？人还在，心不死！你是等变了天以后再娶老婆！……"不结婚也会引起他们怀疑；而怀疑就是罪状！

广播喇叭又响了。金属的声音在湿润的空气中传得很远。它在播送午间新闻："……通过学习马克思主义、列宁主义、毛泽东思想和进行阶级教育，在先进集体、先进人物的带动下，开滦煤矿广大职工的精神面貌发生了深刻变化。他们破除雇佣观点，增加了主人翁的责任感，共产主义精神大大发扬，新人新事不断涌现；他们打碎了解放前反动统治阶级加在工人身上的精神枷锁'天命论'，进一步解放思想，有力地推动了生产和技术革新的发展……"

我支起耳朵听了半天，只知道了开滦煤矿的工人也信"天命论"，除此之外它什么也没有说！

这样的"新闻"我蹲在田埂上也能写十几条。

曹学义不知怎么也叹了口气，对广播骂了一句"他妈的"，站起来，折了根柳树枝，像京剧中策马那样，一路挥舞着走了。

马老婆子这时才从我身后的林带地里钻了出来。她一手扛着锹，一只胳膊夹着捆干柴。单身的女农工都不在食堂吃。她们有本事自己做饭，并且在做饭中获得女性的乐趣。

"老章，还不回去？广播都响了。"她从广播里听到的信息就是收工。

"这块田还没有浇满哩，我还要等一会儿。"我笑着问她，"怎么样？"而我看她那张脸又放出了十六岁的光彩，已经猜到了一大半。

"她叫你自己去说哩！"她也在我旁边蹲下来。"没问题！"她信心十足。"你别听她说不结婚、不结婚，可心眼里巴不得有人来找她。女人都是这样……"

"你怎么跟她说的？"我又向她靠近。"她又是怎么跟你说的？你跟她说了是我叫你去说的吗？"

"当然，我当然说是你叫我去说的罗！她光是说：你让他自己来。"

"你看有把握吗？别弄得我下不了台。"

"我不是说了吗？没问题！"

黄河的水一流进麦田就变成了白色的泡沫，并且不停地欢快地咕咕叫。我觉得我的虚荣心得到了满足。对于未来我倒没有多想。难得的是我迈出的第一步就没有受到挫折。这在过去十几年中似乎还没有过。

"那么我什么时候去说？"

"还'什么时候'！难道你还要挑个黄道吉日不成？"马老婆子指点我，"你今天晚上就去。你一进去，我就出来。"

"我怎么开口呢？"

"那还不好开口？看你这个聪明人！我已经给你开了头了嘛！行就行，不行就拉倒。再说，保险成！"

"你怎么知道保险成？"

"哎呀！你看你！非要打破砂锅纹（问）到底！我们俩在一个屋子住了两个来月，我还有啥不知道的！像她这样结过两次婚的人，她还要个啥样的？想嫁当官的，当官的不要她，别看她长得不赖！想嫁工人。户口进不了城。她嫁了你，只怕她美的……"

我稍稍有点不快，我现在希望人家说她好，希望说我要得到她非常困难……

晚上，我到她们房子里去了。我推门的时候忽然感到，这并不需要勇气，并不怎么神秘，完全不像浪漫主义小说上写的那样有一种玫瑰色的气氛。

房间真的跟洞穴一样，不过点着一盏很亮的灯泡。房间的格局和我跟周瑞成住的那间完全相同，只是干净一点，整齐一点，农场所有的房间都有畜笼式的同一性。十年来"大批判"的发展剥去了人的一切发展，顶峰也就是出发点，于是我们最终还原为生理学意义上的男人与女人，返回到猿刚变成人的那一瞬间。抢亲、拉郎配、父母之命、礼聘、私订终身，直到自由恋爱，那都是以后的事。既然我们刚刚才变成人，还带有灵长目动物的原始性，那么我们相互闻闻身上的气味就行！

果然，马老婆子笑嘻嘻地嘟嘟了两句，就拿着她手上的针线活出去了。我一点也没听清楚她说的是什么。

"你来啦，坐嘛。"黄香久放下手里的书，拍拍她的床铺。好像她已经知道我要来，床上更换了一条洗得很干净的条格布。

"看的什么书？"

我以为我有话可说了。我拿起书看了看，原来是半本《实用电工手册》，连我也不懂。

"啥书！马老婆子剪鞋样的。"她笑了笑。"我还看啥书，识的几个字都快忘光了。"

"可以继续学嘛，"我心不在焉地说。我撂下书，想就势坐在她拍的地方，但那本书恰好撂在我最适当坐的地方，我只得又坐在马老婆子床上。

她又拿起《实用电工手册》哗哗地翻，低着头拣着看里面的图画。仿佛很专心致志，书里没有一张画片，只有几幅线路图。

我掏出烟点着，默默地吸了几口。我的精神恍惚游移，因为一切离我原来想象的都太远。求婚，完全不应该是这样的场景。花前月下，海誓山盟，卿卿我我，分花拂柳，含笑不语。口舌生香，陈仓暗渡，桃源迷津……这不是谈判，而是两份情感的化合，立即就会在化学反应中产生出一种崭新的结晶。可是，这里的爱情呢？有爱情吗？去他妈的吧，爱情被需求代替了！

一瞬间，我怀疑我选择错了；我完全不应该迈出这一步。我突然产生某种厌恶和烦躁的情绪，心里有一种什么东西在反对我自己。我开始仔细地看着她。这次却是用一种冷静的购买者的眼光。她不能算是很美，但她的脸，她的黑得发亮的头发，的确具有女性的魅力。和马老婆子迥然不同，她的脸上根本找不出一点她生活的经历，只有成天抱着非现实的幻想的人和成天什么都不想的人才能保持青春。那么她是哪一种人呢？她脸上有一种很纯净的天真。这种天真使她的面部泛出一层非现实的、超凡脱俗的光辉。然而，再细细地看，这层超凡脱俗的光辉下面，似乎又掩盖着成天什么都不想的愚蠢。于是，这张脸成了一张十分耐看的脸。

叫人捉摸不透：她究竟是愚蠢呢还是天真？

　　但是，她端端正正靠在墙壁上的上身，那副像猫似慵懒的、好像经常处于等待人去抚摸她的神情，千真万确就是我在八年中的想象。一个幻影而又不是幻想。微微耸起的乳房和微微隆起的小腹，仅在视觉上就使人感到具有弹性。她身上没有一点模糊的地方、无性别的地方，仿佛她呼出的气息都带有十足的女性，因而对男人有十足的诱惑力。这个发现，使我内心里陡地感到一种潜在的危险，却并不知道会有哪种危险。可是，又正是这种危险感刺激起我非要向前一跃，非要试探试探……

　　"马老婆子跟你说过了吗？"我终于开口了。

　　"嗯。"她终于抬起头来，用微笑的眼睛看着我。"说过了。"

　　"怎么样？"我问这话的语气就像是邀请她去散步。

　　"你为啥叫她来说呢？这事最好咱们自己谈。"她说这话的语气就像是讨论我向她借钱。

　　"我们自己谈也好。因为……因为，"我有点招架不住了，口齿不清地说，"因为我过去，过去没谈过这种事。所以才请她……"

　　"你过去真的没谈过？"

　　"真的！"我向她坚决地保证。实际上，所谓的"过去"我只从一九五七年算起。一九五七年以前连我自己也不以为是自己生活的一部分了。

　　"咋会呢？"她虽然还微笑着，但还是抱有怀疑。

　　"你想想，从五七年开始，我就不断地在运动里当'运动员'。"说到这方面，我流利起来，如数家珍地向她报了我的履历。"你看看，我还有工夫谈对象、闹恋爱吗？"

　　"唉！"她摇摇头。"真难为你！"但随即她又笑了："那么，还要我来教你？"

　　我涎着脸笑道："你教教我也好。"我觉得跟她在一起生活会很轻松。

　　"老实说，"她突然变得很正经，"到咱们这个年纪，又经过这么多事，啥'恋爱'都谈不到了。主要是要成个家，像大家伙儿一样过日子。"

　　"这点正和我想到一起去了。"我说。可是我心里觉得我们想的并不完全相同。

　　"这样，咱们谁也别说谁……过去的事，都别再提了！"她用冷冷的目光盯着我。我理解她是在用一种强硬的态度维护她的弱点。我低下头吸了一口烟。我想，我在感情上也不多么贞洁。难道我没有爱过别的女人？并且是真正地爱？

　　我点点头："当然！既然是、既然是……"

这"夫妻"两个字，我怎么也说不出口。既不习惯，又别扭，而且中间隔着两公尺的距离，纯粹像是在谈买卖。我突然感到我们两人都很可笑、很奇怪、很狼狈。

她似乎也感觉到了。她站起来，从床上拿出一个绿色的铁皮暖瓶，又拿起一个玻璃杯，问我："要茶叶吗？"我说我不要，并感激地看了她一眼。这时我才发现她脸上充满着温情和柔顺。水倒进杯子里，发出细语似的声音。水是没有形状的，它倒进杯子里就成了杯子的形状了。一句我很喜欢的诗蓦地闪过我的记忆。

她把水放在我面前的木箱上，人并没有离开，而是和杯子一起伏在木箱上。我们立即缩短了距离。这时我应该做些什么？我伸手就能抚摸到她。但是，她却问了这样的话，又使我的念头退缩了回去。

"那么，你现在手里有多少钱呢？"她撩开耷下来的额发问我。

"我现在，有七八十块钱。"我说，"不过，我还可以向人借……"我想到了罗宗棋。

"不要借。"她撇撇嘴，"借了还要还，一月一月捯不清……你咋就存这么点钱？单身了这么多年。"

我又觉得手上冰凉，我端起杯子喝了口热水。

"怎么能存得下钱？你又不是不知道：一月二十六块钱工资，要吃饭、要穿衣、要抽烟，七扣八扣……要不，我把烟戒了吧。"我知道我没有这个决心，在劳改队那么困难的情况下我也没有戒掉。但这场戏的发展规定了我要说这句台词。

"不用戒，"她说，"以后在别的上面省一点就行了。我还存下钱来着……"

她低着头用食指划着箱盖上的木纹，好像在等我问她。但我没有问。于是，她抬起头朝我诡秘地一笑，说，"要比你多得多！"

我也朝她一笑。我想，多也多不到哪里去！劳改劳教释放人员，一律是农工一级工资——二百七十角！还能有什么富裕？

"那好嘛，以后你当家就是了！"我说。

"那当然！"她象得胜似的笑起来。

这一切使我感到非常奇异。原来是一个幻影，我让她做什么就做什么，我叫她说什么就说什么。现在，这个幻影从脑海中浮上来，跳出来，完全脱离了我，成了站在我面前的一个独立的实体以后，她所做的、所说的，竟然和她在我脑海中时没有一点相似之处。我原来以为我非常熟悉她，而现在却觉得她很陌生。

可是她却比在我脑海中时生动，有立体感和肉质感。她温暖的、带有一点葱味的鼻息微微吹拂着我的脸；她丰满的胸脯随着鼻息一起一伏。她的肩膀是滚圆的，结实的，两条美妙的曲线连结着她的两臂……这样，她又和那个幻影叠合在一起了。

看来没有什么可再讨论的了，我们在沉默中互相期待。她的手指在木箱上不安地划动；我坐在马老婆子床上也惴惴不宁。但仿佛那一套非常现实的讨论已经败坏了房子里的空气，压抑着我们的情感，使我们难以突破那一刹间就能突破的界线。

等了片刻，她又抬起头问："你看上面会批准你么？你现在这样的身份。"

"我想会的。"我苦着脸笑了笑，"你不是说现在的情况比过去好了一点么？"

她也笑了。但笑得没有劲头，没有内容，没有方向。笑得很惆怅，很迷惘。

"唉！咱们哪儿跌倒在哪儿爬吧。"她感慨地这样说。

我蓦地很受感动。原来，我们结合的根在这里！她这时才真正发射出潜在于她身上的吸引力。我想握住她放在木箱上的手，轻轻地把她拉进我的怀里，可是黑子突然在院子里大声骂了起来：

"老子超了假，我看哪个'丫亭'的敢扣老子的工资！啥时候了，还搞'管卡压'呀！叫那些'丫亭'的上北京去瞧瞧……"

接着，又传来曹学义的声音：

"咋啦？黑子，你疯啦？谁说要扣你工资？！"他又压低嗓门说，"进屋去，进屋去！你超的天数，我已经跟会计说过了，按给队上买东西的出差来处理……"

这就是我的恋爱和求婚么？睡在被窝里，我翻来覆去难以入眠，总觉得它来得太快，中间似乎缺少某些环节，因而即使得到了手的东西，也有一种份量不足的感觉。即将体验新的生活的兴奋，又使我的心不住地别别跳动。凉飕飕的月光从窗户外泻进来，没有睡着也进入了梦境。而梦境一旦变为现实，现实却又仿佛在为非现实的梦境了。国家与个人的现在与前途，都成了把握不住的东西，神秘莫测的东西，于是只能把一切归之于"劫数"和命运了。上午听到的广播在耳边又响起来："他们打碎了解放前反动统治阶级加在工人身上的精神枷锁'天命论'"等等。他们是怎么打碎的呢？见鬼！我和她的结合，好像正是"天命"！"劫数"和命运，是宇宙的魔术师，总是在人完全不能意料的情况下，变出个什么环境儿来。它制造出想象，制造出希望，然后又使一切落空；它制造出失望，制造出虚妄，然后又把理想和希望给予人们。我一一地回忆了过去的爱情，与之相爱最浓烈的偏偏没有能与之结婚，而与我结婚的却也是一个希望，一个幻想中的肉体；理想的没有能与之结合，而与我结合的又是我的理想——这话究竟应该怎么说？有人说爱情是给予，但我能给她什么呢？什么也没有！这里没有爱情，只有欲求；婚姻原来不是爱情的结果，而是机缘的结果。唉！还是一位诗人说得对："夫人，你我都不知道爱情是什么……"

"老周，老周！"我突然大声吼起来。我想随便叫一个人来谈谈。

周瑞成马上惊醒了："什么？什么？出了什么事？"

"啊，没有什么。"我的情绪又陡地低落下来。"有火柴吗？……我抽支烟。"

"睡吧，睡吧！"他不满地翻了一个身。"你又不是不知道我不吸烟，哪来的火柴？！"

第三部

第一章

我总是克制不住地要向墙上那张报纸瞥去一眼。报纸上有一幅照片："美国侵略军在美莱地方制造大屠杀"。照片很小，模糊不清，但还可以大致看出来地上躺着一堆横七竖八的尸体。

新房里糊着这么一张报纸，这张照片又糊在正面，使我很不舒服，但我却没有把它调换下来。

还有这一床花被子，被面绣的是两台带着犁铧的拖拉机。多么沉重！难道我和她要在这巨大的机械下入眠？

墙是黑子帮我糊的。他当时兴冲冲地从队部办公室抱来一摞报纸，往地上一摞，卷起袖子说：

"哥儿们，瞧我的；这土墙没法儿刷白灰，糊上报纸一个样！你没看人家美国，还用报纸盖大楼咧！"

他从报纸中抽出一叠，摔在我正在抹泥的炕面上，又说："喏，我知道你要看《参考消息》，特意给你偷了些。可看那玩意儿有啥用？现在外国人也跟咱们学。这不，又是哪个共（马列）在夸咱们的'五七道路'。真他妈吃饱了撑的！叫他们下放

218   男人的一半是女人

到农村试试看！……"

我在看报纸，他在糊墙。于是墙上就出现了这堆横七竖八的尸体。

被面是我们连队劳改、劳教、群专、坐过牢的人集体送的。不属于这个行列的，只有那位大脚的女哲学家。每家出五毛钱，在不足一百户的小村庄，居然凑了二十多元。多么大的一个数字和多么小的一个数字！

"这是我安排的。"马老婆子跑了三十里路回来说，"别的颜色都不好，就这种好，彤红彤红的，给你们冲冲喜，明年抱个大胖小子！"

于是拖拉机牵引着犁铧就开到了我们炕上。

整个像场梦！

而且这场梦还在继续做，还要做下去。

世界给每一个人规定的路都非常窄。只要在这条路上迈出第一步，就必须沿着这条路走下去。人只有在走第一步之前可以选择，一经选择了之后人便成了木偶——不是自己在走，而是两旁的高墙把人向前推挤。

那天，我去拜访黑子。一进门，黑子就喊：

"好哇！听丽芳说你要跟黄香久结婚？你们两个真配绝了——一对新夫妇，两件旧家伙……"

何丽芳说："你别胡说了。人家老章可不是旧家伙，还没开苞哩！"说完，在黑子身后向我挤挤眼。

"你懂啥！"黑子在他老婆的屁股上拍了一巴掌。"男的不叫'开苞'那叫童男子。行呀，老章，你他妈样样都是真格的，连那玩意儿都是原装货！说吧，你需要啥，包在我身上！"

我开门见山地向他说了我的打算。

"没说的！"他拍拍胸脯。"我去找曹学义。他要不批，我让他尝尝全场北京青年这帮哥儿们的厉害！这些'丫亭'还不知道，北京连老战犯都释放了哩！"他又用手捂着嘴说，"妈的！我这趟回来没给他少送，光二锅头就是两瓶……"

"还有一铁盒奶油糖，喂他的丑老婆！"何丽芳在一旁补充道。

"是呀！快，丽芳，找张纸来，这就写……行，这张就行，这他妈的还是我在西单商场买的信笺哩！……喏，给你笔，你划一划，看有水么？就这样写：反革命分子章永璘和劳改释放犯黄香久，自愿结成反革命集团……"

我们一起大笑起来。

我开始写从未写过的严肃的申请书，却是在戏谑的气氛中，怀着一种戏谑的心情。我接过纸——原来这不是什么信笺，而是西单商场的顾客意见簿——翻在空白的一面，拿起笔，沉吟了一下。

　　"喂，黑子，"我说，"我看应该先写一条语录。"

　　"写啥语录！"黑子拍着桌子说，"你写上'要对资产阶级专政'，只怕你这一辈子也要打光棍！人家会说，你他妈老老实实改造就完了呗，还结个啥婚？你们这些'臭老九'哇，尽会拿别人的鞭子抽自己！"

　　"也别这样说。咱们也会各取所需，为我所用嘛。"我说，"有了！你别捣乱。"

　　于是我提笔写道：

　　毛主席语录

　　调动一切积极因素，团结一切可以团结的人，并且尽可能地将消极因素转变为积极因素，为建设社会主义社会这个伟大的事业服务。

申请书

　　今有三队农工章永璘，男，三十九岁（婚姻状况　未婚）与农工黄香久，女，三十一岁（婚姻状况　离婚）申请登记结婚。双方皆出于自愿。保证婚后继续改造，接受监督，在支部的领导和贫下中农的再教育下，为建设社会主义社会添砖加瓦。望队党支部研究批准为荷！

　　敬礼！

章永璘

黄香久

1975 年 4 月

　　"嘿！"黑子拿起西单商场的顾客意见簿，像欣赏书法家写的条幅似的，"真他妈没的说！还'为荷'哩。语录背得滚瓜烂熟，你他妈能当党委书记了！就凭这笔字，他'丫亭'的也得批！等着，我这就找他去。"

　　"还有房子呢？"何丽芳拽住他。"房子的事也得跟曹学义说清楚。"

　　黑子思忖了一下。"这房子嘛，我看你们也别挤兑马老婆子，也别挤兑周瑞成，都他妈够可怜的……"

"我看让他们俩也搬到一块儿去算了！"何丽芳笑着打岔。

"去去去！一边儿晾着去！"黑子说，"我看咱们另外想办法……哎！咱们问他要那两间原来放工具的库房。"

黑子走了以后，何丽芳朝我抿嘴笑道："我说，老章，她要生不出娃娃，你可别嫌弃她。"

"你怎么知道她不会生孩子？"

"嘿！女人的事情我还有啥不知道的！"她用手指在我脸前捻了一个响榧子。"这里面的学问比你那书本上的学问还大。"

"不会生孩子正好，我要的就是不会生孩子的。"我冷冷地说。

"啊？"何丽芳诧异地看着我。

现在，用黑子的话说，是一切"都齐了"！

我忽然有了个家！

而且是两间房，比一般农工家庭的住房还多出半间。虽然是两间破烂的库房，但毕竟有一里一外。也不知黑子怎么跟曹学义磨的。

她表现了令我惊奇的布置居室的本领。哪儿钉个装筷子的竹篓，哪儿按一个放肥皂的搁板，哪儿砌个土台子；箱子怎样摆就成了床头柜；案板和炉台接在一起，就既延长了案板，又扩大了炉台；锅碗瓢盆勺子应该放在什么地方，怎样放，才既安全卫生，又不多占空间；脸盆脚盆用的时候放在哪里，不用的时候放在哪里，她事先都给我指定好了，而我发现的确这样放才算是整齐；要在墙的什么地方钉钉子，挂毛巾的绳子怎样拴，挂衣服的绳子怎样拴；衣帽钩上下，她挑了两张雪白的雪莲纸糊上，这样，衣服挂在衣帽钩上，既不会直接贴着土墙，上面又有遮盖。这两张白纸就不下于一个大壁柜了。她还叫我把两间房中间的门卸下来，借了把锯子，偷偷地把一扇完整的门板拦腰锯成两半。一半支在窗下，上面铺了块格子布，摆上她的雪花膏瓶子和我唯一可以炫耀的财产——一大摞精装的马克思恩格斯著作（只有这些书籍才能公开摆在外面）。于是，我居然在漫长的十八年以后重新有了一张书桌。九百六十万平方公里土地上，我终于真正地占有了一平方米！那几个雪花膏瓶子，并没有使书桌显得脂粉气、俗气、反而增添了书桌的雅致。因为这时候化妆品的商标也是非常严肃的。另一半门板，她是这样利用的：她砍了四根同样粗细的木棍，木棍的一头削尖，牢牢地打进外屋的泥地里，向上的四端，都在同一个水平线上，然后安上那半块门板，再铺上一方条格布，竟然成了一张非常漂亮的餐桌。房子里只要有一张餐桌，立刻就显露出一派家庭气氛。这在全农场都是独一无二的！她还指挥我，炕和炉子要分别砌在两间房里，里屋砌炕，炉子砌在外屋，而二者又相通。这种砌法我还没听说过，虽然我是个内行。但我照她说的砌了后，才发现根本没有技术上的困难，只不过因为中间隔了一堵墙，需要增加烟道的长度而已。如此简单，为什么一般人却想不到？

"这样砌，"她说，"我们就把外面专作厨房和饭厅，里屋是睡觉的和你看书的地方。捅炉子的灰进不到里屋来。我们要保持一间房子老是干干净净的。"

果然，我们的卧室和书房一直是纤尘不染。

中间的门被卸掉了，那也没有关系。她挂了一条白净的床单当门帘，倒比那块涂满标语的门板好看得多。

何丽芳把她摆了两年的塑料花连花瓶一起送给了我们。这一束花在黑子房里始终是愁眉不展，不死不活的，从来没人注意到它们。而经她用肥皂水一洗，立刻舒展开了，绚丽多彩，灿烂夺目。它们摆在我们的餐桌当中，何丽芳看了都几乎认不出来是他们家的东西。

"啊哟——喂！你他妈手真巧！"何丽芳瞪大眼睛道，"啥蔫巴玩意儿到你手上都活了！"

"巧手媳妇能腌好酸菜。"马老婆子说，"今年冬天，我没菜吃可要来找你们哟！"

周瑞成嚼着糖，静静地坐在小板凳上。大伙儿叫他拉一段二胡，他连忙摆手说："不合适，不合适……"

"那有啥不合适的？"大伙儿很奇怪。

这只有我明白。

曹学义书记在热闹的时候也光临了。

"哟！黄香久，你真不简单！"他瞅着她咧开嘴笑。"这两间烂房子给你一收拾，很像那么回事嘛！"

黑子从漂亮的餐桌上拿起一支烟。

"书记，这支烟你可要抽呀。你瞧，在你英明的领导下，人人都愿意扎根边疆，以场为家了嘛！"

"今天你咋这么文明起来了？"曹学义笑道，"这支烟我当然要抽，黄香久的喜事嘛。她还是我要来的哩……"

黄香久虽然劳改过，但没有"帽子"；我既劳改过又有"帽子"，是双重身份。

书记在这种场合下是分得很清楚的，所以他只向她表示祝贺。

而她站在白布门帘旁边只是笑。

笑得很美。

现在，一切忙乱和热闹都过去了。

我坐在炕上吸烟。她还在外屋收拾剩下来的瓜子和糖。不时传来细微的丁丁当当的声响。这声音非常遥远。一个遥远的梦境，又像梦境那样遥远。这就是"妻子"的声音。是的，这声音只能是属于妻子的，不会从别人的手中发出来。女人，不单单是指一种和男人不同性别的人，并且有她的声音、她的气氛、她的磁场、她的呼吸、她的味道……她能把这一切都留在她触摸过的地方，触摸过的东西上面。即使她不在场，这个地方，这些东西，都附着有她的魔力，将你紧紧地包围住。她无处不在、无所不在、无微不至。这里所有的一切，除了墙上那张讨厌的照片，都是她所创造的生活。生活就是这一点一滴，由这炕、这被子、这门板做的书桌、这衣帽钩上下的雪莲纸、这雪花膏瓶子等等构成的。她所创造的生活紧紧地包围着我，我一下子失去了自己，并开始用她来代替我。她加入了我的生活，就像锯那块门板一样，拦腰把我的过去砍掉了。过去，不知留在了什么地方。

第二章

她拉灭了外屋的灯，撩开白布门帘走进来。

"困了吗？"她笑着问我。她好像已经跟我生活了好几年似的。

"不困。"我说，"你困了吗？我铺床吧。"

"不用你铺，哪有大男人铺床的。"她爬上炕，熟练地摊开被子。"你洗去吧，外面水给你打好了。"

于是我知道了：一，我从今以后可以不用铺床叠被；二，她说的"洗"，肯定是一个必须经过的程序。

洗完以后，我进来，她已经睡在炕上了。真快！

我不知道这时我应该干什么。炕上只有一床被子，却放着两个枕头。多么奇怪，一瞬间就跑来一个女人；她不是男人，她是个女人！而这个女人要睡在我旁边。没有任何人能够干涉，没有任何人像我一样感觉到奇怪……不过，还应该有某些程序吧，我想。我点着了一支烟。

"你还抽烟？"但她的语气中没有责备的意思。

"还不想睡。"我向她抱歉地笑笑，"我很兴奋。"

她大概也笑了，但在被窝里没有作声。

"香久，你为什么要跟我结婚呢？"我在炕沿上坐下，问她。

她眼睛看着顶棚，沉默了片刻，反问我："那么，你为什么要跟我结婚呢？"

"你还记得八年前吗？在芦苇荡里……"

她笑了起来，被子里一抖一抖的。"哦，你还记得呀？"

"当然，我当然记得！我一直想着……"

"我早就忘了！"她打断我的话，决然地这样说。

她忘了！我的心一沉。但我想她是不会忘的。

"不，你不会忘的。不然，你怎么一见面就认出了我？"

"睡吧，睡吧。"她温和地表示了不耐烦。"说这些干啥？既然在一块儿了，就想着以后怎么过日子。"

"怎么过日子呢？"我讪讪地问，一边慢慢地脱衣服。我应该有很多话说，我可以说出很多话，很多话动听的话，但我现在只能顺着她的思路去说。

"怎么过日子？"她仰面朝上，睡得笔直。"咱们两个在一起，工资虽然不高，可是没有拖累，准比他们过得好！那些老娘儿们，有嘴没毛的，会个啥？哼！我一个也看不上！……"

她的语气陡然变得很激愤，含着对"老娘儿们"的蔑视。好像她以后生活的全部目的就是和那些"老娘儿们"展开一场"过日子"的比赛，并在比赛中压倒她们。

女人啊女人！我要逐渐地熟悉你。我脱了外衣、长裤，靠墙坐在她旁边。我要把烟抽完。我想拖长一点这样的时间。这个时间是值得玩味的。这个意境是值得玩味的。她躺在这里！就在我的脚下。一簇闪亮的乌发柔软地摊在柔软的白枕巾上。两只晶莹的眼睛盯着一片狭小的空间。那空间可能有许多美妙的图画，乌黑的眼珠里饱含着向往、希望与展望，还有盘算、期待、临战前的紧张。薄薄的被子没有能盖住她窈窕的身躯。拖拉机牵引的金属犁铧正和她富有曲线美的胸脯和小腹形成鲜明的对比。她能承受这样沉重的东西，因为她具有无限的弹力。幻影变成了现实，失去了她无法把握的美丽的色彩，但现实要比幻影更为动人。

"来吧。"她说。

我撩开被子，原来她这时和我在芦苇荡中见到的完全一样……

“也许是我太兴奋了。”我说。

然而，我说这句话不过是掩盖我的羞愧、我的内疚和我的懊丧。

这是一片滚烫的沼泽，我在这一片沼泽地里滚爬；这是一座岩浆沸腾的火山，既壮观又使我恐惧；这是一只美丽的鹦鹉螺，它突然从室壁中伸出肉乎乎粘搭搭的触手，有力地缠住我拖向海底；这是一块附着在白珊瑚上的色彩绚丽的海绵，它拼命要吸干我身上所有的水分，以至我几乎虚脱；这是沙漠上的海市蜃楼；这是海市蜃楼中的绿洲；这是童话中巨人的花园；这是一个最古老的童话，而最古老的童话又是最新鲜的，最为可望而不可即的……人类最早的搏斗不是人与人之间、人与兽之间的搏斗，而是男性与女性之间的搏斗。这种搏斗永无休止；这种搏斗不但要凭气力、凭勇气，并且要凭情感、凭灵魂中的力量、凭先天的艺术直觉……在对立的搏斗中才能达到均衡、达到和平、达到统一、达到完美无缺，而又保持各自的特性，各自的独立……

但我在这场搏斗中却失败了！我失去了自己的特性，失去了自己的独立。

我满身是汗，像刚从浴盆中出来，而脚底板却冰凉。喘息了一会儿，我略微欠起身子，喃喃地说：

“我想喝水。”

她一翻身，掀开被子坐起来。

“你不行，事儿还多得很！”

她虽然这样说，但还是下炕给我倒了一杯水。水冲击着杯子，发出一种金属的撞击声。

“给！”她把水递到我面前。我在黑暗中摸到杯子，同时握住她的手。

“对不起。”我说。我想拉着她坐在我身边。

她甩开我的手，又爬上炕钻进被窝。

“这有啥对得起对不起的。下一次再试试。”

我看不见她脸上的表情，但声音是冷静的。

我们平静地过了几天。

我极力想从这几天中的一点一滴体会到幸福。首先是有人给我做饭了，吃了将近二十年的食堂终于与我告别。放牧回来，把马赶进马棚，回到那两间破旧的库房，漂亮的餐桌上一定会有饭在等着我，并且每顿饭都会使我赞叹不已。菜蔬粮食完全和食堂吃的相同，但经过她的手却被赋予了奇妙的味道和颜色。她说：

"要像你这样吃，咱们的定量可不够了！"但我还是把这句话当作对我的鼓励。

其次，在库房前面，我用锹和石夯平整出了一块平地。平地在三面长草的荒滩中熠熠地反射出日光、霞光和月光，像一块珍贵的田黄石。吃完晚饭，我可以坐在这一方平地上遐想。

结婚的当天，有一个卖雏鸭的安徽人骑着自行车来到我们村庄。她买了四只，把黄茸茸的小生命捧在手上。"要都是母鸭就好了。"她说。那天她是高兴的。大脚的女哲学家说："你们住的是库房，耗子肯定少不了。"于是送给我们一只断了奶的小猫。灰色的毛中夹着白色的条纹，虎虎地很有生气。这样，我们的小家庭才建立便有了一群成员。雏鸭叽叽地叫，小猫咪咪地叫，在我平整出的这一方庭院中吃喝嬉戏。其实，我和它们一样，也是刚开始熟悉这个新的生活环境。

但是，她的郁郁寡欢，她的不自然的笑容，和她藏在温顺与体贴下的怜悯，却破坏了我的幸福感。我有一种莫名的自卑，感觉到了我们之间有一种很微妙的不平等。这就是幸福吗？幸福难道仅仅是提高了吃和住的质量？我无心读书。我连在孤独中的安宁心境也失去了。那昏黄的落日，那飘零的晚霞，那在暮色中被晚风吹拂着卷毛的瘦零零的乏羊，那大路上久久不落的尘土，那被车辕和缰绳磨破皮的疲惫的牲口，谱成的仍然是一曲悠长缓慢的《如歌的行板》，在我心中唤起的不但仍然是沉郁而伤感的情调，而且新渗入了一种惶惶不安的心绪。

她每天在我身旁晃来晃去。她是高傲的。她是放进斗兽场中的一只矫健的雌兽。她等待着我去征服她。但是，我头一晚上就感觉到了，觉察到了，明白无误地知道了，我已经失去了这种能力！

也许与气氛有关？也许有什么心理障碍？我趁她不在家的时候用另一张报纸悄悄地糊住了那些横七竖八的尸体；我借口说盖新被子热，让她另换了一床薄被子。搬去了尸体和拖拉机，还有什么呢？我头脑昏昏沉沉地等待着下一次……

几天后的夜晚，她的手给我导航，我的手宛如一叶扁舟，在黑黝黝的惊涛骇浪中游遍她全部的领海。波谷起伏。温暖的汪洋。从海底深处传来阵阵颤动，好像地球在我脚下要飘然离去。但我又战战兢兢地发现：有雨雾蒙蒙的高山，有空气湿润的新大陆，有飞流直下的瀑布，有彩蝶在我意识中飞舞。这里没有一点用语言构成的概念。这里是最混沌的洪荒状态。两团没有固定形状的原生质。两条波动着周身微细纤毛的草履虫。一切都是发自太阳神经丛。从太阳神经丛向周身发射出电波……

哦，我的头怎么隐隐作痛！

她轻轻地推开我。

"你是不是有病？"她叹息了一声，问我。

"我不知道……"我揉着我剧烈跑动的太阳穴，你嗫嚅地说，"过去……我不知道……"

"你过去真的没有过？"

"没有。"我深深地叹了口气。"真的没有。"

她蠕动了几下，抖开被子，像蒸气一样滚烫的被窝里凉爽了一些。我感觉舒服多了。

"你是不是因为过去有病干不成，过去才没有……"

"不是。"我像嫌疑犯似的为自己辩护。"不是。是因为，因为没有条件，没有机会……"

"那么，"她犹豫了一下，"这话我都不愿意提，那么，八年前那一次呢？"

"八年前？……"我无法解释。我集中不了思想。即使集中了思想我也无法解释，因为连我自己也不完全理解。

我翻身坐起来，伸手去拿箱盖上的烟。

"也给我一支，"她忽然说。

黑暗中亮起了一团火花，十分耀眼。接着便熄灭了。但有两点火星在默默地闪光。

抽了半支烟，我慢慢地说："我想，我大概是因为长期压抑的缘故。"

"压抑？啥叫压抑？"她大口大口地吸着烟，又大口大口地吐出来。

"压抑，就是，就是'憋'的意思。"

她发出哏哏的嘲笑："你的词儿真多！"

"是的。"我照着我的思路追寻下去，"在劳改队，你也知道，晚上大伙儿没事尽说些什么。可我憋着不去想这样的事，想别的；在单身宿舍，也是这样，大伙儿说下流话的时候，我捂着耳朵看书，想问题……憋来憋去，时间长了，这种能力就失去了。"我又没有把握地加了一句："也许，以后会慢慢好起来吧。"

"那么，你想问题干啥？你看书干啥？想啊看啊顶啥用？"

"人有脑袋总是要想的：难道我们就这样生活下去？难道我们国家就这样搞下去？……"

"算了吧！你没本事，尽会耍嘴皮子。"她把很长一截烟向墙角扔去。黑暗中划出一道火红的弧线。"人家也有想的，也有念书的，也没像你这样！我听人说，念了大半辈子经的、没碰过女人的老和尚，一上来都能干。人又说：三十如狼，四十如虎。你正当年，我这么逗弄你都不行，你肯定天生下来就有毛病。"

"在这方面，当然你比我有经验。"我突然对她产生了敌意。没有战胜她，她和我自身都成了我的敌人。"八年前，你在劳改队里还想跟人干哩！"

"你为啥还提过去？你这个废人！半个人！"我的话触犯了她，她更加恼怒了。"八年前……哼哼！那天你要是扑上来，我马上把你交给王队长，让你加刑！那时候，我正想立功哩！你还当我是想你，是爱你！你撒泡尿照照你自己吧！"

影子和肉体整个地分离了！

第三章

我的坐骑——"101 号"大青马陡然陷在泥淖里。它先踩空了前蹄，跟着头就栽了下去。后蹄本能地想使劲把前蹄拔出来，蹬了两下，却也陷进去了。

我用鞭子抽，用脚镫狠狠地磕它的屁股。它昂起头，竖起尖尖的耳朵。我在它背上都能看见它向上翻着大眼珠。但它四只蹄子奋力蹬腾了一阵，反而越陷越深。

不能再打了。我急忙一翻身滚到旁边的草地上。这是大渠决口时冲出的一个坑。大渠堵好以后，从堵塞处渗出的水流，夹带着泥沙，渐渐在这坑里淤积起来。日久天长，淤积层上长出芦苇和蒲草，表面看来和草滩一样，但只要有人或牲口踏在上面，即刻就会落进这个自然生成的陷阱。平时我是很注意的，从来没有被它捕获住。可是这些日子我一直心不在焉，恍兮惚兮，终于中了圈套。

这正是我们把马往回赶的时候。西沉的太阳最后放射出它更加强烈的余辉，青草和绿树都反映着眩目的金光。远方那片静静的湖沼，粼粼地闪烁着银色的水波。青蛙和癞蛤蟆首先感到了清凉的气息，拼命地在四处鼓噪，其他牲口在"哑巴"的管束下，不情愿地在荒滩上停下来，侧着脑袋向我们张望：你们是怎么回事？还不快回到棚舍里去，蚊子马上就要来了！

"喂！"我向"哑巴"喊道，"你先赶回去，我把它弄上来。别等我。我看它还有一会儿才能挣得起来哩。"

我想告诉他回去跟香久说，可能我会回去得很晚。但是他不会说话。

他不会说话，却能听懂话。他挥动起鞭子，嗒嗒地把牲口赶走了。

周围蓦地沉静下来。大青马无力地打了两个响鼻，眨巴着两只大眼睛忧郁地看了看我，然后将下腭搁在蒲草地上，不动了。蚊子天生地能追逐人畜的味道，这时一齐拥了上来，嗡嗡地在我们头顶上盘旋。

我点着一支烟，在大渠坡上坐下，一群归鸟从山那边飞快地掠过草滩。草滩远处，跳跃着一只银灰色的野兔。草、树、野兔、大青马以及我的影子，都在草滩上拖得很长很长。所有的东西都疲倦了，连同影子。草滩上涂上了一种凝重和缓慢的暗色调。香烟的青烟并不飘散开去，而是直直地上升，越来越淡，最后不知所终。坝坡下还在向外渗水，一小粒一小粒芥末般的细砂，在薄纱似的水流中，慢慢向坑里汇集。我应该把大青马的鞍子卸下，叫它好好地歇歇，才能缓过气力。

于是，我把烟叼在嘴上，用牧工刀割断了肚带，将鞍子从它背上拔了出来。一股浓烈的熟悉的马汗味，立刻灌进了我的鼻孔。我放下鞍子，人骑在鞍子上，守护着我的大青马。

我们休息了很长时间。我抽了五支烟，将粘在它鬃毛上、尾巴上的牛蒡一一拣掉，用手指梳刷完它露在草地上的硬毛，天空终于暗淡下来。

一股清凉的空气，犹如灰色的幽灵，在坝上护渠的一株株柳树梢上漫卷。到了这个曾经决口的地段，却折转直下，长袖挥出一个漩涡，戏弄着我和大青马。

大青马扬了扬头，又低下，好像很有礼貌地跟幽灵打了声招呼。我想，这时候，你该歇好了吧。我站起来，拔了些蒲草垫在脚底下。"喂，伙计，咱们加把劲吧。"我说，"我提住你的尾巴，助你一臂之力，就像上次你掉进翻浆地里一样。来！"

它的粗尾巴在我手上有一种木质感。很难相信这是从肉体上长出来的。一、二、三！我使劲向上一提，同时用钉了铁掌的爬山鞋踢它的屁股。它也的确跟我配合得很默契，迸发出全部筋肉的力量，猛地向上一跃。地底下，连续发出泥浆扑扑的声，好似埋在下面的鬼魂突然受到惊扰。我和大青马一上一下，一紧一松地试了十几次，周围的青草被践踏得七倒八歪，泥浆化成了糊状的流汁，地下水已经汪出了地表，但最后我们仍然失败了。大青马索性放弃了努力。看来它最明白自己的处境。

它照旧把长长的脑袋搁在蒲草上，喷着粗粗的鼻息。我抹去头上的汗，蹲在它旁边用衬衫搧起一点凉风。怎么办呢？伙计，咱们要在这儿过夜吗？

荒滩、田野、村庄、树林、绵延的山峦，已经全部隐没在浑然一体的黑暗之中。

我翘首远望，竟看不见一点灯光。一片神秘的夜气，悄悄地在地面飘荡……

这时，我身旁突然响起了一个陌生而又熟悉的声音。

"哦，你别假惺惺的。人真是会装模作样。"大青马忽地抬起头，一只眼睛直瞪瞪地盯着我说，"其实你也不愿意回去。你结婚刚一个多月，不是和你老婆已经分开睡了么？你现在害怕，你害怕夜晚，就像我害怕驾辕一样！"

"咦！你怎么会说话的？"我惊骇得一屁股坐在潮渍渍的草地上。

"嚯嚯！"它老腔老调地讪笑我。"看你吓得这副模样！你别忘了，那个广播喇叭正对着我们的棚舍，并且，我来到这世界上，就经常吃大字报。大字报虽然有股墨汁味，但毕竟是草纤维做的，比饲养员给我们不负责任地塞来的长草好吃多了。我发现。我出生在一个语言空前发达的时代。你们人类现在别的方面都退化了，唯独擅长玩弄语言。所谓近朱者赤，近墨者黑，在长期的熏陶下，我自然也会说话了！"

"啊。"我迷惑地说，"这毕竟……毕竟是太奇怪了！"

"这是你们人类的弱点。"它说，"你们应该向我们学习沉默和冷眼旁观，这才是处世泰然的表现。"

"那么，"我问，"为什么你今天却张开嘴说话了呢？"

"我知道你不愿意回你那个家。"它喷了一个响鼻。"至于我呢，今天恰巧也不愿意回去。在某一个时候，我也和你一样，觉得有离群独处的必要。我们可以沉静下来思考一些问题。哲学是无所不包的；马道和人道有共同的规律。"

"唉！"我不得不承认，"我在内心里确实不想回去。我要一个人在这荒野，把一切理出一个头绪。"

"也许我会对你有帮助？"它用学者的腔调谦虚地说，"我虽然不像你活了三十九年，但在马类里也算是老马了。'老马识途'指的就是我。我们或许能够互相启发。"

"既然你已经知道得这样清楚，"我说，"在这方面，你能告诉我些什么呢？"

"啧！啧！"它咂咂嘴。"我很同情你，你我有相同的遭遇。我想你是知道的，我被人类残酷地骗掉了。我现在只是一匹骟马。"

"是的。"我说。"但我不是被骗的。我具有那个器官，却没有那种功能。这又是怎么回事？"

"在我没有被骗之前，只要有一声母马的嘶鸣，一丝母马的气味，都会使我神魂颠倒。哪怕它千山万水，哪怕它铜墙铁墙，都不能将我阻挡。我的器官从来没有发生过故障，它总是准确无误地给我带来销魂蚀魄的幸福。但我自被骗掉以后，我失去了性的冲动，于是我对一切都无动于衷了。'哀莫大于心死'呀。人类啊，你们的残忍和阴毒就在这里：你们从心理上根绝了我的欲望。我亲爱的牧人，你要检查检查你的心理状态，作一番严格的自我鉴定。"

　　"不，"我说，"我觉得我还是保留着这种欲望的。当她第一次、第二次、甚至后几次与我求床第之欢的时候。我只是最近这一段时期才感到厌烦。而这种厌烦是由于我的无能所产生的恐惧。"

　　"吭、吭、吭！"大青马发出一串声音奇特的冷笑。"你太注重这方面了，难道你不觉得自己庸俗和低级吗？我指的是你全面的心理状态。这方面的无能，必然会影响到其他方面的心理活动。你是有知识的；你应该明白人和世界都是一个统一体；要用统一的眼光去分析各个系统。这个系统出了毛病，难道别的系统就没有受到影响？你不是还有你的信仰、你的理想和你的雄心吗？"

　　"我想，大概不会受到什么影响的吧！"我迟迟疑疑地说，"譬如司马迁，他被处了宫刑以后，还能创作出那部伟大的《史记》……"

　　"吭吭……！"大青马更响亮地笑起来，接着又沉重地喷了一个响鼻。"唉！牧人啊，亏得你还是读过书的！这里，你犯了一个形式逻辑上的错误。司马迁，我是知道的。在你们'评法批儒'的运动中，我几乎天天听到广播喇叭里介绍他的情况，所谓'宫刑'，是外部施加于他肉体上的残害手段。这只会激起他更大的愤懑，在心理上积聚起更大的冲击力，所以他完成了那部叫《史记》的书籍。我甚至认为，如果他不受'宫刑'还写不出《史记》哩！世界上少了一个生殖器，却多了一部辉煌的巨著。这也是广播喇叭里常喊的'坏事变好事'吧。而你，现在壮得跟我的兄弟一样；他们虽然把你拉去陪过杀场，但枪子儿并没有伤你一根毫毛。你全身完好无损，你是在心理上受到了损伤。外部刺激刻下的病灶在你的腑脏里，在你的头脑里，在你的神经里。你能跟司马迁比吗？"

　　"是的，确实是这样。"我垂下了头。"我请你接着替我分析下去。"

　　"所以，你和我在某些方面倒很相近。"大青马向我投来的亲切目光，在黑夜中闪闪发亮。"一方面，由于我被骗了，我灭绝了情欲，抛开了一切杂念，因而我才有别于其他牲口，修行到了能口吐人言的程度。正像你，谁也不能不说你在劳改犯中，在卖苦力气的农工中，背马恩列斯毛的语录是背得比较熟的。而另一方面，因为你又并不是被骗掉了什么请原谅我用词不当——如司马迁那样，却是和我一样在心理上也受了损伤，所以你在行动上也只能与我相同：终生无所作为，终生任人驱使、任人鞭打、任人骑坐。嚯嚯！我们倒是配得很好的一对：阉人骑骟马！——请原谅，我常常控制不住自己的幽默感。哦，对了！这方面我们也有相似之处：冷嘲热讽、经常来点无伤大雅的小幽默、发空论、说大话，等等。唉！我甚至怀疑你们整个的知识界都被阉掉了，至少是被发达的语言败坏了，如果我们当中有百分之十的人是真正的须眉男子，你们国家也不会搞成这般模样。不知道你感觉如何，我每天听那个大喇叭就听腻了。难道即使在你们所擅长的语言方面，也再翻不出新的花样了？"

"叫你这样一分析，我这一生岂不是完了吗？"我痛苦地问它。

"什么叫'完了'？"它昂起头，严肃地对我说，"你来到过这个世界，你工作过，你看过，你吃过，你听到过各种各样的奇闻，比如：一个国家元首怎样一下子成了囚犯，一个小流氓怎样一下子成了有几千万党员的大党的副主席，然后，你死了。任何人的一生本质上都是这个过程。你，还是比较幸运的，因为你生活在一个空前滑稽的时代。难道你还要求其他什么吗，啊，你是不是指生殖后代这点？"

"不，在这点上我并不抱希望。正如你刚刚说的，如果国家总是演这样的滑稽戏，我的后代不可避免地会重复我凄惨的命运。他不出世倒好。"我抱住头说，"我指的是人活着要为这个世界增添一些什么，为人类贡献一些什么……"

"嗬！大话、大话！老毛病又犯了。"大青马打断我的话说。"像我们，每天这样拉辕、运这运那，不是也在出力，即你说的'贡献'吗？你们人类总要把一些平凡琐事涂上一层绚丽的色彩。掏一回厕所也要说成是学了毛主席著作的结果……"

"哦，你没有懂我的意思。我指的是创造性的劳动，不是像你这样被人驱使。"

"你还要创造什么？"大青马诘问我。"人和马，和其他一切生物最根本的创造是自身的繁殖。你连这点都做不到，还想有什么创造？诚然，你们人类当中是有许多伟大的人物抱着献身精神，终生不娶，终生不育。可是他们并不是丧失了娶和育的能力才能有所创造、有所发明。而你是根本丧失了这种能力呀！你本身的心理状态就不平衡，系统之间是不协调的、紊乱的，所以我劝你千万别作那样的臆想。你即使创造出来什么，也会有畸形的，甚至对人类有害。我亲爱的牧人，你别是像我的一个兄弟吧？它没有被人骟净，能力丧失了，欲望却还存在，最后被它自身的欲望折磨得发了疯。它是被你们吃掉的，那张皮还扔在棚舍的顶上。

千万！千万！赶快熄灭你创造的欲望，做个安分守己的人，像我似的做个安分守己的马。"

"照你这样说，她说得对罗？我只是个废人，是半个人！"我发觉腮上冰凉。那上面有流下的眼泪。

"唉——是的！"大青马从肺腑深处发出一声长长的叹息。"你要承认既成事实。这就是命运。命运的力量只有人遭到不幸的时候才显示出来。你的信仰，你的理想，你的雄心，全是徒然，是折磨你的魔障。你知道得最清楚了：人们为什么要骗我们？就是要剥夺我们的创造力，以便于你们驱使。如果不骗我们，我们有自己的自由意志，我们经常表现得比你们还聪明，你们还怎么能够驾驭我们？连司马迁自己也说过，'刑余之人不可言勇'。唉！你还侈谈什么创造？"

我无言以对，我感到屈辱。我的肚子里翻腾着一腔苦水。

"嗯！"大青马突然惊疑地扬起脑袋，鼻孔朝天深深地吸了几口气。"我闻到了一股肉欲的气味。这气味不是从你身上散发出来的却又萦绕着你。怪事！啊，我的牧人啊，你可要警惕……好了，咱们走吧！我不希望你遇到什么不幸，因为你还是比较关心我们的。"

说完，它猛地一抬前蹄，上身居然拔了出来。旋即，它敏捷地将前蹄踏在泥坑的边沿上，踩着了实地。接着屁股一撅，前蹄再向前一跪，竟很顺利地爬了出来。全部过程不到十秒钟。

我惊讶地站在旁边。

"走吧。"它立在坝坡下的干地上，回头招呼我。"天黑了，你是看不见路的。你跟着我走，我有比人还敏锐的直觉。唉！实际上，你们人类是动物界退化得最厉害的一种动物。退化的主要标志之一，就是你们认为你们最聪明……"

它迈开蹄子，自己嗒嗒嗒地走了。我背着鞍子，拿着马鞭，跟在它的后面。

茫茫的黑夜，没有边际……

回到村庄，人们都睡下了，只有我的那两间破烂的库房，我的家，还亮着灯光。她还在等着我。有家还是比没有家好啊！

走到马厩门口，大青马回过头来。"嘘！"它掀起嘴唇，从齿缝中龇出一口气，示意我不要说话。"亲爱的牧人，从此以后我要保持沉默，还和过去一样呆头呆脑。并且请你千万不要向我的同伴泄漏我有这种本领。如果它们知道我有这个本事，我特别聪明，它们就会联合起来把我咬死、踢死。同时，我也奉劝你，你以后在人们中间也别表现得太突出。把你的知识和思想隐蔽起来吧，这样你才能保全你的性命。"

第四章

她果然还没有睡，坐在外屋的餐桌旁边嗑葵花籽。餐桌上铺着一张报纸，报纸上摊着葵花籽皮。灰猫卧在一张凳子上。

"你咋这么晚才回来？"

她用拇指和中指拈着小小的葵花籽，高高地翘起小手指头，以一种很雅致的舞台手势将葵花籽送到两颗白白的门牙中间，漫不经心地问了我一句。

"大青马陷到泥坑里面了，"我说。随手把马鞭挂在她指定的那颗钉子上。

"饭在锅里，"她纹丝不动地告诉我。

我洗完脸，把饭端到桌子上，赶开灰猫。餐桌上放的一个当烟灰缸用的罐头盒中，有几个烟头。

"谁来过？"我问。

她顺着我的目光看了看罐头盒，停了一会儿，说："曹书记。"

"他来干什么？"

"那有啥稀奇的？看得起咱们呗！"

"书记看得起咱们，这事就够怪的。"我吃着饭说。

她白了我一眼，照常嗑葵花籽。沉默了片刻，她说："你这个人真怪！好像天生下来要人看不起才舒服。人家看得起咱们，来串个门，你倒觉得不自在了。咱们又不缺鼻子不缺眼，为啥在人跟前不能跟人一样地活？"

这话很有道理，我无话可说，只好默默地吃饭。

吃完饭，我把碗筷收拾到案板上，这时才感到非常疲倦。我以为她会像往常一样说："你放下，我来洗。"但她并没有这样说，于是我就动手洗碗，她也没有拦我。

她又在餐桌旁恹恹地嗑了一会葵花籽，后来伸了个长长的懒腰，把罐头盒里的烟灰也倒进报纸，揉成一团，扔到簸箕里。随着拿起小刷子，把台布仔细地扫干净。在任何时候，即使她情绪不好的时候，她也总保持着爱清洁整齐的习惯。

"你把这一身脱了放在外面，别带进里屋来，看你滚得像个泥猴似的！"她对我吩咐完，看也没看我一眼，掀起门帘进去了。我照她说的脱下涂满泥浆的衣服，扔在洗衣盆里。略一踌躇，干脆倒上了水，自己洗起来。

我进到里屋的时候，她还没有睡着。眼睛呆呆地看着用报纸糊的顶棚，仿佛读着上面的某一篇文章。

"你还没睡？"我随口问了她一句。

她没有理我，反而一翻身脸朝着墙壁。我在炕的另一头铺上被子。现在，我盖我原来的被子，她盖她原来的被子，我俩结婚时新缝的那床绣着拖拉机的被子放在我们两人中间，成了分界线的标志。红彤彤的，正是一种警告的颜色。

我躺下后，拿过一本书，但看了半天也没看懂一个字。她也没有像往常那样催我关灯睡觉，连一声呼吸也听不见。屋子里笼罩着一种要等待我去打破的令人窒息的沉默。

"香久，"我放下书，下定决心说，"如果你觉得不合适的话，我们可以离婚嘛。"

"发疯了！"她即刻接上话用很清醒的语气说，可见她一直在等着我开口说话。"我离了两次婚，现在刚结婚又离婚。让人家听见不笑掉大牙才怪！我今后还活人不活人？"说着，她竟发出哽咽的语声。"算了吧！算我倒霉，算我命苦！我也看透了，我一辈子不得过好生活！"

"那怎么会呢？你还年轻嘛！"一阵怜悯之情揪起我的心。"不用你去提，我去提好了……"

"你去提、你去提！"她在被窝里扑腾着，"你凭啥去提？我有啥不好？你有啥理由提出跟我离婚？"

"哎，你别误会！"我慌忙解释，"不是你不好，而是我不好。婚姻法上本来就规定有这样一条：不能过夫妻生活的人不许结婚，我们只是婚后才知道罢了……"

"去去去！"她的肩膀一耸一耸地，"用这个理由，更让人笑话了。叫人以为我黄香久就图这个……"

"这有什么？这是光明正大的理由嘛！……"

"滚一边去吧！被窝里的事是光明正大的吗？只有你这个书呆子才说得出来！"

光明正大、合理合法的事在此时此地却不能光明正大、合理合法地解决。我思忖了一会：的确如此！但什么是两全其美的办法呢？我，是无计可施了……

"哼哼！"她又发出我惯常听的冷笑。"我已经想好了：咱们结婚，就等于两个单干户办了一个合作社。咱们这哪叫个'家'？还是单身宿舍！我就当作我还跟马老婆子睡在一个屋里，你就当作还跟周瑞成住在一起算了！生活上，咱们互相帮助：挑水、和煤、打粮、劈柴，这些重活，你多干点；做饭、洗衣裳、收拾屋子我来干。嗯嗯……"她突然控制不住地哭出了声。"还能咋办呢？就这么办吧！……我盼呀盼呀，盼有个好男人……我啥都能干，能侍候他……咱们平平安安地过半辈子，不管他们政策咋样变，他们总还得让咱们老百姓活下去吧？没有老百姓，还成啥国家？！咱们关起房门过小日子，不惹事，不生非，别让他们再找咱们的岔子。可是，可是……倒盼来个你这么没用的废物！你是啥男人？马老婆子还说你脾气好，人厚道。哼哼！我才知道了，你根本就没有男人性！我听人说，太监就像你这么蔫不叽叽的……你要是个真正的男人，哪怕你成天打我、踢我哩！……"

大朵大朵的泪花，不由自主地涌出了我的眼眶。思维完全混乱了。一个巨大的忧伤将我猛地击倒在炕上。灯虽然还亮着，但我眼前一片漆黑，还飞舞着无数金星。

"上帝、上帝！"尽管我不相信冥冥之中有鬼神存在，但还是禁不住呼唤起来。"你为什么要这样作践我？你把我打翻在地已经够了，为什么还要踏上一只脚？！"

她见我默不作声，坐起来用红红的泪眼看了看。也许她看见了我的眼泪，但她什么也没有说，一抬手拉灭了电灯。

我应该睡过去安慰她，抚摸她，款款地将她搂进怀里，用语言、用动作使她高兴起来。但我没有这个能力，没有能力承担我应尽的义务。以前我曾试过两次，在她不快乐的时候。但每次到最后她总是极力推开我，挣扎着坐起来。她的眼睛发烫，面孔潮红，大口大口地喘着气。"你反倒搞得我难受！"她说，于是，我明白了，我不能再碰她。我应该躲在一边，躲在旮旯里，最好变成老鼠。在这个所谓的家，在这两间破旧的库房里，她慢慢膨胀起来，最终塞满了全部空间，已经没有我一点容身之地。原来我住在单身宿舍的时候，所占的空间虽然很小，但我的心理空间却辽阔无边；现在，我所占的房屋空间大了，而心理空间却紧缩成一团。我的心被她塞得满满的；我懂得了人们常常说的一句话，"心里堵得慌"是什么意思。

至此我才领教了，有比社会压力还要可怕的压力，就是家庭压力。一一地回忆在历次运动中受折磨而自杀的人，发现触发他们采取这一行为的最关键的契机，却是妻子或孩子给他们的刺激。这一刺激才使他们下定最后决心。而那些挺受住折磨的人，多半是有一个稳固而温暖的后方。即使在牛棚里连一根筷子也得不到，但他还是能感应到心灵的思念。

我又一次地想到自杀。既然已经成了"废人"，成了"半个人"，只能和大青马一样地被人驱使，最后在马厩里了此残生，苟且地活着还有什么意义？这些日子，我故去的母亲经常出现在我的梦中，她还和照片上一样慈祥、美丽，嘴角挂着永恒的微笑。她在一片迷蒙的雾中，若隐若现。而在我急速向她爬过去时，又不见了踪影。醒来，我一直猜测这个梦要猜测到天明：这是在召唤我？还是在鼓励我活下去？天明以后，库房里渐渐亮堂起来。一间几乎像颓垣断壁的破房子，竟被香久收拾得窗明几净。我最厌恶蜘蛛网，那会使我联想到监狱，而在这最容易结蜘蛛网的库房里却纤尘不染。门板做的书桌，洁白的桌布，窗台上，一个透明的试瓶中插着一束紫色的马莲和路边采来的牵牛花。被一砖一砖拍出来的泥地平整如镜；黄土墙上的报纸却也像一种花纹别致的糊墙纸。她的雪花膏瓶子，她的圆镜子，我的一摞书籍，仿佛都具有勃勃的生气，随时会动作起来，欣然为主人服务。她灵巧的手，奏出了一连串家庭幻想曲的美妙音符。再看看她，仰面睡得正熟，从额头一直到下巴，也是与她灵巧的手勾划出的同样美妙的轮廓。这一切，绝不是在推拒我，相反，而是极力要把我吸引到这里面去，吸引到正常的生活中去。可是，我和这一切当中，却隔着一堵冰冷的、无法击碎的、用玻璃砖砌成的墙壁！

我的生理机能直至我的神经末梢，都使我再不能享受正常人的生活，并且失去了正常人的创造力。

"是生存？还是毁灭？"我不断重复哈姆雷特的这句话。

第五章

"喂，老章，今儿个弄匹马我骑骑咋样？"

我和"哑巴"把牲口赶出马厩，在村庄前面，碰见了黑子。他背着燧发猎枪，在路口等着我们。他要到山下去打猎。今天生产队休息，我和"哑巴"当然还要放牧。虽然我可以让别人替换我，把我一天的加班工资拨到别人名下，但我情愿出去，我不愿意呆在家里。

我看了看连队办公室门口，那儿站着几个闲人。

"走远点，"我说，"我在前面树林里等你。"

我骑上大青马，挥动鞭子，把马群赶到一片休耕地上。休耕地长满稗草，猪耳菜和野蒿，还没有长高，就被牲口的蹄子践踏得残败了。破碎的根和破碎的叶子，萎黄地躺倒在干裂的土地上。这儿，放猪的、放羊的，和我们放马的早都光顾过了。现在，要让牲口吃饱，就得跑很远的地方。

我把大青马牵到休耕地旁的林带里，拴在一个树桩上。

黑子跑了过来，从口袋里掏出烟点上，同时给了我一支。

"哪匹好？给我一匹听话的。"

"你就骑我骑的这匹大青马吧。"我说，"下午你可早点回来。别让人发现。鞍子后面有一个小袋子，那是我给它开的小灶。也别老骑它，休息的时候给它喂点料。"

"知道！"黑子打量着大青马。"嗯，是匹好马！跟他妈电影上的一样。"

"多好的马在我们这儿也给糟蹋了。"我说，"同样，多好的人在这儿也会给埋没的。"

"喂，"黑子想起了什么事，又重转身来。"我跟你说一件事。这可是咱们是哥儿们，我才跟你说，丽芳还叫我别告诉你，可我想咱们哥儿们不能栽这个跟斗……昨儿晚上，曹学义在我家喝酒。你知道，这'丫亭'老到我家来蹭酒喝。喝到半夜，'丫亭'的醉了。他说啥：这个连队的女人就数你老婆黄香久漂亮，说她腰又细又软，脸蛋儿也嫩，还说你老婆对他也有意思，跟他话里有话。他宁肯不当这个芝麻官，也要跟你老婆睡一觉，这'丫亭'是老跟我说心里话的。他也把现在这世道看透了；他是真不愿在这儿当官，能混一天是一天，所以他才对整人的那一套不怎么积极。可是在女人身上，这'丫亭'是说得出来干得出来的主儿！……老实告诉你，老章，你老婆也不是正经货。苍蝇不抱没缝的鸡蛋。丽芳跟她在一个生产班。丽芳说，平时干活的时候，曹学义老围着她们班转，他俩眉来眼去的，看起来是有那个意思……唉，你既然已经找了她了，咱也不说啥了。女人嘛，你看紧点就行了。要摆蹶子，你就打，用他妈马鞭抽她！"

我并不感到气愤，甚至也没有表现出惊愕。已经被人和牲口践踏倒的稗草，连迎风摇动的气力也没有了。我用手掌抚平了皱起的额头，说，"随她去吧，黑子。我谢谢你的关照！可她现在能天天给我做饭洗衣服，我已经觉得很不错了。人嘛……"

"咦！你'丫亭'的咋这么窝囊！"黑子扬起浓黑的眉毛。"亏得你还是进过两次劳改队、蹲过三次牛棚的硬汉子哩！你他妈的有啥短处捏在她手上？她他妈的也是劳改过的呀！还是个二婚头……"

"走吧，"我把马鞭交给他，推了他一把。"下午记着早点回来。"

大青马在树桩旁边点着头，似乎很赞许我的话。

黑子在我背后骂骂咧咧地走了。我穿过林带地，走到麦田边上坐了下来。

麦子已经全部黄熟了。收割的季节已经来临。沉甸甸的麦穗在微风中整齐地摇来晃去，像一群歌咏着的女人，在淡淡的云影下面，缅怀她们的青春年华：那雪白的幼芽，那嫩绿的小苗，那苗壮的绿得发黑的麦秆，那饱含着芬芳汁液的穗苞，那刚秀穗时的绰约风姿……而这一切都过去了，永远永远地过去了，现在，她们的麦粒坚硬、燥黄，没有一点水分；她们的麦秆焦脆、透明，已经经不起风吹雨打；她们被风撕裂的叶子皱皱巴巴的，像被烟火熏过的一样。她们成熟了，是的，是成熟了，但也失去了最美好的时光，永远、永远地失去了。

空气燥热。白杨树在我头顶上啪啪地击打着枝叶。一只土百灵陡地从麦田中直直地向上冲去，蓝天中有一个越来越小的灰点。云在缓慢地飘移，下面一层是银白的，上面一层是雪白的。它们不知道要飘向哪里，哪里才是它们的终点？多快啊！我结婚已经两个多月了。这块麦田正是我那天从罗宗祺家回来经过的地方。而这一切景象都改变了，包括我自己。

田埂上种着高大的蓖麻。她把她手掌似的叶片搭在我肩上，在微风中把自然的所有音响向我倾诉，热情而又忧郁。你好，我的蓖麻！你好，我的白杨树！你好！我的永远流浪的白云。你好！我的金黄色的小麦。我从你那里得到生命，而这个生命却没有价值。我的生命浪费了你。我的生命也浪费了我自己，浪费了我自己的一切努力……

我猛地站起来，一时间觉得天旋地转，肺腑中的压力突然向外冲出：

"我的神，我的神，为什么离弃我？"

……"这个人呼叫以利亚呢。"我听见以色列人在我耳边说……

第六章

拖拉机开到场部小学校门口，陡然熄了火，拖斗还向前猛撞了一下，才停下来。

"×他妈！"小李子跳下驾驶座，使劲踢了一脚轮胎。"这种破玩意儿现在还使，在人家外国，早他妈报废了！"

太阳已经完全落下去了，天空出现一个又圆又大的月亮。没有云，没有晚霞，也没有星星。我忽然发觉周围的景物比黄昏时分还要鲜明。学校的大门两旁涂着红漆语录："学校一切工作都是为了转变学生的思想。"还有一条："工人宣传队要在学校中长期留下去，参加学校中全部斗、批、改任务，并且永远领导学校。"在月光下熠熠闪光。

原来学生在学校不是学知识，而是转变思想。是把天真无邪"转变"成虚伪奸诈？还是把资产阶级思想"转变"成无产阶级思想？七岁的儿童就具有资产阶级思想，而这所学校的任务就是要使他们转变立场！我突然感到冷飕飕地刮来一阵凉风。

很晚了，凉风是从月亮上刮来的……

车头前面，小李子在吭哧吭哧地拉皮绳，想使拖拉机重新发动起来。月亮上，有一小块一小块斑点。那是月球上的大路？还是月球上的海？……我好像是从月球上下来的，对地球上的一切都感到迷惘，感到惊讶；我越来越弄不明白地球上的事了，却觉得要渐渐地在向月亮靠近，靠拢，月亮在我眼前越来越清晰，越来越大。

"他妈的！拉不着了。"小李子走过来，扒在拖斗的车帮上，伸进脑袋问我，"咋办？啊，老章。"

我仰卧在拖斗里，身下垫着一叠麻袋，很软，很舒服。"拉不着，你再拉拉。"我盯着月亮说。

"他妈的！你尽说风凉话。不信，你来拉拉试看！"

"我就会卖苦力，不会开拖拉机。要会，我早替你开跑了。"

小李子在车帮旁边踟蹰，不断唧唧地说："咋办？"

下午收工，曹书记叫我加一个夜班，跟小李子的拖拉机到火车站去拉磷肥。"今晚上你辛苦一趟，明天后天你休息两天。"曹学义说，"明天白天场部开大会，全体职工都得去参加。又是号召学习无产阶级专政理论，批什么宋江……"派一个职工来加夜班，明天他当然不能去参加大会。而地富反坏右分子是无权参加大

240　男人的一半是女人

会的，派我加夜班最合适，既不耽误放牧——"哑巴"一个人也能放，又不妨碍明天大会的热烈气氛："全体到会，一致高呼"等等。在我这方面，加一个夜班补休两个白天，当然干。白天，她下地干活，我一个人在家里，正好！

"喂，"小李子在拖拉机四周转了一圈，又回到拖斗旁边，嬉皮笑脸地说，"干脆，我们到小学校里找个地方睡觉去吧。"

"睡觉？你想得出来的！任务怎么办？"

"任务，任务！去他妈的！"小李子在月亮地里蹦跳了一番。"这拖拉机老掉牙了。压根儿就不应该派我来。我是没有办法了，谁有能耐谁来开吧！"

我爬起来，跨了车帮，跳到地上。

"你总得给上面有个交代吧。车坏了，我们一拍屁股睡觉去，万一让谁把车上的零件偷跑了呢？再说，出了事人家不会追查你，倒会以为是我把拖拉机破坏的。"

小李子隔着帽子搔搔头皮，又连声说"咋办"。他虽然是场部政治处副主任的宝贝儿子，有硬梆梆的后台，但他并不对我实行"专政"，还替我着想。

"那么，你去睡觉，我在这儿看着它。"

"那也不好。"我说，"这拖拉机到天亮也动弹不了，曹书记还以为我们在干活哩。我看这样吧，你就睡在拖斗里，我回去报告，一则我们尽到了责任，二则我可以牵两匹马来，把车头拉着火。你看怎么样？"

"哎呀！这可难为了你。从这儿回队上，少说也有三十里路哩！"

"没关系，我放羊走惯了；今天月亮也好。我最晚十二点钟到家，然后骑着马来就更快了。你睡吧，天不亮我准赶回来拖你。"

月亮已经升到头顶上。月光下的旷野竟完全和月球上一模一样，一直到黑黝黝的地平线都阒无人迹，满目荒凉。仿佛你走到那地平线，再往前跨出一步，便会掉进浩渺的太空。这时，我又回到了我熟悉的环境，在失重状态中飘浮，身体轻盈，脚步敏捷。我最喜欢在夜晚、在月光下独自漫步。原来，人从这一个世界走到另一个世界并不难，只不过是地球从这一面转到了另一面。

大约十一点多钟，我回到了我们的生产队。我的小村庄在月色中静谧地入睡了。一排排土黄色的房舍，宛如一个个劳累了一天的庄稼汉，整整齐齐地躺在土黄色的田野中间。在林带地里，我就看见第一排房舍有两盏雪亮的灯光。一盏是生产队的办公室，另一盏是原来生产队的库房，那就是我的家。这么晚了，她还没有睡，一股柔情，一股怜悯，油然在我心间荡漾。是先去办公室向曹学义报告？还是先回家去看看她，叫她早点睡觉？我离开大路，走上由人的脚踩出的小道，在稀疏的杨树林中穿行。去年落下的干枯枝叶在我脚下沙沙作响。夜间清冷的风穿过树梢，雀窠里发出雏鸟轻声的惊叫。杨树林的外围，植着一株株沙枣树。这是西北特有的树种，粗棘的褐色的树皮，弯曲的多刺的树干，银灰色的并不鲜艳的树叶，然而它开的米粒大的小黄花却馥郁异常。这种树在干旱多碱的土地上也能生长。它并不需要大自然给它多少雨露，却毫不吝惜自己的芳香。

这时节，沙枣花早已凋谢，枝头挂着累累的不青果。到了秋天，它就会满树金黄。我走过一株株沙枣树。在快走到尽头时，办公室的灯倏然灭了。就像小村庄突然闭起了一只眼睛。从办公室里走出一个人，明亮的月光中，我一眼就认出了是曹学义。他并不向后排房子他家的方向走，而是向小库房，也就是我的家走去。正在我诧异的当儿，他已经一推门跨进了我的家。门里的灯光急遽地泄出来，一条长长的光柱射向田野。而一刹那间，门又闭住了。

我继续向前走了几步，我的家也倏地熄灭了灯光。

小村庄在我的面前紧闭住了两只眼睛！

整个小村庄都睡着了。我被摒诸在小村庄的外面。只有我是清醒的。

"这件事终于发生了！"

我的腿一软，一屁股坐在沙枣树的树根上。我听见粗棘的树皮嘶啦嘶啦地刮扯着我的帆布工作服，但我的背部却毫无知觉。

回顾过去所受过的凌辱，与所有不幸的人的所有不幸的遭遇比较。唯独这种屈辱我还没有受过。没有受过这种屈辱倒使我觉得惊异，感到意外，不相信命运会如此厚待我。似乎我天生下来就注定了必需经过一切痛苦，要穿过水与火与剑与蛇筑成的全部炼狱。近几天，我开始有隐隐约约的预感，经受这种屈辱的日子恐怕即将来临。我早已像被逼到墙角下的瘦狗，弓着腰，夹着尾巴，血红的眼睛无望地瞅着高高举起的棍棒，无能为力地等待着它落在我的身上。唯一祈望的，只不过是它别把我的骨头打碎，让我还能爬，还能吃，还能养伤，还可以痊愈。

此时此刻，这一棒终于落下！

我又一次验证了自己的直觉。

我瘫倒在沙枣树下，我的手死命地揉搓着粗棘的树皮，几乎使手掌开裂，仿佛是我要借此恢复我的知觉，以便检查我受伤的程度。

"喂，你咋躺在这里？"忽然，一个幽灵从空中飘来，踢了我一脚。"去拿起砍柴斧！你们家门背后不是放着一把吗？你身上又有钥匙，一下子把门开开闯进去。大丈夫立身天地之间，岂能受这般欺侮？！"

我抬起头。这位幽灵穿着宋代官服，微黑的面皮，矮胖的身材，眼如丹凤，眉似卧蚕。他捋着髭须说：

"我们兄弟决不会像你这般无能，连武二郎那位号称'三寸丁'的大哥，也要和奸夫淫妇拼个死活，何况你七尺之躯，膀大腰圆，一表人才，你容忍了这种事，再有何面目见九泉下的父母！"

这倒是可以试一试！结婚那天，墙上居然有横七竖八的尸体，这是不是一个预兆？但是……

"宋大哥，"我叫道，"可是，时代不同了，你杀了阎婆惜，可以逍遥法外，而我呢？现在没有一个水泊梁山……"

"照我看，你们现在也和宣和年间相差无几。"宋江说，"主上昏庸，虎狼当道，忠良受害，此时不揭竿而起更待何时？水泊梁山也是好汉们创建的……"

"大哥，时移事易，"我说，"现在的领导集团，要比你们古时复杂多了。领导集团内部，就有着许多爱国忧民的人物，他们正在艰难地工作，想把国家推向正路。下面老百姓的轻举妄动，实际于事无补。"

"短见，短见！"宋江呵呵笑道，"上下结合，朝野结合，内外结合，才能开辟你所谓的'正路'。如没有下面的、在野的、外部的力量，你所说的忧国忧民之士在朝中也孤掌难鸣，最终还是让虎狼收拾干净，打入天牢。你赶快拉起一支队伍，支援在朝的忠良，以清君侧，正朝纲！"

"大哥，你所说的'队伍'，正是我们现在叫'反革命组织'的东西。现在以无产阶级名义建立的专政机关，可不像你们那时的'捕快'！在这种组织还没有形成的时候，他们就会闻风而动；他们围捕的行动甚至比你组织的行动还要快！这十多年来，他们是宁肯错捕一千，绝不放过一个的。一九六八年我从劳改队出来，迷迷糊糊地以为真有个'刘邓司令部'而泼出命去寻找他们，可是不但毫无所获，反而被戴上帽子，投进了监狱。你当是那么容易吗？譬如，你已经弃世几百年了，他们还要把你拉来批斗。幸亏你白天不会出现，不然也要当场将你逮捕！"

"唉！真可谓'彼一时也。此一时也'！"宋江仰天长叹。"如此说来，你一个蝼蚁也无法匡救社稷。那么，干脆宰了这一对狗男女，然后再自尽，也给世上的为非作歹之徒一个惩戒。"

"这虽然不失为一个匡正世风的办法，"我说，"可是，宋大哥有所不知，我和她名义上是夫妇而实际不是夫妇，我没有必要为他们舍掉自己的性命，尽管我并不贪恋尘世的生活……"

这时，呼呼地刮来一阵夜风，杨树和沙枣树的枝叶通统摇来晃去。它们投在地上的迷蒙的影子被拢起来，成了一团弥漫的黑雾。空中，又响起了另一个幽灵悲切的声音。

"这都是因为月亮走错了轨道，比平常更接近地球，所以人们都发起疯来了。"幽灵的面孔黧黑，穿着古威尼斯军人的战袍。原来他是摩尔人奥赛罗。他两眼发呆，旁若无人地在黑雾中飘过。"我的勇气也离我而去了，每一个孱弱的懦夫都可以夺下我的剑来。可是好恶既然战胜了正直，哪里还会有荣誉存在呢？让一切都归于毁灭吧！"

他在地狱里被折磨成了疯人。折磨他的还有自己的良心和悔恨。他凄厉的声音似乎在告诫每一个想杀妻而又自杀的人。

黑雾渐渐散去，两个幽灵也不见了踪影。

俄顷，月色晴朗，天空明净。我的躯体乘坐在我的目光上，穿过黛蓝色的太空到四处邀游。我在这一棵沙枣树下，仿佛就能直接与宇宙中任何一个天体对话。并且，我一伸手，一抬足，都无不是在这浩瀚的宇宙中间。我已经投身于宇宙里去了。

"啊！"我向冥冥的太空中呼喊，"孟子说，天将降大任于斯人也，必先劳其筋骨，饿其体肤，苦其心志，行拂乱其所为。我经过了劳、饿、苦、乱，到什么时候才算是终结？如果这种种经历没有一个目的，我还不如就此结束自己的生命！这也可算是一个终结吧……"

"井里的鱼不可以和它谈大海的事，这是因为受了地域的局限；夏天的虫子不可以和它谈冰冻的事，这是因为受了时间的制约；乡下的书生不可以和他谈大道理，这是因为他受了礼教的束缚。"太空中有一个洪亮的声音回答我，"现在，你从河边出来，看见了大海，知道了你自己的丑陋，这才可以和你谈一些大道理了。"

"哦，请先生教我。我谨受命。"我知道说话的人是庄子，虽然我看不见他的形体。

"孟轲这句话，不通之处就在于他认为造化皆有个预定的目的。"空中听声音说，"我曾经听过有大成就的人说：'自己夸耀的反而没有功绩，功成不退的人就要堕败，名声彰显的倒要受到损伤'。谁能够舍去功名而还给众人，大道流行而不显耀自居，德行广被而不求声名，所以才以无求于人，人也无求于我。你的劳、饿、苦、乱，正是参与了天地之造化。圣人不求目的，不求名声，你为什么喜爱它而孜孜以求呢？”

“先生的道理极深，”我说，“但于我还是不太切近。我并不把声名显赫作为苦、劳、饿、乱的目的。我知道显赫的声名会带来新的苦恼。我只是想有所作为。”

“呵！呵！”庄子笑道，“你要知道，有所不为才能有所为；耐无为，即无不为。徒役的人已不计生死，故登高而不恐惧，受了威胁不回报而超然于人我的区分。超然于人我的区分，这便达到天人合一的境地了。所以此人能做到崇敬他而不沾沾自喜，侮慢他而不愤怒。只有合于自然和气的状态才能这样。怒气虽然发，并不是有心地发怒，那么怒气是出于无心而发了；在无为的情况下有所作为，那么这作为即是无为了。要宁静就要平气，要全神贯注就要顺心，有所为要得当，就要寄托于不得已，应事出于不得已而顺应天地造化，便是圣人之道了。”

我全身悚然，冷汗淋漓。“谢先生教诲。”我说，“我大概懂得了先生做人的道理。我一定不自喜、不愤怒、望能有所为即应有所不为，所谓‘小不忍则乱大谋’者也。然而先生还能教我一些具体的道理吗？”

庄子在宇宙中说：“神龟能托梦给元君，却不能躲避余且的鱼网；机智能占七十二卦而无不应验，却不能逃避剖肠的祸患。这样看来，则机智也有穷困的时候，神灵也有不及的地方。纵使有最高的机智，也需要众人共同来谋划。鱼不知畏网而畏鹈鹕；人能弃除小知则大知自明，去掉自以为善则善自显。婴儿生来没有大师教便会说话，这是和会说话的人在一起的缘故。我是研究天道的，疏于人事。你要知道人事的具体道理，还需要向谙于这方面的大师请教。”

庄子的声音在太空中消失。皓月当空，枝影婆娑，万物又皆归于靖静。这时，马克思从圆月中踱了出来。

“孩子，我听到了你心里的呼唤。”他将手指插在背心口袋里说，“但恐怕在这方面我不能对你有所帮助。你知道，燕妮是我最亲爱的女人，我是燕妮最亲爱的男人，我当然不会有处理这类问题的经验。至于我亲爱的朋友恩格斯呢，他一生没有结过婚……”

“大师，我不是向您求教这件事。”我说，“在这问题上我已想通了。我要心平气和地来对待它，不损害自己的道德。我想向您求教的是，我们的国家，我们的社会，即所谓人事方面的前途究竟如何？因为……”

“嘿嘿……”马克思爽朗地笑起来。“我的孩子，”他说，“你说你想通了，其实并没有想通。东方人生哲学的根本是修身养性，求得自己道德的完整，将个人复归于自然，即与天地精神相往来，达到'天人合一'。照我看，你应该先从她那方面来考虑；用平等的、尊重的态度去对待别人。西方的观念是自由平等，东方的观念是道德名誉。我不愿在这里分析哪种观念优劣，它们属于不同的历史时期，并且，随着历史的螺旋形发展，你们东方的哲学将会在世界发扬光大。我这里只想指出，你和她是夫妇，但你又不能尽丈夫的义务，你有什么权利去阻挡她得到暂时的快乐？你以为你饶恕了她，是你道德上的宽怀大度，但实际上你却连饶恕她的权利都没有。这种'自以为善'，也是不合于你们东方观念的'圣人之道'的。"

"是的，是的……"我恍然大悟，豁然开朗。"大师，请您继续说下去。"

"好的。"马克思掀起燕尾服后襟，在我面前的一个树墩上坐下。"首先，我要求你，也要用平等的态度来对待我，让我们两个不同时代的人像朋友似的谈话。我之所以称你为'孩子'，是因为毕竟我比你的年龄大得多。这里没有什么大师、导师。我从来没有自封过，但我又不能堵住后人的嘴，这正是我在天堂里苦恼的一件事。伟人之所以是伟人，正是因为自己是跪着的缘故。我记得我早就把这句话向你们转告过。遗憾的是，后人们很少听我的话……"

"咦！"我诧异地说，"固然，有许多人歪曲了您的学说，或是假借您的旗号自行其事，但还是有更多的人遵循您的教导的呀！为什么您还说后人很少听从您的话呢？这是我不太明白的。"

"孩子，"马克思说，"这也是我在天堂里担忧的：你所说的前一种人，他们为了他们的利益，或是在权力斗争中，或是在镇压群众中，寻章摘句地援引我的话作理论的武器。于是，在一般不谙熟理论的群众心目中，我的面目会是很可怕的，因为他们使我看起来仿佛是处处与群众的利益对立。啊，想想我就心惊！可是，这些人往往又能取得胜利，哪怕是暂时的胜利，其原因呢？却恰恰是他们能'自行其事'！你所说的后一种人，天真地照我的话亦步亦趋，却常常碰壁，其原因恰恰又是他们没有'自行其事'……"

"您……"我说，"我有点糊涂了。难道您的话不是真理？为什么不照您的话做而自行其事的人能成功，哪怕是暂时的成功？而照您的话亦步亦趋的人反而会碰壁？"

"你别着急，听我说下去。"马克思把他阔厚的手掌放在我的膝盖上。"我一生研究的最重要成果，不过是我的好友恩格斯在我墓前的讲话中归纳的两条：

一个是发现了历史唯物主义的基本原理，一个是发现了现代资本主义生产方式和它所产生的资产阶级社会的特殊的运动规律。至于辩证唯物主义的世界观和方法论，那是贯穿在我的全部研究过程中的。如果说是真理的话，真理就仅仅在这里！可是你刚刚说的那两种人，不管是出于恶意还是善意，却都是只在我的研究过程中寻找现成的结论，而不是从我的全部研究中提炼出方法论。我非常赞赏你们东方哲学中的'得意忘言'的说法。如果'得'了我的'意'，便会'忘'了我的'言'。而我和恩格斯都回到天堂以后，许多人却是'得'了我的'言'，忘了我的'意'。这就是你们东方哲学所说的：'小知不及大知'了，那还有什么真理可言呢？"

"我有点明白了。"我说，"可是，您为什么又说'自行其事'倒能成功呢？那么，您的学说的指导意义又在哪里呢？"

"你还不太明白，"马克思的大胡子中露出微笑。"我说了，如果我的发现对后人有用的话，就在于以上所谈的历史唯物主义与辩证唯物主义。后人要想取得革命事业的胜利，我想应该是运用这种方法论来'自行其事'……"

"我们后人还是要继承您的事业的……"我急忙安慰伟大的亡灵。

"嘿嘿……"马克思又发出洋溢着睿智的笑声。"我的孩子，请你别低估了我的智力。我还不至于傻到以为后人干的事是在继承我的事业。我的事业已经在一八八三年完成了，每一代人只是在干历史规定每一代人所能干的事。全人类的解放是全人类每一代人不断奋斗的事业。任何一个国家，任何一个民族，任何一个党都不能包办，别说一个人了。只有患了老年性痴呆症的人才敢接受别人称自己是世界革命的领袖，和要求他的后人去完成他的所谓事业。你记住，孩子，黑格尔说的这句话很对。'各个民族及其政府并没有从历史中学到什么：对这点说，每个时期都是太特殊了。'这也就是说，每个时代都具有如此独特的环境，每个时代都是如此特殊的状态，以至必须而且也只有从那种状态出发，以它为根据，才能判断那个时代，处理那个时代的事务。所以，那些打着我的旗号却能'自行其事'的人常常会取得成功，道理就在这里。可是，倘若我还活在你们中间，我还有发言权，我就会要求他：阁下，你用你自己的语言来说话好吗？你不自觉地'得'了我的'意'，却自觉地牢牢抓住我的'言'往往把我的'言'搞得似是而非，又何必呢？其实，如果你不以为我狂妄的话，我可以说，凡是成功的革命事业，都是自觉或不自觉地运用了历史唯物主义和辩证唯物主义的结果，假如仅仅抓住我的只言片语，等于叫我死亡第二次。唉，孩子，死不是一件愉快的事情。尤其是眼看着人家把你的精神处死，而自己又无能为力。"

"是的，我也有过类似的体会，尽管我们根本不能相比。"我说，"那么，您对我们社会的前景有什么可以指教我的吗？因为这个问题不仅仅关乎到我如何对待生活，还关乎到我的生与死。"

"经济！"马克思立刻接上问题回答，"要从经济上来看问题，唯物主义的历史观我已经大体上表述过了。那就是，社会的物质生产力发展到一定阶段，便同它一直在其中活动的现存生产关系发生矛盾。于是这些关系便由生产力的发展形式变成生产力的桎梏。那时社会革命的时代就到来了。随着经济基础的变更，全部庞大的上层建筑也或慢或快地发生变革。我再告诉你，这种历史观还有另外一面：当生产力衰退的时候，萎缩的时候，已经不能维持社会的生存的时候，社会革命的时代也同样会到来，以便挽救濒于死亡的生产力。而看起来。这种社会革命是先从上层建筑开始的。由上层建筑的变革来改变生产关系。现在，你们的生产力已经被阉割了，连再生产的能力也没有了，它一直在靠嘴对嘴的人工呼吸来勉强维持。可笑的是：你们这个时代，不是脑、不是手，而是嘴这种器官特别发达的时代。你想想，这样的时代能持续多久呢？……"

马克思的话刚说到这里，我家的门倏地开了。曹学义从黑洞洞的门里钻出来，披着他的旧军装。同时钻出来的，还有我家的那只灰猫。曹学义在它身上绊了一下，急匆匆地向他家的方向走去。而灰猫"哇"地大叫一声，一下子蹿到了房顶上。

这个冲撞了伟大的亡灵的人居然是个共产党员。

真是不可思议！

第四部

第一章

"你在这里干啥？"

"我在看月亮。你看，月亮圆了，又缺了。"

"真是个傻瓜！唉！嫁了你这么个人真没办法！"

除了睡觉，我尽量不到里面那一间屋去。自我发现了那件事以后，房子里似乎处处留有曹学义的痕迹，曹学义的味道，曹学义的影子。他们是在哪里……是在炕的这一头？还是在炕的那一头？他们总不会在我睡的这一头来搞吧？我极力想从空气中捕捉到他们当时的一举一动：曹学义是这样进来的；她是那样迎上去的；于是他们这样拥抱在一起，那样厮缠着进到里屋；是谁抬手拉灭的电灯？是他，还是她？然后他们是怎样一起滚到炕上的？她的动作我是熟悉的，包括她的呻吟，那么是不是她在曹学义的怀里也把这些过程演了一遍？……我知道我很无聊，但我控制不住自己总要反反复复地如此去想象。甚至会在半夜中突然惊醒，皱起鼻子：是不是有一股什么东西混合在一起的特殊气味？

所以，放牧回来，吃了晚饭，我多半是坐在我平整出的这一块庭院中乘凉。

还写什么论文？！这个阎婆惜比周瑞成还要危险！而且，我不过是"半个人"，是"废人"，我已大大降低了对这种工作的兴趣。

只能苟且偷生地观望和等待吧。

酷暑来临，麦子已经收上了场。热烘烘的风刮过正被翻耕着的麦茬地，带来浓郁的泥土气息。那边，"东方红"拖拉机在辚辚地吼叫，金属的声音居然像动物在嘶鸣，有一种颤动的灵气。即使是钢铁，也和大自然融合在一起了。无遮拦的庭院前面，是那一片杨树林和沙枣树。它们是忠实的见证人，永远挺立在自然法庭的证人席上，决不退缩，决不回避，有时在晚风中辣辣地向我表示他们的不满。

我看着悒郁的上弦月在傍晚高高地挂在天空的南方，并在半夜里落下。

我看着忧伤的娥眉月在日没之前出现在天空的西方。她追随着夕阳，几乎和夕阳同时隐没在山峦的那边。

"你看你，这些日子又黑又瘦，"她一件一件地收着晾在绳子上的衣裳，用既像是关心，又像是埋怨的口气说，"让人看了，还以为我咋欺负你了哩！是少了你吃的？还是少了你喝的？"

是的，我在人眼里，只剩下吃和喝两件事情了！

"人要瘦，有什么办法？"我无力地说，"至于黑嘛，你也知道，太阳这么毒……"

"你就不知道在树荫底下呆着？一个放牲口的，还那么负责！把你稀罕得不行！"

星星开始闪烁出微弱的亮光，而在西方的山顶上，一抹桔红色的霞光还没有完全熄灭，宁静地照耀着渐渐昏黑的坡地。

"你也搬个小板凳来坐一会儿嘛。"我说，"你看，夜里这么好……"

"我还忙着哩！哪像你有心思一晚上数天上的星星！"她抱着一大抱衣裳，

掀起门帘啪嗒一声进去了。竹门帘是我趁放牧的方便，骑着马到三十里外的供销社买的。她细心地将四周用白布一针针地缝了一圈包边。"这样，就能用好几年，"她说。

她还想着"好几年"的事！

我进到里屋去的时候，她还在纳鞋底。

"给谁做的？"我搭讪地问。

"还有谁？这屋里就两个人，你说还有谁？"

她抬起手，把针锥在头皮上刮了一下。动作利索，手势优美，宛如京剧的花旦一甩水袖。

鞋底很大，那当然是我的。

我脱了衣裳躺到炕上。夏天的土炕，到夜晚会自然散发出如月光一般的清凉。光脊背贴在薄薄的褥子上，就像浮在平静的水面。我是一片落叶，任微风把我吹到任何地方。我曾想过：女人，我要逐渐地熟悉你！可是三个月过去了，仅仅是一个她就比刚开始接触时更难以捉摸，难以预料。大脚的女哲学家说得对：你能把人"思谋"得透么？

尤其是女人！

那天早晨，小李子开着拖拉机回来，我站在空空的拖斗里。拖斗后面，还拴着两匹马。拖拉机在前面不慌不忙地用马走的速度滚动着，马无精打采地一步一点头，仿佛瞌睡没有睡够。大队正巧出工，全体农工在路口上看我们这支奇怪的行列。小李子先声夺人，还没有走近人群就大喊大叫起来：

"妈的！这车能开么？！还没有到站就熄了火，把我们搁在荒滩上，幸亏老章半夜回来牵了牲口才拉着。要不，两个人早都让狼吃了！×他妈！不给咱们俩记四个工，老子跟他没完……谁有本事谁来开吧，老子要回场部睡觉去了！"

小李子跳下拖拉机，骑上自行车一溜烟回他当官的爸爸那里"睡觉"去了。在人群里，我看见她疑疑惑惑地盯着我的脸。

"是你昨晚上回来牵的牲口？"她露出尴尬的笑容。

"是我。"我沉着脸解下拴在拖车上的缰绳。

"那……你咋不回家？"她跟在我的身后。

"哼哼！"我冷笑了一声。自我们结婚，我还没有这样冷笑过。"好像家里不只你一个！"

我很平静地回答了一句，跨上光背马，就向马厩跑去了。

自此以后，她就开始用这种既像是关心，又像是埋怨的口气跟我说话。你怎么理解都可以。但这毕竟比单纯的埋怨听起来要舒服一点。在此之前，她可是一直用埋怨和讥讽的语气跟我说话的。

并且，她洗衣裳也洗得勤了，有时我甚至觉得没有这样的必要。"我过单身生活过惯了，"我说，"衣裳脏一点没有关系，你看人家，比我还脏！"

"你惯了我可不惯！"她强迫我把厚厚的帆布工作服脱下来，"你身上一股马汗气，走到人跟前都呛鼻子！尽看人家：人家去死，你也去死？！"

也许是这样！

同时，不论我吃多少，她再也不说"咱们的定量可不够了"这类威胁的话。

现在，她又给我做鞋，一针针地纳着鞋底。她说忙，指的就是这件活。

然而，我倒于心不忍了。何必拖着她呢？

"香久，"我在炕上躺了一会儿，眼睛看着顶棚说，"你怕刚结婚就离婚，名誉上不好听，那么我们安安静静地过上一年吧，到明年，你去提我去提都可以。我们好合好散。理由嘛，就说我们感情不合。要不，就说一个南方人，一个北方人，生活习惯怎么也搞不到一块儿。你看怎么样？"

她不回答我。屋里只有嘶啦嘶啦纳鞋底的声音。

一只大甲虫砰地撞在玻璃上，想来扑灯火，却仰面朝天地落在窗台底下，嗡嗡地直叫。

广播喇叭里吹响了熄灯号——十点了。这是"全国学习解放军"以后的新气象。即使在这个荒僻的小村庄，作息制度也一律由军号来指挥。军号是录在唱片上的：起床号、出工号、收工号、熄灯号……场部管广播的小姑娘搞不清楚，经常在出工时播收工号，收工时播起床号。

可是今天播的很对：是熄灯号。

她动作麻利地将一大截麻绳绕在鞋底上。转身拿起扫帚沙沙地把褥子扫干净，还没有躺下，就啪地把灯拉灭了。

时间在黑暗中流逝，生命也就随着消融。窗台下面的大甲虫还在嗡嗡地叫，始终没有翻过身来。也许它永远翻不过身来了，但它仍要不懈地翻。一会儿，甲虫的嗡嗡声和我耳鼓膜里面的血液流动声合在一起了。分不清哪是甲虫的声音，哪是我血液流动的声音。于是我觉得我似乎就是那只甲虫。我的背麻木了；我感到疲倦；我的四肢很沉重……而在我朦朦胧胧快入睡的时候，她却忽然说起话来：

"你可以上医院去看看嘛。我听说，这病是能治的。"

我终于弄清楚了这声音是她说的话。我使劲地把我的精神找回来。把神经调整了一下。为了表示心平气和，我又无可奈何地笑了一声。

"现在医院哪有看这种病的？只有人工流产，结扎……"

"到大医院去。"她的声音好像离我很远。"要不，找走江湖的郎中。"

"笑话！"我像是自言自语地说，"到大医院要证明，别说场部不给我开这样的证明，就是开了。医院一看我这样的身份，又是看这种病，连号都不会让我挂。江湖郎中？现在哪儿有江湖郎中？早让人家当'资本主义尾巴'割掉了！"

我清醒了以后，我蓦地发现我内心里早已滋生了不能跟她再继续生活的念头。我断然地拒绝了使我可能好转的一切机会；我要把这道沟挖得更深一些，使我和她之间的地壳开裂。

又沉默了很长时间。是的，黑暗中说话最真切，我想。一切都是在黑暗中产生的；黑暗中的一切都是真的。黑暗真是一个奇妙的境界：在黑暗中什么都可以做。什么都可以说。不是假话害怕阳光，而是真话害怕阳光，多么"特殊的状态"！

"扯淡！"她说，"我可没觉着跟你感情合不来。啥南方人，北方人？！你都劳改那么多次了，还有啥南方人的习性？你是面条吃不来，还是饼子吃不来？只怕给你一把糠你还觉得赛蜜糖哩！我有啥北方人的习性？只要好，我啥都可以随着人……"

"可是我就是好不了了！"我赶快表示自己的绝望。

"那你就别怪我！"她说。我懂得她这话的意思。

"我并没有怪你。我只希望在这一年里我们安安静静地过生活。"我相信她会懂得"安安静静"指的是什么。"如果你觉得不合适的话，还可以提前嘛，甚至明天去提也可以。"

"算了，算了！"她烦躁起来。"我说不过你。你们读书人肚子里道道就是多！"

"你也是读书人呀。"我说，"上过初中，你应该是懂得道理的、知道利害关系的。并且，你不是也挺注意名誉的吗？"

"你别讽刺我好不好？！"她发火了，但火气并不是十分足。"要提你去提！我是不去。反正结婚报告也是你写的！"

这个女人是真正的淫妇！我憋着一肚子怒气这样想，她把我的忍让当成孱弱，利用我作为掩护来胡搞，现在死缠着我不放，并且还要一直缠下去……

第二章

暴雨下了一天一夜。这场暴雨不像往常那样先稀稀落落地掉下几点来敲打一番,给人以警报,而是直截了当地从天上猝然倾泻下来,搞得人们措手不及。

幸亏麦子都收上了场,不然全要泡在田里。黄土、青草、树木全湿透了,变色了,膨胀了;有吸水能力的沙质土壤也成了一洼泥汤。泥汤向周围的低处漫流,把原来坑坑洼洼的土地几乎填平了。荒野上的砂砾,经过一阵阵暴雨的淘洗,白色的云母片和透明的石英全裸露在地面上,因而露在水面上的陆地显得异常洁净。水分已经饱合的树枝再也承受不了不断泼来的大雨,全缩头垂肩地耷拉下来;茂盛的青草密密层层地趴在地上,和地面的泥汤混在一起,叶梢顺从地向着低洼的方向,犹如河流中的水藻。从窗户里向外望去,常见的景物变得非常陌生,人们似乎一下子到了另外一个世界。每个人的心里都忐忑不安,仿佛脚下的大地即将崩溃。

村庄是建筑在一块比较高的丘地上的,所以暂时还没有被水淹着。但已经像一个盛满了水的碟子,浑浊的泥水带着各家各户的垃圾和厕所、马厩、猪圈的粪尿,向外面哗哗地流溢。碟子里,是一片淹没到房基的混水,并且还在逐渐上涨。有的墙开始裂缝,有的房舍已经坍塌。幸好坍塌的不是人住的居室。大猪小猪满村庄乱窜,寻找避雨的地方,最后,一只只卧在宿舍屋檐下的一长溜湿地上,愁闷地望着天空。我把我放的二十多匹牲口,全赶到平时作为会场用的一间大仓库里。这时麦粒还没有脱下来,新稻还没有收割,仓库是空的。牲口们一匹挨一匹地挤在横幅标语下面,倒也像准备聆听"批宋江"的长篇报告。农工们养的鸡鸭名副其实地成了"落汤鸡",缩在鸡树里,连叫也不叫了。

暴雨刚下来的时候,我就从马厩拖来两根圆木,在我破烂的住房外面立好支柱,顶住了已经略有倾斜的山墙和后墙。这样,再下几天雨也不怕了。我浑身上下浇得透湿。跑进房里,她十分殷勤地给我打水,给我拿肥皂毛巾,一件一件从我手中接过脱下的湿衣服。

"家里还是有个男人好!"她很满意地笑道。

"男人嘛,你可以随便找一个。"我说,"现在物资紧张,人口可是过剩,尤其是男人。"

"那不见得。"她一反常态跟我亲昵起来,在我背膀上拧了一把。"像你这样的男人还不多。"她说。

我背往后一拱，推开她，说："去吧去吧！对你来说，是个男人就行！"

我觉得她似乎在我背后愣了一下。后来，她一下午没说话，悄悄地绱鞋子，悄悄地做饭，晚上睡下以后，悄悄地出了一口长气。

晚上没有电。据说是怕大水把电线杆的根基泡软，倒了下来跑电，全场关了总闸。窗外黑漆漆的，房里也黑漆漆的。我在被窝里想，既然先哲们那样教诲我，为什么我还要说伤害她的话？我也悄悄地出了一口长气。

第二天中午，在人们以为天还要下的时候，雨却突然停住了。停得也干净，仿佛天上也有一个管雨的总闸似的。空中连一滴水也没有，只有潮湿的风在已经成了沼泽的地面上吹起一层层锯齿形的波纹。头顶上还阴沉沉的，但天边露出了亮光，一团一团巨大的乌云在天空翻滚，到了明亮的天边就消失了。于是乌云越来越薄，天空越来越亮。

然而，人们刚松下一口气，村庄里却四处响起了凌厉的哨声。哨音既响又长，好像是根金属的棍子捣着人们的耳鼓膜。

"快呀！快呀！大渠决口啦！"

"都上渠去！都上渠去！全体集合！"

"拿着锹，捎着背篓……"

"赶快赶快！家里不许留人……"

各排排长，各班班长赤着脚在泥泞里连喊带跑。男农工、女农工都钻出屋，站在还往下滴水的屋檐下互相探听消息。其实不用探听，年年都有这么一次：夏天一下大雨，干渠肯定涨水。但这一次看来非同往常，农工们踌躇着：

"咋办？他妈的都去，谁看家呀？"

"胡扯淡！连他妈命令也不会发！"

"看头头们去不去，头头们不去咱们也不去！"

"对！干渠真一决口，大水下来，连家里一个碗也剩不下！"

"还有娃娃咋办呢？"妇女们喊。

但是，头头们吹了哨子，都扛着铁锹跑到积满泥水的道路上来了。曹学义穿着部队发的胶布雨衣，扯着嗓子大叫：

"快！男的都去！妇女留下看家。水火无情，大水下来可不挑拣拣，哪家都逃不了！"

叫了一长串话，最后嗓子也变音了，大家才明白事态的确严重，于是男人们扛起了锹，捎起了背篓，躺着泥水，纷纷向村庄西边跑去。妇女们赶紧跑进屋去抱起娃娃，呆呆地坐在炕上。

畜牧班长带领放马的、放牛的、放羊的、喂猪的到库房去抱麻袋，准备装进沙土往决口里扔。还离得很远，就能听见大渠坝上一片嘈杂的喊叫，等我们连跌带爬地赶到大渠坝，那里已经挤满了人，公社的老乡也来了，比我们农场的工人还多，每个队只顾加固直对着自己村庄的一段渠坝，好像水从别的地段冲下来是不会淹着自己村庄似的。人们在大渠坝坡爬上爬下，就和阴天出洞的蚂蚁一样。

大渠并没有决口，但渠坝西面已经成了一片汪洋。从我站的渠坝到山脚下，见不到一块陆地，见不到一棵树。黄褐色的水面上浮着大片大片雪白的泡沫，像是南极洲里漂浮的一座座冰山。从山上冲下来的老鸹柴、朽树杂草和羊粪，被水漩聚成团，在水面上打转，仿佛在寻找从哪里冲出去最合适。只要有一阵微风吹来，水面上立即掀起巨大的波浪，啪啪地冲击着渠坝。这对从来没有见过大海的西北农民来说，真是惊心动魄的壮观。

水不是大渠里涨出的，而是从山上下来的山洪。大渠坝这时正好起了防洪堤的作用。此刻，山洪离坝顶只有不到一尺的高度了。倘若渠坝决开一个口，不论在哪一个地段，从这里直到山脚下几百平方里的洪水就会一泄而下，把渠坝东边的几十座村庄全部推光。

目前没有别的办法，灌溉渠上是没有泄洪涵洞的，并且也无处可泄汪洋大海般的洪水，只能不停地向坝顶上运土，把渠坝加高。人们忙乱地干了一阵，开始逐渐有了组织。坝上坝下，一行行地排开传运的行列：坝下的人铲土，中间的人一篓篓传上去，坝上的人负责加固。

"只要水再不往上涨就行了……"

"妈的！这么大的水，要冲下来跑都跑不及！"

"你会浮水么？"

"咱们都是旱鸭子，谁会浮水？！"

是的，在荒漠和山区长大的农牧民，会游泳的人极少。

"别怕，死了就浮上来了！"有人笑着安慰大家。

"淹死的人，男的肚皮朝下，女的仰面朝天。"

"这还分男女吗？"

"可不！就跟在炕上一样……"

忽然，有人在坝顶喊叫起来：

"看，那是个啥？是不是死人？"

坝顶上的人们顺他的手指望去，果然是具尸体，穿着草绿色的上衣，悠悠然地在四面不着边际的水上浮荡。

"哎呀！肚皮朝下，准是个放羊的！"

"他妈的，羊呢？咋不见死羊？"

"没准是山上林管所的……"

出现了死人，人们更恐慌了：

"快呀，快呀！来土，来土！……"

"加油！这坝一倒，咱们都跟那家伙一样了！"

我在坝顶负责加固，一篓一篓土传到我手上，我挨顺序将土倒在坝的外侧，同时手脚并用地把土踩瓷实。一种莫名的兴奋增强了我的体力，在冷风中我干得满头大汗，却一点不觉得累。"快！"我不停地喊，"人往这边挪，人往这边挪……"谁干得积极，谁就取得了指挥别人的权力。这里没有什么队长书记农工的分别，大家都听那最会干活的人的。这可是生死攸关，往常那套上下级关系全打乱了。

"好了，"我告诉大家，"水已经不往上涨了。"

"咋？咋？你咋知道？"

"我一上来就在坝上做了记号。这不，一个多小时过去了，水面还在原来的记号上。"

"嘿！还是咱们老章有心眼！咱们光知道瞎忙。"农工们欣慰地笑道。

"行了！"曹学义在中间传土，这时也笑起来。"可以稍微喘口气了，有烟的抽烟。"

"哪来的烟？全泡汤了！"

"抽书记的，书记是高级烟……"

"不能歇！"我居高临下地对曹学义瞪了一眼。"现在最危险的是渗水。坝上要是有一个指头大的眼，整个坝全要垮！"

"对！"曹学义急忙收起已经掏出的烟盒。"大家都散开检查一下……"

他的话还没有说完，离我们不到一百公尺的老乡的地段传来了惊恐的呼叫：

"穿水喽！穿水喽！……"

"哎呀！快堵住，快堵住！……"

"拿背篓来！……"

"人坐上去！……"

"队长，要不要敲锣？……"

那边，老乡们乱成一团，全拥在穿水的窟窿前面。我们连队的人也跑了过去。这个地段一决口，老乡的村庄和我们连队首先遭殃。

窟窿有水桶一般粗，一股洪水夹带着泥浆猛烈地向外喷射，同时响着令人心惊的哗哗的冲击声。水仿佛不是液体，而是一根圆形的坚硬的金属柱，已经把它前面所有的杂草灌木撞倒了，还在正对着它的土丘上撞出一个大坑。老乡们扔去的土和盛满土的背篓，早化成泥被冲了出来。几十个洗刷得干干净净的空背篓在急流中沉浮；几个原来坐在窟窿上的老乡被冲击几丈远，连滚带跌地向土丘上爬。

"堵里面没有用！"我叫道，"堵外面，堵外面！"

上下级关系打乱了，公社与农场的界线也取消了。农工和农民混在一起，面对着这个吓人的窟窿。

窟窿上面的土不断地坍塌下来。窟窿每秒钟都在扩大。

可是，渠坝外面的水太深，水面上看不出一点漩涡的波纹。这个窟窿的外口在哪里？

有几个老乡趴在泥泞的坝顶上，用锹把、用抬筐的木棍伸到水底下去探寻。但水一直没到胳膊也探寻不到。

这渠坝眼看就要垮！

从渠坝上向东望去，能看到四五个湿漉漉的小村庄，在明朗了的天空下逐渐恢复了生气。有几处烟囱里，已经冒出烧湿柴的浓烟。

"我下去！"我说，"你们找根绳子来把我的腰系住。"

不会游泳的老乡们顿时七手八脚地抽下抬筐上的绳子拴住我。我向下一跃，扑到洪水里面。

渠坝外的水足足有三人深，水底凹凸不平。我反正全身早已被汗水湿透，这时也感觉不到冷了。我一头潜入水底，摸着渠坝的外壁。刚摸了几公尺，一股强大的吸力就将我的腿吸了过去，一只脚还被吸进窟窿里。

管过水稻田的人都知道，决口进水的一面都比出水的一面小，绝不会比出水的一面大。

我划开了杂草和泡沫钻出水面。

"没关系！"我喊道，"漏洞这会儿只比脸盆大一点。快捆一捆草来，再装一麻袋土。快！"

上面立即给我扔来一捆捆得结结实实的干草和一个装得满满的麻袋。我把一麻袋土压在草捆上，潜入水底，将草和麻袋拽到决口旁边，还没有等我揉它，它就脱手而去，被湍急的水流猛地涌到窟窿上面，像一个盖子似地把决口盖住了。

等我再次钻出水面，听到渠坝那边一片高兴的叫声：

"堵住了！堵住了！……"

"狗日的！窟窿里还咣咣地叫唤哩！"

"这会儿快填土，快填土！"

"这同志是哪儿的？是解放军吧？"

"啥解放军！那是农场队上放马的。我老在滩上见他哩？"

"还放过羊哩……"

"应该给他写个表扬信！……"有人把我拉了上来。我抬头一看，原来是曹学义！

第三章

男人的一半是女人我是最后一个回家的。

村庄上给抢险的老乡送来了茶饭，还有酒，老乡非要留下我吃一顿。还是农村比农场有人情味。农场的炊事员按时开了三顿饭就休息，管你抢险不抢险哩！

"饭不吃，你酒总要喝一杯吧，好压压寒气。"一个村干部模样的人劝我。"知道你们农场好生活，月月有工资，不像咱们农村，一个劳动日才五分钱……"

"闹不好还倒找哩！"旁边的人插嘴。"你要不喝，就是看不起咱们。"

"工农联盟嘛，"有的老乡不知说什么好，"你们工人是老大哥嘛……"

这样，我只好留下来扒了两口饭，抿了几口酒。

到了黄昏，日落处出现了晚霞，泥泞的土路反而比下午还要明亮，也干燥了许多。蚊子和"小咬"居然没有被雨水冲跑，这时不知从哪儿钻了出来，在空中聚合成群，拼命地飞舞。青蛙也开始叫了，四周响起欢快的咯咯声。看来明天准是个好天气。

今天晚上通了电。天还没有完全黑，在路上就看见村庄里家家亮着灯光，好像今天要把昨天没有用电的损失找补回来，又像是每家都在庆贺躲过了这场水灾。

啊，我是个"废人"！我不过是个"废人"！是头骗马！……一切努力都是白费劲、是无聊！可是人还剩下那么一点可笑的英雄主义。这点英雄主义不是用来救别人，而是用来救自己。也许我还有救？不至于绝望？只有这一点还可以欣慰。多么渺小的一点欣慰啊！我跟跟跄跄地走着。老乡的冷酒冷饭在我的肚子里凝结成块，沉甸甸地堵在我心口上。那种酒不是粮食酿的，大概是毛稗或是地瓜酿的吧，又苦又涩，这时不但没有驱散寒气，反使我浑身冰凉，冷得发抖。

我推开门，几乎瘫到在地上。

"哎呀！你看你……"

她正在炉旁揉面。在我眼睛里，她像是一块烧红的烙铁。她撂下手里的活，向我扑来。我觉得她力大无比，一下子把我连抱带拖地弄进里屋，扶到炕上。灵巧的手很快将我全身的湿衣裳扒得精光，拉开那床绣着拖拉机的被子压在我身上。

"就数你能！"她一边干一边数落我，"你逞哪门子好汉？！那么多人，出身好，觉悟高，为啥不下水去？我在家就听说了。我心里就直骂：傻瓜！也只有你这傻瓜才干这种事！你应该操着手站在干岸上看着！看他们平时喊'革命'喊得凶的人来干……"

她又跑到外屋去，端来一碗热气腾腾的姜汤。"快，趁热一口气喝了。早就给你熬好了，死等你你不回来！我还以为你是淹死在水里了哩……"

从她的惊呼声和一连串絮叨中我体会到了关切之情。女人真是奇怪，不可思议，不可捉摸！这是怜悯？是同情？还是所谓的爱情？抑或是什么都有一点又什么都没有？只是一种住在一起应该互相帮助的义务？……

喝完一大碗辛辣的姜汤，内脏暖和了许多，那团堵在我心头的冰块融化了，但皮肤仍旧冰凉，仿佛还泡在洪水里面。身上起了一片一片的鸡皮疙瘩，好像害了荨麻疹；我连腮帮子都在打哆嗦。于是，她跪在炕上像揉面一样揉搓着我的胳膊和胸脯。

"活该！咋没淹死呢？！淹死了人家还要给你开追悼会，还要追认你是共产党员哩！……去挣那个功劳，看有谁说你一声好？！没准人家还说你想把那窟窿再往大里掏哩！过去的经验你还没受够？！你就跟猪一样：记吃不记打的货！……"

胳膊上和胸脯上的皮肤舒展了，泛红了，我顿时有一种腾云驾雾的感觉，心灵似乎也松软了。她的脸在我眼前飘呀、飘呀，像一只美丽的风筝……家里还是有个女人好！她不是也说过吗？"家里还是有个男人好！"原来这就是她说的"两个单干户办了一个合作社"！我这样想着，不禁微笑了。

"你笑啥？我说的不对？"她拍打着我的脸颊。"哟！你看你，脸还冰凉……来，把脸贴在我胸口上！"

她两手捏着衬衣两片下襟，往两边一分，胸前一排按扣扑扑扑地全扯开了。那不是按扣迸绽的声音，而是一种撕裂开皮肤的声音；她拽开的也不是她的衬衣，而是她的胸脯。在我面前，两大团雪白的莲花似的乳房一下子裸露无遗，莲花中间是彤红的花蕊，花朵还在一池清水中荡漾。花朵和花蕊，都比我记忆中的更大、更鲜明、更具有神韵。

石破天惊！我遽然产生了一种我从未有过的冲动。这就是爱情？我一伸手搂住了她……

"你好了！"她的声音从很深很深的水底浮上来。

"是的……我也不知道……"我笑了。一种悲切的和狂喜的笑，一种痉挛的笑。笑声越来越大，笑得全身颤抖，笑得流出了眼泪。

"你还……能吗？"水底又浮上来模糊的声音。

"能！"我恶狠狠地说。

第五部

第一章

十月中旬，水稻已经全部收割完毕。嵌在荒滩中的空荡荡的晒谷场上，陡然出现了十几个高高的稻垛。远远地望去，那金黄色的庞然大物，犹如一座座古代的石砌建筑。矗立在一望无际的平坦的田野当中。中午，高大的稻垛会白得晃眼，放射出碑石的光芒。傍晚，它们又转换成柔和的桔红色，仿佛它们是一团团云霞，会渐渐融合进青色的暮霭里。

而田野上、荒草滩上、林带地的杂树林里，全是一片坦荡的、毫无保留的、透明的光辉。大自然成熟了，于是她愿意将自己纤毫毕露地呈献在人们眼前，从而也就把整个世界拥抱进她的怀里。收割了水稻、玉米、黄豆等秋作物的田地上，散放着牛、羊、马匹，连白的、黑的猪也到处用它们的长鼻子拱食撒下的粮食。蚱蜢随着季节的变换，老气横秋地也由绿变黄，喳喳地在禾茬上跳跃，那声音像火热，像雨点。各家各户的鸡鸭，在天刚刚亮的时候就列着队争先恐后地跑来。

到了中午，它们全吃饱了，卧在林带地的荫凉处梳理自己的羽毛。

黄土高原的台地，这片一边毗邻内蒙古沙漠，一边紧靠着黄河的河套地区，起起伏伏的原野展现了有节奏的青春的活力。那旋律既开阔，又富有弹性，马蹄敲击在上面，奏出了不可遏止的热情的鼓点。不，秋季不是个衰老的季节！那开始变白的针茅草、野茴香和芦蒲，与杨树和沙枣树上尚未飘落下来的黄叶，宛如中年人发间的银丝，那是深思与智慧的标志。一阵秋风从西边的群山刮来，原野上所有的林草枝叶都飒飒地奋起抗争，保卫自己的生命，保卫自己生存的权利。

炎夏已经过去，严霜还未降临，黄土高原的田野美妙得像她丰满的胸脯。沼泽和洼坑里的水显得异常宁静，在蒲草和芦草丛中，水面仿佛是凝固的晶体。我喜欢策马涉过沼泽，让四周溅起无数银色的水花。水花洒在明镜似的水面，把蔚蓝的天扰得支离破碎。有时，我纵开坐骑，任它在草滩上狂奔一阵。然后，猛地一勒马缰，使它扬起前蹄，指向高高的天空。此刻，弥尔顿《失乐园》中撒旦的呐喊就会在我耳边响起：

> ……对最高权力者，
>
> 他们发出了怒吼；并用手中枪，
>
> 在他们的盾牌上，敲出战斗的声响，
>
> 愤愤然径向头上的天穹挑战！

天空是透明的，云是透明的，太阳明亮而温暖，于是我也变得透明了。

"我亲爱的牧人，我感觉得到你的变化。"大青马在我胯下说，"你的鞭子是有力的；你的髋肌是有力的。你的血液里羼进了原始的野性，你更接近于动物，所以你进化了。"

"是的。"我说，"所以我想走了，我要走了！我渴望行动，我渴望摆脱强加在我身上的羁绊！费尔巴哈长期蛰居在乡间限制了他哲学思想的发展；我要到广阔的天地中去看看！"

"难道这里不广阔吗？"大青马一跃而跨过沟坎，"你看这天，这田野，这草原……"

"这就是你不懂的了！我要到人多的地方去！我要听到人民的声音，我要把我想的告诉别人。"

"那么，你的那位妻子怎么办呢？"大青马昂起了脑袋。

"我现在正考虑和她离婚哩！一则是我不能再连累她，二则是我和她生活在一起总摆脱不了心理上的阴影。好了，别说话了，让我们奔跑一阵！你听这风声。如果我闭起眼睛，我就会以为你是在空中飞翔，而你，就是一匹天马了！"

自我从"半个人"变成一个完整的人，不再是"废人"以后，一股火同时也在我胸中熊熊地燃烧起来。我感到我以前的一切行为，包括对她的谅解，都不是受过教育，有一定文化修养，遵循了先哲们的教诲所致，而是出于骟马的懦怯。可耻的懦怯！我进入了正常的家庭生活，她所布置安排的小家庭的舒适气氛包围着我，企图使我溶解在里面。但我却想粉碎这一切。没有获得之前企盼着它，获得以后却要放弃；没有进去的时候渴望进去，进去之后又向往着一个更广阔的世界。我经常处在莫名的烦躁、妒嫉和悔恨之中，前面又有一个模糊的希望在引诱我。烦躁、妒嫉和悔恨只有在一次满足之中才能平复。她给了我满足。但满足了之后又更加烦躁、妒嫉、悔恨，备受希望的折磨。

她在我身下扭动、呻吟，用手指和声音抚摸我。她在别人下面也是这样的吧？别人也在她身上得到过满足吧？于是，我会突然亢奋起来，爱的行为变成了粗暴的报复……

"要是你觉着不公平，你也跟别的女人去睡几次好了……"一天晚上，她忽然怯生生地这样说。

"我不像你！"我打断她的话，"你是什么男人都可以的，我可不是什么女人都行。"

"那你叫我咋办呢？"她畏畏葸葸地想再钻到我的怀里。

"没办法，"我很冷静地说，"我们是不会长的，迟早要离开。"

我对她的爱情夹缠着许多杂质；吸引力和排斥力合在一起，内聚力和扩散力也合在一起；既想爱抚她又想折磨她，既心疼她又痛恨她……互相矛盾的情感扭合在一起难解难分。这是一条两头蛇，在啃噬着我的心。

"去去去！"有时，我把她推到被子外面，只紧紧地裹住自己。"我现在从你身上都闻着以前你那些男人的气味。"

她嘤嘤地哭了。这是从心底里哭出来的声音。屋子里黑暗得和坟墓一样。窗外那朦胧的深灰色的光，只是阴间的一片寒气。我们在人世与阴间的交界上。这里躺着两个已经死去的活人，或是两个活着的死人。没有意识，没有理性，没有时间和空间，没有过去和将来。只有现在，只有搅成一团无法辨别的感觉。不是感情，而是纯而又纯的、由神经的本能所接受的感觉。这种感觉瞬息万变……

"好了，别哭了！你哭得人心烦。进来睡吧。"

"你刚刚说的是气话吧？"她谨慎地问。

"嗯。人嘛，总是有气的。没有气还是什么活人？"

神经在颤动，如一张微风中的蜘蛛网。她积蓄够了勇气，柔声地说："咱们原先不是说过，过去的事情不提了吗？"

"过去的事情不提！"我兀地又暴躁起来。蜘蛛网破裂了。"以后呢？结婚以后呢？我现在真懊悔，为什么那时候我没闯进来把你们两个……"

"你别这样！你别这样！"她惊恐地一翻身跪在炕上。"我该死！我不好！我就这么一次。我跟你坦白。'坦白从宽，抗拒从严'，还不行么？"

"哼哼！你除了审讯员和劳改犯说的语言，还会说什么话？"

可是，这句话却猝然勾起多少往事，一幕一幕在眼前像电影的画面一样。原来我们都是来自同一个地方啊！蜘蛛网在风中无力地飘荡。我凄然地拍拍枕头。"你睡下吧。"我说，"那时候……我……我只气你不该跟他……你想想他是什么人？跟我们是不同的……"

"嗯、嗯……"她抽泣着。"我该死！可是，你不知道，不管我跟过几个人……可只有跟你……感觉不一样。"

"你的感觉真是太敏锐了。"

"就是的！"她急于表白，"你听我说……"

"我不听你说！你那些臭事情我也不想知道！"我翻过身去，把背对着她。"我只听人说过，不要跟结过婚的女人结婚，因为她老是拿后一个跟前一个比较。"

"正是因为有了比较才……"她用小手指在我肩膀上轻轻地划圈，一个圈连着一个圈，"觉得你好。"

"那不一定。你还可以一个一个比较下去。"

"真的！不是现在，是八年前。"她热烘烘的鼻息吐在我光光的脊梁上。"在劳改队的芦苇荡里。那天，我就觉得你和别人不一样。"

"幸亏我跟别人不一样，不然我至少要加三年刑！"我冷冷地哼了一声。"你说的话你自己大概都忘了吧。"

"那时候我说的不是真话……"

"我知道你哪句话是真的？哪句话是假的？算了吧，不要做戏了。睡觉！"

然而，她还在抽抽搭搭地哭泣。女人的眼泪是小溪的流水，幽幽的，平和的，无力的，却能冲刷掉石头坚硬的棱角。卵石，就是被女人的眼泪磨光的，并且，卵石也只有泡在女人的眼泪里才变得晶莹美丽。

"来吧。"我翻过身去说。

而这时，黑暗中在策划着多少阴谋；多少诡计和逃避诡计的主意在静悄悄地形成；白炽的灯光下在紧张地翻阅多少份人事档案；铁栅栏里关押着多少待决犯；多少个广场在连夜刷大批判文章；有多少人的头发在这一刻变白……

雨来了！

在一望无际的坦荡的田野上，云来得特别快，雨来得特别快，因为中途没有什么能够阻挡它们。秋季，又是一个多雨的季节，天说变就变。

雨在薄薄的乌云还没有遮住太阳的时候，就迫不及待地倾注下来。豆大的雨点像弹丸似的射向地面，沙土上砸出一片一片麻点。荒草滩上和田野上，顿时腾起尘土和水珠混合成的白雾。而风还在刮着。原野上出现了这样的奇观，明亮而温暖的太阳从乌云中放射出光芒，像金色的流苏在空中飘拂；雨点，是穿透过阳光落下来的，于是每一颗雨点都带着阳光的绚丽色彩：已经衰败的蒲草、芦苇、猪耳菜和牛蒡，陡然变得异常生气勃勃，颜色黄得可爱。

但是，马群骚动起来。这是一场冷雨。冰凉的雨点砸在它们晒得发热的身上如同挨了鞭子的抽打。我和"哑巴"两面夹击，努力想把它们围到林带地去。而它们被雨打得懵头转向，互相冲撞、互相挤压。前面的马蹄掀起的湿泥溅在后面的马眼上，后面马的前蹄又踏着前面的马，就在这一刹那间，一匹儿马驹惊了！

它脱离开队伍，茫然不知所措地四处乱撞。这是头烈性的马驹，脖子上还挂着绊木。但正是这根绊木使它更为惊慌。它前脚不停地磕在绊木上，梆梆地发出木头敲击骨头的清脆声。它一定很疼痛，于是狂乱地又叫又跳。我纵开大青马去堵截它，大声吆喝它，而它一点不听指挥，甩开我，一头向马棚方向闯去。

不能让它跑掉！它要跑到谷场上去，就会把谷场糟蹋得遍地狼藉。

"这就是没有骗它的缘故。"大青马忙中偷闲地告诉我，"要是骟掉它，它就老实了！"

"快跑吧！"我抽了它一鞭子。"别废话！"

"你忘了我和你曾经有过一场关于哲学的讨论啦？"大青马埋怨我。"啊，你跟原来不一样啦！"

儿马驹还死命往前飞奔。它毕竟没有被骟掉，它毕竟是匹年轻的儿马，它跑得比大青马快，已经快到谷场前面的那片杨树和沙枣树组成的防护林了。

"快！"我又抽了大青马一鞭子。

可是，在儿马驹刚要跑进防护林的当儿，从防护林陡地钻出一个白色的人影，在蒙蒙的烟雨中伸开两臂挡住它的去路。

"别那么拦它！小心！"我喊道，"抓住它的绊木。"

马驹仍是翻着四蹄往前跑，好像它前面没有这个障碍，直直向白色的人影撞去。而这个人却也矫健，等马驹跑到跟前，一闪身，接着扑了过去一把抓住了绊木。

儿马驹愣了愣，摆了一下细长的脖子，但还是倔强地跑着，只不过改变了方向，斜斜地向草滩上扎去。这个人死死地拽着绊木，一屁股坐在地上让它拖着。那件当雨衣用的塑料薄膜从头顶上掀了下来，我才认出她是香久。

"快！"我一夹大青马，飞快地赶到马驹旁边，抓住了拴绊木的绳子，使它停止了下来。

"你怎么跑来啦？"我跳下马，一面"吁、吁"地用手掌安抚肌肉哆哆嗦嗦的马驹，一面问她。

她站了起来，浑身沾满泥水。她把那块塑料薄膜拣回来，气喘吁吁地说："队里吹哨子，叫大家到场上去盖稻子。我一看要下雨，给你拿了件衣裳就跑来了……管他娘的哩！曹学义瞅着我跑了也没叫我。这会儿大伙儿都在场上忙哩……"她又兴奋而自豪地盯着我的脸问：

"我行吧？啊，我行吧？……"

"你行你行！你是英雄！"

我忙着把马驹胸前挂的绊木解掉，牵着它的缰绳跨上了大青马。骤雨即将过去，雨点稀疏地成直线分布在四周。我们的衣裳已经淋湿了。

"上来吧。"我伸出另一只手接过她搂在怀里的小包，又一把将她拽到马背上来。

"到哪儿去？还不回家？"她在后面搂住我的腰问。

"雨快停了。'哑巴'还在树林里，大伙儿在晒场上，我们这会儿回去不合适。"我拨转马头说，"咱们也到树林里去避避雨。"

骤雨并没有把林中的空地淋湿。半明半暗的清光里充溢着清新的潮润的气息，还有一缕缕落叶的幽香。头顶上，白杨、杨树、槐树和沙枣树的枝叶纵横交错，密如华盖。林地里，野蒿和马莲草长得还很旺盛，仿佛它们藏在这儿能永远躲过萧瑟的秋风秋雨，鸟雀聚集在枝头，叽叽喳喳的叫声既惊恐不安，又十分兴奋。

它们在枝叶中跳来跳去，摇落下来大滴大滴冰凉的水点，劈劈啪啪地打在蒿草和马莲的叶子上，使林中的杂草更显得葱郁苍翠。

"你快把衣裳换一换。"我在白杨树干上拴住两匹马，把她用一个装化肥的塑料袋带来的衣裳扔给她。

"那你呢？"她耷拉着两只胳膊站在草丛里，披散头发，一副傻样子。

"我没有滚一身泥巴。你看，我这儿、这儿还都是干干的。你快换吧，要不然会着凉的。"

"这儿有人吗？'哑巴'呢？"

"只有鬼！"我说，"'哑巴'在那片林子里。"

她从塑料袋里拿出我的衬衣，朝我嫣然一笑。随即，毫不避讳我地将全身的衣裳脱得精光。我坐在一棵马莲草上，点着一支烟欣赏着她。

"你还很漂亮。"我说。

一会儿，她穿了我的衬衣站到我面前来，两臂张开，轻盈地转了一圈。"那你还老说要跟我离开？"她娇嗔地说。

她很知道自己的优点。因为没有生过孩子，又长年进行体力劳动，所以还保持着少女般的体型。又肥又大的衣服罩在她身上，使她显得越发娇小，越发年轻。她把湿漉漉的头发拢在脑后，用小手帕束着。像刚沐浴过的一样，滑润的面孔上容光焕发，荡漾着诱惑的笑意。我没有回答她，站起来，扔掉烟卷，把她搂进怀里。一霎时，我似乎搂的是一团云，一团雾，一团空蒙的暖烘烘的蒸气。那件肥大的衣服造成了如此美妙的触觉！她顺从地小心地躺到蒿草上。她的小腹温暖而结实。我把脸埋在她圆滚滚的脖颈和肩膀之间。她的头发、她的肌肤、马莲、落叶与泥土的气味，混合成一种令人沉醉的芬芳。

一只甲虫不知在什么地方嗡嗡地叫。树上又有几片黄叶飘落下来。马儿在轻轻地刨着蹄子，扑扑地喷着鼻息。所有喊喊喳喳的细微的声音都如遥远的波涛，一阵一阵地汹涌澎湃，好似拉威尔的《波莱罗舞曲》，在一个固定节奏的背景上，两支旋律交替出现，不断反复……啊，原谅我吧，理解我吧！你能原谅我、理解我吗？我永不安宁的灵魂又剧然地骚动起来；我耳边总隐隐约约地听到远方有谁在呼唤。这里是令人窒息的地方，这是个令人消沉的小村庄，就和你迷人的颈窝里一样。你赋予了我活力，你让我的青春再次焕发出来，但这股活力却促使我离开你！这次青春也不会是属于你的……

一会儿，我们疲乏而舒畅地躺在蒿草上。

"你在想啥？"她问我。

"没什么。"

"什么也没有想？"

"嗯。"

"你想有个娃娃吗？"她翻过身，用肘子支撑着地面。

我想起何丽芳告诉我的话，"想。"我说。

"那咱们抱一个吧。"

"为什么要抱一个？你生一个好了。"

"咱们都多大岁数了！……"她说，"抱一个大一点的，省我们好几年的事……现在农村里穷得养活不起娃娃的有的是。咱们顶多花点钱。"

"哪来的钱？"

"我有！"她嘻嘻地笑了。

"算了吧！"我不想再为难她。"没有孩子更好。"

"为啥？"她扳着我的肩膀问。"你总是想着不跟我过下去！没有娃娃就没有牵挂是不是？"

我沉默着。她乌黑的眼珠紧张地在我眼睛里捕捉神情。但我不能闭上眼睛。林中，半明半暗的清光好似化开了一些，像一杯冲淡了的茶水。我见了鸟儿又鼓起了翅膀。我听见只有在辽阔的空中才会有那样响亮的鸟叫声。大约是雨停了。

"我们生活在一个艰难的时代。"我说，"我不能尽父亲的责任，不管是自己生的还是抱来的。一个好好的家庭，一夜之间突然妻离子散，连元帅的家也不能幸免，这样的事我看得太多了。"我握住她暖烘烘的小手。"香久，现在不是像蚂蚁一样经营自己小窝的时候。"

"为啥？"她俯卧着，手托着下巴。两脚朝天摇晃着。"你总是跟别人想的不一样！他艰难他的！我们是穿的不如人，是吃的不如人？连'哑巴'还养活一大股娃娃哩！咱们连一个都养活不起？我就不信！"

"这不是养活得起养活不起的问题。这是我本身稳固不稳固的问题。谁知道什么时候再来个运动，又把我抓了进去。"

"把你抓进去咱们等你！"

我不禁笑了起来。"哎哟！你别忘了，你也是从那儿出来的！好了，咱们别争了，什么时候可以有个孩子，我会告诉你的。"

树枝摇摆起来。我从缝隙中看到一点灰色的天空，一瞬间又消失了。几串桔红色的沙枣尚挂在枝头，干瘪的果肉里却饱含着水分，我嘴里也觉得甜丝丝的。一些雨水从枝叶上滴落下来，在盖着我们的塑料薄膜上结成晶莹的水珠，像一个个有生命的物体，不住地滚动。我们的身体贴得这样紧。我的生命偎依着你的生命；你的生命偎依着我的生命。我的热情和你的热情在一起燃烧才使我们销魂。在一霎时我们甚至都忘记了自己，只有我们，我们！我们是一个整体；我们共有一个生命。这就是爱情的含义，爱情的内容，爱情的欢愉，爱情的唯物主义。但过了这一刹那我们之间却有了缝隙，有了诡计，有了规避，有了离异的念头。你要包围我，我在脱出去。意识要反抗物质。爱情是一张温暖的网，织成它需要你的耐性；而我的心就是那一只麻雀，你看它在那里惶惶不安地跳跃。在空中，乌云正在凶猛地翻滚，我们却在它下面接吻、做爱，难道我们是地狱里逃出的一对鬼魂？

"黑子回来了。"她呆呆地说。

"嗯。"

"我给你买了一样好东西！"她又活跃起来，扒在我胸脯上说，"可我现在不告诉你！"

我并不急于知道，却问："那是什么呢？"

"你猜猜。你早就想要的。"

"你猜不出。"我不记得我说过我想要什么。

一只白胸脯喜鹊在我们上面喳喳地叫，漂亮的小脑袋不停地歪来歪去瞅着我们，仿佛它是个动物学家，在研究躺在它下面的两个动物。

"好像我们有喜事哩。"她落寞地说。沉默了片刻，她又问：

"你每天晚上写的是些啥？"

"没什么。"

"是日记吗？"

"是的。"

"我们这个日子有啥记头，每天都一样。可我每天都看见你写好几张。"

我推开她，坐起来。"我告诉你，香久，不能跟任何人说我写过什么东西，连一点口风都不准露出去。懂吗？"

她坐在草丛中，侧着上身，用一种娇媚的姿态拢着散开的头发。"我懂。我从来没有跟人说过。"她说，"可是，你少操那些闲心不好么？你管它什么'资产阶级法权'不'资产阶级法权'的！'资产阶级法权'关我们啥相干？"

"你看过我写的东西了？"

"没看过。"她说，"我看也看不懂，光看到一句啥'资产阶级法权'是高于封建啥啥啥的话。"

"看不懂以后就别看！"我站了起来。"好了，咱们穿衣服吧。天不早了。"

我们牵着马钻出树林，骤雨初歇。天晴气朗，西边又透出一片金色的阳光，在铅色的云和黛青色的山巅之间。"哑巴"既懂事又傻，他早已把牲口赶到草滩上吃草去了。

"妈的！"我骑上大青马说，"牲口吃了刚淋过雨的草要肚子疼的。来，上来！"

"我要坐在你前面，"她撒娇地笑着。

"那像什么样子？还骑在后面。"

"哪怕啥？俩口子，谁能管得着！我就是要叫别人看看！"

"来吧来吧！别讨厌了！没工夫扯闲话。"我把她拉上来，仍骑在我的后面。

"黑子一进村，就跟何丽芳抱着亲嘴。她说，他们笑啥？北京街上的外国人就是这个样子！"她嗔怪地说，"就你怕这怕那的！"

"外国人是外国人。"

走过了麦地，她又并无烦恼地叹了口气："唉，黑子说回去过国庆节就来，结果超了二十多天假，也没人敢扣他一分钱，连说都不敢说他。这事要是搁在我们身上，哼！……"

"是呀，"我说，"你一定要记住：我们是什么人呢，我们不但是外国人能做而我们不能做，并且连别的中国人能做的事我们也不能做的人。这就是我们的命运。驾！"我催动大青马跑起来。

第二章

马厩里有一个公社干部模样的陌生人，披着一件淋湿了的蓝布中式褂子，和曹学义一起靠在马棚的栏杆上。

"回来啦，淋着了吧？"曹学义笑眯眯地跟我打招呼。

我没有理他，把马群赶到潮湿的马棚里，帮着"哑巴"一头头地将它们挂在槽头上。

曹学义和那个公社干部走了过来。"都在这儿了，一共二十四头，"曹学义告诉他。"你看吧。"公社干部很内行地一一打量着牲口，老练地翻开它们的嘴唇看看牙口，边看边咂嘴摇头。"都不怎么样！"他说。

"你是干什么的？"我问。"是买牲口么？"

"嗯。"公社干部抬起眼睛看了看我。

"你算了吧！"我说，"你们农村有这样的牲口吗？农村的牲口都是'三快牌'的——躺倒比站起来快，拉稀比干活快，脊梁骨比刀快。你瞧瞧这头牲口，"我拍拍大青马的脖子，"你要买我还不卖哩！"

"行啦，"曹学义说，"他看上哪头就给你哪头，都看上了都赶走！"

"怎么？"我诧异地问："农场不要牲口了？"

"哼哼！"曹学义撇了撇嘴。"上头说一九八〇年全国实现农业机械化，下头更积极，定的目标是提前三年，现在八字还没一撇，就开始处理牲口了。我看他狗日的五年里能不能实现机械化！……不过，到时候咱们再向公社买牲口吧。反正折腾来折腾去都是国家的钱。"

"好吧。"我说。他这番话，似乎缩短了我和他的距离。

回到家，黑子夫妻俩和"哑巴"的大脚女人就接踵而至。

"老章，他妈的！我一回家就叫我写批判稿。"黑子说，"没辙！你给咱们俩口子一人写一份吧。"

"还有我们俩口子哩！"内蒙古的大脚女人说，"你们说这叫啥事儿！还要让'哑巴'也批判宋江。宋江是谁呀？又犯了啥错误了？"

"宋江是党中央的副主席。"黑子拍拍大脚女人的肩膀，告诉她，"他的错误跟你们家'哑巴'一样：一天到晚不说话！"

"咦！一天到晚不说话也是错误？"大脚女人手里拿着一叠白纸。这是畜牧班发给她写大批判稿用的。批判稿纸有统一的格式，限期交上去，和交公粮一样。

"那可不！"黑子正色说，"说得太多了跟不说话都是错误。幸亏你们'哑巴'是个臭放马的，要是个官，咱们也要拿他来批判批判！"

大脚女人半信半疑，嘟哝道："这世道，简直叫人没法儿活了！……"

何丽芳今天梳洗了一番，突然变得白洁而光滑。她笑着说："行啦！黑子尽胡弄老实人。大嫂，把你的纸捐献出来，咱们一人一张。"说着，把大脚女人手里的白纸一把夺了过来。

"这够吗？这够吗？"大脚女人有点舍不得。

"你当他妈的要跟姚文元一样写长文章呀？"黑子说，"一人有他妈一张哄哄上头就行啦！"

"还有我哩，给我也留一张。"香久在忙着做饭，这时插话说，"班里也要叫我写。我都忘了跟我们老章说了。还是我们老章跟马老婆子好，有帽子的倒不用批判宋江了。"

我洗了脸走到桌子旁边，说："嗯，你倒确实应该批判宋江，因为他把他偷野汉子的老婆给宰了。"

香久悄悄地在我背上拧了一把。

何丽芳抿着嘴向黑子瞥了一眼。

傻乎乎的黑子比去北京之前胖了一点。他趴在餐桌上低声对我说："北京他妈的小道消息可多啦！说是什么'批周公'、'批宋江'都是冲着周总理和邓小平来的。"

"哦？"我抬起眼睛。

"可不是！你瞧着吧，这'文化大革命'还没完，要不搞个天下大乱，彻底完蛋才怪哩！"

我把白纸铺在桌上，谨慎地说："咱们写吧。在没完蛋的时候，你不是还得照他的意思批判吗？"

"哦，对了！"黑子从口袋里掏出两张报纸，"给你，当作参考。你就瞧着上面抄得了。可别几份都抄成一样的。反正你有那个本事，前后句子颠倒着来……喏，你看这条语录：'宋江投降，搞修正主义。'这叫啥话？连我都他妈知道宋江那时候连马克思主义都没有，哪来的修正主义？这还不是指鸡骂狗？……"

我笑着说："你看得这样透，那我就照你的话写，保证是篇好批判文章。"

"可别、可别……"黑子做出惊恐的模样，随即又笑嘻嘻地说，"北京人说，上头实行'愚民政策'，咱们下头就实行'愚君政策'；反正是'丫亭'的哄我，我哄'丫亭'的！谁跟谁也没实话！"

"唉！"我提起笔，边说边写。"'文化大革命'，首先搞坏的倒不是国家，而是败坏了我们中华民族的道德。这可是要遗祸好几百年的事！"

黑子把一只脚踏在板凳上，颇为自得地宣称：

"没有道德的日子好过！有道德的日子不好过！"

确实是这样！

我很快就把五张批判宋江的文章抄好了。黑子眉开眼笑地拿起他们夫妻的两张："行！嘿，你们听这词儿：'把批宋江同农业学大寨，坚定不移地向贫下中农学习结合起来。'真他妈有你的！老章。给，大嫂，这是你们俩口子的。赶明儿，我得好好向你们'哑巴'学习哩，他才是真正的贫下中农……"

客人们高高兴兴地走了。她把饭端到餐桌上，颇感自豪地说："你写得真快！要叫别人写，起码要憋上两天。"

我摇摇头，苦笑着说："我们生活得很艰难，但却很方便，一切都给我们准备好了，我们连脑子都不用动。"

原来，她托黑子去北京给我买了一台半导体收音机！

她缠着叫我猜了半天，但我怎么也猜不着。鬼才知道女人肚子里的花样！在我感到无聊而又无趣的时候，她才从箱子里面拿出来。

"你看，这是啥？"她笑着举起纸盒子。"黑子说要一百多块钱，你说值吗？别让他给咱们坑了。"

"值、值！"这是她做的唯一一件叫我喜出望外的事。我连忙拆开包装。"你看，这是三波段的，还有拉杆天线，带耳机……太好了！你怎么想起来的？！"

"你跟我说过。"她趴在我肩头上，不看收音机，却看着我。"你跟我说过的话你自己都忘了，可我一直放在心上……"

"好了好了！"我推开她，"去把窗帘拉上。"

不知是从什么时候开始，收音机就和"特务"与"反革命"联系在一起。这种意识渗入到每一个人的神经细胞，凡是拥有收音机的人家，都会引起别人特殊的警觉。一个小小的黑匣子，深不可测，里面藏着一个罪恶的世界；光明的、革命的世界只存在于一天播三次音的大喇叭里。除此之外都是谎言，都是魔鬼的咒语。但科学技术不断地突破森严的国界，突破不可逾越的意识形态的界限，用看不见的无线电波把世界牢牢地网罗在里面，把支离破碎的土块籍成一个整体。我激动地装好电池，拉出天线，戴上耳机。在这一瞬间，我自己都有一种犯罪的感觉，尽管我认为收听广播并不是犯罪——既然自信真理在握，为什么害怕人民听到谎言——可是我的手指仍然抑制不住地颤抖，在齿盘上寻找一个个波段。电波穿过太平洋、地中海、红海的上空，越过喜马拉雅山的最高峰，带着暴风雨的沙沙声传到我的耳鼓膜。这一晚上，我一直听到所有的华语广播结束的时候。

结果，我非常失望。

西方那些不缺吃、不缺穿的洋人，在这三十年里似乎并没有什么长进，并没有成熟起来。这个庞然的机器人，和饱经忧患的我们相比，和在苦难中成长起来的巨人相比，他的政治智慧不过是幼儿园水平，对在东方玄学指导下的神秘主义的政治，对在这种政治环境中造成的人们的曲里拐弯的心理和曲里拐弯的表现形式，他们茫无所知，就像中国老百姓不能理解一个美国总统只因偷听了别人的谈话便被轰下台一样。他们评论中国的事态，只会从现存秩序出发进行所谓客观的报导，而这种客观恰恰是最表面的现象，还不如黑子和曹学义认识得深刻。可是，北京的中央台今天的广播却透露出一个很重要的信息。在一篇署名"池恒"的文章——《结合评论水浒，深入学习理论》里说："投降派，投降主义路线，历史上有，现代有，今后还会有。"这个"今后"，就绝不是无的放矢……

"他妈的！"我摘下耳机，疲倦地把收音机扔在炕上。

"咋啦？"她在我身边翻了一个身，迷迷糊糊地问我。

"不值！"我说。

第三章

大青马终于被人买走了。不是那个我曾和他说过话的公社干部，而是另一个公社的人，据说是从南部山区来的。他们来了四个农民，把二十四匹牲口都买了去。

入冬以来的第一个阴天，但又不像要下雪的样子。风凛冽而又干燥；沙尘、黄叶、干草末子和马粪末子，在大路上、空场上，各个房屋的墙角趔来趔去，找不着归宿。阴霾的空中偶尔有几只乌鸦张惶地飞过，已经淌过冬水的田野开始冻结了、干缩了、皲裂了，大地一片苍白。所有的树枝都脱去了叶子，光秃秃地，突然衰老了许多。只有沙枣树的一些枝干上，还有几颗零星的沙枣在风中抖索。这样的阴天，这样的冬天，给人们一种什么东西都凝固了的感觉，连同回忆和期望，仿佛人们一生下来天地就是这副模样，而这样的天地也再不会有什么变化。

大青马就是在这样的天气中和它的伙伴们一起被赶走的。从马厩出来，走上那条熟悉的小道，然后岔到大路上。它还略停了一下，回头看了我一眼，似乎奇怪我为什么没有跟它们一起去。但一个农民随手抽了它一鞭子，它一激灵，摇了摇脑袋，终于顺着农民指点的方向去了。大路的那一端，隐没在灰色的天边。在它们身后，缓缓地腾起沉重的黄土。

别了！我的大青马。你知道我多少隐秘，我向你倾吐过多少心里话，你伴我度过了悒郁的时刻，你也看见了我怎么恢复成一个人。在你走后，我恐怕也将走了。我不能像你这样等着被人用鞭子再赶进监狱，而各种迹象表明，那样的时刻又快来到了；一个极为短暂的缓和时期已接近尾声。

　　送别了大青马，回连队的途中经过羊圈。在即将向山里开拔的羊群旁边，碰见了周瑞成。

　　"牲口卖了，你轻松啦！"

　　周瑞成笑着跟我打招呼。他的笑是种苦笑，带着乞丐向人乞讨时的神情。好久没有注意看他，今天一见，发觉他更加苍老了。他披着老羊皮大衣，背佝偻着，身躯仿佛向地下缩了半截。我不觉向他走去，和他一起蹲在羊圈背风的墙下。

　　"这还是我去年穿的大衣。"我翻开他的大衣看了看。"今年上山推迟了。去年这时候，我们已经在山上呆了一个月了。"

　　"是呀。因为找不着人，没人愿意上山。"他说，"今年你脱过去了——有家呀。今年该着我和'哑巴'上山了。"

　　"没什么，"我安慰地说，"山上就是寂寞一点，其实生活很好，羊肉随便吃……"

　　"嘿嘿！生活难道仅仅是吃羊肉吗？"他的尖嘴似笑非笑地说。

　　我一愣怔，这不像他平时的谈吐。我会意地在他膝盖上拍了一下。"你把二胡带上嘛，无聊的时候能自得其乐。冬天很快就会过去的。"

　　"是的，冬天很快就会过去的，可是春天再也不会来了。"

　　我更加惊异，斜睨了他一眼。真是"士别三日当刮目以待"！我忽然明白了他那种乞丐似的苦笑的含义：他要的是我来跟他说话。我掏出烟点上，喷了一口。问他：

　　"你的申诉有结果吗？"

　　"去他妈的吧！"他一反常态，突然骂出了粗话。"还申诉什么？我现在真懊悔！你还不知道吗？北京又展开什么'反击右倾翻案风'了。先是从教育界开始的。你还没有这个经验？什么运动都是拿文化教育开刀，然后全面屠杀！"

　　"屠杀"！他居然也会用这个血淋淋的而又准确的动词！我不由得向他靠拢一点，免得他大声疾呼出来。

　　"还是你好，"他接着说，"打到最底层，干脆去劳改，戴上帽子，什么都不想了，什么都不希望了，心里也会觉得好过一些。像我：高不高、低不低地悬着，用胡萝卜加大棒对付我，到了最后才使我明白是一场空！你说这难受不难受？！我现在才懂得了他们发明的这个政治术语——'挂'是什么意思，那就是让人上吊！"

　　多糟糕的境遇都会有人羡慕，这就是我们当代生活的特色！但他既然还认为我"什么都不想，什么都不希望"，说明我一直在他面前伪装得很好，我也不必要现在突然跟他推心置腹。

"别这么想嘛，"我傻乎乎地说，"你还是立过功的呀！他们总会想得起你来的，会给你解决问题的。"

"呸！"他狠狠地朝地上啐了一口。这个人起了奇迹般的变化，与过去完全判若两人。他说，"什么立功，只有我这个傻瓜才会干这种事！他们把我知道的榨干了，让我把人得罪遍，就把我像豆饼一样扔到这儿不管了！"

羊群见牧人还不动身，一只只卧在地上，或是找个背风的角落在那里沉思。今天准备上山。早晨给它们喂了料，所以它们也不着急。有一只老羊用依恋的眼睛看着我，也许它还认得出我来？

周瑞成眉头打结，目光阴郁，尖嘴咖动着，陷入了回忆。

"你当我的日子好过？"他说，"从五一年忠诚坦白运动开始，我就知无不言，言无不尽，一直到'文化大革命'：检举呀、揭发呀！原来是交给领导，后来是交给'造反派'……我告诉你，检举人的人比被检举的人日子难过……"

"这我不同意！……"我急忙辩驳。在这问题上我不能装傻。

"你听我说，"他把手放在我拿烟的手上，我感到他的手在颤抖，"被检举的人只有在检举材料摊在他面前的那一刻才难受，可检举人的人自从写了检举材料那一刻开始就不舒服。我一次一次地写检举，这一辈子写了多少份检举我都记不清了，反正领导上知道我听话，了解的情况又多，总是叫我写、写、写！拿一次政治运动少说写五十份来算吧，我总写了有五百份了。每写了一份检举我的心里就感到一份压力。老章，我告诉你，我年轻的时候是什么样的人呢？我活泼得很呀，我好玩得很呀！什么二胡、手风琴、小提琴我全会拉，小号也能吹两下子，篮球场上总离不了我这个活跃分子，我还会跳交谊舞哩！可是，每写一份检举就削去我一分活力。我为了救自己，使自己能过个平平安安的日子，却把人生最宝贵的东西丢掉了，最后成了这副人不人、鬼不鬼的样子。早知道，王八蛋才写那些材料！大不了还是落到这步田地……"

他的嘴角出现了一条斜向下巴的、如刀刻般的皱纹，坚决而残忍。他是在倾泻积愤，并不是要博取同情，但是我还是把手从他手下翻上来，握住他瘦削干燥的小手。"别这样想，那些都过去啦！"我说，"据我所知，有的人把别人诬陷了，送进监牢，甚至送到杀场，今天他还过得有滋有味得很哩！"

"你看错了！"他将手抽出来，激动地一挥，加重了他对我的否定。"难道那叫有滋有味？我敢说，这样的人和我一样，从来没有体会过什么是无忧无虑的、问心无愧的幸福。也许他们自我感觉良好，可是过的日子跟我一样，是耗子的生活。耗子在没有被猫逮住的时候，自我感觉也是十分良好的。"

这时，"哑巴"背着一个小包，穿着老羊皮大衣，蹒跚地向坡上爬来，边走边迎着风咳嗽。今年一年，"哑巴"瘦多了，虽然他一直跟着我，没有让他干重活。鬼才知道他心里想些什么！如果他能像周瑞成今天这样一吐积郁，也许会好过一点，然而他没有受过教育，他只会死钻牛角。

周瑞成站起来，肩膀耸了耸，将大衣披好。这一动作颇有军人风度，我仿佛看到了二三十年前他的英俊潇洒。"这次上山，是我自己要求的。"他说，"我甘心情愿去。说不定下山以后，山下就成了另外一个世界了。唉，'山中方一日，世上已千年'呀！"

"你估计会成什么世界呢？"我眯着眼睛问他。

"你知道他们这次的矛头对准的是谁吗？"他反问我。

"不知道。"我想让他先说出来。

"周跟邓！"他捂着嘴说了三个字，然后放下手。小眼睛里阴森森地发光，"这两位一倒，共产党的最后一点希望也就完了。那时候，就像《红楼梦》里说的：'三春去后诸芳尽，各自需寻各自门'了。"

"那你准备怎么办呢？"我好奇地问。

"我没什么关系，他们暂时不会把我怎么样。"他直率地看着我。"因为我不像你：第一，没劳改过；第二，没帽子；第三，出身城市贫民，而你是资产阶级；第四，他们到现在还没有把我的干部身份撸掉，而你是个最下等的农工。我又是学军事的，说不定将来还有用武之地哩。而你，"他恢复了降贵纡尊的姿态，用手指戳了戳我的胸脯。"老弟，你还记得我们蹲监狱的时候，队长指着你鼻子骂的话吗？他说：'章永璘，你别梦想翻天，外头只要有个风吹草动，首先拿你砍头示众！'当然，他那时的意思不过是吓唬吓唬你，叫你老老实实，可是他这话里有真理，你得提防点，他们弄死你就跟拈死一个臭虫一样，不需要向任何机关、任何人负责。"

"哑巴"慢腾腾地还没有爬上坡来，风不停地把过长的大衣绊住他的脚。周瑞成收回目光，看着我接下去说：

"你不见？胡世民和李义钧两人就是很好的例子。胡世民是师部的宣传科长，四九年参加工作，没有前科，他们把他弄死了，平反的时候赔礼道歉开追悼会不说，队长还丢了官，不然这个曹学义还来不了这里。我听说，这场官司到现在还没有打完。李义钧呢，不过是你们农场的农工，跟你一样：劳改过、有帽子，把他弄死了，现在有谁替他说过一句公道话？"

这个平时谨小慎微，沉默寡言的人，竟把一切都看在眼里，一切都记在心上！

"是的。"我把烟头捻成碎末。"其实李义钧比胡世民死得还冤。胡多少还可以说是自己病死的，而李才是活活让他们整死的。"

"对呀，这不都是我们在监狱里亲眼见的吗？"

"那你说我应该怎么办呢？"这个人肯定功于心计，我真的要向他讨教了。

"老弟，"他的嘴虽然尖得可笑，但语气却是诚恳的。"还是毛主席说的话对：'不要害怕打烂坛坛罐罐。'过去，我就是害怕打烂了家里的坛坛罐罐，保我过个平安日子，到头来……"他两手一摊，又重复了一句，"还是成了这副样子！你是聪明人嘛，应该知道：'三十六计，走为上策'；'人挪活，树挪死'呀……"

"哑巴"走近了。他打住话头。迎着"哑巴"走去，和"哑巴"一道挥起放羊的短鞭，把羊一只只地轰起来。

我用马鞭帮他们俩把羊赶到通向山里的路上。分手的时候，我笑着对他说："你和'哑巴'在一起很好，在这年月，这种人最保险。"

"不见得。"他回过头，意味深长地瞥了我一眼："'哑巴'开口说话的日子也快到了！"

大青马向东，羊群向西，向乌云层层笼罩着的大山走去，沿途撒下许多羊粪。凛冽而干燥的空气中飘散的一股羊膻气，终于也逐渐地淡薄了。从此，他们和羊群，永远在我的视野中消失了。

第四章

我收工回家，把铁锹放到门背后，看见马鞭还挂在墙角，上面已经蒙上了薄薄的尘土。我连钉子一齐将它拽了下来，一撅两段，扔出了大门。

"回来啦？"她坐在小板凳上，面前放着一筐鸭蛋，笑着问我。

"回来了。"

"牲口卖了，你舍不得吧？"她把鸭蛋一个个拣到坛子里。坛子里盛着熬好的盐水。

"有什么舍不得的？我连人都舍得！"

屋里暖烘烘的，铁炉盖烧得通红。我把手在炉子上烤热，然后闭起眼睛，将手焐在脸颊上。我感到一阵舒适的晕眩。这就是家，这就是人人都需要的那么一点可怜巴巴的温暖。但人创造了什么，就会被他的创造束缚住。这冬天的炉火，这些坛坛罐罐，这两间小屋，是供我享受的，但我也付出了自由作代价。

"我在给你腌咸鸭蛋哩，你看！"她在我背后说。

"有什么看头！"我睁开眼睛，漠然地瞟了她一眼。

她并不觉得无趣，停了片刻，又笑着说："时间过得真快，我们结婚时候买的小鸭子，这会儿都下了这么多蛋了。"

是的。猫也长大了，这时无忧无虑地卧在炉台上。眯着眼睛打呼噜。这只猫就是那天晚上从曹学义胯下钻出来的灰猫！它也和大青马一样，看到过许多事情。在这个世界上，人最怕的是人，而不是动物，即使是猛兽。

她低着头，继续往坛子里拣鸭蛋。鸭蛋并不沉下去，悠悠地浮在盐水上，雪白的一层。她用愉快的声调问我："我听说，南方人都爱吃咸鸭蛋，是不是？"

我鼻子里哼了一声，说，"你听说的事情太多了！"

她抬起头瞥了我一眼，眼睛里的光芒暗淡下来。一会儿，她撇了撇嘴，谨慎地嗔怪我说："我的话，你总忘不了！"

"话是会忘记了，但是事情是很难忘记的！"

说完，我一掀门帘进到里屋，在我的用门板做的书桌旁坐下，拿了一本印着"红卫兵日记"封面的笔记本，摊在面前。

写作的愉快不完全在于写出了什么，而多半在写作的过程当中。分析、综合、推理、判断，这些大脑的智能活动，就和体育运动一样，并不是非要争取到名次才使人高兴，在身体各部分的活动中就可以享受到发挥活力的快乐。将近二十年，除了"自我检查"、"检讨"、"每周思想汇报"、要求粮食补贴的"报告"和那份要求结婚的申请书，以及代替别人抄的"大批判"文章，我没有正正经经写过什么文字。也许，这就是改造我的手段和我改造的目的？像剥兽皮一样把文化从人身上剥离下来，这个过程对于被剥的人来说虽然很痛苦，但对猎人来说却是必须进行的。但在四个月前，在洪水的危险过去以后，在我又成为正常人以后，我开始拿起笔来。最初几天，笔下非常艰涩，几乎写一个字就要停顿一下，大约古代人刻竹简就是这副模样吧。大脑和手指间的传动器官出了严重的故障，生锈了，而且锈死了。脑子里能想出的，嘴上能说出的语言，怎么也不能流利地变成文字，必须两眼呆呆地一个一个地从空中去寻找。但不久，这条传动器官由于经常运动的结果，渐渐地灵活了，一个一个生疏的字也重新熟悉起来。在没有人能够畅所欲言地交谈的情况下，孤独地写作，成了最能帮助思想的手段。大脑里的一个概念落在笔下，变成了由点、撇、横、竖、捺等等构成的方块字，即刻成了独立于主体之外的客观存在，不由得使你要去探究它和别的概念的联系，然后把一个一个方块字配搭起来，串连起来。杂乱无章的思想，一霎间理性的灵感，从书中的某一句话产生的认识飞跃，即使是痴人说梦、梦中呓语，都能通过笔梳理得有条不紊、纲目并张。

在视、听、味、触觉的愉快之外，还有一种理智运行的愉快。这欢愉之情并不是因为得出了什么思想结果，而是从视觉所不能透过的地方，从被人生的重负覆盖的深处，看到了只有属于人的理性的闪光。并且，被摒斥于人群之外并不是坏事，而是获得了思想的自由，使理性得到了净化。这种净化了的理性开始时如荧荧磷火，继而不断地增强。它不能开辟道路，但它能照亮前方。

而前方的道路，是更加险恶了。

今天，我无心写什么。与其说是思想混乱，无宁说是在把决心酝酿成熟。我把笔记本又合上，棉袄也不脱就朝炕上一躺。棉袄软和的领子擦在我的面颊。这是她一针一线给我缝制的。正如她颇为得意地说："你大概二十年都没穿过这么暖和的棉袄了吧！"当然，马缨花曾给我用毯子缝过一条绒裤，但那仿佛是上一个世纪的事了，遥远得我都怀疑那是不是曾经有过，而现在，这确实是实实在在的。女人善于用一针一线把你缝在她身上，或是把她缝在你身上。穿着它，你自然会想起她在灯下埋着头，用拇指和食指捏着针，小手指挑着线的那种女性特有的姿势。因而那一针一线就缝上了她的温馨、她的柔情、她的性灵。那不是布和棉花包在你身上，而是她暖烘烘的小手在拥抱着你。

"生活难道仅仅是吃羊肉吗？"可是，吃，毕竟还是重要的，尤其对我们这些穷人来说。农场每人每月只配给一两食用油。每到月初，何丽芳就会骂道："×他妈！咱们打油光拿个眼药水瓶子就行了。每次炒菜的时候，往锅里按那么一滴……"而香久把她自己的一两油也省给我。她单另把油熬熟，撒上葱花，在每顿饭的面条里给我碗里调上一点。她从来不吃油，只在给我调油的匙子上舔一下。然而这种粗俗的动作表现了她对我的疼爱与关怀。她是必须把她的爱情表示出来，让你明白无误地知道她付出了多少，知道她爱情的重量与程度的女人。农场分的一点可怜巴巴的肉，她也从来不吃，总是啃骨头。我常常感到这样的爱情对我是个压力，是个负担，可是她却这样宽慰我："我不吃肉，不吃油也长得挺壮，你不看，我现在还胖了吗？"她叫我捏她的胳膊。"听人说，男人比女人消耗大。你蹲过劳改队，还不知道？"

是的，六〇年在劳改队死的，多半是男人。

总之，我和她结婚以后，过去单身汉的习惯突然被掐断了，续接上家庭生活的习惯。确切地说，家庭生活的习惯就是她给我培养出来的习惯。再往深里说，就是我生活的一切都要仰仗她了；我被她宠坏了。这暖和的棉袄，洗得干干净净的内衣，这被子，这褥子，床单，这炕。这房里的一切，哪怕那洁白如玉的雪花膏瓶子，那用廉价的花布做的窗帘，都出自她的手，但又构成了我的生活内容。她按照她的家庭观念完全自主地创造了这个小家庭，把我置于其中，我也适应了它，成了它的一部分。要摆脱它是不容易的，因为这首先要摆脱我自己。

我茫然地望着用报纸糊的顶棚。那上面是一片密密麻麻的文字，但是没有一行字是解释生活和指导人们应该怎样生活的。这十几年来，人们像煞有介事地、正正经经地说了多少废话和大话啊！这无数的废话和谎言构成了一个虚幻的而又是可怕的世界。我像是生活在两个世界里，一个是真实的世界，我现在的处境，一个是虚伪的世界，而那个世界却支配我的生活，决定我的生与死。我不但要冲出那一个世界，还要冲出这一个世界。在前途茫茫，风雨飘摇的时候，难道这一个世界就不值得留恋……

她突然一掀门帘冲进房来。

"我告诉你，"她一屁股坐在炕上，满脸怒容，"你别老抓住我过去的事不放，你也有可抓的！"

她还系着围裙，使她丰满的胸脯格外地高耸着，两只手抹了润肤油，反复地揉搓，好像是在痛苦地拧自己的手。

"什么？"我莫名其妙地坐起来。我已经把刚才伤害她的话忘记了。

"我告诉你，你要抓我过去的事，想跟我离，我就抓你现在的事，反正咱们谁也好不了！"她的眼睛是滚烫的、充满怨恨的，没有一点眼泪，但却是一副要哭的样子。

"我……我现在有什么事？"我应该早料到她会发火。她总是像水一样驯顺，一样默默地积聚够力量，然后突然来个冲击。她这番火，大概就是在她腌咸鸭蛋时候积聚起来的，咸鸭蛋腌了，火也积聚充足了。

"哼哼！你每天晚上都在写些啥？"她说，"我看这个家，非要败在你手里不可！"

"我晚上没事的时候写点东西，关你什么事！"我故作镇静地问。

"当然关我的事！当然关我的事！"她叫道，"你要知道，现在你不是一个人；你有了家，家里是两个人……"

我深深地吸了口气：是的，是两个人！这点我为什么一直没想到？把另一个人蒙在鼓里，却又要叫她承担责任。可是，她又这样说：

"哼！你当是我不知道：你晚上人在我身上，可心早不知飞到哪儿去了！"

我轻蔑地一笑，即刻打消了向她说明的念头。"笑话！"我说，"我早就说过了，你的感觉跟别人不一样！"

"你别打马虎！"她神色严肃地说，"我也早跟你说过，咱们不要惹事，不要生非，你偏不听，要去找死！有多少人就是为了写日记给送进劳改队的，你还不知道？那种罪你还没受够？"

"没受够！"我死皮赖脸地说。

"那也行，"她说，"只要你忘记我过去的事，要死，我也陪你去死！"

一瞬间，我觉得我动了感情。这是一出从久远一直到现代反复演出的故事。是不是干脆告诉她我想干什么，我在干什么？但她是那样的女人吗？我下意识地斜睨了她一眼：漂亮、肉感而又愚蠢。她随时都会引起曹学义这样的男人的兴趣，被人诱惑。我脑海中又浮上来一个人影，一个写过歌颂爱情的诗的小学教员。他跟我一起以"反革命言论"罪劳改过三年，而检举他的正是他妻子。我撇了撇嘴，说：

"算了吧，哪有那么严重？老实说，我只是怕把过去学的东西忘了，才写些乱七八糟的话……"

"你不是说过去的东西你是忘不了的吗？"她脸上掠过一丝尖刻的笑意，但倏忽之间又消失了，露出白白的牙齿，咄咄逼人地说，"乱七八糟的话！反正你写的东西你知道！你哪一个字不是跟批判资产阶级法权，批判宋江对着干的？！好歹我还上过中学哩！还有，我给你买个收音机，是让你听个戏解闷的，可你每天晚上戴上耳机，跟个特务一样，你这是干啥？……"

"好了好了！我不想跟你吵架！"我慌忙阻止她大声的嚷嚷，朝炕上一躺，表示休战。

"那你想干啥？那你想干啥？……"她拧过身子，盯着我追问。说着，她的眼睛湿润了。但她噙着泪，没让它流出来。

我想离开你！不但离开你，并且要离开这个地方！但我没有说，两眼凝视着窗外。那很远很远的地方，那高高的灰色的天空中，有什么东西使我心动。窗外有一只麻雀啁啾地在寒风中飞过。这间屋子是温暖的，可是我情愿跟它易地而处。

"我还以为你跟别的男人不一样，你讲道理，你不狗肚鸡肠。"她坐在炕沿上絮聒，"我告诉你，多少次在你睡着的时候，我就在旁边看你、摸你、亲你……可结果你还是跟没知识的男人一样！你现在好了，你现在是人了，我就那么一次，你就老抓着我不放，老拿捏我。我告诉你，没那么容易！你干的这些事。只要我向上面透出一个字，你章永璘就不是章永璘了！哼，你当我是傻子？你当我不知道你这些日子在打啥鬼主意？你当我是那么容易甩掉的？……不信，你就试试！"

她的絮絮叨叨又使我动情，又使我气愤。我不愿意看她，但她非盯着我的脸不可。她温顺的时候是只小猫，躺在你怀里任你怎样摸她、揉她，而寻衅的时候又是只蟋蟀，一定要面对面、头对头地斗个你死我活。她的眼睛阴沉而坚决，可是腮上又蜿蜒而下软弱的泪水。对了，这就是她！啊，爱情，那些冗长的小说中重复过无数次的字眼，从来没有从她嘴里说出过。然而这就是她的爱情，爱得野蛮而专横。爱情，真是既让人眷恋又让人讨厌的东西。没有它不行，它太多了也受不了！

"哼！"我冷冷一笑，"'就那么一次'！要杀人的话，就那么一刀就行了。你那一次就把我的心伤透了，怎么也转不过来。你还想去告发我，我看你敢！你只要向别人透出一个字，我们就不是夫妻了！"

"你看我敢不敢！"她说。

她的眼睛里有一丝游移，一丝慌乱，她不知道现在怎么挽回局面，但又不甘示弱。她在我眼睛里看到了冷峻，但没有看出冷峻的原因。她不理解我；她只把我看她的一部分，因而她连她自己也不理解了。

"你只要再提我过去的事，你看我敢不敢？"她又重复说。

"真没水平！"我说，"我这件事跟你那件事根本是两码事！怎么？你还想拿这件事来拿捏我吗？"

"哎！我就是要拿捏你！"她忽然又理直气壮地要开了无赖。"你想咋样？你当我是那么容易甩掉的吗？"

"我本来不想甩掉你，可你竟然说出这种话，就是没有这样做，我也非甩掉你不可了！你心里明白：你要告发我的想法，是你心里早就有的！"我在炕上架起二郎腿，同时掏出一根烟。再没有比这更好的离开她的借口了，我想。

　　她的面孔突然气得发白，身子在炕沿上扭了几下，最后下了决心，猛地像猫似的跳起来。我以为她要过来扑我，而她却向那门板做的书桌扑去，一把抓起我的笔记本抱在胸前。

　　我欠起身，手指点着她："你不用抱得那么紧，没人抢你的！"说完，我又躺下了，点着了烟，把火柴扔到门口，顺势指着门说：

　　"我看你往外迈一步，只要一步！"

　　我知道她不会那样做，但我却希望她那样做。我需要她反常的行为来安抚我的良心，坚定我的决心。在想离开一个人的时候，最好是先让那个人做出伤害你的事情。

　　她踌躇着，一时不知如何是好。我又指了指门口：

　　"你敢！我看你走出一步！"

　　"那你还提不提我过去的事了？"她问。

　　"为什么不提？我已经说了，我的事跟你的事完全是两回事！"

　　她的脸猝然变得难以辨认，变得陌生起来，这是一张失去理智的脸。她真的抱着日记本朝门口奔去，同时发出嘤嘤的哭声。我坐起来，扔掉烟，谛听她的动静。她跑到外屋便停下了，趴在餐桌上嚎啕大哭；那一只花瓶叮叮嗒嗒地作响。裂痕已经造成了，是弥合它，还是继续加深？我站在裂痕的边缘，向下一看。头晕目眩，但裂痕深处仿佛有一股强大的吸引力，我只有投身进去才能冲出这个世界，到一个新的天地里，或是再次投入我熟悉的地狱。于是我装作慌张的样子，从炕上跳下来，两步跨到外屋，做出要去抢那个日记本的架势。

　　她本来是到此为止的。我没有估计错：她见我冲出来，却即刻跳起来又抱着笔记本要去拉开外屋的门，似乎要拿着这个"罪证"跑去告发，我一把拽住她，她更加使劲地在我怀里挣扎。那曾经激起我情欲的柔软的肉体，此刻陡然变得僵硬起来，蛮横起来，变得充满敌意，变得可厌而又可怕。我想夺下那个日记本；她两手死死地搂着不放。我们俩拉来扯去。戏演到这里，剧本突然中断了，演员不知应该怎样演下去，只好凭自己的本能进入角色，把假戏真做起来。

　　正在这时，门被推开了，黑子一闪身进到屋里。我们猝不及防，仍然僵持着。他一眼就看明白了我们争夺的是什么。他掰着她的手喝道：

　　"你放开！黄香久，有话好说嘛！……"

　　她把日记本往我怀里一塞，哭着跑进里屋。黑子朝我使了一个眼色。

我把笔记本揣进棉袄口袋，调整好呼吸，跟黑子走到外面。冬天的风在显示自己的威力，大声呼啸着，把荒滩上的枯草刮进小村庄，又把小村庄的垃圾刮到田野上。村庄外的土路，奔跑着浓密的黄尘，一阵一阵的，扑向光秃秃的树林。

我们两人找了一处背风的角落，并排蹲下，背着风把各自的烟点着。吸了几口。黑子眯着眼睛说：

"我可啥也没看见，啥也不知道；我也不问你这本子里写的是啥。"他思忖了一下，啐了一口唾沫。"可是，这样的事情我可经过，那他妈的还是我当红卫兵的时候，在北京街道上，×他妈！有个臭娘儿们就把她男人的啥笔记本交到我手上。我他妈那时候也傻，向上头照转不误。到头来男的给判了刑，臭娘儿们弄到了离婚证……我说，老章，女人懒点、馋点都没关系，可千万别他妈当'克格勃'！你想想，你每天晚上搂着个定时炸弹睡觉，那多恶心！我早就跟你说过了：这女人欠打！也跟你说了：这臭娘儿们跟那'丫亭'有交情。那时候我看你窝囊，就觉着你准有把柄抓在她手上。原来是这个玩意儿！老章，这可是不得了的事！这臭娘儿们你还能要哇！不定啥时候就把你送进去。你呀，得变着方儿甩掉她……"

村庄的路上空荡荡的，好像连人也被风刮跑了。我没有吸几口烟，但烟在风中燃烧了一半。有谁能理解我复杂的感情？神经不能像电线那样接通，感觉不能传导给别人，因此，当事人的事，在别的任何人看来都十分简单。

"谢谢你！"我说，"你可帮了我的忙。不然，我还不知道会闹出什么结果。至于她嘛……"

会有什么结果？我明明知道她胡闹一阵也就完了。女人的脾气是一条流到沙漠中的河，开始时汹涌澎湃，流到后来就会无影无踪。我气忿地扔了带煤焦油味的香烟，它在风中不能自主地滚得很远。

"啊！"黑子突然颤了一下，说，"妈的，让她一搅和，我差点忘了！我跑来是要告诉你，下午你出工的时候，大喇叭里广播的：周总理逝世了！"

"啊？"我看着他的脸，一时没有听清他说的是什么。

太快了！

我推开门，顺手拿起门背后的铁锹，把门牢牢地顶住。随后走到煤炉旁边，掀起炉盖。炉中的煤劈啪作响，火焰通红。这是一只独眼龙的眼睛。我从棉袄口袋里掏出日记本，扯掉塑料封面，一叠一叠地把内页撕下来，塞进这只毒眼里：你看吧！你检查吧！……

纸张吐出淡红的火焰，然后发黑，然后发白。灰烬落在燃烧的煤块上，还一闪一闪地放光。好像是它化成了能呼吸的精灵。它是有生命的东西，它是我的心血，它是我大脑中的化合物。现在，它躺在炉火中，还在不安宁地辗转反侧。烧掉就烧掉吧，你那上面的符号，已经永远记在我脑海中了。不管我是浪迹天涯，还是在铁窗之下。我都会记得你，就像人总能认出自己的孩子。而必将有一天，我要把你向人民公开出来。"冬天很快就会过去，而春天是不会再来了。"不！春天是会来的。

她还在里屋，听不见她的动静，但过了一会儿，也许她闻着了烧纸的烟味，她一掀白布门帘跨了出来。

"你这是干啥？"她浑身震颤了一下，扑过来抢我手中还剩下的一点残页。

我抬起手臂格开她。"你要干什么？"我说，"还想拿去立功吗？"

她睁大着眼睛，仿佛很陌生地瞪了我一眼，随即颓然地跌在凳子上：

"我跟你说，章永璘，你不得好死的！你亏了心了，你当我是真会那么干吗？我也是人呀！……"

她两手的手指痛苦地拧绞着，嘴唇悲愤地往两边撇，红红的眼睛呆呆地瞅着火苗，眼泪无声地流了出来。

我知道你不会那样做，但是我却非要这样做不可。正因为我爱你，所以我不能爱你。我必须伤害你，伤害到使你能完全忘记我的程度！

"完了！"我把最后一叠日记本塞进火炉，说，"我们两个也完了……"

第五章

从田里撒完肥料收工回来，在积满黄尘的土路上，农工们三三两两地走着。走得很快，很有精神，干活中间保留下来的力气这时才开始发挥出来。

何丽芳急匆匆地赶上我。

"老章，"她说，"听说你要跟黄香久离婚？"

"你怎么知道？"

"我怎么不知道？"她扑哧一笑，好像这是件很开心的事。"谁都知道了！黄香久那天跑到我们家来哭，让我跟黑子劝你。"

"黑子说什么？"

"黑子没理她。"

"那么你呢？"

"我瞧她怪可怜的。"

何丽芳把唯一的孩子放在北京，自己成天在队上游来逛去，有时早晨爬起来头不梳脸不洗就串门子。她对饮食男女的事最感兴趣。

"你为啥要跟她离婚？"她按部就班地问。

"我为什么非要告诉你不可，你又不是领导。"

她嘻嘻地笑道："你不说我也知道！"

"知道了就不用问了嘛！"

"唉，女人嘛，"她向我做了个媚眼，"老章，你太不懂咱们女人了。不管她跟多少人睡过觉，她心眼里还是只爱一个人。你信不信？"

我没有理她，只顾走路。

"就说我吧，"她兴致勃勃地把话转到自己身上，"我不瞒你，我跟好几个男人睡过觉，可心眼里就爱黑子一个人。你信不信？"

"我信。"我说。

"那不就结了呗！"她认为问题已经解决了。

"可是我不懂，你只爱黑子一个人，为什么还要跟别人睡觉！"

她一点不感到语塞，痴痴地笑道："那你就不懂咱们女人啦！"

"不懂。"我承认。

今天阳光特别好，像初春的天气。西边的山间没有一片云，没有一点雾霭，在很远很远的地方，都能看到那上面有一块一块裸露的石头。去年的现在，我还在那里放羊哩，而今天，却在这条路上讨论着离婚。过惯了十年如一日的刻板生活，这种变化叫人头晕。我又感觉到这一年像一场梦。凡是过去的事情都像场梦，而凡是没有来到的将来也像梦……

"不过，她那种女人你是不能要。"何丽芳却这样劝我。

"为什么？"

"第一条，她不能生孩子；第二条，你没听人说嘛：'女人越离越胆大，男人越离越害怕'。离了几次婚的女人心就不稳了，跟我不一样；第三……"

"去去去！"我停下来，皱起眉头，一挥手。"你走你的吧！你少来烦了！"

"你瞧你，"她仍然嬉皮笑脸的，"我要教给你嘛，这女人……"

"你走不走？"我把锹从肩上取下来，对着她。"关于女人，我比你懂得多！"

她毫不在意，朝我露齿一笑，哼着《送你一朵玫瑰花》走了。

我以为我走在最后，可是后面还有一个马老婆子。

她胳膊弯里照例夹着一捆干柴，从她的形态上，看出她是在追赶我。我站在路旁边等她。

"苦啊——"

还离得很远，她就像京剧老旦那样悠扬地长叹一声。但神情上却丝毫看不出她觉得苦。爬满皱纹的脸上带着微笑；她昂着头，挺着胸，脚下像母驴的后蹄那样有力地捯腾。我想起她自己常说的，"俗话说，'抬头婆姨低头汉'，我苦就苦在这走路的姿势上。"其实，这句俗话说的是"婆姨"与"汉"的性格，和命运无关。但她要那样理解，也只得由她。她找到了自己苦的根源，所以才觉得苦中有乐。

"老章，你为啥要跟小黄离婚呢？"她赶上来，问我。

"这事你就别问了吧，刚刚就有好几个人问我。"我说，"奇怪！现在的人都喜欢管别人的闲事。"

"大家都关心你嘛！"她横了我一眼。"你虽然有帽子，可是大家哪把你当有帽子的看……"

"不错，大家对我都很好，"我淡淡地说，"可是运动一来脸就变。胳膊拧不过大腿，大家都要保全自己嘛。这么多年了你还不清楚？人的脸是'兔子拉车——说翻就翻'！"

"是不是又要来运动了？"她蹶着嘴唇，鬼鬼祟祟地问我。

"你也太不灵了！"我笑道，"运动已经来了，叫'反击右倾翻案风'。喂，你写的申诉书怎么样了？有答复没有？"

"没有，幸亏没写！"她又高兴了，像中了彩票似的。"那时候，小黄写不好，叫你写你又不写；我想找周瑞成，可那老家伙吱吱唔唔的，今天推明天，明天推后天。我一生气：拉倒吧！命里摊上个啥就是啥！"

"你的命还算是好的！"我祝贺她。"不然，这次你正好是队上的一个'翻案'典型。"

"你呢？"她伸长脖子问。

"我还用说？我不写申诉也要说我在'翻案'。我是在社会上挂了号的。"

"唉！"她叹息道，"刚安定了一年……"

我笑出声来，告诉她："这话你可别跟旁人说，最近一条语录就是针对你这句话来的：'什么三项指示为纲，安定团结不是不要阶级斗争'你可小心点！"

"咦！"她伸了伸舌头。"这话咋讲？又要安定，又要斗争……"

"那你自己捉摸去吧！"我说。

"哎，既然这样，我说老章呀，你就别跟小黄离了吧！"她竖起一根手指头为我谋划，"要万一有个三长两短，像七〇年那次一样给关了进去，还有人给你送个衣、送个饭啥的。"

"有个老婆就是为了有人送牢饭，这个日子也真难过哟！"

罗宗祺叫我娶老婆是为了写论文、马老婆子劝我别离婚是为了送牢饭，原来这就是现代的家庭观念！我不禁苦笑了。

"唉！有啥办法呢？"马老婆子也笑了。"这就是命嘛！我告诉你，小黄这女子就是命不好。"

"啊？你怎么知道？"

"你没注意她？"马老婆子神秘地说，"她的人中上，就是鼻子跟嘴唇中间，有一条细细的横纹……"

"哦，我倒没注意。"我嘻嘻地笑道，"来，让我看看你有没有？"

"你又没正经的了！"马老婆子笑着挡开我。"我哪有？就嫁过一个人。那得嫁过好几个丈夫的女子才有！"她的语气仿佛是羡慕一个女人能有那样的资格。

"唉！"马老婆子又叹道，"你也够没良心的了，小黄跟你也算是患难夫妻了吧。"

"我们算什么患难夫妻？"我强打起笑容。"我们结婚的时候，正是你说的比较'安定'的时候。你不记得啦？"

"反正你也够昧心的了！小黄侍候你吃，侍候你穿，哪点不好？你忘了你过去那副孽障的模样：收工晚一点，就夹着个碗蹲在食堂门口，跟要饭似的；穿的呢，前一片儿后一片儿的，像头掉了毛的骆驼！现在，"马老婆子上下扫了我一眼，"你看你这整整齐齐的，真有个人模狗样了！"

大约马老婆子想起了她自己的命运，目光透出一丝悲哀。

"是的，我怎么能忘呢？"我嗒然若失地说，"不过，我告诉你：不是我没良心，也不是我昧心，而是我狠心。在这种时候，由不得我不狠心啊！"

她一个人坐在外屋。

这几天，她没有出工，不是躺在炕上睡觉，就是坐在凳子上发呆。两间房间所有的东西上，已经蒙上了灰尘，连雪白的雪花膏瓶子也失去了光泽，于是，一进屋，会发现屋里的光线暗淡了许多，尽管窗外的天气已经暖和起来，阳光开始散射出春天的色彩。

她见我进来，凄恻而又怨恨地瞪了我一眼，嘴唇嗡动了几下，但没有说出什么话。她就这样坐着；她就坐在那里……这些天，她明显地憔悴了，如同这房里所有的东西一样黯然无光。我审慎地瞥了她一眼，并没有发现她鼻子和嘴唇之间有什么横纹，倒是看见她额头上新添了一条断断续续的皱褶，像一条表示言而无尽的删节号。

我极力克制着要去抚慰她的冲动；既然已经准备献身，何必给她留下一个思念的苦果？我脱掉棉袄，洗了脸，绾起袖子，故作姿态地拿起案板上的空面盆，解开盛面的口袋，这时她才说：

"你还做什么饭呢？饭给你做好了，在炉台旁边热着哩。"停顿了一下，她又说，"你放心，我心眼再坏，也不会给你饭里下毒药的。"

在一锅雪白的米饭上，有一碟炒鸭蛋。冬天，没有什么菜蔬，自己家产的鸡蛋鸭蛋，就是农工最好的菜了。炒这一碟鸭蛋至少要用半两油吧，我想。在炒鸭蛋旁边，还有一碟炒过的酸菜，切得很细，深绿色的菜丝上又放了一小撮鲜艳的红辣椒。红、青、黄，这三原色合成了一种忧郁的色彩，令人心酸。马老婆子在我们结婚时就夸过她："巧手的媳妇能腌好酸菜！"而今天又说她"命苦"，可能"巧手的媳妇"和爱动脑筋的知识分子一样，都"命苦"吧？

我吃着，却难以下咽。筷子挑起一粒粒的米饭。我忽然明白了：这些日子她每顿都用配给的那一点点大米给我做饭，可能也是为了照顾我这个南方人吧？虽然我早已"改造"掉了南方人的习惯。我不由得抬起眼睛。她仍坐在餐桌旁边，背对着我，略微伛偻着，两手重叠地放在膝上，像一尊米开朗基罗的作品。初春的阳光从窗外射进来，在她周围勾划出一道如月晕似的柔和的光圈。这时我心里兀地响起一个声音：你要记住！你要记住！将来你会反复地想起这一幅场景，你会带着那么忧伤和痛苦的心情来回忆这一切。你记住吧！你把这一切牢牢地记在心里吧！……

晚上，我们无言地睡下，拉灭了灯以后，她蓦地叹了一口长气，说：

"这个家要败了，我知道的。今天，咱们的鸭子跟猫都不见了。你别看家里养的这种小牲灵，心可灵哩！人都不及它。家要败，人要遭事儿，它比人知道得都早，早早就先跑掉了！"

不知怎么，我感觉她的声音是穿过了很厚的黑暗才传到我耳朵里来的。这声音被黑暗滤去了一切感情色彩，显得平静、呆板，而又无力。如果说死人会说话的话，那声音一定就是这样的了。我浑身冰凉。原来这两间库房里已经钻进了一种超自然的神秘力量，暗暗地揭开时间的帷幕，向我们展示了可怕的前景。我在被窝里屏声息气地等待她的下文，但她却不再说了。

过了好长时间，我鼓起勇气问：

"猫和鸭子都不见了吗？"

她没有回答。

"就在今天？"

她还不回答。

"奇怪！"

她也没有吭声。

我有点害怕。但我还能听见她细如游丝的呼吸，在这即将"败"了了的家中悄悄地索绕。一会儿，这种一强一弱的、连续不断的、在空中飘浮着的如游丝般的呼吸，渐渐像蛇一样弯曲成一个蓝幽幽的、非常圆的光环，乍看起来像月全食，但定睛一看，却是一个其大无比的、铺天盖地的枪口。光环中间一片深不见底的黑暗，顶头就是一颗子弹，直直地瞄准着我。我大吃一惊，挣扎着逃命。而在挣扎间我却成了那只不见了的灰猫，在炉台上、案板上、餐桌上又蹦又跳。可是那枪口还是对着我。于是我倏地又变成了我们丢失的鸭子，缩在鸭窝里面，但那枪口正好堵着门，对着我躲藏的旮旯儿。还是变成老鼠吧！刚一动念，我就成了老鼠。但在往洞里钻的时候，洞里倒先跑出来无数如黄豆粒大的小人，打着小旗，举着小标语，一出洞就四处狂奔，像一颗颗射出的子弹。他们还大声地嚷嚷着，尽量张大可笑的小嘴，似乎非常愤怒。我听不懂他们嚷嚷的是什么，只是我心里告诉我说：他们是刚刚由老鼠变成的人，他们说的还是老鼠的语言。他们对我这只大老鼠视若无睹，一群群激愤地从我脸前跑过去，很快就跑光了，最后剩下一个摔倒在地上的小人，仰面朝天，四肢乱颤。

我把脸朝这个小人凑上去，才发现这不是什么小人，原来是一九六〇年我在走向新疆的路上见过的一个弃婴。这个弃婴满脸皱纹，像个老头，却又没有胡须，他嚎啕大哭地喊道："我是寡妇！我是寡妇！……"

不知怎么，这个婴儿被他自己流出的眼泪腐蚀了。先被腐蚀的当然是他的眼睛，他的脸，于是他的脸变得非常狰狞可怖。最后，他终于化成了一滩水。我感到潮湿，我感到阴冷，感到有一片粘乎乎的液体陷住了我的脚。我低头一看：这哪里是什么水，而是一汪无边无涯的鲜血！像败坏了的沼泽一样散发出一股腥臭味。我想跑出这片血的沼泽，一抬头，却又看见那个蓝幽幽的枪口。它一直对着我，它始终对着我……我只好横下心向它走去，怀着悲哀，怀着壮烈的情愫。我向它越走越近，它却越来越小，蓝幽幽的钢制的枪口反而柔软了，耷拉下来，渐渐成了一个像一滴眼泪形态的绳套，一个光滑的可爱的绞索。与此同时，有个声音大声地告诉我：

"这就是你的归宿！这就是你的归宿！……"

我猛地惊醒过来，那喊声仿佛还余音未绝："这就是你的归宿！这就是你的归宿！……"眼前，那一个绳套还凝然地悬在黑暗当中。被子的裆头正好搭在我的脖子上，给我一种上吊的感觉。我把被头向下拽了拽，仍静静地躺着不动，让那个可怕的梦境逐渐消失。

这时，我又听见她细如游丝的呼吸，向暗夜中无止如尽地蜿蜒。我陡地感到她的呼吸是那么亲切，那么动听，那么揪心。啊！我要把你呼出的气全部吸进我的肺里，让我把它带到天涯海角，让它潜入我的性灵，直到我投向我的那个命定的归宿，直到我化为灰烬……

第六章

罗宗祺把几张白纸从抽屉里拿出来，推到我面前。

"你真是异想天开！"他神情疲惫地往藤椅上一靠，看了我一眼。"我是一个共产党员，怎么能给你提供空白介绍信？"

白纸上，印章已经按规格盖好在纸的右下方了。信笺上部的标志和下面的印章都是他所领导的农场的。这几张白纸因为有了这些鲜红的戳子而异常贵重。我从写字桌上拿起它，仔细地叠好，揣进棉袄怀里的口袋，会意地说：

"你不给我也没关系。现在外调人员满天飞，这种空白介绍信多得路上都能拣到。"

他的家还跟一年前我来时一模一样。只是他那时盖的小厨房已经有些残旧了，墙皮被那场大雨淋得露出了黄色的麦秸。屋子里，虽然并没有减少什么陈设，而在我看来，却感到萧条了许多。北面墙上那幅由意大利记者照的周恩来总理的遗像，像框上挂了一条黑纱，两端垂落下来，搭在一盆没有生气的文竹上。他亲手绷的沙发早已失去了弹性，我坐在上面。像跌进了一个土坑。他本人也比一年前削瘦了，两鬓爬满了白发，再加上他坐在吱嘎作响的藤椅里，更给我一股凉飕飕的感觉。

虽然是春天了，但到处都给人以凉飕飕的感觉。

上面的那一幕戏演完，他说：

"你给我的信，走了五天才到。只有四十里路，怎么会走这么长时间？我拿起信封左看右看，深怕是让人检查过了。"他苦着脸笑了笑。"你别看我现在是场长，可是还跟在监狱里一样，成天担惊受怕的……"

"我们从来就没有出过监狱。"我说。

"是呀。"他喟然长叹，"这些年，我的嘴也成了一张臭嘴了：往坏的方面预料的事，总是一料就准；往好的方面希望的，从来没有实现过！你还记得去年这时候我跟你说的话么？"

"怎么不记得？不过是来得太快了点。"

"你还觉得快？我倒以为慢了。"他懒懒地说，"这些年，我们国家就像石头往山坡下滚似的，越滚到后来越快。我看现在也差不多滚到底了。"

他抬起头，眼睛朝上，鼻翼翕动着，好像在嗅哪儿飘来的一股什么味道。他的眼光里有一种历经痛苦，备受希望的折磨，而最终惘然若失的神色。我理解这种心情。

"是快到底了。"我说，"不过，我总觉得会有一次运动，一次真正属于人民的运动……"

"能有什么属于人民的运动？"他在藤椅里烦躁地扭动。

"这么多年来我们都是在运动群众，但又都说成是群众运动。'真正属于人民的运动'？那就会给扣上个'反革命事件'！你不信，我们就走着瞧。"

"不管会被扣上个什么'事件'，可是真正属于人民的运动总会来的！"我说出这些日子一直在心里酝酿的话，"周总理逝世了，邓小平又下了台，随着'反击右倾翻案风'的展开，一批一批像你这样的'民主派'都会倒下来。人民前面的屏障坍塌了，这时中国人民假如自己再不站出来说话，不走到斗争的第一线上去，那么我们十亿中国人就再没有资格在这个地球上生存！我们就是世界上最窝囊、最软弱、最劣等的民族了！"说到这里，我眼睛里不能克制地蒙上了泪水。

"我们被欺负了十几年，被愚弄了十几年，被当作试验品试验了十几年，难道我们在试验失败而致我们于死地的时候连一声'疼'都喊不出来吗？麻木到连'疼'都喊不出来的人，那就真正是该死的人了！……"

我的喉头被哽塞住了，呆呆地坐在自造沙发的坑里。他也在藤椅里凝然不动。屋子里一时异常静谧，但又汹涌着感情的波涛，隆隆作响。

半晌，他思忖着说："那么，你准备怎么办呢？走？走到哪里去？"

"我还没有一定的计划。"我尽量使自己平静下来，冷冷一笑，"这是个混乱的年代，连国家都没有计划，别说个人了！我只知道，这里是再也呆不下去了。'右'跟'翻案'两个概念都跟我有联系，运动一深入，我就会像七〇年那样头一个被拧进监狱。与其让生命的火花在监狱里悄悄熄掉，还不如在一次风暴中让暴风刮灭！另一方面，你知道，六八年我从劳改队出来，曾经傻头傻脑地找过什么'刘邓司令部'，当然，那时候只能以失败告终。可是现在，我想，如果你们这些'民主派'再不把眼睛转向人民群众身上，发动群众，组织群众，至少是支持人民群众，还是像过去一样等着挨打，等着人家把你们拧进监狱，而你们还要撅着屁股低头请罪，那么你们这些'民主派'也是活该倒霉了！……"

"哦，哦。"他抬起一只手，苦笑着说，"你别这样写我们吧，我至少还给你提供了某种方便吧……"

"是的，"我下意识地摸了摸胸口。"正因为你给我提供了某种方便，我们就可以想象：就在我们两个坐在这里的同时，全国正在悄悄进行多少像我们两个在这里做的事，说的话！我们不会是孤立的、偶然的现象。一个共产党员，一个右派分子，在各自的道路上走了二十年，搞到后来居然会有差不多的遭遇和心情，在这里促膝谈心，如果不承认这是历史造成的，又怎样去解释？所以我觉得现在整个中国的空气在孕育着一场真正的人民的运动。我们的国家和中国共产党，只有经过这场运动才能开始新生。"

他深邃的眼睛突然警觉地盯着我问：

"你准备好了吗？有……什么联系没有？"

"没有。"我坦然地笑道，"能有什么联系？跟谁联系？这十几年来他们作的最大努力不是改善人和人的关系，而是切断人与人之间的横向交往。我甚至认为这是他们造成的最大祸患。他们把人与人之间的信任、善意、人道和义侠气概全部破坏掉了，把人变成了狼和狐狸。这样的道德状态，也只有在一次人民运动里才能净化，建立起新的人与人的之间联系……所以你不用紧张，不用担心我现在和什么人有联系。你革命几十年了，你和你的那些老战友有私人联系吗？能互相推心置腹吗？”

"没有。"他承认，"都是'人一走，茶就凉'！"他长叹一声，感慨地说，"也别说没来往，来往是有的，可全是靠外调人员牵的线。我一些多年不知音讯的战友，倒是通过外调人员的嘴才知道他们在哪里，现在出了什么问题……"

蓦地，一股悲凉的而又无可奈何的情绪向我们袭来。我们竟然生活在这样一片沙漠，一片自身正在遭受摧残，而又摧残着我们，但我们却对其无能为力的沙漠之中。这时，他家小院的墙外，一个人孤寂地唱起来："东风吹，战鼓擂，当今世界上究竟谁怕谁……"我们静静地听着，仿佛要从歌词里得到什么启示。但什么启示都没有。在这个时代，凡是能够大声唱出来或喊出来的声音，全是没有内容，没有意义的。

沉默片刻，他才接着说："不过，我要告诉你，你想的那个什么……不会有什么好结果的。因为——"他向上竖起一个指头，"他还在……一切都别想改观。"

"我明白。"我仰在沙发上，叹道，"可是周总理说过，'人生难得几回搏'，现在全部情势都决定我必须去'搏'一下了。别人可以等待，我也愿意等待，但我连窝里都蹲不住了，棍子快要捣进窝里来了，还怎么能等呢？他们要搞你这样的'民主派'，还要先糊几张大字报，发动一下群众，造成点声势；要搞我的话，这些表面文章都不用做，光拿一副手铐来就行了。这十年来，我这种人是一直给你这种人当陪衬，又是打头阵的。"

"哼哼！"他无可奈何地笑了笑，"这就叫'先扫清外围'。"

我也笑道："也可以说是先搞垮你们的'社会基础'！这十年间我非常荣幸地给很多不同的人当过'社会基础'。最早是'刘邓司令部'的'社会基础'，后来是'五·一六'的'社会基础'，再后来是林彪孔老二的'社会基础'。现在又循环回来了，是'右倾翻案风'，也就是说仍然是邓小平的'社会基础'。幸亏我的背已经锻炼得和乌龟一样厚了，不然踩都被踩扁了。"

提到"乌龟"，我心中一动，情不自禁地脸涨得绯红。恰好这时朱蜀君端着托盘进来，招呼我们吃饭。她脸上有一种压抑的惶惶不安的神情，一片愁苦的阴影。一年前那种欢快的气氛不见了，她的一举一动仿佛都怕弄出声响，好像罗宗祺又要去坐牢似的。其实，并没有发生什么事，什么事情都还没有发生，但是报纸、广播、各种宣传工具，已经把毒气散布到每一个家庭里，使得男人郁郁不乐，女人提心吊胆。我食而不知其味地吃着饺子，默默地想：我的决心是对的。

吃完饭，朱蜀君收拾着桌子，忧心忡忡地问我："你走就走，为什么非要离婚呢？是她？……"

"她很好！"我急忙打断她的话。我不能说她不好，并且也不愿意别人怀疑她有什么不好之处。我寻字斟句地说：

"有的夫妻离婚，是因为没有感情；有的夫妻离婚，却是因为感情太复杂了。也许，即使我不走，我们俩也会离婚的。"我淡淡地一笑，接着说，"能够白首偕老的夫妻，大概就是能够掌握适度的感情的夫妻吧！"

门外，那个唱歌的男人又踅回来了，呜呜地唱着另一支什么"革命歌曲"。这真是一个快乐的人！我想。

朱蜀君以她女人特有的敏感，似乎理解了，没有再问下去。罗宗祺并不理解，但是也没问。于是，空气凝固住了。我觉得这正好是我告辞的时间。

"我走了，"我说。

罗宗祺当即从藤椅里挣扎着站起身。他大概还没有从他的什么想象中走出来，心不在焉，眼神恍惚。过了一会儿，他才仿佛很羞涩地伸出手，跟我握了一下。他的手心很潮热，可能他真的害了病吧。

"你走吧。"他说。

走到门口，我回过头来和朱蜀君点点头，算作告别。她站在屋当中，依然是那样忧心忡忡的，用目光送我出门。我在一瞥之间再次环顾了这间房子，这个曾经给予我友情的家庭，这个我能够畅所欲言而不怕被检举的地方，从此以后我可能再也回不来了。

罗宗祺把我送出小院。外面，在一条平整的通道前面，是一排高大的白杨树，像卫兵似的挺立着，银色的树皮隐隐地泛出了绿色。白杨树的那边，才是用碎石铺的公路。我将沿着这条公路走向旷野。

"老章，我把这个送给你吧。"罗宗祺看看四周没有什么人，突然想起来，解下腕上的手表。"这块表走得还很准，你在外面一定很需要它。"

我接过表。秒针急促地跑着，好像后面有什么东西在追捕它似的。这真是一个用得着的东西，逃亡者的命运往往决定于一秒钟之间。我没有推辞，把它揣进我的怀里，跟空白介绍信放在一起。

"谢谢！"我说。

他两手乱摇，咕哝着："谢什么！……看来一切都要靠时间来解决了……要是有什么事，可以写信来。"

"好的，"我说，"如果我还能够写信的话。"

我在碎石公路上步行了十几里，没有碰见一辆汽车，只有几辆大车和我迎面错过去。赶车的把式晃着鞭子，弓着背，和海喜喜一样地沉郁。他们是去城里装砖的，车厢板上落满红色的砖渣。从这里可以看到大路的尽头：在蓝色的天空下的一个小黑点。那就是喧嚣的城市，正在向人们猛烈开火的城市。先是用语言文字，紧接着就要用棍棒和枪弹。北边，大路的尽头消失在荒漠之中，像一条河似的，分散成为许多支流，于是也就无所谓哪是它的源头了。在大路两旁，还有一条条人踏出来的小道，向旷野里延伸。我走到一条干涸的大渠上，就开始岔向去我们连队的小路了。

草原已经被"学大寨"的人们破坏了。旷野上到处是一块块废弃的田地，上面覆盖着厚厚的硝碱，像肮脏的雪原，像披麻戴孝的孤儿。虽然经过多少次风吹雨淋，但仍能看到一条条如伤疤般的犁沟，横七竖八地划在旷野的肌肤上。自然和人同时受到鞭笞；"学大寨"的结果是造出了更多的不毛之地，硝碱地上连一株草都不长。欢快的春风从黄河岸边吹来，一下子跌落在这里呜咽，表示对草原的痛惜。啊，这就是我的田野！

走过硝碱地，穿过干竭了的沼泽，是一片沙化了的草滩。一丛丛芨芨草的宿根周围堆满细沙，并且风还不断地把沙子刮来，越积越厚，越积越高。于是，一个个绿色的生命就窒息了、淹没了、死亡了。绿色在无可奈何地退却；生命在软弱无力地消失。春天回到这里。但是她找不到落脚的地方，所以这片黄色的土地上便没有春天。

我走着。我走过硝碱地，走过沙化的旷野。我练就了一双惯于走流沙的脚。这双脚生下来是又白又嫩的，任何鞋袜对它来说都太粗糙了，它只能捂在母亲的手掌之中。但现在它已经习惯于赤裸裸地走过砾石，走过荆棘，走过发黑的沼泽，走过蜇人的硝碱地……

在硝碱地和旷野的那边，才是麦田。麦田的边缘，还可看到白色的硝碱，麦苗稀稀拉拉的。这是生命和死亡对峙的地带，谁胜谁负，还很难预料。再往里走，麦苗才显得旺盛起来。田埂上长着苦苦菜的嫩芽，还有茸茸的青草；春天的土地不用浇灌也是湿润的、柔软的。空气中有一股哀婉的绿色的气息。去年春天，也正是在这个季节，我回连队走的也是这条路。当时的景色和这时竟毫无二致，仿佛这一年间并没有发生什么事，一切都不过是我的幻觉，我的梦境。过去，在我面临突如其来的、不可理解的灾祸时，我常常幻想，如果时光能倒流，如果能让我再从某年某月某日开始生活就好了。这样，我就可以做得更聪明一些，躲过这场可以避免的灾祸，或是有充分的准备，来迎接这场不可避免的灾祸。那么，现在，是不是还让时光倒流回去，倒流到去年这个时候呢？

不！

即使魔法能使我再从那时开始生活一次，我从这里走回连队以后，还是会像去年一样向她求婚的。这一年，是我短暂的一生中最美好的时光。我的预感告诉我，这一切都不会再演一遍了。今后我不可能遭到这样的屈辱，经历这样的精神痛苦，但也从此不会再有这样的快乐和这样的幸福。

特定的感受在人生中只能有一次。

我走着，迈着沉重的步子。

我走回去。回去后就要离婚，这和我们必然会结婚一样，也是一个命定。

啊！我的旷野，我的硝碱地，我的沙化了的田园，我的广阔的黄土高原，我即将和你告别了！你也和她一样，曾经被人摧残，被人蹂躏，但又曾经脱得精光，心甘情愿地躺在别人下面；你曾经对我不贞，曾经把我欺骗过，把我折磨过；你是一片干竭的沼泽，我把多少汗水洒在你上面都留不下痕迹。你是这样的丑陋，恶劣，但又美丽得近乎神奇；我诅咒你，但我又爱你；你这魔鬼般的土地和魔鬼般的女人，你吸干了我的汗水，我的泪水，也吸干了我的爱情，从而，你也就化作了我的精灵。自此以后，我将没有一点爱情能够给予别的土地和别的女人。

我走着，不觉地掉下了最后的一滴眼泪，浸润进我脚下春天的黄土地。

第七章

毛主席语录

认真搞好斗、批、改。

申请书

今有三队农工章永璘、黄香久，自去年结婚以来，一直感情不合，不能搞好家庭团结。长此下去，不利于农场的生产，也不利于个人的改造。经我们二人协商，一致同意离婚。离婚时的财产处理，由我们二人解决。今后，我们二人保证在社会主义建设和个人的改造中发挥出更大的力量。

此申请望领导批准为荷！

　　敬礼！

章永璘

黄香久

1976 年 3 月

　　我把这张申请书摊在曹学义面前。

　　曹学义的眼睛避开我的目光，盯在这张申请书上，嗫着嘴唇，微蹙着眉头，左看右看，一时拿不准应该怎样答复。

　　我没有等他示意，便拉过一张凳子坐在他办公桌对面，背靠着墙，点燃一支烟。我的眼睛一刻也没有离开他的脸。

　　他摘下绿军帽，搔了搔板刷似的头发，又戴上。他的一条腿抖动起来，致使他的肩膀也随之摇晃。他的另一只手一会儿摸摸墨水瓶，一会儿摆弄一下面前的纸张，一会儿拿起笔，但在我以为他要签下他的大名时，却又放下了。

　　"我听说了，我听说了……"他终于喃喃地说。

　　"听谁说的？"我有点咄咄逼人地问。"听黄香久吗？"

　　"哪、哪里……不是！"他赶紧声明。"大伙儿都这么传嘛。"

　　我不作声了，等着他。

　　我原来料想他可能要在我使用这条牛头不对马嘴的语录上找点岔子，但是他却不把注意力放在这上面。其实我早作好准备，如果他真的找岔子，我就要请教他，究竟有哪一条"毛主席语录"适合写在离婚申请书上。我要在离开之前发作一次政治性的歇斯底里，表示一点可怜而又可笑的愤怒。等他们来抓我时，我却戏剧性地跑掉了。但他没有给我这样一个重新做人的机会。

　　办公室外面阳光灿烂。窗前有一个人影走过去，他抬起头张望了一下。他现在盼着有个人进来打扰我们。而我偏偏选在这样一个时候，这时候连黄香久也在地里干活。

　　"是不是——可以调解一下？"他捏着纸，歪着脑袋，慢吞吞地问我。

　　"让谁来调解？"我问，"让场部来人吗？"

　　他听出了这句话的份量，尴尬地笑了笑：

　　"哪用场部来人嘛。咱们队上，有谁跟你们好的？黑子咋样？"

　　"我看，还是不要有外人掺合进来的好。"我冷冷地说。

"那也是，那也是……"他表示同意，"清官难断家务事嘛！"

我想操起桌上的墨水瓶砸在他四四方方的黑脸上。但这只是我一瞬间的冲动。我很惭愧：在"领导"面前能做出真正男子汉的举动，恐怕还需要一个过程，还需要把我逆向地"改造"过来。现在，我的话里面虽然有骨头，但坐的姿势不知在什么时候又变成了弓腰曲背的了。卑微感已经渗进了我的血液，成了我的第二天性。忍耐点、忍耐点！我自我解嘲地想，我要等他签名，这份离婚报告主要是为了她的安全。他巴不得我们离婚，但又必须做出这种姿态。这是一出很短的过场戏。

"黄香久同意了吗？"他沉吟了一番，又问。

"当然同意了，"我肯定地说。

"这好像不是她本人的签名。"他脸凑近纸看了看，仿佛在说，你看，我对你们多负责呀！

"怎么？要把她叫来你问问吗？"

"哦，那倒不用。"他无谓地笑笑，两手使劲地搓起来。"我记得去年的结婚申请也是你代写的。"

"曹书记的记性挺好。"我说。

他找着了根据，于是拿起笔。

"要是你们俩都同意，领导就批罗。婚姻自由嘛，以后你们觉得还能凑合，再复婚也行。现在，离婚的多，复婚的也挺多。"

领导就是他，他就是领导。说完，他一笔一划地签了自己的名字。

我有一种丢掉了既宝贵又沉重的东西的失落感，本能地站起来，拿起那张纸。戳子、签名，决定我们命运的就是这些可笑的符号。我说：

"我想搬回周瑞成那间房里去，行不行？"

他脸上掠过一丝警觉的神情，但随即表示同情地说道：

"暂时不用忙嘛。那间屋子好久没人住了，一冬天没生火。天气暖一点再搬也可以。你们不是住两间房么？你们先一里一外住着咋样？"

"我想还是早点搬出来好。"

"那随你！"他摆了摆手。

他的眼睛最后总算被我捕攫住了。这时，我才理解她去年在羊圈告诉我的话。但他在离婚申请书上签了名，我还有什么资格与他计较？

"随你去吧！"我心里也这样说。

吃完晚饭，黑夜终于来临。这是一个阴郁的、令人失魂落魄的黑夜。白昼的光一点点地从没有涂漆的破旧白木窗框退出去，像生命一点点地离开肉体。而与此同时，料峭和春寒一点点地从破旧的窗框、从土墙的各处细小的缝隙中向里浸润，使屋里的空气渐渐凝缩起来，土房如坟墓般地阴森。田野中的那片树林，虽然还没有绽开绿叶，但树干已经灌满春天的浆汁，变得柔软了的枝条，在晚风中发出百无聊赖的飒飒声。这是一个既使人失望又给人希望的黑夜。我头枕着手掌，仰面躺在炕上，一只灰色的小蜘蛛，悄悄地在报纸糊的顶棚上爬行，仿佛像人一样，也在寻找一条适合自己生存和发展的"语录"。原来，今天是"惊蛰"，各种小虫虫都要在今天爬出来。

　　她在外屋洗完锅碗，掀开门帘走进来，随手拉亮电灯。屋顶上顿时投下惨白的、刺目的光芒。我眯缝着眼睛，但没有敢看她的脸。她一如往常，欠着身子半坐在炕沿上，不停地搓着两手。她刚擦了装在蛤蜊壳里面出售的润肤油。她爱修饰，并且注意保养，这和从小当农民的妇女迥然不同。如果不是失身而劳改，她恐怕是另一种命运吧。但是她竟劳改了，沦落风尘，这不也是她的命运么？

　　她专心致志地擦着自己的手。我在思忖着怎样开口。

　　女人的耐性极大，尤其有沉默的本领。我终于忍不住了，清了清嗓子，说：

　　"今天咱们的申请批了。"

　　我特别把重音放在"咱们"两字上。

　　她仍不说话，边擦油，边仔细地查看自己的手指，好像必须在每一个指甲缝里都抹上油似的。这是一片布雷区，但是我要越过去才能达到彼岸。我坐起来，从口袋里掏出那张纸展开，放在她面前的炕沿上。

　　她不动声色地向那张纸瞥了一眼，又擦了一会儿手，然后用两根手指刷地一下把纸拈起来，一折，撕成两半。

　　"咦！"

　　我惊诧地轻呼了一声，但又即刻停住。我不敢再往下说。这一片冷漠的冰层非常薄，稍一不慎我就会掉到里面，再也浮不出来。我提心吊胆地看着她的脸。

　　她没有抬起眼睛，还是看着自己的手指，镇静地说：

　　"要这玩意儿干啥？要结婚，谁也挡不住；要离，谁也捏咕不到一块儿去。既然没有感情了，就是不批，不照样分得开吗？"

　　"当然，当然！"我连忙表示赞同。"可是咱们不是还要拿着这玩意儿到场部去办手续么？"

"哧！"她鄙夷地斥了一声。"你这脑袋瓜子真好使！咱们结婚的时候到场部去办过手续么？"

啊！这时我才猛然想起来：去年，黑子把曹学义的批复给我们拿来以后，我怕夜长梦多，连队批了，场部的干部还可能从中作梗，征得她同意，就没有去场部办手续。反正山高皇帝远；谁家结婚的时候，来宾进门也不会先索取结婚证检查一番，这样，我们就"结婚"了。

我不禁发出一声神经质的怪笑。原来，我这个被"群众管制"的人竟和她过了一年非法的夫妻生活！承认我们是夫妻的不过是群众，是时间，是我们的感情和习惯。到后来，连我这个当事人也忘却了我们还没有履行法律手续。这样说，我这些日子所费的心机纯属多余，要走，我满可以拍拍屁股就走。

我忘却了，她却记得。她向我投来十分憎恨的一眼，厉声说道："哼！你当初跟我结婚就没诚心！"她轮廓丰满的嘴唇突然变薄了，露出雪白的门齿。"你满肚子鬼心眼！我今天才把你看透了！"

她的话像冰雹一样打在我的脸上，我沮丧地说："你别误会。当初我是诚心的，决不是耍花样。我笑，是因为这事情很滑稽。黑子说过，没有道德的日子好过，我看，没有法律的日子也很方便。"我叹息一声，"我们真像场戏，真像场梦！"

"我是做梦做醒了。"她说。

醒来的应该是我，而现在她也说自己醒了。我迟疑不决地停在薄冰上，不敢再迈出一步：我不知道她究竟是怎样想的，会说出什么话来。是不是夫妻两人决不能清醒，清醒了就会分道扬镳呢？

夫妻生活就是梦。不是美梦便是恶梦。千万不要清醒！

她像是想起了什么，兀地站起身，掀开箱盖，一件一件地把我的衣裳拿出来——这些衣裳没有一件不带有她的气味。她很冷静、至少在表面上看是这样。对于离婚，她好像已经熟于此道了。

"人穷也好，穷人离婚简单；你的、我的，一分就完了！"她居然还有这么一份幽默感。最后，她把半导体收音机也放在我的衣裳上，说，"这个也给你，当特务离不了这玩意儿。"

我无可奈何，撇了撇嘴。现实摧毁了她的生活，摧毁了她的一切，但她又把任何要反抗命运的，要在严酷的现实中去寻找一点供氧的罅隙的行动却都当成是"反革命"。必要的时候，她也会捏着小拳头喊叫：打倒这些反革命。我干巴巴地说：

"这个东西是你买的，我不能要。"

"有啥不能要的呢？"她故作惊诧地摊开两手，用冷冰冰的语气说，"这些东西，你拿去；屋里搬不走的，你给我留下。我不是傻子，不会让自己吃亏的。"她继续在敞开的箱子中掏着。这只神秘的箱子仿佛有掏不尽的东西。她从一块小手帕包中拿出一叠钞票，很熟练地点出二十张。"还有，这二百块钱，你也带上。"

"咦！"这时，我是真正惊诧起来。"你还给我钱干什么？我们……我们生活这一年又没存下钱，我心里有数的。"

忽然，她支持不住了，像一个孩子精心搭置起来的积木在一刹那间全部倒塌，她冷漠的、冰凉的、严厉的表情陡地垮下来。她用拳头堵着嘴，呜呜地哭道：

"我说，你章永璘，你生就了一副狼心狗肺！你走就走，跟我要这些花样干啥？……其实你根本不用跟我要这些花样！你说一声：'我要走'，你就走好罗！谁也不会拦你，谁也不会拉你……"

她的头无力地垂着，语句断断续续的，耷下来的肩膀一耸一耸的，一副被悲痛压倒的模样。她捂着脸，站在箱子旁边，宛如从箱子里钻出的向我索命的鬼魂。那姿势分明召唤着我去安慰她，去把这一笔孽债算清楚。我犹豫着。我知道我无法跟她解释明白，我不能把既是为了她，而又是为了解决我复杂的感情的这一举动——离婚，说成是单纯为了她的安全，或是说成单纯是我对她已失去了感情的结果。她的脑子只能理解黑的就是黑的，白的就是白的，灰色的事物、模糊的事物，对她来说是太费解了，对我来说又是太难表达了。理性不能代替感情，理性更不能分析感情，在心灵相互不能感应的关系中，任何语言都无能为力。而维系我们的，在根子上恰恰是情欲激起的需求，是肉与肉的接触；那份情爱，是由高度的快感所升华出来的。离开了肉与肉的接触，我们便失去了相互了解、互相关怀的依据。

但是，我还是走了过去，伸出胳膊搂住她的肩膀。"你怎么知道我要走的？"我问。

"我咋不知道？你肚子里有几根蛔虫我都知道！"她乖乖地偎在我的怀里，哽咽着说，"你当是我看不出来？你不走，能跟我离？你呀，劳改了二十年还是个少爷胚子，要人侍候你吃，侍候你喝。老实说，我是放你一条生路，让你去寻你的主子，不然，我不吐口跟你离，你能离得掉？你是去投靠美帝苏修也好，是去投刘少奇邓小平也好，你放心，你反革命成功了，荣华富贵了，我决不来沾你的光，你何必跟我要这样的花样！"

她笨得可爱，又聪明得可笑。好像我劳改的二十年中她都一直侍候着我似的，并且，她又有她对人和世界的理解——拾到篮里的都是菜；凡是和当前"革命路线"对立的，不分青红皂白一揽子是"反革命"！

而她却爱着"反革命"。

我不禁哑然失笑，摇了摇头说：

"什么荣华富贵！很可能是凶多吉少，所以我才……"

"哼！"她鼻子一皱，用泪眼柔情地看着我的脸，却撇着嘴狠毒地说，"那是没准！你肯定不得好死！因为你亏了心了。"

"是呀，"我凄然地一笑。"是亏了心了。"

她似乎稍稍平静下来，头靠在我的肩上，叹了口气说：

"本来，我是想跟你大闹一场的，去检举揭发你，叫你再去蹲劳改。可后来一想，你也可怜，一肚子才学，窝在这儿受人欺负；你有你的苦楚……还是好离好散吧，都给各人留下些可想的地方。我告诉你，不管你以后多荣华富贵，有多少漂亮的女子围着你转，像我这样心疼你的女人，你一个也找不到！我呢？我也想开了，马老婆子一个人也过了一辈子，还是乐呵呵的，我还不能像她一样过么？……"

"哪能……你还年轻，找一个比我合适的……"我违心地安慰她。

"算了吧，少跟我卖片儿汤了！"她擦干脸上的眼泪，红红的小鼻头嗡动着，扇子般的睫毛上还沾着泪水，像湖塘上蒙着的一片湿雾，令人心醉。她说："我以后再不找了，真的不找了，狗跟你说谎！还找谁呢？我命里不该有好男人。找着一个好男人还拢不住，要跑。那个钱，你带上，路上好花。我前两次离婚，都拼命向人要钱，要东西，打官司，这次跟你离，我心甘情愿送给你。你拿着好了，我还有三百块哩！"

说完，她拧过身来，把富有弹性的乳房紧贴在我的胸口上，用一种仿佛准备决斗的火辣辣的语气说：

"上炕吧！今天晚上我要让你玩个够！玩得你一辈子也忘不掉我！"

月亮升到当空。房里的灯一灭，月光陡然像瀑布一样向小小的土屋中倾泻进来。她的细声碎语在月光中荡漾。

"……我告诉你，你将来是准不得好死的，因为你亏了心了……可是，不管有多少人给你送葬，送花圈，心眼里真正哭你的就我一个，你信不信？……以后，每到清明，我不管在哪儿，都给你烧纸，你就到我这儿来拿钱花好了……来吧，快脱了，还愣在那儿干啥？"

我感到有两条火烫的胳膊将我紧紧地搂住，把我拉下去，拉下去……沉到月光的湖底。耳边，又响起从水底深处浮上来的声音。

"……你别忘了，是我把你变成真正的男人的……"

啊！世界上最可爱的是女人！

但是还有比女人更重要的！

女人永远得不到她所创造的男人！

有一个小虫子在墙角沙沙地爬。啊，春天来了！再有一个月便是清明。

我是不是要回到她身边来领受祭奠呢？

好大好圆的月亮啊！

一九八五年七月二十二日

（原载《收获》1985 年第 5 期）

述评

复出后的作家张贤亮，以旺盛的创作激情、深刻的思考、鲜明而个性化的人物形象、新鲜而又跌宕起伏的故事情节使他的作品备受欢迎，在 20 世纪 80 年代的文坛上刮起了一阵旋风。当人们还沉浸在他的《灵与肉》和《绿化树》中时，1985 年第 5 期的《收获》又发表了他长达十多万字的中篇小说《男人的一半是女人》。反响超强热烈，单行本很快面世，立即成为已经相当疲软的文学图书市场的奇迹，顷刻脱销，一时间"洛阳纸贵"。评论文章也是空前热闹，但评论者却较为冷静，褒奖者的热情鼓励和批评者的尖锐书写，成为 1985 年中国当代文学的一道风景。

评论者首先肯定了作者突破题材禁区的勇气、能力和主题思想的尖锐、深刻。黄子平说："这部中篇小说，以中国当代文学前所未有的深度，正面地展开'灵与肉'的搏斗及自我搏斗。'性'的饥渴，是小说中最惊心动魄的段落。畸型的环境造成人性的畸型，但畸型的人性也还是人性。……封建专制主义（"全面专政"）和禁欲（禁他人之欲）主义对正常人性的摧残，似乎还从来没有像现在这样触目惊心地、严肃而勇敢地、深入地得到表现。"刘学圃也有相同的看法，表述得更加激动："可贵的是，作家的才能又得到了进一步

的强化，对'性饥渴'心理的摹写，无疑已达到了空前的水准。它像旋转着的飙风，在人们衡稳的心理中卷动起一个个狂澜，引发出剧烈的骚动和痛楚。"

多数评论者认为小说的女主人公黄香久的塑造是成功的，例如周惟波就认为："黄香久，一个丰满而美丽的女性，一个被压迫被蹂躏的女性，怀着生命的不可遏止的冲动，与情欲上同样怀着极度饥渴的章永璘赤裸裸地遭遇上了。他们之间由纯粹的情欲激发起来的热情升华为爱情，他们在一个狭隘的封闭天地中做出了结合的选择。"周文指出，作品关于黄香久与章永璘最后一夜的描写，表现了黄香久悲剧的冲击力量：黄香久的"这个高潮是那么的温柔而沉重，万千滋味蕴含其中，强烈到足以撕裂每一个刚强的男子汉的胸膛。"

黄子平对小说主人公章永璘的塑造基本上持肯定态度，但也指出了存在的问题甚至是瑕疵："章永璘已成为坚定的、清醒的历史唯物主义者，他的理性的清醒似乎很难与那种情欲的炽热相谐调。在翻滚的漩涡中需要表述熔岩般的愤怒及痛苦的地方，作家却求助于主人公与大青马及先哲们的对话。一个层面是活生生的人的自然情欲，另一个层面是尖锐的政治（经济）学的思考及由此带来的使命感。这两个层面的焊接因缺少必

要的中介而不无生硬。"

一些评论者认为,小说在写法上颇具特色,与传统的写法相比有所突破。其一是现代派创作手法的介入:"在超常痛苦的氛围中,我们听到了主人公同大青马感人心魄的对话。用同动物的对话来阐释某些见解、理想,并从中得到启悟,读来有振聋发聩之感。处身的境遇,使章永璘不可能向任何人倾诉自己的苦衷,与大青马相像的厄难为他(它)们提供着心绪沟通的条件。"这种"沟通""把极'左'政治的真面目剖示得淋漓尽致"。其二是理性思考对故事的贯穿,不过,在这一点上论者指出,还存有不足:"它使张贤亮的小说历史纵深感趋于一个新层次,一种深沉思辨的美学风范,但常因处理上的失当,而有人为的痕迹。……使整部作品杂入一些不和谐的噪音,严重妨碍着读者的审美心理。"

关于小说总体的格调,时任人民文学出版社总编辑的韦君宜撰文批评道:"对于两性自然关系的自然主义描写实在太多了一些。尤其在后半部,脱离劳改集中营对于人性要求的压抑这一原本是庄严的主题,而集中去细写章永璘的性功能盛衰所引起的思想波澜和家庭纠葛。这样写,与大的社会背景就看不出原来的关系,至少是大大冲淡了那关系。"

小说的主人公章永璘这一形象,比较普遍地遭到评论者的垢病,周惟波文章对这一人物的剖析有一定的代表性:

"在章永璘还是一个'废人'的日子里,

黄香久在肉体上背叛了他,达成了日后他与她分手的导火线。但是没有这次事件,章永璘还会寻找其他借口离她而去的。问题的本质在于章永璘的内心的最深层的痛苦是由于感到天所赋予他的才具不能在现实世界中兑现,这种良心的痛苦是他一切痛苦的本源。只要他的这个痛苦不能在现实的成功中得到释化,那么他必将要冲破一切羁绊去实现他的生命意志——'还有比女人更重要的!'这是一个男子汉的宣言。可是这个堂堂正正的要求却罩上了一层虚伪的面纱——'我不能连累她'。明明是黄香久束缚了他可能到来的发展,却偏偏要说成为了她好。多么卑劣多么漂亮的旗号!既要达到卑鄙目的又要干得堂皇,连黄香久也识破了他伪善的把戏:'你将来是准不得好死的,因为你亏了心了……'"

黄子平则指出:"被女人'造就'的男人章永璘,使命感并未增加他的光彩,却令人感到一种冠冕堂皇的自私和冷漠。在生动具体的情欲与尖锐激烈的政治之间,似乎只存在着一种抽象化了的两性之间的永恒搏斗。女人首先不是被看成一个平等的'人',而是首先被看成一个异性。实际上,无论被当成'圣母'来膜拜或当作'超越'的阶梯来利用,都是同一种心理同一种历史偏见的两类变态。"

二三十年后的今天,我们当怎样客观而公正地看待这部作品?朱栋霖、朱晓进、龙泉明主编的《中国现代文学史

（下）》这样论述道："作者涉笔性话语的禁区，态度是严肃的，希望寄寓哲理的思索。首先，在其最基本的层面上，小说通过身体的病态昭示出极'左'政治对人的迫害之残酷，表明非人的环境制造着人的身心扭曲。其次，小说没有停留于此，通过主人公在想象中和大青马对话，把触目惊心的生理现象上升为象征，即以身体的病残象征着心灵的残缺，生理的阳痿对应着精神的阉割，……概括了那个特定时代的知识分子的生机活力被彻底摧毁的灾难性现实。再次，在上述意味的传达过程中，小说也生动地展示了主人公进行的灵与肉的搏斗……尤其是他的忏悔、反省、愧疚，表明他始终在努力抗拒恶劣的环境对人的尊严的褫夺。"

（北京大学出版社，2007 年版）